BESTSELLER

Lena Johannson nació en Reinbek, cerca de Hamburgo, en 1967. Fue librera antes de convertirse en autora de éxito y de cumplir su sueño de vivir cerca del mar Báltico. Sus pasiones incluyen escribir... y el chocolate, por supuesto.

Biblioteca

LENA JOHANNSON

La casa de los amores interrumpidos

Historia de una dinastía del chocolate

Traducción de
María Dolores Ábalos Vázquez

DEBOLS!LLO

Papel certificado por el Forest Stewardship Council®

Penguin
Random House
Grupo Editorial

Título original: *Die Villa an der Elbchaussee*

Primera edición en Debolsillo: mayo de 2023

© Aufbau Verlag GmbH & Co. KG, Berlín 2019 (Publicado con Aufbau Taschenbuch;
«Aufbau Taschenbuch» es una marca registrada de Aufbau Verlag GmbH & Co. KG)
© 2022, 2023, Penguin Random House Grupo Editorial, S. A. U.
Travessera de Gràcia, 47-49. 08021 Barcelona
© 2022, María Dolores Ábalos Vázquez, por la traducción
Diseño de la cubierta: Lidia Vilamajó
Imagen de la cubierta: © Trevillion, © iStock y © Shutterstock

Printed in Spain – Impreso en España

ISBN: 978-84-663-7011-0
Depósito legal: B-4.192-2023

Compuesto en La Nueva Edimac, S. L.
Impreso en Novoprint
Sant Andreu de la Barca (Barcelona)

P 3 7 0 1 1 0

1

Primavera de 1919

Los rayos del sol deslumbraban tanto que Frieda tuvo que guiñar los ojos y cubrírselos con la mano a modo de visera. Nunca habría imaginado la fuerza que tenía la luz en esa parte de la Tierra. En casa, su madre la habría obligado a que se tapara los brazos para que su piel no perdiera ese brillo blanquecino que recordaba a la porcelana. Pero su madre estaba muy lejos. Frieda se sentía libre. Aquí no le faltaba de nada; si acaso, la suave brisa que normalmente soplaba en el río Alster. De todas maneras, el denso follaje de los árboles gigantescos que rodeaban la plantación proporcionaba un poco de sombra.

Una resplandeciente mariposa grande de color turquesa y azul oscuro se posó en su zapato. Frieda sonrió y la siguió con la mirada para ver cómo se internaba en el calor centelleante, entre los altos y nudosos árboles cargados de los frutos amarillos y rojizos del cacao. Uno especialmente grande, partido por la mitad, se había caído al suelo. Pronto sus semillas, las habas del cacao, serían metidas en sacos y embarcadas hacia Hamburgo.

—¡Vaya una dormilona que estás hecha! Parece que aquí no ha cambiado nada. La señorita sigue holgazaneando mientras ahí fuera el mundo se niega a entrar en razón.

Frieda se despertó sobresaltada. El libro sobre la historia del cultivo del cacao, que se había puesto a leer después del almuerzo, le resbaló de las rodillas y cayó con estrépito al suelo. Era la voz de Ernst. Imposible. Ernst había sido finalmente llamado a filas. Con el corazón palpitante, Frieda abrió los ojos y miró directamente la cara sucia que le sonreía.

—¡Ernst!

Se levantó de un salto y le abrazó con fuerza atrayéndolo hacia sí. Qué delgado se había quedado.

—¡Ay! ¿Es que quieres matarme? —Ernst la apartó de su lado y se rio un poco a desgana—. ¿Acaso crees que he esquivado las balas de fusil y las granadas y me he deslomado en África, para que ahora me metas esta paliza? —dijo resoplando exageradamente.

Típico de Ernst. Como si fuera lo más normal del mundo que de repente estuviera tan tranquilo delante de ella. Aunque… ¿tan tranquilo? Había una sombra en su mirada que a Frieda le era desconocida.

—¿Eso es todo lo que se te ocurre decir después de doce largos meses sin vernos? Bonita manera de saludar —dijo ella, pero no acababa de salirle el tono de enfado.

Ernst Krüger se llevó la mano a la gorra.

—¡Me presento a su servicio, señorita Hannemann! —Luego, con un poco de torpeza y algo ruborizado, le estrechó la mano—. Me alegro de estar aquí. —Carraspeó, miró al suelo y guardó silencio.

Los dos se quedaron uno frente a otro, indecisos, en el enorme vestíbulo.

Por fin. Frieda llevaba esperando ese momento día tras día. El reloj de péndulo hacía tictac como si no hubiera pasado nada. Sobre la mesita, junto al sillón rojo de piel, había un precioso ramo de amarilis. Todo seguía como siempre. Solo que al fin había regresado Ernst.

—Sí —dijo ella, y de repente se le quebró la voz—. Me alegro muchísimo de que hayas vuelto.

Ernst era año y medio más joven que Frieda, y a ella le resultaba casi tan familiar como su hermano. Desde que tenía memoria, Ernst vivía con su madre en el ala de la servidumbre de la oficina de Hannemann, en la Bergstrasse. Frieda solía verlo prácticamente a diario mientras su propia familia todavía vivía en esa calle. La madre de Ernst le ceñía el corpiño a la madre de Frieda, le ataba los zapatos y cocinaba para los Hannemann. A la madre de Frieda le parecía que no era de buen tono que la hija de un comerciante de la Hansa se codeara con Ernst. Pero como los dos se conocían desde niños y se entendían de maravilla, los padres de Frieda no se oponían a su relación. Su madre confiaba en que, con los años, esa amistad tan poco adecuada terminara por sí sola. Cuando se mudaron a la villa de la Deichstrasse, los dos seguían viéndose casi todos los días. Cuando cumplió diez años, Ernst se convirtió en el chico de los recados del padre de Frieda, de manera que también entraba y salía de la casa nueva sin cesar. Hasta que de repente tuvo que ir a la guerra. Aunque al muchacho le horrorizaban los estragos de la contienda, sin embargo creía que como soldado podría ganar algún dinero extra y ahorrarlo para su madre. Y hacían falta muchos hombres, aunque él todavía no lo fuera.

—Carne de cañón —solía decir entonces el padre de Frieda, meneando la cabeza—. ¡Qué calamidad!

Frieda no olvidaría nunca lo que se asustó cuando se enteró de los planes de Ernst. Jamás había contado con eso. Lo de su hermano había sido distinto. Hans se había lanzado a la gran aventura, como él lo llamaba, desde el principio. Por su propia voluntad y con un impetuoso entusiasmo.

—Ya verás, hermanita. Para las Navidades estaré de vuelta. Entonces seré un héroe. Y las damas harán cola para salir conmigo.

Frieda no entendía por qué quería ser un héroe si no le hacía falta; de todos modos, las damas ya se volvían para mirarle por la calle. Su querido hermano Hans. Cinco Navidades habían celebrado ya sin él. Ojalá volviera también él a casa…

Ernst carraspeó y desplazó el peso del cuerpo de un pie a otro. Los sentimentalismos nunca habían sido su fuerte.

A Frieda, en cambio, le habría encantado volver a abrazarle.

—Has regresado. ¡Realmente estás de vuelta! ¿Y cómo te encuentras?

—He tenido suerte, dentro de lo malo. —Se miró los zapatos desgastados—. Los franceses me hicieron prisionero y luego me fui a África. Allí conocí al propietario de una plantación de cacao y enseguida vi que podía serle útil. Gracias a eso, no me ha ido mal del todo. —Esbozó una sonrisa de medio lado—. De todas maneras, tenía ganas de volver a casa. Sabía que aquí me necesitabais. Hamburgo sin mí podría hundirse.

—En eso tienes razón. Ha estado a punto —contestó Frieda sonriendo. Luego, su mirada recayó en la maleta desvencijada que, cerrada de mala manera con cuerdas y correas, aún seguía en mitad del vestíbulo—. ¡Pero si es verdad que acabas de llegar! —exclamó—. ¿Has visto ya a tu madre?

Ernst negó con la cabeza.

—¿Qué tal le va?

Frieda se arrepintió de no haber tenido la boca cerrada.

—No ha sido fácil para ella. —Frieda dudó un momento—. En fin, sin sus dos hombres… Tuvo que llevar el traje de tu padre al punto de entrega. —Evitó por todos los medios mirarle a los ojos—. Y la alianza también —añadió en voz baja—. Esa era la orden; no le quedó otra opción. Con ese dinero se mantuvo varias semanas a flote, pero luego tuvo que ganarse algún dinerillo en el puerto. El trabajo la dejó molida, hecha polvo, me temo. Lo siento, Ernst, yo…

—Frieda, tesoro…

Frieda puso los ojos en blanco; no soportaba que su madre la llamara así.

—La señora —susurró Ernst con una sonrisita.

—Querrá que le haga una trenza en el pelo o que le lea en voz alta mientras borda, para no aburrirse demasiado. ¿Qué te apuestas?

—Anda, ve con tu madre. Yo voy a ver dónde se ha metido la mía.

—Estará en la cocina, preparándole a mi padre el café de la tarde.

—A lo mejor tengo suerte y puedo birlar un terrón de azúcar. —A Ernst se le iluminaron los ojos.

—Si de verdad tienes suerte, recibirás un trocito del rico chocolate Hannemann —dijo Frieda orgullosamente.

—Y eso ¿qué es?

—Frieda, niña, ¿a qué estás esperando? —dijo la madre en un tono mucho más impaciente.

—Luego te lo explicaré —dijo ella apresuradamente, y se recogió el vestido—. ¿Mañana temprano en nuestro sitio secreto de siempre?

Frieda había acertado. Tenía que arreglarle el pelo a su madre y charlar con ella. No es que a Frieda no le gustara echar una parrafadita con su madre, sino que rara vez sostenían la misma opinión. Para Rosemarie Hannemann la obra de su vida consistía en haber traído a este mundo dos hijos sanos, estar al frente del hogar de un respetable comerciante, conocido en toda la ciudad, así como de una pequeña tropa de criados, ir siempre vestida a la última moda y estar guapa. Con eso le bastaba. A Frieda le resultaba incomprensible; tenía que haber algo más en la vida. El mundo era mucho más grande y estaba abierto a todos. Especialmente en estos tiempos. Cuando se calmaran los disturbios de la guerra, Frieda quería viajar, quería aprender cosas, tal vez estudiar algo... Había tantas posibilidades, que lo que más temía era no saber decidirse entre una u otra. ¿Y su madre? Se conformaba con estar orgullosa de su casa, del dominio de sí misma y de su paciencia. Incluso el hecho de que su marido Albert sacara poco tiempo para su esposa, lo que la condenaba a pasar solitarias horas de aburrimiento, lo aceptaba con resignación.

—Y bien, Frieda, ¿con quién estabas hablando?

—Con Ernst, mamá, que ha vuelto de la guerra. ¿No es maravilloso? Gertrud se pondrá como loca de contenta —le contó radiante de alegría, mientras hacía dos gruesas trenzas con el cabello de color castaño de su madre, que más tarde rodearían su cabeza como un caracol.

—¿Ernst? ¿De verdad? Esa es una buena noticia —contestó Rosemarie sin demasiado entusiasmo.

Lo dijo con un hilillo de voz tan tenue que parecía que se iba a quebrar de un momento a otro. Tal era la felicidad que sentía Frieda, que ni siquiera se había parado a pensar en cómo reaccionaría su madre ante esa novedad. Naturalmente, se acordó de Hans, de las ganas que tenía de volver a ver a su hijo. Consciente de su culpa, Frieda guardó silencio; pensó que lo mejor era distraer a su madre con cualquier otra cosa.

—¿Verdad que sí? Tiene un aspecto saludable y parece contento, solo que ha adelgazado más todavía. Podríamos invitarlos a una taza de nuestro chocolate. A la señora Krüger también le sentaría bien. La pobre se ha quedado en los huesos.

Frieda tenía una rodilla apoyada en la *chaise longue,* mientras entrelazaba un mechón de pelo con otro.

—Nadie la obliga a trabajar en el puerto. Nosotros le damos lo suficiente para vivir, como lo hemos hecho todos los años. Si ahora de repente no le basta con eso…

Frieda dejó de hacer la trenza y miró indignada a su madre, que posó las manos, con la manicura recién hecha, sobre el regazo.

—Nunca ha sido lo suficiente. —Rosemarie alzó sorprendida la vista hacia su hija, que dejó caer un mechón entre los dedos—. ¡Cállate, mamá! ¡Tú qué te has creído! Nadie puede alimentar a una familia con esa miseria. ¿No sabías que desde que murió su marido siempre ha tenido dificultades para sacar adelante a su hijo y a ella misma? No creas que trabaja en el puerto por gusto. Si le dierais a esa buena mujer unos cuantos *pfennig* más al mes, dejaría de trabajar allí inmediatamente.

Rosemarie suspiró.

—Eres demasiado generosa, tesoro mío. Pretendes que invitemos a la Krüger a una taza de chocolate y que, encima, le paguemos más. A nosotros la guerra también nos ha afectado. Ya le he dado al senador Lattmann una cantidad considerable de dinero para las viudas, los huérfanos y los heridos. No podemos alimentar a todo el mundo.

Frieda notó que la ira se apoderaba de ella. Demasiado bien recordaba lo consternada que estaba su madre cuando su padre accedió al llamamiento del senador para hacer donativos. «Demasiado generoso», había sido el comentario de Rosemarie. ¿Y ahora se atribuía ella el mérito?

Durante un rato permanecieron calladas.

—Si tu padre se decidiera de una vez a arreglar el gramófono —dijo finalmente Rosemarie con un suspiro—, ahora por lo menos estaría un poco entretenida y distraída.

—Podríamos ir al museo etnológico —propuso Frieda.

—¡Santo cielo, tesoro! ¿Qué pinto yo allí?

A Frieda le habría encantado ver vestimentas extrañas, barcos distintos de los que había en el puerto de Hamburgo, escudillas de arcilla y cimitarras, para poder soñar un poco con el ancho mundo.

—¿Te acuerdas de aquella horrible exposición que vimos en Hagenbeck? —le preguntó de repente la madre—. Tú todavía eras muy pequeña; tendrías unos siete u ocho años. ¡Y no te dio miedo! Todavía me entran escalofríos solo de pensar en cómo te acercabas a esos indios.

Frieda le puso la última horquilla en el pelo y se sentó junto a su madre en la *chaise longue*.

—Pero si eran muy amables. ¿De qué iba a tener miedo?

—¿Amables? —Rosemarie se atusó el pelo recién peinado, sacó un espejo de mano guarnecido de perlas y contempló la obra de su hija—. Cuando pienso en su color de piel, tan oscura y tan roja, como si estuviera abrasada por el sol… Y esas pinturas… —Después de echar otro vistazo a su tez perfectamente empolvada, dejó el espejo con un gesto de aprobación—. No, tesoro. Eran unos tipos horripilantes.

Para cenar, Henriette les sirvió los primeros espárragos de Marschlande como guarnición de unas sollas del mar del Norte. El mantel blanco estaba cuidadosamente almidonado. La porcelana competía en brillo con la cubertería de plata. La madre no habría consentido de ningún modo que todo cuanto la rodeaba estuviera manga por hombro.

—Me sentaría mejor un buen trozo de carne —refunfuñó el abuelo Carl, después de que la madre bendijera la mesa con una oración y les deseara a todos buen provecho—. No sé por qué a todos les vuelven locos estos espárragos.

—Con mantequilla derretida son una delicia —se entusiasmó el padre—. No acierto a comprender por qué no te encantan, papá. Si se lo pides muy amablemente a Rosemarie, es posible que mañana nos traigan a la mesa un pollito de corral. Hace mucho que no lo tomamos, ¿verdad, Rosemarie?

—Mantequilla y pollito —murmuró Frieda para sus adentros—. Qué contenta se pondría Gertrud si pudiera servirle a Ernst esa comida de bienvenida. Se ha quedado delgadísimo en la guerra —dijo ahora en voz más alta, para asegurarse de que la oyera su abuelo, que llevaba unos años sin hacerlo tan bien como antes. «A cambio, veo un poco peor», solía bromear el abuelo.

—No les hace falta mantequilla, sino un buen cacao —proclamó. Frieda sonrió con satisfacción. Esa era precisamente la reacción que esperaba—. El cacao resucita a un muerto —empezó el abuelo—. Es capaz de restablecer la salud de un enfermo o de quien está debilitado por esa porquería de medicinas que recetan los medicastros con doctorado y los idiotas graduados.

—Qué razón tienes, abuelo. ¿No deberíamos llevar entonces a los Krüger alguna taza de nuestro rico chocolate, ahora que Ernst ha vuelto de la guerra?

Frieda vio un alegre destello en los ojos de su padre.

—Sí, tienen que probarlo —le dio la razón Carl—. Con eso recuperarán fuerzas.

—Ya te he dicho antes que eres demasiado rumbosa, tesoro mío —advirtió Rosemarie.

—Conocemos a Ernst desde que nació —respondió suavemente el padre—. Dos latas de nuestros buenos copos de chocolate no nos van a llevar a la ruina. Ven mañana a verme a la oficina, estrellita. Creo que Gertrud se alegrará de que le hagas tú el regalo.

Frieda estaba radiante de alegría. Su madre cortó cuidadosamente la punta de un espárrago y se abstuvo de hacer cualquier otro comentario. El abuelo Carl parecía haber olvidado que no le hacía ninguna gracia la verdura de Marschlande, y le dijo a Henriette que le sirviera otra porción. Sobre la repisa de la chimenea se oía el tictac del reloj de madera de nogal, y en la larga pared que había frente a las ventanas, el bisabuelo de Frieda, Theodor Carl, los contemplaba con gesto severo desde su marco dorado. Había fundado con un socio la importación de productos coloniales Hannemann & Tietz, y durante el Gran Incendio de 1842, cuando medio Hamburgo fue arrasado por las llamas, había hecho alguna cosa importante. Frieda no sabía mucho más de él.

Su madre suspiró audiblemente.

—¿Qué oprime ahora tu corazón, Rosemarie? —preguntó Albert.

—Me alegra que Ernst esté de nuevo en casa, de verdad.

—Vaya, ¿ha vuelto Ernst? ¿El de los Krüger? —El abuelo Carl lanzó una mirada inquisitiva a su hijo, que se limitó a asentir con la cabeza; el abuelo se estaba poniendo un poco pesadito.

—Lo que pasa es que ahora me acuerdo más de nuestro Hans, que seguirá en alguna infecta trinchera luchando por su vida. —Rosemarie dejó los cubiertos juntos en el plato medio lleno y, con la servilleta, se enjugó primero los ojos y luego la boca.

—No, Rosemarie, seguro que no. La guerra ya ha terminado.

—Así es, por desgracia —se inmiscuyó el abuelo vociferando—. No nos han derrotado, ni mucho menos. En el campo de batalla no hemos sido vencidos. Nunca entenderé que Guillermo haya renunciado al trono. Nos lo van a quitar todo después de este ridículo armisticio. ¡República! —Resopló con desprecio—. Como si no hubiéramos perdido ya bastante con la guerra. —Gesticulaba furioso, meneando el tenedor de acá para allá—. Yo soy viejo; en el poco tiempo que me queda me las arreglaré. Pero ¿vosotros? No os extrañéis cuando de pronto los obreros lleven la voz cantante en las filas de los socialistas.

—Déjalo ya, papá.

—¡Pero si es verdad! Ahora ya votan hasta las mujeres. —El abuelo soltó una carcajada—. ¿Adónde vamos a parar? En su día, os acordaréis de mis palabras.

Un sollozo desgarrador de la madre evitó que, una vez más, el abuelo Carl reclamara la vuelta de Guillermo como káiser.

—Ojalá supiera con seguridad que nuestro chico aún sigue con vida —susurró con voz lacrimosa.

El padre le acarició cariñosamente la mano y —como siempre que se hablaba de Hans— intentó convencer a su mujer para que se tranquilizara. Y como siempre en esos momentos, Frieda se sintió culpable de sus pensamientos. No le parecía justo que ella, por ser chica, no pudiera luchar por la patria. Ni tampoco que sus padres prefirieran sacrificar a una hija, que de todos modos, tarde o temprano, solo les costaría una buena dote, antes que perder al sucesor, que algún día se haría cargo de la empresa familiar, de la que tan orgullosos se sentían. Ella no tenía la culpa de ser una chica. Desde luego, poco le importaba tener un ajuar; prefería mil veces entrar de aprendiz en Hannemann & Tietz.

—¿Quieres hacerle compañía al abuelo, estrellita? —Acababan de terminar de cenar; su padre la miró esperanzado—. Hoy tengo que ponerle las columnas a la piscina cubierta de mi *Imperator*.

—Eso no me lo pierdo yo por nada del mundo —le contestó Frieda.

Siguió a su padre hasta el taller, una habitación oscura revestida de madera, que en origen había sido concebida como

17

salón de fumadores. Pero ni el padre ni el abuelo fumaban, una inusual circunstancia que entre los comerciantes hamburgueses daba continuamente lugar al asombro o a la chacota.

En mitad del taller había una mesa enorme, y en un armario empotrado se apilaban los más variados trozos de madera, cartones, pegamentos y pinturas. Como ya lo fueran su padre y su abuelo, Albert Hannemann era un comerciante de pies a cabeza; no había nada que no supiera sobre el cultivo y la importación del cacao crudo. Pero su pasión eran los barcos. Como le faltaba tiempo para llevar él mismo los artículos con los que comerciaba a través de los océanos, se había conformado con construir maquetas de barcos. Hacía siete años, cuando en el puerto de Hamburgo botaron al agua el *Imperator,* había empezado con su primera maqueta. Nunca olvidaría Frieda cuando vio el barco ni el ambiente que se respiraba. Recordaba como si fuera ayer que el padre estaba tan nervioso y entusiasmado que casi le estruja la mano. De lo que lloviznaba cuando el mismísimo káiser Guillermo II en persona le puso su nombre al enorme buque de vapor, ni se enteró. Solo al llegar a casa, cuando su madre se puso hecha un basilisco por la ropa tan mojada que traía, se dio cuenta de que estaba empapada y del frío que había pasado. Ese día Hans tuvo que guardar cama porque tenía fiebre, y el enfado por haberse perdido aquel acontecimiento le duró varias semanas. Aunque a Frieda le daba mucha pena su hermano, de todas maneras disfrutó mucho por poder compartir ese momento ella sola con su padre.

—¡Santo cielo! —había exclamado el padre una y otra vez—. Es la obra maestra de Ballin. No hay duda: este *Imperator* no se hundirá como el *Titanic,* sino que honrará durante mucho tiempo a nuestra ciudad hanseática y a todo el Imperio alemán.

Después de la botadura, Albert Ballin había invitado a su

padre a que le hiciera una visita, y fue él quien le proporcionó las fotos que ahora le servían de modelo para su maqueta. El *Imperator* no honraría durante mucho tiempo a Hamburgo. Tan solo un año después de su primer viaje, la guerra puso embargo sobre el barco, que tuvo que abandonar Hamburgo para siempre... en concepto de reparaciones de guerra a Gran Bretaña.

—¿Lo ves? Aquí pondré las columnas —le explicó ahora Albert, cogiendo las diminutas piezas de madera que tenía ya preparadas. ¿Cuántas horas le habría llevado tallarlas y pintarlas?

—¿Puedo? —Frieda tendió una mano, y su padre le dio una de las diminutas obras de arte—. Son preciosas —susurró—. Y son exactas a las de la foto.

Su mirada se paseaba una y otra vez entre los minúsculos palitos de madera y la fotografía. Le parecía increíble que todo fuera exactamente igual: el tercio inferior de las columnas era liso y estaba primorosamente pintado; la parte superior, que se estrechaba un poco hacia un sencillo capitel, era estriada.

—Naturalmente. Todo ha de tener el mismo aspecto que en el barco de verdad —dijo orgulloso el padre.

Con unas pinzas cogió la versión en miniatura de una columna de mármol y la colocó junto a una piscina rectangular a la que daban acceso dos escaleras con unas gráciles y delicadas barandillas.

—Pero si el *Imperator* está abierto por un lado —había comprobado sorprendida Frieda años atrás, cuando vio por primera vez la maqueta.

—Por supuesto, estrellita; de lo contrario, no se vería todo el lujo y esplendor que se oculta bajo la cubierta.

Al lado de la piscina de tres pisos, con barbería y baño turco, había ido añadiendo con los años un invernadero con palmeras, un restaurante regentado por el Ritz-Carlton —como contaba el padre después de la visita en tono aprobatorio—, salones con cortinas de seda y arañas de cristal e incluso un gimnasio. El mayor barco de pasajeros de todo el mundo era tan gigantesco y estaba tan lujosamente decorado que a su padre le llevaría otros siete años terminarlo. Durante unos minutos se quedó callada mirando cómo iba colocando las columnas en su sitio, una tras otra, y pegándolas con una gotita de cola.

Entonces a ella le vino un pensamiento a la cabeza, y antes de seguir dándole vueltas, lo soltó:

—Echo de menos el liceo. Menos mal que en las últimas semanas tenía tu biblioteca. Creo que sin tus libros me habría muerto de aburrimiento.

Él se echó a reír.

—Qué extraño comentario para una joven dama de dieciséis años. Deberías ir a bailar y machacarnos los oídos diciendo que necesitas vestidos nuevos.

—Mamá se queja a menudo por la cantidad de cosas de las que tiene que ocuparse, pero en el fondo pasa mucho tiempo sin saber qué hacer —continuó, sin prestar atención a la mirada de advertencia de su padre—. Yo no quiero llegar a ser así, papaíto. Sencillamente, eso no es para mí. —Lo miró desesperada—. Todo el santo día vigilando a la servidumbre, preocupada por el peinado o por el último grito de la moda; tiene que haber algo más en la vida. —No era tan difícil de entender, sobre todo para alguien que amaba tanto su oficina como su taller—. O piensa en la pobre Gertrud Krüger. Ella depende de vosotros o de otros señores que la contraten. Yo no quiero depender siempre de otras personas —explicó muy seria.

—Pero si ese peligro no existe, estrellita —respondió su padre en tono apacible—. Tú recibirás una dote sumamente generosa, gracias a la que cualquier joven acaudalado estará encantado de casarse contigo. Y quizá sea lo bastante rico como para renunciar a un sustancioso regalo de bodas —añadió en voz más baja—. Así serás independiente de por vida.

—¿Qué dices?

No podía estar hablando en serio. ¿Acaso no la había oído? De repente, parpadeó la luz. Fluctuaciones de la corriente, como ocurría con tanta frecuencia. Su padre, que en ese momento estaba retirando una gotita de cola que sobraba, se quedó con las pinzas colgando junto a una de las dos escaleras que conducían a la diminuta piscina.

—Vaya faena —protestó.

—¿Lo ves? Ese es tu castigo por haber asustado tanto a tu querida hija.

Con la nariz pegada a la piscina, el padre contempló su obra.

—Ha habido suerte, no ha pasado nada —dijo, y respiró aliviado.

—¿A casarse con un hombre rico llamas independencia? No quiero depender de nadie, ni tampoco de un marido.

Al ver su sonrisa, Frieda entornó los ojos. Le habría apetecido desahogarse gritando, pero sus padres ya se habían encargado de decirle a menudo que no estaba bien visto que una joven diera rienda suelta a sus emociones. Así que más le valía demostrarle a su padre que tenía las ideas claras sobre su futuro.

—¡Por favor, deja que me prepare para auxiliar mercantil! He estado haciendo indagaciones y hablan muy bien de la escuela Grone. ¡Déjame ir, papá, por favor!

Él hizo un gesto de rechazo con la mano.

—No, Frieda, eso ni hablar —dijo, y volvió de nuevo a su trabajo con la madera.

¿Qué mosca le habría picado? Normalmente, cuando estaban solos, siempre conseguía engatusarle. Al menos podría haber escuchado sus planes.

—Pero entonces, ¿por qué me has animado a que leyera tus libros? Me has dado todo lo que se ha escrito sobre el cacao, sobre el cultivo, sobre sus propiedades curativas y sobre su procesamiento. Y me has insistido en que leyera también los artículos sobre la contabilidad de partida doble, aunque sabías que la encuentro mortalmente aburrida. ¿Por qué, si no voy a trabajar nunca en tu oficina?

—Eres una mujer, estrellita. ¿Qué vas a hacer tú en mi oficina?

—Llevar la correspondencia, los libros de contabilidad... Lo que haga falta.

—De eso se ocupará tu hermano.

—Pero mi hermano no está aquí —le interrumpió, cosechando una mirada que la dejó inmediatamente callada—. Perdona —murmuró—, no quería decir eso.

—En cuanto vuelva, entrará de aprendiz. —Antes de que ella pudiera protestar, continuó—: Además, no tengo intención de jubilarme todavía, y en la oficina hay dos expertos apoderados que le ayudarán. Tu madre y yo tenemos otros planes para ti.

¿Otros planes? Sonaba como si esos planes fueran ya muy concretos. ¿Cómo podían sus padres decidir a sus espaldas acerca de su futuro, sin escuchar siquiera su opinión o sin ponérselo al menos en conocimiento? La desesperación se apoderó de ella, que se sintió indefensa y terriblemente furiosa.

—¿Qué clase de planes son esos?

—Te he dado todas esas cosas para leer porque me gustaría que conocieras los rudimentos de la gestión comercial. Los tiempos cambian. Por eso me parece conveniente que un hombre pueda hablar de eso con su esposa.

2

Era un caluroso día de mayo. Pese a ser todavía temprano, el sol tenía ya una fuerza asombrosa. Y eso en Hamburgo se salía de lo habitual. Frieda se apresuró a dejar atrás la vivienda y oficina de la Deichstrasse. No solo hacía calor para ser primavera, sino que además llevaba mucho tiempo sin llover, de modo que el agua del canal Nikolai había bajado y había dejado un borde oscuro en los muros de mampostería. Pronto se verían los primeros pilotes de madera sobre los que se asentaban, en terreno pantanoso, la mayoría de los almacenes y las oficinas de varios pisos. En tal caso, hasta a las barcazas les costaría trabajo maniobrar con tan poca agua. Pero no se llegaría a esos extremos. Si de algo podía uno fiarse en Hamburgo, era de la lluvia. De todos modos, ya iba siendo hora de que lloviera; ya empezaba a oler a moho. Antes de llegar al mercado llamado Hopfenmarkt, miró a su alrededor para asegurarse de que no había por allí cerca ninguno de los comerciantes o capitanes que entraban y salían de ver a su padre. Entonces se puso a saltar como hacía de niña. Pie derecho, paso adelante, salto por la derecha; pie izquierdo, paso adelante, salto por la izquierda. La coleta que se había hecho con su larga melena de color castaño oscuro le iba golpeando en la espalda.

¿Qué había dicho Ernst de África? Tendría bastantes cosas que contar. Frieda sonrió. Cuánto había temido por su amigo. Todavía no se hacía del todo a la idea de su felicidad. Hans llegaría también pronto a casa; ahora ya estaba segura. Con cada día que pasaba desde el armisticio, con cada oleada de soldados que regresaban a su hogar, se habían desvanecido sus esperanzas. Ahora, en cambio, había recobrado el ánimo.

Cuanto más se acercaba al Hopfenmarkt, más fuerte era el ruido que solo una gran ciudad como Hamburgo era capaz de producir. Campesinos procedentes de los distritos de Vierlande y Marschlande hablaban en bajo alemán entre sí, pero también con la clientela, los sirvientes de los comerciantes y senadores y las mujeres de los obreros del astillero y la gente del barrio. A Frieda le encantaba oír hablar en dialecto. Sonaba tan agradable… Y sinceramente, ni con la mejor voluntad era capaz de imaginar que alguien mintiera o engañara en bajo alemán.

A su alrededor reinaba un ajetreo bullicioso. Hombres con chalecos oscuros sobre camisas blancas y mujeres con delantales largos y sombreros de paja redondos con el ala curva ponían a la venta sus mercancías. En los últimos años cada vez había menos campesinos que ofrecieran aquí fruta, verdura, salchichas, jamón y productos lácteos metidos en sacos o apilados encima de unas mantas. Los comestibles escaseaban; incluso se oía hablar de vez en cuando de saqueos en tiendas de ultramarinos de primera calidad. El que cultivaba algo, apenas iba ya a la ciudad, sino que lo vendía directamente en su granja. O iba a parar derechito a su propio plato.

Al borde del mercado había un caballo alazán en el adoquinado. Atado al carro de adrales, esperaba a que lo sacaran cuanto antes de la gran ciudad. Frieda se acercó al animal y le acarició la piel suave de alrededor de los ollares.

—Qué bonito eres —le dijo en voz baja, dándole golpecitos en el cuello—. ¿Disfrutando de la sombra de St. Nikolai?

El abuelo Carl le había contado que la torre de la imponente iglesia principal había sido en su día el edificio más alto del mundo.

—Eh, muchacha, ¿quieres una manzana?

—¡Qué susto, por Dios! —¿De dónde había salido ese hombre tan de repente?—. ¿Una manzana en esta estación del año?

Intentó reconocer qué ocultaba en la mano. Era algo redondo y de color morado. Desde luego, una manzana no era. Cuando el hombre soltó una sonora carcajada, mostró lo poco que le quedaba de una dentadura torcida.

—Chica lista. No, todavía no hay manzanas. Vendo unos pocos ruibarbos. —Dejó de reírse y se le apagó la mirada.

—Y colinabos, si no me equivoco —dijo ella, y cuando él la miró sorprendido, señaló la verdura que asomaba entre sus dedos.

—Eres lista, muchacha —repitió, y se fue arrastrando los pies.

Frieda dejó atrás el Hopfenmarkt, dobló por el Grosse Burstah y enseguida llegó al Ayuntamiento y a la Bolsa. Qué diferencia con el bullicio del mercado. Allí se veía con claridad la penuria y la escasez; aquí el mundo hanseático parecía todavía intacto. Hombres vestidos con trajes y sombreros se apresuraban de acá para allá. Señoras con largos vestidos de gala y sombrillitas con volantes recorrían la plaza del Ayuntamiento en dirección al bulevar Jungfernstieg y al río Alster. Frieda alzó la vista hacia las torres del Ayuntamiento recién construido. ¡Parecía un auténtico castillo de cuento! Aunque las torres no eran ni mucho menos tan altas como la de St. Nikolai, tenían tantas agujas y volutas, esculturas y molduras curvas, que parecía que allí solo podía vivir un rey. A pocos pasos detrás de la espaciosa plaza giró hacia la derecha y se metió por la Bergstrasse. Su padre llevaba ya un tiempo hablando de renunciar a esa casa. En los tiempos que corrían tenía que cuidar el dinero, y en realidad la de la Deichstrasse era suficientemente grande como para alojar la vivienda y la oficina. Sin embargo, le costaba separarse de ese sencillo edificio de ladrillo rojo con su frontón arqueado. Era la casa de sus padres; allí se había criado. No, tan pronto no se decidiría a venderla, aunque solo fuera porque al abuelo Carl se le partiría el corazón. Aparte de eso, en estos tiempos solo podría vender la casa a un precio que estaría muy por debajo de su valor. A Frieda se le pasó por la cabeza que más valía recibir poco por ella que seguir pagando. Recientemente habían destrozado la puerta de la casa, porque alguien había intentado acceder al interior. Pero ¿qué sabía ella? Ya se encargaría su padre de hacer lo correcto.

Frieda entró en la casa. Olía a polvo y a papel.

—Buenos días, señorita Hannemann —oyó que le decían.

Devolvió amablemente el saludo a los auxiliares mercantiles, antes de subir las escaleras hasta llegar al primer piso, donde su padre tenía el despacho. Llamó a la puerta con una mano y con la otra asió el picaporte. Nada más oír la voz de su padre, abrió y a punto estuvo de chocarse con Ernst.

—¡Anda! —exclamó Frieda, mirándole con una sonrisa radiante.

Ernst dio un paso atrás.

—Perdón por mi torpeza —dijo.

¿Qué mosca le habría picado? Antes no era así, antes se habría burlado de ella llamándola patosa. O esperando a ver en qué dirección se apartaba ella para volver a impedirle el paso y provocar así un choque. Seguro que era la presencia de su padre lo que le cohibía.

—¿Quieres que me vaya?

—No, estrellita; quédate aquí. A lo mejor te hace más caso a ti este cabezota. —El padre señaló a Ernst, que ahora estaba tieso como un palo delante de la ventana, con la gorra sin visera entre las manos—. Figúrate; me ha dicho que le vuelva a coger como chico de los recados.

—Es que necesito trabajo. Y lo necesito inmediatamente.

—Eso lo entiendo. —El padre suspiró. Se notaba que no era la primera vez que hablaban de eso—. Quieres ganar dinero para que tu madre no tenga que seguir trabajando en el puerto. ¿Quién no entendería eso? Eres un buen chico, Ernst, te lo aseguro. —Ernst se miró las puntas de los zapatos, que relucían como si esa mañana temprano se los hubiera limpiado a todo correr con saliva para causar una buena impresión—. Pero insisto: hombres jóvenes y fuertes con una rapidez de comprensión como la tuya hacen falta en todas partes. Pronto cumplirás dieciséis años, una buena edad para entrar de aprendiz. De zapatero, de impresor o de encuadernador, eso da igual.

Frieda paseaba la mirada del uno al otro. ¿Por qué no podía Ernst entrar de aprendiz con su padre? Pero más le valía quedarse callada; de lo contrario, su padre lo interpretaría mal y supondría que ella no creía en el regreso de Hans.

—De obrero puedes ganar más. ¿No querrás ser toda la vida un chico de los recados o un asistente sin estudios? —continuó su padre.

—¿Que de obrero puedo ganar más? —Los ojos de Ernst echaban chispas—. ¿Para quedarme sin trabajo y tener que ponerme a la cola de los que piden limosna? ¿Para que me maten a golpes en una huelga o en una revuelta? No, muchas gracias. —Su mirada se posó en Frieda, que lo miraba aterrorizada. Nunca le había oído hablar así—. Pido disculpas —balbuceó—, pero es verdad. Mi madre me ha contado cómo estaban aquí las cosas y cómo siguen estando. Es casi peor que la guerra.

—Bueno, bueno —dijo el padre de Frieda sin demasiado entusiasmo.

—Es algo patético —dijo Ernst en voz baja—. En la guerra me enteré de las cartas que recibían algunos camaradas de su casa: «Todo marcha sobre ruedas», decían siempre. «Nos va estupendamente». ¡Pues de eso nada! —Meneó la cabeza con un gesto de tristeza.

Albert Hannemann asintió pensativo.

—No te falta razón, muchacho. Ese tipo de cartas también se las escribía Rosemarie a nuestro Hans. Para que la moral se mantuviera alta en el frente. —Suspiró—. Quién sabe si le habrá llegado alguna.

Los hombres guardaron silencio durante un rato. Desde fuera les llegaba el golpeteo de los cascos de los caballos, el traqueteo del tranvía y, de vez en cuando, algún bocinazo de un automóvil. Por lo demás, en el despacho solo se oía el tictac de los tres relojes que había sobre un largo aparador de madera de nogal. Uno marcaba la hora de Hamburgo; otro la del Camerún, el país del que se importaba la mayor cantidad de cacao. El tercer reloj señalaba la hora de Nueva York, donde un hermano del abuelo Carl había fundado un negocio.

—De acuerdo, Ernst. Te admito con mucho gusto. Sé que nos vendrás bien; de ti se puede uno fiar. Bueno, y ahora me tengo que marchar, he de ir al Brook. Creía que ese puesto de administrador del cacao sería una buena idea. —Resopló audiblemente. Cuando vio la mirada inquisitiva de Ernst, le explicó en pocas palabras que, hacía unos días, tanto los fabricantes como los importadores habían creado ese puesto junto con el Banco Imperial y los ministros de Berlín. Se trataba de un intento desesperado de luchar por los intereses comunes y frente a dificultades como la subida de los aranceles, los elevados precios y la escasez del azúcar—. Ah, eso tampoco lo sabes —dijo riendo ásperamente—. Ahora soy las dos cosas, importador y fabricante. Mejor que te lo cuente mi hija, pues le encanta la factoría. Y tiene muy buena mano para las recetas sabrosas, tengo que confesarlo.

—Ese puesto de administrador del cacao... —insistió Ernst—. Ha dicho que creía que era una buena idea. ¿Acaso no lo es? Suena bastante razonable.

—Sí, es verdad, pero hay que dedicarle mucho trabajo y mucho tiempo. Yo soy comerciante, Ernst, y lo que me gusta es actuar. En el ministerio y en la Oficina del Azúcar del Reich lo único que se hace es discutir. Bueno, ahora sí que me tengo que ir. —Dicho lo cual, se levantó tras su enorme escritorio—. ¿Quieres encargarte de que mi hija llegue sana y salva a casa?

—Naturalmente, señor Hannemann.

Unos minutos más tarde, Frieda y él salieron a la Bergstrasse.

—Ya no hace falta que vayamos a nuestro antiguo punto de encuentro —opinó Ernst, después de haber llevado a la pequeña vivienda de los Krüger, en el sótano, las dos latas de copos de chocolate que le había regalado Albert Hannemann—. ¿Vamos entonces al Jungfernstieg? ¿O prefieres ir directamente a casa?

—¡De ninguna manera! Quiero saberlo todo sobre África.

—Y yo, sobre vuestra misteriosa factoría. —Por fin le brillaban de nuevo los ojos.

—Vayamos a la Speicherstadt, al distrito de los almacenes. Hace mucho que no voy por allí. Según dicen, no para de crecer.

—En ese sentido por lo menos no has cambiado nada. Gracias a Dios —dijo él, lanzándole una mirada de las suyas.

—¿En qué otro sentido he cambiado? —preguntó ella mientras cruzaban por el mercado del pescado, pero él se encogió de hombros.

¿Qué habría querido decir? Siguieron andando en silencio por el Brandstwiete, hasta que finalmente llegaron al Zollkanal. ¡Qué vistas más maravillosas! Cada vez que Frieda lo visitaba, se quedaba sin aliento. Ante ella se alzaba, en las islas Brook, una fortaleza de ladrillo rojo. Los imponentes almacenes estaban tan pegados el uno al otro que formaban una sola pared. Las molduras y los frisos, simétricamente distribuidos, tenían una belleza y una elegancia que los ornamentos de piedra vidriada verde y amarilla aún contribuían a resaltar más. Frieda echó la cabeza atrás para poder ver lo de arriba del todo, donde los frontones que protegían los tornos de cable contrastaban con el azul del cielo. Algunas de las escotillas estaban abiertas; amarrados a gruesas cuerdas, sacos y cajas eran izados hasta los depósitos de las distintas plantas. Tras los grandes ventanales de los pisos inferiores trabajaban los comerciantes y sus auxiliares mercantiles; en las otras plantas se apilaba la mercancía que compraban al mundo entero y luego vendían también por todo el planeta. Las gaviotas hacían su ronda entre chillidos, mirando si había algo que pudieran birlar. Los hombres daban órdenes; los caballos, atados a carros cargados, relinchaban impacientes, y el agua murmuraba y borboteaba cuando pasaba alguna lancha. Frieda tuvo que tragar saliva.

Aunque desde allí solo podía ver unos pocos transbordadores que iban de acá para allá a toda velocidad, así como los mástiles de los grandes veleros, más al fondo del puerto, sin embargo, percibía claramente que ante ella daba comienzo la libertad. Con tan solo subir un pequeño tramo del Elba, ya se llegaba a Cuxhaven y, por lo tanto, al mar del Norte. A menudo había pasado horas estudiando el atlas de su padre e imaginando cómo se sentiría viajando en barco. Inglaterra no estaba lejos; con suficientes provisiones se podría incluso llegar hasta Groenlandia. Qué aventura, el hielo perpetuo. Pero se conformaba con Inglaterra. Pensaba en Stonehenge, en James Cook. ¿Acaso no había explorado Cook algunos de los países de los que su padre importaba el cacao?

—¿Has echado raíces, o qué? —Ernst, plantado delante de ella con los brazos cruzados, parecía llevar un buen rato observándola.

—¿Qué? Ah, no, sigamos andando.

Cruzaron el puente Kornhaus. Todo lo impregnaba el peculiar olor del puerto, una mezcla de agua encharcada, café, especias y estiércol.

Al llegar a un murete que había al final del puente, Ernst se detuvo de nuevo.

—Bueno, cuéntamelo ya. ¿Qué hay de esa factoría de chocolate?

Frieda puso una mano sobre el ladrillo recalentado por el sol. Cogió impulso y, en un santiamén, se subió al muro.

—Tu madre se va a poner contenta —dijo Ernst con una amplia sonrisa.

—De todas maneras, siempre hay algo que la pone nerviosa —respondió ella, encogiéndose de hombros, y golpeando con la mano el sitio que quedaba a su lado.

Él lo dudó un momento, pero luego también se subió y se sentó a cierta distancia de ella. ¿Qué había dicho hacía un momento?, le vino a Frieda a la cabeza. Que en un sentido ella no había cambiado. Pues el que sí había cambiado era él. Apartó ese pensamiento de la mente.

—La factoría —empezó ella— es de chocolate fino hamburgués de la marca Hannemann. A mi padre se le ocurrió la idea antes, cuando el chocolate dejó de ser solo para los ricos. ¿Por qué vamos a permitir que nos dicten los precios Sprengel, Stollwerck y Hachez, opinaba él, precisamente cuando el mercado está inundado de cacao? Más vale que elaboremos nosotros mismos una parte del cacao, porque así ganaremos más que solo con la venta. Así se lo imaginaba.

—Solo que con la guerra ya no llegaba nada a Hamburgo. Si acaso, dando rodeos. Ahora mismo no se puede hablar de un aluvión de cacao.

—Es cierto —dijo ella guiñando los ojos—. Creo que la idea de ofrecer un chocolate propio le sedujo demasiado. —Se echó a reír—. Además, todos pensaban que la guerra terminaría antes de lo que se tarda en decir salazón.

—Ojalá hubiera sido así. —Ernst balanceó las piernas, golpeando el muro primero con un talón y luego con el otro—. Te habría dado tiempo a decir tranquilamente carne en salazón con remolacha y arenques en salmuera, y la guerra de todos modos seguiría sin haber terminado.

—A mi padre le quedaban todavía más de tres mil sacos de habas de cacao. Y tenía miedo de que se los confiscaran. Por eso optó por hacer las primeras tabletas propias y los copos para el chocolate a la taza. Hacía años que se había comprado un conche.

—¿Un qué?

—Un conche. Sirve para remover la masa de cacao de modo que no quede con grumos, sino deliciosamente cremosa.

—Solo de pensarlo se me cae la baba hasta debajo del puente.

Frieda se rio de nuevo y asintió con la cabeza. Luego le contó que su padre había llegado a un acuerdo con Gero Mendel, encargado de los grandes almacenes de Jungfernstieg. Únicamente ahí se podía comprar el chocolate Hannemann. De un modo muy exclusivo y solo por recomendación personal.

—Bajo cuerda —susurró Frieda, y saltó del muro.

Emprendieron el regreso a paso lento.

—Tu padre es un pillín. Es listo, quiero decir. Durante la guerra no solo no entraba nada en el puerto, sino que apenas salía algo. Sin embargo, él tenía la despensa llena, de modo que se puso a fabricar chocolate él solo. A eso le llamo yo ser un pill..., ser listo, quiero decir —señaló en tono de admiración—. Además, la opulencia o la prosperidad no lo es todo, ni mucho menos.

Ella lo miró de refilón.

—¿Eres tú el que habla, Ernst Krüger? ¿Acaso no me has dicho siempre que la vida consiste sobre todo en alcanzar la opulencia?

—¡Para mí sí, claro! Hasta ahora no he tenido nunca nada. En cambio, tu padre... El prestigio de un comerciante no depende solo de su prosperidad.

—Sino ¿de qué?

—De si es ocurrente, imaginativo, de si se atreve a hacer algo que nadie haya intentado antes que él. Tu padre tiene ideas y visiones. Por eso el nombre de Hannemann goza de tanto prestigio en Hamburgo. —Alzó la barbilla con orgullo—. Por eso me gusta tanto trabajar para él. Podré aprender cosas y llegar a ser alguien.

—No precisamente como chico de los recados —objetó ella en voz baja.

—Qué más da. El caso es que mañana mismo puedo empezar con él, y así mi madre no tendrá que matarse a trabajar en el puerto. Todo lo demás ya se verá.

Frieda vio algo con el rabillo del ojo y oyó también un ruido como «¡chof!». Una gaviota había dejado una mancha grande y verdosa en el hombro de Ernst.

—¡Vaya cagada! —soltó Frieda sin poder aguantar la risa.

—Pues sí. En fin, espero que me traiga suerte. Todo lo bueno viene de arriba, ¿no?

Ella sacó un pañuelo.

—No. Déjame que te lo quite.

—¡Pero si es toda una reliquia!

—¿Prefieres ir por ahí con ese pegote? —Frieda puso los

ojos en blanco, resopló impaciente y se puso a limpiarle el hombro—. Enseguida está.

Ernst apartó primero la vista, pero luego giró la cabeza y sus labios acariciaron el dorso de la mano de ella. Frieda se quedó paralizada. Qué suave le pareció. Rápidamente retiró la mano. Qué raro; de alguna manera había sido bonito. Extraño y un poco inquietante, pero bonito.

—¿Lo ves? Ya te decía yo que no me lo quitaras —gruñó él.

—¿Qué culpa tengo yo de que no puedas apartar la vista de los dedos? —se defendió ella.

—El resto me lo quitaré en casa frotándolo, no te molestes —dijo él, y se alejó un paso—. Gracias.

Siguieron andando. ¿Por qué se habría puesto de repente tan arisco?

—Tu padre dice que tienes buena mano para las recetas —empezó Ernst al cabo de un rato.

—Para las recetas sabrosas —matizó ella.

—Ajá.

—Por ejemplo, en el conche he añadido agua de rosas a la masa de cacao. A las señoras les vuelve locas el aroma. —La mirada aprobatoria de él la animó a seguir hablando—. Bueno, la verdad es que no lo han probado muchas —admitió—. Simplemente me divierte inventarme nuevos sabores… Me podría pasar el día entero haciéndolo.

Siguió andando sumida en sus pensamientos. Debían tener cuidado de dónde pisaban porque el adoquinado era de todo menos liso, y por todas partes había excrementos de caballo.

—Podría llegar a ser fabricante de chocolate —exclamó ella de repente.

—¿Tú?

—Sí, yo. ¿Por qué no?

—Porque eres una chica. Bueno, una mujer —se corrigió;

no sabía hacia dónde mirar—. Y además la hija de un comerciante que no solo tiene buena fama en Hamburgo.

—Bueno, ¡y qué!

—¡Hay que ver las cosas que se le ocurren a tu lindo cerebro! —Ernst meneó la cabeza sonriendo; luego se puso serio—. Mira tu madre. Ha tenido hijos y se ocupa de la casa. Para eso es para lo que estáis hechas.

—Oh, por favor, Ernst. Los tiempos cambian —arrancó ella—. Mi padre me ha dejado leer todos sus libros sobre las habas del cacao y sobre la contabilidad para que, si algún día me caso, pueda hablar con mi marido acerca de su negocio. Mi padre no puede hacer eso con mi madre. Él la llama su lorito, porque es guapísima y se viste de muchos colorines.

Él esbozó una amplia sonrisa.

—Es gracioso.

—¿Gracioso? Vamos, hombre. Guapa pero tonta, es lo que viene a decir. —Antes de que él pudiera poner alguna objeción, ella siguió hablando—: Los loros no piensan; solo repiten lo que se les dice muchas veces.

Frieda se detuvo y dio una patada a una piedra, que trazó una amplia curva y fue a parar a la rueda de un carruaje.

—¡Buen tiro! —Ernst hizo un gesto de aprobación.

—Pero yo no he ido al liceo solo para poder hablar bien con un marido que ni siquiera está todavía a la vista.

—¿Para qué si no?

Frieda se quedó sin habla. Era su amigo, y creía en que uno podía conseguir todo lo que se propusiera si lo deseaba con toda el alma. ¿Por qué no la apoyaba?

—Tienes razón. Cada vez hay más mujeres buscando trabajo. Pero no por su propia voluntad. Durante la guerra, la mayoría de los hombres estaban en el frente y no quedaba más remedio. Entonces las mujeres tuvieron que ponerse a trabajar de cobradoras o de vendedoras. Pero dentro de poco volverá la normalidad, Frieda. —Se puso de pie ante ella y la miró a los ojos—. Tú eres de buena cuna. Y es posible que ya haya alguien a la vista. Quizá no mañana ni pasado mañana. En cualquier caso, algún día te casarás con un hombre que se ocupe de ti, que te lleve en palmitas. No tienes necesidad de trabajar.

—¡Pero bueno, si ya hablas igual que mi padre! —De un soplido, se retiró un mechón de la frente—. No tengo que trabajar, pero me gustaría —dijo con obstinación.

—¿Por qué? —Ernst se le acercó— ¡Ven un momento!

Tiró de ella hacia una mujer que cargaba con una cesta enorme. Era tan bajita, que a simple vista podía parecer una niña.

—¿Se puede saber qué llevas en esa cesta? —le preguntó Ernst.

La mujer bajita sonrió mostrando un hueco grande en los dientes de abajo.

—Limones. ¿Quieres uno? Solo cuesta cinco *pfennig*.

—No, no. Solo quería saber si te gusta vender limones.

A la mujer se le pusieron los ojos como platos. Miró primero a Ernst y luego a Frieda.

—¿Está majareta?

—¿Cómo dice?

—Cree que no estoy bien de la cabeza —le explicó Ernst—, porque doy por hecho que si acarrea todo el día con esa cesta tan pesada es por pura diversión.

Frieda respiró hondo. Qué injusto había sido presentándosela de esa manera. Pero la mujer bajita se le adelantó:

—Soy Jette la de los limones. ¿Qué otra cosa voy a hacer?

Ernst se cruzó de brazos.

—¡Paparruchas, la Jette hace tiempo que murió!

Era verdad. Hasta Frieda había oído hablar de esa mujer, que todos los días cogía fruta podrida de los cobertizos del puerto y luego la vendía. En Hamburgo la conocía todo el mundo. Unos años atrás, incluso habían representado una obra de teatro sobre su vida en St. Pauli. Frieda recordaba que su padre había leído en el periódico un artículo sobre la muerte de Jette.

—Yo confiaba en que hubiera emprendido una nueva vida en algún lugar, lejos de Hamburgo —había dicho su padre en aquella ocasión—. Le han jugado una mala pasada los chicos de St. Pauli.

—No puedes hacerte pasar por una muerta. ¡Eso no se hace! —Ernst estaba furioso.

—Todos la querían mucho. Es una pena que de repente desapareciera. Por eso la sustituyo yo ahora —les dijo con voz ronca, mientras se alejaban.

Frieda no pudo evitar sonreír. A lo mejor la vieja no iba tan desencaminada. En el fondo, era una buena idea que alguien pudiera reemplazar sin más a una persona fallecida y ocupar su sitio.

Profundamente sumida en sus pensamientos, miró hacia el puerto, donde un espléndido buque de vapor gris permanecía atracado en el muelle.

—¿Ernst Krüger? —La voz venía de arriba.

Frieda alzó la vista extrañada, hacia el bloque H, donde sobre todo almacenaban café, si no le fallaba la memoria. Todo el distrito de los almacenes estaba dividido en bloques que, cuando se terminaran de construir, irían de la A a la Z. Al menos eso servía para orientarse un poco cuando se buscaba un almacén en concreto. Aun así, en opinión de Frieda, resultaba bastante difícil no perderse en esa pequeña ciudad comercial, que incluso disponía de su propio ayuntamiento.

—¡Spreckel! —gritó Ernst.

En el ventanuco del cuarto piso, un hombre saludaba con los dos brazos.

—No me lo puedo creer. ¿Eres tú de verdad? —gritó con una sonrisa radiante.

Luego se asomó tanto que Frieda temió que en cualquier momento pudiera caer al vacío.

—¡Eso creo! —Ernst alzó el brazo agitando la gorra sin parar de reírse.

—¿Dónde has estado metido todo este tiempo? Todos creían que te había alcanzado una granada o una bala. ¡Espera, ya bajo!

Al cabo de pocos segundos, Spreckel apareció en la puerta. Llevaba una gorra con visera de color azul oscuro, unos pantalones azules y una chaqueta negra con dos filas de grandes botones redondos. Dio cuatro o cinco pasos braceando y les salió al encuentro, agarró a Ernst por los hombros y lo sacudió como si quisiera cerciorarse de su autenticidad.

—Santo cielo, pensábamos que estabas muerto.

—De eso nada. Mala hierba nunca muere.

—¿Qué tal te va, chaval?

—A las malas personas les va siempre bien, ya sabes.

Y otra vez se echaron a reír y se abrazaron y se dieron palmadas en los hombros.

Frieda carraspeó. Los dos la miraron como si acabara de aparecer, como si alguien la hubiera colocado sigilosamente sobre el adoquinado.

—¿Puedo presentaros? —Ernst señaló a Frieda con la cabeza—. Friederike Hannemann.

—¿De Hannemann el del cacao? —El chico la observó con curiosidad; luego hizo una mueca que parecía de admiración—. Ah, sí, para ese trabajabas antes de la guerra —opinó—. Entonces ¿esta es la hija del viejo?

Frieda levantó las cejas.

—No, el viejo es mi abuelo. Supongo, al menos.

—Oh… Eh…, perdón, no quería ser grosero.

—¿Y con quién tengo el gusto de hablar?

Ernst se dio en la frente con la mano plana.

—Por Dios, Hein, le dejas a uno aturdido. —Meneó la cabeza—. Perdona, Frieda. Este es el estibador de almacén Hein Spreckelsen.

El muchacho se inclinó un poco rígido.

—Encantada —dijo ella.

—¡Oh, *enchanté!* —dijo él recalcando el acento, e hizo una profunda reverencia—. Pero mejor llámeme Spreckel, así me llaman todos; si no, no me reconozco.

—Oye, Spreckel, dime una cosa —empezó Ernst, y sus ojos lanzaron ese brillo especial que tan bien conocía Frieda. Ernst tramaba algo—. Arriba, en el desván, donde se hace la clasificación, trabajan también chicas, ¿no?

—¿Por qué lo preguntas? ¿Estás buscando novia o qué? —A Spreckel le sonrió toda la cara.

—Qué va, tonto —respondió Ernst, y se ruborizó.

Frieda esbozó una sonrisa de satisfacción. Le estaba bien empleado. Al fin y al cabo, acababa de decirle que pronto le saldría un novio. No, los dos eran todavía demasiado jóvenes para pensar en el matrimonio.

—¡Claro! Los hombres se han largado todos. Bueno, no todos —dijo Spreckel, y otra vez le dio un manotazo en el hombro a Ernst—. Gracias a Dios, no todos. De todas formas, la clasificación la hacen desde siempre nuestras chicas del café —dijo alegremente.

—Eso está bien. Lo pregunto por la señorita Hannemann, que se ha empeñado en trabajar. —Ernst puso cara de inocente.

Spreckel se quedó boquiabierto y hasta se le cayó un poco de saliva por el labio inferior.

—¿La *mademoiselle* quiere currar para Spreckelsen y consorciados?

Frieda no sabía qué decir al respecto. Afortunadamente, Ernst acudió en su ayuda.

—Bueno, al menos le gustaría echar un vistazo. Estoy de broma, Spreckel. Se trata de la hermana de una criada. Pasa muchos apuros porque su marido se ha quedado en el campo de batalla, y sus tres hermanos también. Ahora tiene que cuidar de sí misma; de verdad que necesita trabajar urgentemente.

Frieda estaba desconcertada. Casi había olvidado lo fácil que le resultaba a Ernst contar embustes.

—Por eso a la dama le gustaría echar un vistazo, ¿verdad, señorita Hannemann?

—Sí, lo haría con sumo gusto —respondió ella en tono repipi, y estiró la espalda.

Aunque Ernst la había puesto en una situación bochornosa, en el fondo siempre había soñado con ver un almacén por dentro. Hasta ahora su padre le había prohibido casi siempre visitar los depósitos en los que se guardaban las habas de cacao y los productos coloniales. Tampoco le gustaba demasiado que Frieda anduviera por las islas Brook. Por esa razón, solo había estado en un almacén muy rara vez, y siempre en el piso de abajo, donde las oficinas no se diferenciaban mucho de las de la Bergstrasse y la Deichstrasse.

Spreckel hizo una reverencia muy ceremoniosa.

—En tal caso, *bienvenue* a mi humilde morada —dijo pronunciando fatal el francés—. Cuesta un poco llegar arriba del todo, hasta el desván de la clasificación —le advirtió, mirándola de arriba abajo—. Y tampoco es que esté muy limpio.

—No importa; tenemos una lavandera excelente. —Antes de que Frieda se diera cuenta, ya estaba dentro del edificio con los dos hombres—. No creas que puedes hacerme rabiar, Ernst Krüger —siseó—. He visto tus intenciones. Sé exactamente lo que te propones.

—No sé a qué te refieres.

Él le cedió el paso. Frieda tenía la sensación de que entraba en una catedral. Solo que no olía a cera, sino más bien un poco a paja y a café. Siguió a Spreckel hasta el primer piso y luego hasta el segundo. Entonces no se pudo aguantar.

—¿Y en todos estos pisos se almacena café?

—Así es. ¿Quiere verlo?

—Si es posible…

—¡Claro! —En voz más baja, añadió—: Qué curioso, es usted una persona rara, señorita.

—¡Spreckel! —le reprendió Ernst.

—Es solo mi opinión. No conozco a ninguna dama que se interese por los depósitos.

Ante ellos se abrió un espacio que dejó a Frieda sin respiración. Grandes sacos, hasta donde alcanzaba la vista, ordenadamente apilados, como si los hubieran colocado dentro de un marco invisible. Hasta en los rincones de más al fondo se amontonaban.

—Un saco de estos pesa sesenta kilos —empezó Spreckel titubeante—. No lo puedes coger sencillamente por las cuatro puntas porque se te resbalaría. —Frieda se había levantado un poco la falda e iba de una fila a otra mirando con asombro las enormes cantidades de sacos—. Y las manos también se te quedan hechas polvo con la tela de sisal —continuó—. Tenemos herramientas especiales para cargar con ellos. Las llamamos *Griepen*. —Evidentemente, Spreckel había comprendido que a ella le interesaba de verdad todo aquello, y se le veía en su salsa—. En la pared empiezas con la *Achtersacker*. —Ella lo miró sin comprender—. Así se llama la técnica con la que se apilan los sacos junto a la pared. —Le hizo una breve seña a Ernst para que le ayudara. Entre los dos cogieron uno de aquellos monstruosos bultos de color marrón oscuro y lo pusieron junto a una pared vacía. Justo delante colocaron otro saco. El siguiente lo emplazaron de tal modo que quedó en diagonal encima del primero y el segundo—. Ahora iría otro delante y así sucesivamente —explicó—. De este modo quedan bien sujetos, a prueba de bomba, y no se resbalan nunca, gracias a la técnica *Achtersacker*.

—Bueno, ya está bien, Spreckel. —Ernst suspiró audiblemente y se secó el sudor de la frente.

—Yo lo encuentro fascinante. —Frieda lanzó una mirada de refilón a Ernst, y luego a Spreckel le dedicó su mejor sonrisa—. Aquel montón de allí parece algo distinto. —Y enseguida se puso en camino, oyendo los resoplidos de Ernst a su espalda.

—Eso es un *Bock*. Una fila de un saco abajo. —Spreckel dibujó en el aire con las dos manos una línea ancha de izquierda a derecha—. Y luego otra de dos encima. —Ahora trazó dos líneas paralelas desde delante hacia atrás.

—Entiendo.

—Yo me he especializado en el café —le explicó todo orgulloso—. No se trata solo de almacenar los sacos, sino de almacenarlos bien, para que no se críe moho y esas cosas. Tanto el peso como la calidad deben ser los adecuados. Tengo que comprobar la mercancía, enviar muestras de café… Para eso hay un buzón especial, ¿sabe usted?

—Anda, déjalo ya, Spreckel —refunfuñó de nuevo Ernst.

—Bueno, entonces le enseñaré el desván, donde hacen la clasificación —propuso Spreckel, y se adelantó.

Frieda lo siguió por la escalera, cuyas ventanas daban al canal, hasta llegar al sexto piso. En el fondo, este piso se parecía mucho al depósito, solo que la gigantesca superficie estaba dividida por unas gruesas vigas de soporte. Lo que primero llamó la atención de Frieda fue la luz. Todo parecía luminoso y acogedor. A través de las bóvedas acristaladas del techo entraba el sol de mayo. No obstante, encima de todas las mesas, que aquí estaban dispuestas la una junto a la otra formando largas hileras, se balanceaban unas lámparas eléctricas. Presumiblemente, para la estación oscura del año o para los días de lluvia. En cualquier caso, las mujeres y los hombres, que se sentaban en taburetes de madera sobre unos sacos de yute doblados, tenían que ver con precisión cuando clasificaban a mano las habas del café. Efectivamente, la mayoría eran mujeres, y se ponían siempre una frente a otra. Solo de cuando en cuando había algún muchacho joven. Entre unos y otros se alzaba, a lo largo de toda la mesa, un pequeño muro de habas de color amarillento. Las trabajadoras iban cogiendo las habas a la velocidad del rayo y luego las depositaban en distintos cuencos o bolsas. Las que estaban sentadas de cara a la entrada les susurraron algo a sus compañeras y señalaron con la cabeza hacia la puerta. Ni siquiera se molestaban en hacerlo disimuladamente. Las otras se volvieron, miraron de arriba abajo a Frieda con una descarada curiosidad y saludaron con la cabeza al estibador.

—Buenos días, señor Spreckelsen —dijeron varias de ellas.

Luego reanudaron la tarea de clasificar las habas de café. Saltaba a la vista cuál era la causa de sus cuchicheos.

—Buenos días, no se molesten, continúen con su trabajo —dijo Spreckel. Luego le explicó a Frieda—: Como ve, señorita Hannemann, cada haba se clasifica manualmente por el color y el tamaño. Sobre todo hay que tirar las que huelen mal. —Frieda lo miró extrañada—. De vez en cuando sale alguna podrida —le explicó él.

Frieda se las quedó mirando un rato. Una mujer le llamó especialmente la atención. Era pelirroja y llevaba el pelo cortado hasta la barbilla. Por su figura amuchachada hacía falta mirarla dos veces para saber que era una mujer. Lo que a Frieda le fascinó de ella fueron sus ojos. La trabajadora observaba a Frieda casi burlonamente, y no apartó enseguida la vista cuando sus miradas se cruzaron. Llevaba un sencillo vestido gris y un delantal blanco, pero irradiaba una confianza en sí misma como si fuera vestida de la más fina seda y estuviera tomando el té de la tarde.

—Bueno, tampoco hay mucho más que ver —interrumpió Spreckel sus pensamientos—. Antes aquí se tostaba también el café. Pero eso ya no lo hacemos. Es demasiado peligroso. No vaya a ser que nuestro flamante y bonito distrito de almacenes salga ardiendo. Como aquella vez, cuando se quemó medio Hamburgo. —La miró—. ¿Fue su bisabuelo el que se comportó tan heroicamente que…? —No dijo nada más.

—Pero de vez en cuando, sí sigues tostando, ¿no, Spreckel? —Ernst olfateó.

—A veces, pequeñas muestras —admitió Spreckel.

—¡Qué bien huele! —Ernst cerró los ojos.

—Casi tan bien como el chocolate —observó Frieda, se recogió la falda y siguió a Spreckel hacia la escalera.

—En eso tiene razón, *mademoiselle* —reconoció Spreckel mientras bajaban peldaño a peldaño—. En cuanto huele uno el chocolate, se le hace la boca agua. —La luz del sol seguía deslumbrando cuando de nuevo se hallaban en la acera, ante el imponente almacén—. Me suena haber oído que el chocolate de Hamburgo solo lo hay en Mendel.

Frieda se asustó.

—¿Dónde ha…?

Ella también era un poco orgullosa, pero de todos modos el chocolate de Hannemann solo se ofrecía bajo cuerda. Digamos que la venta no era demasiado legal. Había que tener cuidado.

—Eso dicen por ahí. —Spreckel se echó a reír—. Nada más que en casa Mendel. En fin…

—¿Y bien? ¿Qué tiene contra los grandes almacenes Mendel? Tienen buena fama en Hamburgo y fuera de los límites de la ciudad.

—Sí, sí, puede ser —opinó él, clavando la punta del zapato en el adoquinado—. Es que él es judío. —Se encogió de hombros. Cuando vio la cara que ponía Frieda, añadió enseguida—: Eso dicen. Hay gente a la que no le gustan los judíos. Creen que tienen la culpa de todo este embrollo, de que nos vaya tan mal, no haya trabajo y todo esté tan caro, ya sabe.

—¿Cómo van a tener la culpa los judíos de que no haya suficiente trabajo para todos? Eso no tiene ningún sentido.

—Eso lo dice usted, *mademoiselle*. Otros opinan que hemos luchado por un gran Imperio y ahora solo tenemos una pequeña República. Alsacia se ha perdido, Prusia Occidental se ha perdido y Danzig también. Y detrás de todo eso están los judíos, dicen algunos. —Spreckel hizo un gesto con la mano de quitarle importancia a lo que decía—. Yo de eso no entiendo nada. Solo entiendo algo de café. —Se le iluminaron los ojos.

—¡Cómo echaba de menos todo esto! —suspiró Ernst, una vez que se despidieron de Spreckel—. Hamburgo es un mercado gigantesco. Aquí hay sencillamente de todo. No solo café y cacao, sino de todo: caucho, margarina, naranjas, algodón, tabaco. —Sus ojos tenían un brillo casi febril—. Algún día seré comerciante y dejaré que Spreckel o algún otro estibador pese, almacene y clasifique mis mercancías.

También Frieda se sentía imbuida del ambiente que se respiraba en el desván en el que se clasificaban las habas. El distrito de los almacenes, llamado Speicherstadt, había sido desde siempre un lugar especial para ella; haberlo podido ver por dentro era algo completamente distinto.

—Eso quiero yo también —anunció, sin pararse a pensar.

Ernst arqueó las cejas—. Naturalmente no seré comerciante —admitió—. Pero algún día trabajaré también aquí. La cocina de la factoría no es más que un cuchitril. Tal vez mi padre pueda alquilar un piso en uno de estos almacenes —pensó en voz alta. Notó cómo se iba picando por dentro, como el agua del Alster cuando soplaba el viento.

—Spreckel tenía razón. Eres una mujer rara. —Antes de que Frieda pudiera dar rienda suelta a su enojo, Ernst continuó—: Compréndelo, trabajar resulta duro; por eso es cosa de hombres. Si exceptuamos actividades como las que desempeñan las chicas del café: un día sí y otro también, clasificando las habas por el color y el tamaño... De verdad, Frieda, no sé cómo te puede gustar eso. Alégrate de que algún día cuidará de ti un marido, al que le bastará con que estés guapa y con tenerte a su lado. No te dejes convencer por alguna marisabidilla de que es divertido llegar por la mañana temprano a la oficina, tomar decisiones y lidiar con problemas hasta las tantas. Tienes una visión demasiado romántica de eso. Hoy en día ya no basta con ser adinerado; debes ser el primero en tener una idea.

—Eso ya lo has dicho —repuso ella fríamente.

—Tu padre es un hombre que tiene ideas. Esa factoría, por ejemplo, es algo asombroso. Cuando desaparezcan las restricciones al comercio y se pueda ofrecer chocolate Hannemann oficialmente y en todas partes, pronto adquirirá fama mucho más allá de Hamburgo.

¿Seguía hablando con ella o solo para sus adentros?

—Yo no tengo una visión romántica. También tengo ideas —tomó enérgicamente la palabra.

Él le lanzó una mirada burlona de refilón. ¿Por qué no la veía capaz de tener ideas? ¡Se iba a enterar!

—Por ejemplo, me gustaría poner máquinas expendedoras de chocolate en Hamburgo. Así la gente podría tomar chocolate Hannemann a cualquier hora del día o incluso de la noche, cuando le asaltaran unas ganas irresistibles.

Ernst frunció el ceño.

—Más vale que te lleve ahora a casa. Se lo he prometido a tu padre.

Después de despedirse de Ernst, Frieda se fue derecha a la cocina del cacao. En ese pequeño anexo sin ventanas, su padre solo había puesto el conche; poco a poco se habían ido añadiendo distintos rodillos, moldes para las tabletas de chocolate, cazos y cacerolas. No se quitaba de la cabeza a Spreckel. Era tan distinto de los otros estibadores de almacén que había conocido hasta entonces… Estos negociaban con su padre, y tenían su gente para los trabajos pesados. La mayoría eran incluso socios comanditarios, metían dinero en el negocio; los tres consorciados en la sombra, cuyos nombres no se conocían, confiaban en obtener pingües beneficios. Ernst le había contado que Spreckel, en cambio, había aprendido el oficio con su padre pasando por todos los grados. La oficina no le atraía especialmente; como más a gusto se encontraba era en medio de los sacos, corriendo de acá para allá en el almacén, pesando, tomando muestras y comprobando la calidad de la mercancía. Realmente le pareció un buen tipo, se podía imaginar trabajando algún día con alguien como él. Todavía le daba rabia que Ernst tuviera unas opiniones tan anticuadas. Pero a ella no la intimidaría. ¡Al contrario! No permitiría que nada ni nadie la apartara de sus planes. Le demostraría a su padre que tenía talento, que podía crear diferentes tipos de chocolate que se venderían bien. Cuando su padre reconociera que ella tenía algo más que pájaros en la cabeza, entonces tal vez la dejara estudiar contabilidad, y a lo mejor algún día hasta le permitía hacerse cargo de la factoría. Aunque en el pequeño laboratorio, como solía llamarlo su padre, siempre había humedad y hacía frío, a Frieda el entusiasmo le hacía entrar en calor. ¿A qué estaba esperando? ¡Había mucho que hacer! Su ensayo con el agua de rosas había sido especialmente bien acogido por las damas. ¿Qué sabor les gustaría a los caballeros? Algo frutal, quizás. El cacao de plátano llevaba años teniendo mucho éxito de ventas, pero más bien iba destinado a los niños enfermizos, a los ancianos o a las mujeres que habían tenido un parto difícil. No, para los señores habría que inventar algo refinado, tal vez algo amargo que contrastara con el dulzor del chocolate. Le vino a la cabeza la señora que iba con la cesta de los limones. ¡Limones! No, demasiado agrio; no era una buena mezcla. ¿Acaso no había dicho el señor del Hopfenmarkt que aún quedaban ruibarbos? ¡Eso era!

Le entraron ganas de salir corriendo a comprar un par de tallos de ruibarbo, pero luego se contuvo. ¿Cómo iba a mezclar la fruta con la masa del chocolate? ¿Y si hacía zumo y lo añadía a la masa en el conche? Eso podría funcionar. Ojalá siguiera allí el campesino de Vierlanden, y ojalá le quedara todavía algo de ruibarbo. También podría dar un hervor a los tallos, cortarlos en trocitos y escarcharlos. Si luego los sumergía en un chocolate oscuro, el resultado podría ser exquisito. Las ideas se le iban agolpando cada vez más aprisa. ¿Y no había leído recientemente que la masa de cacao se podía verter en moldes, rellenar de pulpa de fruta y, por último, cubrirlo todo con una capa de chocolate? Si era capaz de conseguirlo, causaría sensación. Su padre se enorgullecería de ella y no podría evitar hacerla responsable de la factoría o, por lo menos, cumplir su deseo de una formación profesional.

Frieda no habría sido capaz de decir de dónde había salido el joven que de repente apareció frente a ella tan cerca que les faltó un pelo para chocarse.

—Perdón —dijeron los dos al mismo tiempo.

Esa voz hizo que Frieda alzara la vista. Era grave y suave, y tenía algo extraño, si es que se podía decir eso después de haber oído una sola palabra. Y pertenecía a un hombre que le sacaba casi media cabeza. Tenía el pelo castaño rojizo y una barba del mismo color que, primorosamente recortada, le adornaba el labio superior y la barbilla. Sus labios dibujaban una sonrisa. En la nariz tenía pecas. Pero bueno, ¿qué hacía ella en mitad de la calle mirando la nariz de un desconocido? Las mejillas de Frieda se arrebolaron. Dio un paso hacia la izquierda para esquivarle. En ese preciso instante, él tuvo la misma idea y, por desgracia, se apartó hacia el mismo lado, es decir, dio un paso a la derecha. De nuevo estuvieron a punto de chocar el uno con el otro.

—Perdón —repitieron otra vez al mismo tiempo, como si lo hubieran estado ensayando.

El desconocido rio en voz baja. Sus ojos grises también lucían una expresión risueña. Eran unos ojos simpatiquísimos; en ese segundo parecían no ver nada en el mundo, salvo a Frieda. El hombre giró con elegancia, le dejó libre la Deichstrasse, y Frieda pudo continuar su camino en dirección al Hopfenmarkt.

—Gracias —susurró ella al pasar a su lado.

El corazón le palpitaba cuando oyó sus pasos al alejarse. No estaba bien que se volviera a mirar a un hombre. ¿Qué pensaría de ella? Por otra parte, solo se daría cuenta si él también se volvía a mirarla. Una rápida ojeada le confirmó que ningún transeúnte se fijaba en ella. Podía atreverse a hacer la prueba. Frieda lanzó una mirada por encima del hombro. Se había ido. Se volvió del todo y recorrió con la mirada toda la calle y las entradas de las casas. Nada. Tan de repente como había aparecido, había vuelto a esfumarse. Tenía que haber entrado en una de las casas. O haberse montado en un coche de punto. No creía que viviera por allí; en tal caso lo habría visto alguna vez. Pero también era posible que se acabara de mudar. Quizá hacía negocios con alguno de los comerciantes de allí. Las perspectivas de volver a encontrárselo algún día eran halagüeñas.

3

—¿Adónde vas tan aprisa, tesoro?

Frieda estuvo a punto de conseguir salir por la puerta sin que la vieran, pero a su madre, una vez más, no se le escapaba un detalle.

—Le he prometido a Clara que iría con ella a ver a su tío. —Su madre la miró incrédula. ¿Se había vuelto a olvidar Frieda de quién era Levi Mendel o, mejor dicho, a qué profesión se dedicaba?—. Vamos a ver sus cisnes en el Alster.

—¿Qué se os ha perdido donde Levi Mendel? Nunca entenderé qué les encuentras a esos pájaros tan grandes y amenazadores. De lejos son bonitos, pero de cerca… Dan miedo, ¿no te parece?

—Qué va. Si no hacen nada. Hace tan buen tiempo, que da pena quedarse en casa, y Levi es tan amable…

—¿Cómo lo sabes? Ese hombre apenas pronuncia una palabra. En fin, está bien. Pero no vuelvas tarde, corazón. Tu padre ha quedado esta noche para cenar, y nosotras le acompañaremos.

Frieda asintió con la cabeza y salió a toda velocidad. Cómo detestaba que la trataran como a una niña pequeña. Ya era casi una adulta. Más aún odiaba asistir a las comidas de negocios de su padre y tener que representar el papel de la hija formalita. Pero su padre insistía en que le acompañaran sus dos damas, como él las llamaba.

—Eso da confianza y refuerza el vínculo comercial.

No le importaba que Frieda se sintiera siempre como un objeto decorativo, como un florero o un candelabro, como el broche descomunal que llevaba su madre en el pecho o como el anillo de sello que llevaba su padre en el dedo. Si por lo menos pudiera intervenir libremente en las conversaciones… Pero cada vez que hablaba de algo que no fuera la comida, el tiempo o las nuevas telas que estaban ahora de moda para las cortinas, el padre o la madre le cortaban la palabra o le daban a entender con la mirada que debía permanecer calladita.

Cuando llegó al final de la Deichstrasse, no pudo remediar acordarse del joven del día anterior. Veía sus ojos ante ella. Qué lástima, le habría gustado volver a encontrárselo, pero no se le veía por ninguna parte. En cualquier caso, si se lo encontraba, ¿qué iba a hacer?, ¿hablarle? Imposible de todo punto. Además, ¿para qué? Ni ella misma sería capaz de explicarlo; solo sabía que en su mirada y en su comportamiento había tanto humor que tenía que ser un placer charlar con él. Una presencia similarmente agradable solo tenía Ernst, y por eso era un buen amigo. Al llegar al Hopfenmarkt, giró a la izquierda. En el preciso momento en que llegó al cruce entre Graskeller y Alter Wall, hizo su entrada el tranvía en la parada de Rödingsmarkt, situada sobre un viaducto. Frieda se tapó los oídos. El chirrido de los frenos le resultaba insoportable. Por el canal Alster se apresuró en dirección a Jungfernstieg. A lo lejos amenazaban unos nubarrones grises. Adiós al buen tiempo. Clara y ella no podrían demorarse demasiado contemplando las magníficas aves blancas, las auténticas reinas del Alster, con el tío de Clara, tan parco en palabras.

En el bulevar, flanqueado por unas casas espléndidas —la mayor de las cuales eran los grandes almacenes Mendel, que pertenecían al padre de Clara—, reinaba como siempre el bullicio. El tranvía traqueteaba bajo los cables de la electricidad, que parecían llevarlo como una marioneta. En cuanto hubo pasado, los coches de punto se adueñaron otra vez de la vía. Un Adler K5 recorría también el adoquinado. Frieda no entendía mucho de automóviles, pero el K5 lo reconocía hasta dormida porque Hans siempre había soñado con tener uno. Sería un descapotable de color burdeos y brillaría como el oro. La capota más le valdría cerrarla al amo del volante, si no quería empaparse. En cualquier caso, a su hermano le habría entusiasmado ver ese coche.

Bajo las farolas de amplios brazos, pasó por el pabellón Alster y dobló hacia la derecha rodeando el Alster Interior. Justo detrás del puente Lombardsbrücke había una casa en la que se guardaban los botes. Y un poco más adelante, un banco de madera blanco de líneas curvas, donde la esperaba ya Clara.

El padre de Clara, Gero Mendel, era amigo del padre de Frieda de toda la vida. Él y su mujer, Mirjam, estuvieron yendo una temporada a su casa todos los sábados a tomar café con tarta y luego jugar a las cartas. Clara era la benjamina. Tenía tres hermanos mucho mayores que ella, pero echaba mucho de menos una hermana. Ese papel lo adoptó Frieda encantada, pues también ella habría deseado tener una hermana. A su hermano lo quería, claro, pero como compañero de juegos no le había servido de mucho. Frieda solo había conseguido muy rara vez que la acompañara a ver los cisnes o que instalara su tren de madera para las niñas. Sus esfuerzos por hacer algo juntos casi nunca habían prosperado. Después de merendar en compañía, Hans solía retirarse a su habitación, mientras las dos niñas se quedaban jugando solas.

Con la apertura de los grandes almacenes Mendel, en el bulevar Jungfernstieg, y el aumento de las actividades de la Asociación del Cacao, cuyo miembro fundador era el padre de Frieda, mucho antes de que fundara también la Oficina Comercial del Cacao, las reuniones de los sábados de las dos familias fueron espaciándose cada vez más. Los hombres tenían poco tiempo, y a las mujeres seguramente no se les ocurrió la idea de reunirse ellas solas con los niños. La guerra puso el punto final definitivo a aquellas agradables meriendas de los sábados.

Las largas trenzas rubias de Clara resplandecían en contraste con el cielo cada vez más oscuro. Cuando vio a Frieda, se levantó de un salto y salió a su encuentro.

—No llego tarde, ¿verdad? —Frieda sacó su reloj de bolsillo, heredado de su abuela Leopoldine, que había sido comadrona.

—No, tranquila. —Clara sonrió. Todo en ella era fino y delicado: el pelo, la nariz, los labios, y hasta la voz—. Solo quería disfrutar del aire libre antes de que empiece a llover. —Dirigió la mirada al cielo—. No tardará mucho.

—De todas maneras, tampoco dispongo de mucho tiempo —dijo Frieda en tono sombrío—. Mi padre tiene esta noche una cena de negocios y debemos acompañarle. —Resopló y dio una patada a una piedra, que cayó al Alster haciendo «¡plaf!».

—Más de uno estaría agradecido de que le pusieran hoy en el plato una cena opípara.

—Ya lo sé. De todas formas, preferiría tomar cualquier cosa sola en casa —refunfuñó.

—Por ahí viene el tío Levi —dijo Clara asomándose al Alster Exterior.

El botecito, que hasta ese momento estaba atracado junto a la caseta de los cisnes, se deslizaba ahora por el agua. El tío de Clara iba como siempre de pie, con su gorra de marino en la cabeza, dando vigorosas paletadas para que aquella cáscara de nuez se dirigiera hacia ellas. Lo acompañaban más de treinta elegantes cisnes. A Frieda le encantaban esas preciosas aves, que a sus ojos se asemejaban a los comerciantes de Hamburgo, porque eran igual de orgullosas.

En una ocasión, Levi Mendel les había contado a Clara y a ella que, antiguamente, el derecho de poseer su propio cisne quedaba reservado para los reyes, los duques y otras personalidades. La gente sencilla, los burgueses, tenían esto prohibido bajo amenaza de unas penas sustanciosas. Unos siglos atrás, cuando Hamburgo obtuvo la independencia, los ediles de la ciudad se encapricharon con tener y criar cisnes, para lo que tomaron a su servicio un guardián de cisnes, un puesto que seguía existiendo en la actualidad. Estos pájaros eran el símbolo viviente del poder y la independencia, dos atributos que también reclamaban para sí los comerciantes hamburgueses.

Levi se acercó con el bote, acompañado del grupo de aves. Los progenitores tomaron instantáneamente posesión del territorio sin parar de refunfuñar. Frieda y Clara retrocedieron lentamente unos pasos, y se quedaron con las ganas de ver de cerca los primeros polluelos del año, grises, suaves y esponjosos, o incluso de cogerlos con la mano.

—¡Mira, hay uno completamente negro! —exclamó Clara entusiasmada—. Buenas tardes, tío Levi. ¿Qué tal están tus hijos?

Levi Mendel era mayor que el padre de Clara, pero vivía solo. Él se llamaba a sí mismo, cuando era capaz de decir más de una palabra, el padre de los cisnes. Por eso Clara se refería también a los animales como sus hijos. A Frieda le daba la impresión de que era el judío más firmemente creyente de la familia.

—De maravilla —respondió Levi.

De un salto salió de la cáscara de nuez y fue hasta el poste para amarrar el bote. Acababa de hacer el nudo cuando de pronto la bandada se alborotó. Algunos de los pájaros se incorporaron y desplegaron sus alas blancas mientras siseaban y bufaban. Los pequeños graznaban y piaban nerviosos y buscaban protección tras los grandes. ¿Qué había pasado de repente? Frieda miró a su alrededor. Unos cuantos gamberros se habían acercado sigilosamente a los cisnes y ahora estaban tirándoles piedras. Una vez más. Y eso que estaba prohibido bajo multa herir, matar o siquiera molestar a los animales.

—¡Granujas maleducados! —los increpó Levi—. ¡Largaos inmediatamente de aquí!

—¿Por qué? Si solo son gansos —dijo uno.

—Qué va, son patos —vociferó otro.

—¡Sean lo que sean, son mejores que los cerdos judíos! —gritó un tercero.

Otra piedra salió volando, pero esta vez no hacia las aves, sino en dirección a Levi. Luego los tipos huyeron a toda velocidad. Empezaron a caer las primeras gotas.

—Más vale que volváis otro día —opinó Levi en voz baja.

Frieda asintió con la cabeza y cogió de la mano a Clara, pero al ver que esta no se movía, tiró de ella. Durante un rato caminaron en silencio.

—Se guardan fidelidad durante toda la vida —dijo Clara cuando llegaron a Jungfernstieg, y suspiró, como cada vez que ella y Frieda volvían de ver a los cisnes—. Toda una vida. ¿No te parece romántico?

Las gotas se deslizaban por la ventana del coche de punto. El tiempo reflejaba perfectamente el estado de ánimo de Frieda. Al regresar a casa desde el Alster se había empapado hasta los huesos. Eso había traído como consecuencia un buen sermón de su madre, que inmediatamente había llamado a Henni para que le preparara a Frieda un baño de agua caliente. Aunque le había dado tiempo de sobra para arreglar su larga melena con las tenacillas y luego peinarla con dos bonitos cepillos, Rosemarie Hannemann no había parado de moverse de acá para allá, como uno de los cisnes cuando alguien le molestaba mientras estaba incubando. Después del baño, a Frieda le habría gustado ponerse el camisón, envolverse en una manta con una limonada fría a su lado y meter la nariz en un libro. En su lugar, tenía que pasar las próximas horas dando todo el rato la razón a los socios comerciales de su padre. «Sí, la cena está realmente exquisita». «En efecto, la lluvia no es bonita, pero hacía falta para que no se sequen por completo los canales». Suspiró profundamente. No había que ser desagradecida; Clara tenía razón. Además, nunca se sabía si el naviero con el que se iba a encontrar su padre tenía algo interesante que contar.

Pasaron por delante de los baños públicos para hombres y mujeres, y dejaron atrás los embarcaderos de Walhalla y Auguststrasse, cuando el coche de punto se dirigió al de Fährhaus. ¿Qué les habría pasado hoy a sus padres?, se preguntó Frieda. Se habían comportado de una manera muy extraña. Él no había mencionado, como de costumbre, la importancia que tenía esa cena para Hannemann & Tietz. También había renunciado a recalcar la buena impresión que causaba que lo acompañaran su mujer y su hija. Pensándolo bien, su padre había estado llamativamente callado. En su lugar, la madre había hablado por los dos y había montado su peculiar numerito.

—¿Qué te vas a poner, corazón? —En cuanto echó un

vistazo al vestido que había elegido Frieda, no tardó en protestar, si bien suavemente—: ¿No prefieres llevar el vestido de las faldillas? Creo que te tapa un poco la tripa y te resalta las caderas. —¡Ni que Freda tuviera grasa en las costillas! ¡Y todo porque no estaba tan delgada como Clara, ni se ponía unos vestidos tan ajustados como su madre! Naturalmente había que completar el atuendo con el collar de rubíes—. No vayan a pensar que el negocio no va sobre ruedas.

Si Frieda no se equivocaba, todos los negocios iban lentos, ya que la mayoría de los barcos habían abandonado Hamburgo y las mercancías a duras penas podían ser transportadas. Ni entraban ni salían de la ciudad. Eso no le afectaba solo a su padre, sino a todos los comerciantes. Sin embargo, se ahorró todo comentario, se puso el vestido de las faldillas y se colgó el collar de rubíes. Ahora iba sentada en el coche de punto deseando estar ya de regreso.

Se detuvieron delante del embarcadero Fährhaus de Uhlenhorst, un elegante edificio encajonado entre el Alster Exterior y Langer Zug. Cuando hacía buen tiempo, allí se agolpaban los botes de remos hasta la noche. Pero también eran muy bonitas las vistas de las villas de Harvestehude y la torre de St. Johannis. Asimismo daba gloria ver el propio edificio del Fährhaus con sus torres y la bandera de Hamburgo ondeando en ellas. Frieda se apeó del coche protegida por el paraguas que le sostenía el chófer.

En realidad, a Frieda siempre le había gustado ese sitio. En su primera visita al local, que entretanto se había convertido en toda una institución en Hamburgo, su padre le había contado la historia del mismo.

—Pocos años antes del incendio devastador, los inversores compraron toda la superficie libre en torno al Alster.

Uhlenhorst quedó repartida casi por completo, y, por otra parte, había un tal señor Fontenay que se disponía a drenar todos los terrenos húmedos para construir viviendas encima. Nadie habría podido ya pasear por el Alster. Para evitarlo, más de treinta comerciantes fundaron una sociedad anónima a fin de colocar, en lugar del edificio antiguo, el nuevo y suntuoso local y arrendarlo. De este modo, todos, ya fueran ricos o pobres, podían disfrutar del bello lugar, tomar un bocadillo y escuchar a la orquesta de instrumentos de viento o comer varios platos y acompañarlos de champán.

Todavía hoy recordaba Frieda lo orgulloso que se sentía su padre al contarlo.

Les pusieron en una mesa junto a uno de los grandes ventanales. Como todavía había luz, desde allí podían ver el Alster salpicado por la lluvia, que hoy se hallaba vacío. El matrimonio Rickmers llegó pocos minutos después de ellos. Se hicieron las presentaciones pertinentes y los caballeros retiraron la silla a las damas para que se sentaran, poco antes de tomar ellos mismos asiento. Justus Rickmers, el hijo del naviero, había estudiado en la Universidad Friedrich Wilhelm de Berlín, según explicó el joven a modo de saludo, lanzando una mirada esperanzada a Frieda.

—Interesante —dijo ella, porque quería ser cortés.

Le llamó la atención que el tal Justus la miraba una y otra vez de una manera que le pareció poco apropiada, como si estuviera examinando si llevaba las uñas limpias, si tenía las manos bien arregladas, como queriendo averiguar si las faldillas que le había aconsejado su madre ocultaban una buena barriga.

Tomaron sopa de anguila y, a continuación, los típicos panecillos calientes con carne de cerdo conocidos en Hamburgo como *rundstück warm*. La madre repartió sus cumplidos entre la señora Rickmers, su esposo y Justus: qué bien llevaban el pelo, qué buena era la tela y qué a juego iban los colores del pantalón y la chaqueta. La señora Rickmers, por su parte, elogió las cortinas de encaje y la porcelana fina. Frieda luchaba hasta tal punto contra el sueño que tuvo que reprimir un bostezo. Solo se animó cuando su padre empezó a hablar de los problemas de las plantaciones de cacao y de los planes que tenía para la factoría. Le habría gustado participar de esa conversación, pero no tuvo ocasión, pues a cada pequeña pausa tomaba rápidamente la palabra el señor Rickmers, que solo dejaba hablar a los demás cuando bebía o se metía el tenedor en la boca.

Así que Frieda optó por concentrarse en la música, de la que se encargaba un pianista que estaba fuera del alcance de la vista. Para entretenerse, intentaba averiguar el título de la pieza en cuanto sonaban los primeros acordes. Durante un rato solo oía un rumor de la conversación de la mesa, hasta que la voz potente del señor Rickmers la sacó de sus ensoñaciones.

—El *Sophie Rickmers* será el mejor buque de vapor comercial que ha visto el mundo —se jactaba en ese momento—. Aún sigue en nuestro astillero, pero estará terminado en menos que se persigna un cura loco.

—Un barco, qué emocionante —intervino Rosemarie.

¿Qué otra cosa iba a construir un naviero y dueño de un astillero?, pensó Frieda agotada. Rickmers siguió perorando sobre las toneladas que cabrían en el buque de vapor y sobre los nudos que alcanzaría cuando surcara los mares del mundo. Frieda suspiró y contuvo un bostezo.

Al momento apareció al lado de la mesa un camarero con una jarra de agua. Frieda vio cómo se tambaleaba la botella de cristal, y antes de que pudiera hacer algo, el señor Rickmers recibió una ducha fría. Rickmers pegó un grito. Durante un segundo enmudecieron las conversaciones; ya solo se oía el piano de la habitación contigua. Era como si, por un instante, se hubiera congelado la imagen del Fährhaus de Uhlenhorst y se hubiera plasmado en un cuadro.

—Le pido disculpas. Cómo lo siento —balbuceó el camarero, y se puso a secar el hombro de Rickmers con una servilleta.

Frieda apretó los labios para no soltar una carcajada. Pero se le habría cortado enseguida la risa, porque ahora Rickmers cogió impulso y le quitó la servilleta de un manotazo. La servilleta salió volando y fue a parar a una vela encendida, cuya llama afortunadamente se apagó al instante.

—Es usted un mentecato —despotricó el naviero, que no contemplaba la posibilidad de comportarse con discreción ante el incidente.

—Perdón, caballero. Esto no tendría que haber pasado —susurró el camarero muy ruborizado.

—En eso estamos sorprendentemente de acuerdo. Y ahora lárguese de mi vista. —Rickmers seguía sin tener ninguna intención de bajar la voz. En cambio estaba clarísimo que el joven camarero quería evitar llamar la atención. Una y otra vez miraba a su alrededor con cara de pánico y esbozaba una sonrisa de medio lado a los clientes que, llevados por la curiosidad, estiraban el cuello para no perderse un detalle—. El asunto acarreará graves consecuencias para usted, joven —le hizo saber al camarero en un tono glacial.

Frieda se fijó en que ni la señora Rickmers ni Justus reaccionaban ante la escena. ¿No podrían al menos intentar tranquilizarle?

—Menos mal que no era cerveza —dijo la esposa dirigiéndose únicamente a Rosemarie—. Habría apestado en el coche de punto.

—Exacto, solo es agua —reventó al fin Frieda—. Se seca enseguida y no deja mancha. —De pronto, todas las miradas se volvieron hacia ella. Frieda señaló las gotas de lluvia que se deslizaban por los ventanales—. De todas formas, todos nos vamos a mojar hoy un poco —opinó con una sonrisa a la galería—. Un poco más o un poco menos no tiene ninguna importancia.

El contratiempo no debería haberse producido, eso estaba claro. No obstante, Frieda se apiadaba del camarero y, en su fuero interno, confiaba en que Rickmers se olvidara de su amenaza y no le diera un disgusto al pobre chico.

—No se trata del agua ni de la cantidad. Es una cuestión de principios —le explicó él entonces en tono severo.

—Pero, en principio, una cosa así nos podría haber pasado a cualquiera. —Frieda le sonrió.

—A cualquiera no; solo a quien sirve —matizó Justus.

En ese momento se acercó el gerente a la mesa, se disculpó como si le hubiera caído vino tinto o la salsa de un asado en el hombro y, en compensación, les obsequió con una jalea de frutas.

—Albert, escucha esto; el pianista está tocando *Noche de luna en el Alster*. ¿Vamos a bailar? —Rosemarie miró a los invitados del padre—. Es una canción tan bonita... Ya nos tomaremos luego la jalea de frutas. —Soltó una risita de niña.

Sin duda, un vals nunca estaba de más. Pero una ciudad tan moderna como Hamburgo, ¿no podía permitirse poner alguna canción más actual?

Después de que la señora Rickmers convenciera a su marido haciéndole toda clase de guiños y gestos llamativos, este no se hizo de rogar, de modo que los cuatro se dirigieron a la pista de baile del cuarto contiguo. Frieda se quedó a solas con Justus. ¡Lo que le faltaba!

Justus la volvió a escudriñar con la mirada, se reclinó en el asiento y dijo:

—He oído que quiere ir al colegio.

—Ya he estado en el liceo.

—Naturalmente. Pero, al parecer, quiere seguir estudiando, ¿es cierto? ¡Qué curioso! —Era sorprendente lo bien informado que estaba sobre ella.

—Sí, para mí es importante entender cómo se ganan el dinero mis padres —dijo ella titubeante.

—Querrá decir «su padre». Cómo se gana el dinero su padre.

—Sí, claro, mi padre —contestó ella de mala gana.

Había muchas cosas que Frieda no entendía de su madre, pero al fin y al cabo la habían educado así. En sus tiempos, las mujeres carecían de las posibilidades que tenían hoy. Por otro lado, le irritaba que se pasara por alto la contribución que aportaban las madres; era como si la barrieran y la metieran debajo de la alfombra.

Miró al tal Justus con el ceño fruncido.

—¿Sabe lo que pienso? Que mi madre también contribuye lo suyo. Ha educado a sus dos hijos y está al frente de una casa grande. Sin ella, mi padre no podría llevar su empresa tan tranquilo. Al fin y al cabo —murmuró—, probablemente sea de su conocimiento que mi padre no solo es un miembro influyente y muy activo de la Asociación del Cacao, sino que también ha participado en la fundación de la Oficina Comercial del Cacao. —Justus alzó las cejas, pero no dijo nada—. La Oficina Comercial del Cacao se compone del Comité de Importación y el Comité de Fabricación. Los importadores, comerciantes, corredores de comercio y fabricantes que la integran se ocupan de garantizar el aprovisionamiento de cacao crudo, pero también de manteca de cacao, cacao en polvo y, por supuesto, chocolate. Son los que fijan el peso de las tabletas, toman decisiones acerca de los ingredientes e incluso dictaminan sobre los márgenes comerciales.

Él la miró fijamente.

—¿Por qué sabe todo eso?

—Presto atención cuando habla mi padre —respondió escueta—. Y leo. Verá; a eso es precisamente a lo que me refiero. Solo si sigo estudiando y adquiero una formación, podré entender las cosas que son importantes para nuestra ciudad y para su futuro.

Durante un buen rato, ninguno de los dos pronunció una sola palabra. ¿La vería ahora con otros ojos?

—Tiene la mente tan alborotada como el cabello —dijo él finalmente. Su pelo no estaba alborotado, sino ondulado con primor. ¿Sería un piropo que le había salido mal?—. Es una idea muy curiosa considerar que las tareas del hogar y la educación de los hijos son una contribución al bienestar de un comerciante. Y qué absurdo que una mujer quiera entender sobre asuntos de negocios o sobre el futuro de una ciudad. —Ahora se quedó observándola con curiosidad, como si fuera un insecto exótico.

—Pues sí, se me ocurren ideas…

—No debería hacerlo, solo conseguirá estropearse el cutis. Si rumia las cosas, le saldrán arrugas.

Aunque ahora sonreía, ni siquiera eso lo convertía en simpático. Frieda se acordó del desconocido de la Deichstrasse, del brillo de sus ojos grises al sonreír. Preferiría mil veces estar hablando ahora con él.

—No he dicho que rumie las cosas. Solo reflexiono.

—Pero si no le hace ninguna falta pensar. Usted es una mujer; eso lo hará otra persona por usted.

—¿El qué? ¿Pensar? —No podía estar hablando en serio.

—Sí, claro.

—¿Y cómo?

Pero antes de que él pudiera contestar, el vals ya había terminado y sus padres regresaron a la mesa.

—¿Y bien, corazón? ¿Qué te ha parecido? —La puerta de casa acababa de cerrarse tras ellos y su madre todavía no se había quitado la estola.

Frieda intuía lo que estaba pasando. Llevaba toda la noche temiéndoselo. Esa mirada escrutadora, y luego los Rickmers y sus padres se habían ido a bailar, dejando a Frieda sola con Justus. Más claro no podía estar. No obstante, albergaba una chispita de esperanza de haberlo interpretado todo mal. Aquello no podía ser verdad.

—¿Quién? ¿Qué me ha parecido quién? —preguntó en tono inocente.

—Por favor, Friederike, te has portado toda la noche de una forma tan petulante… Ahórrame un ataque de migraña. ¿Qué te ha parecido el joven Rickmers? —Miró hacia Albert—. Un joven muy apuesto, en mi opinión.

—No sé, algo engreído quizás, y por lo demás… insustancial —murmuró Frieda.

—No te vayas a convertir en una de esas damiselas caprichosas y veleidosas.

—¿No es lo mismo?

—¿Cómo dices?

—Me refiero a caprichoso y veleidoso.

—¡Friederike! Tu padre y yo consideramos a Rickmers una buena elección.

—¿Elección para qué?

—¡Albert, tú también podrías decir algo!

Su padre se había servido un vaso de agua y ahora se sentó en su sillón.

—Eres una chica inteligente y sin duda habrás notado que esta noche no se trataba tanto de mis negocios como de que conocieras a un hombre joven. Algún día se hará cargo de un astillero importante y con mucha tradición. —Cada palabra sonaba como si la hubiera sopesado meticulosamente.

A Frieda se le aceleró de repente el corazón. La cosa iba más en serio de lo que había imaginado. Le dieron ganas de huir a la cocina del chocolate. Allí se encontraba en un mundo que solo le pertenecía a ella. Era cierto que de vez en cuando la ayudaba uno de los empleados de su padre. Por ejemplo, cuando al principio había que limpiar, tostar y moler toscamente las habas de cacao, o también más tarde, al laminarlas finamente. Pero la mayor parte del tiempo, Frieda estaba a solas con la aromática masa de cacao y los ingredientes que necesitaba para refinarla. Su padre todavía no se había decidido a poner del todo en marcha la factoría.

Por un lado, le gustaba la idea de sacar al mercado un chocolate Hannemann; por otro, el momento no era el más propicio, mientras la situación económica fuera tan desastrosa y la Oficina Imperial del Azúcar siguiera bloqueando el chocolate alemán.

Esto acarreaba para Frieda la consecuencia de que, por el momento, se dedicaba más a la experimentación que a la producción. Y precisamente esto era lo que más amaba: cerrar la puerta que había entre ella y la realidad, la penuria que había llevado la guerra hasta Hamburgo, y sumergirse en el mundo de los aromas y los matices del sabor. Frieda había ido adquiriendo cada vez más práctica e intuición para saber cómo variaba la consistencia cuando se utilizaba menos manteca de cacao o más leche en polvo, o cuando se mezclaban los ingredientes en la mezcladora solo un poco o durante mucho tiempo, o cuánto tiempo tenía que estar la masa en el conche para que el resultado fuera una tableta especialmente cremosa.

—Sabrás que Alemania ha tenido que desprenderse de sus mejores barcos —. Su padre la sacó de sus ensoñaciones—. El *Sophie Rickmers* es uno de los primeros buques de vapor comerciales que rellenará ese hueco. El año que viene lo botarán.

—Ya lo sé, papá. Habéis hablado de él con toda clase de

detalles. —Notó que las lágrimas se le agolpaban en los ojos. Su padre no podía pensar en serio que le interesaba ese estúpido barco. ¿De verdad quería hacer dinero vendiéndola a la familia Rickmers? De repente, Frieda se sintió como si el mundo entero la hubiera dejado en la estacada. Se acercó al respaldo del sillón y se arrimó cariñosamente a su padre—. Ni siquiera he cumplido diecisiete años, papaíto. Y Bremerhaven está lejísimos. Te echaría tanto de menos… A los dos —añadió enseguida.

Su padre le cogió la mano.

—Vamos, vamos, estrellita. Te comportas como si pretendiéramos echarte de casa cuanto antes. Tu madre y yo queremos que puedas escoger tranquilamente a tu marido, sea quien sea. Debes conocerlo a fondo antes de decidirte por él. Para eso hace falta tiempo y muchas ocasiones para saber más el uno del otro. ¿Por quién nos has tomado?

Frieda respiró aliviada; tal vez había reaccionado de forma exagerada. A lo mejor sus padres solo querían presentarle a un hombre joven.

—Tienes toda la razón, perdona. Y si alguna vez vuelve el señor Rickmers a Hamburgo, quedaré con él, si tanto te importa.

Tampoco saldría de Bremerhaven con demasiada frecuencia ese pelmazo. Y si volvía por Hamburgo, ya se le ocurriría algún pretexto para no verle, como por ejemplo un fuerte dolor de cabeza o una indigestión. Si no le quedaba más remedio que citarse con él, ya se encargaría ella de quitarle las ganas de volver a verla con su conducta petulante, como lo llamaría su madre.

—Dentro de menos de seis meses cumplirás los diecisiete. —¿Por qué se ponía de repente tan severo? Frieda acababa de pensar que, por el momento, ese molesto tema ya estaba zanjado—. Eso significa que podrías casarte dentro de dos años.

—¿Qué? —Frieda pegó un bote.

—Naturalmente, tesoro mío, cuanto antes, mejor. —Su madre se mostró de acuerdo con Albert.

—Pero ¿por qué?

—Dos años o, si prefieres, dos y medio, no es mucho tiempo para conocer el carácter de una persona. Yo estuve casi cuatro años saliendo con tu madre.

—Mucho tiempo —constató esta.

—Puede ser que no te encariñes con el joven Rickmers. —Podría ocurrir incluso perfectamente—. Entonces te presentaríamos a otro candidato prometedor. Verás cómo las semanas se te pasan volando. De manera que no tenemos tiempo que perder. —El padre probó a sonreír.

—Pero ¿por qué tan aprisa?

Las facciones del rostro del padre se endurecieron inusualmente.

—Los negocios no van demasiado bien, Frieda. Quiero ser muy sincero contigo; no creo que eso vaya a cambiar en el futuro. Son tiempos difíciles, hija mía. Ya no tenemos al káiser, y la joven República ha de salir a flote adquiriendo estabilidad.

—Oh, por favor, querido, esos detalles no le importan a una chica tan joven —le interrumpió Rosemarie.

—Creo que Frieda me entenderá muy bien cuando conozca la razón de mi conducta. —La miró con insistencia—. Tu papel en esta familia, y también en Hannemann & Tietz, es más importante de lo que seguramente creas. Me temo que los problemas económicos irán para largo. Por eso estaría muy bien que hubiera un yerno a la vista que aportara seriedad, influencia y, no en último lugar, dinero, para que en los próximos años podamos seguir permitiéndonos un estilo de vida acorde con nuestro nivel social.

Frieda lo miró desconcertada. ¿Tenía que casarse con un

rico para sacarlos de sus apuros económicos? ¿Tan mal les iba como para eso?

—Podemos permitirnos cenar en el Fährhaus, vestir a la última moda y que nos sirvan siempre los mejores platos a la mesa. Si los negocios van tan mal, ¿cómo es que necesitáis un yerno rico que os rescate?

—¡Friederike! —Su madre echaba chispas por los ojos, pero al momento siguiente una sonrisa iluminó su rostro—. De estas cosas nosotras no entendemos nada, así que haz el favor de no ponerte otra vez tan petulante.

Se oía el tictac del reloj de pie. Aún repicaba la lluvia en los cristales de las ventanas.

—He saldado la cuenta de reserva —dijo su padre en medio del silencio.

—¿Qué? —Rosemarie puso unos ojos como platos.

—Como comerciante hace falta siempre tener un colchón, unos ahorros que nos den seguridad. Eso era precisamente esa cuenta. Como la he saldado, podemos seguir permitiéndonos cierto desahogo —explicó consternado—. Por ahora. Con ese dinero nos las arreglaremos para pasar los siguientes meses, tal vez incluso los dos próximos años, aunque el comercio tarde en recuperarse. —Frieda no apartaba los ojos de él, que parecía envejecido, fatigado—. Sí, hija, así es la vida.

—¿Y luego, qué pasará cuando el dinero se haya agotado, si el comercio no se recupera, sino que se debilita aún más? —La voz de Rosemarie tenía un desagradable tono chillón—. Tu padre tiene razón; debes casarte, Frieda. Cuanto antes, mejor. Si todos están de acuerdo, no hace falta que esperes a cumplir los dieciocho. En estos tiempos, cada uno debe contribuir con un sacrificio. —Empezaron a temblarle los labios—. Tu hermano quizás haya dado su vida por la patria. Y también por ti. Así que no es mucho pedir que te cases con un hombre apuesto y adinerado.

Frieda dio un paso hacia su padre; no era capaz de pensar con claridad. Lo miró implorante. Aquello no podía ser verdad. Enseguida la abrazaría y resolvería todos los problemas. Como siempre.

—Ha sido un día muy largo, deberíamos irnos a dormir. —El padre se levantó—. Como ya he dicho, los dos próximos años aguantaremos. Y en caso de necesidad, seguimos teniendo la casa de la Bergstrasse y podemos venderla. —Hizo una breve pausa—. Y también esta casa.

4

Cabizbaja y con un sombrerito tan encasquetado que le cubría la frente, Frieda se dirigió al Jungfernstieg. Llovía a cántaros. Esta vez se había llevado el paraguas. Por un lado, no le apetecía mojarse otra vez; por otro, quería evitar que su madre se enfadara con ella más de lo necesario. Sabía perfectamente quién llevaba la voz cantante en la casa Hannemann. No obstante, siempre convenía respetar los caprichos de la madre. Frieda seguía soliviantada. Al mismo tiempo, le ardían los ojos de sueño. Una vez que todos se habían ido el día anterior a la cama, ella se había quedado un rato escuchando junto a la puerta del dormitorio de sus padres. Eso no estaba bien, y se avergonzaba de haberlo hecho. Un poco. Pero ¿de qué otra manera iba a saber si sus padres ya habían llegado a un acuerdo con los Rickmers? De eso no hablaron. Solo oyó que su madre decía:

—¿Crees de verdad que tendremos que vender una de las casas, o incluso las dos?

—Solo en caso de necesidad, Rosemarie. No creo que lleguemos a eso.

—Me preocupa que nuestra hija no entre en razón. Ese Justus parece un muchacho decente; le iría bien con él.

La cama de matrimonio crujió amenazadoramente. Frieda

creyó entender que, de entrada, su madre reduciría el número de empleados del hogar, para que el padre no cargara con tanto peso. Antes de que la pillaran, se había metido en la cama. Pero no había podido conciliar el sueño hasta el alba.

Por la mañana se había despertado con el último pensamiento de la noche: ¡casarse! Y encima con un soso que tenía la suerte de haber nacido en una familia tan sumamente acaudalada. Pensó atemorizada que no le quedaba mucho tiempo para encontrar otra solución. Vender la casa de la Bergstrasse desde luego no era la solución. Además, llevaría al abuelo a la tumba. Hannemann & Tietz, Importación de Habas de Cacao y Productos Coloniales, tenía que ser rescatada de alguna manera. Pero ¿cómo? En el fondo, Frieda conocía la respuesta, solo que esta le daba miedo. Cuando llegó a los almacenes Mendel, sacudió el paraguas. Antes de despedirse de Clara el día anterior, habían quedado en volver a verse hoy. Al fin y al cabo, apenas habían tenido ocasión de hablar largo y tendido.

El palacio de cuatro pisos de los grandes almacenes, una de las casas más distinguidas de la plaza, disponía de un despacho, una sala de lectura y un bar para tomar un refrigerio. Aquí era donde solían quedar las amigas.

—Muy buenas tardes tenga usted, señorita.

Frieda acababa de llegar a las escaleras y tardó un momento en darse cuenta de que el saludo iba dirigido a ella. Asintió con la cabeza y le sonrió amablemente al hombre que vestía el uniforme de los almacenes Mendel: pantalón negro, camisa blanca y una americana de color burdeos.

—Tenemos los mejores empleados. —Clara apareció de repente a su lado—. Ponga las objeciones que ponga Rudolf Karstadt. —Sonrió satisfecha.

Frieda no salía de su asombro con Clara. Por muy frágil que pareciera, cuando se trataba de la familia Mendel o de su empresa, se volvía implacable.

—¿Nos probamos unos sombreros franceses? —propuso Clara.

—Como quieras.

—¿O vamos a echar un vistazo a los vestidos? No, se me ocurre algo mejor. Vamos a la sección de telas. Mi padre dijo algo de una seda de color azul oscuro que acababa de llegar.

—Bien, ¿por qué no? —Frieda la siguió de mala gana—. ¿Cómo es posible que recibáis siempre mercancías, cuando en cambio a nosotros apenas nos llegan habas de cacao ni especias? ¿No dicen que ya no quedan barcos? ¿Cómo ha llegado entonces a la ciudad vuestra seda?

Clara se encogió de hombros.

—No lo sé. —Gruesas alfombras orientales amortiguaban el ruido de sus pasos. Frieda notaba cómo la miraba Clara, pero siguió sumida testarudamente en sus pensamientos—. ¿Qué mosca te ha picado? ¿Es que la lluvia te afecta al ánimo? Alégrate de que llueva a cántaros. Al fin volverá a subir el agua en los canales y desaparecerá esa horrible pestilencia.

Frieda se detuvo bruscamente.

—Mis padres quieren que me case.

—¿Cómo dices? ¿Cuándo? Y sobre todo: ¿con quién?

—Con un poco de suerte, dentro de dos años. Pero desde ahora tengo que ir conociendo hombres «apropiados». —Suspiró profundamente—. Ay, Clara. Yo no quiero que me lo traigan servido como una langosta. Quiero enamorarme. Así de simple. Quién sabe; quizá aquí, entre los vestidos franceses y los libros encuadernados en piel, haya alguno… —De repente enmudeció. Se había vuelto a acordar del hombre de la Deichstrasse.

Así se lo imaginaba ella: encontrarse a un hombre por la calle, conocerse, salir juntos…

—Cambio de planes. La seda de color azul oscuro no se nos va a escapar. Vayamos antes a la sección de exquisiteces culinarias y disfrutemos de unos pastelillos Petit Fours. Eso es justo lo que necesitas ahora.

—Buena idea.

Se acomodaron en una mesa del rincón. Ante ellas, dos pastelitos rosas, pequeñas obras de arte adornadas con violetas escarchadas. La madera de roble de la que estaba revestida la pared más cercana emitía un brillo casi negro y olía a cera.

Frieda le habló de Justus, de lo raro que le pareció que quisiera seguir estudiando. Y le describió con toda clase de detalles la escena del camarero, que le había propinado una ducha en toda regla a Rickmers padre.

—¿Es guapo por lo menos? —quiso saber Clara.

—¿Rickmers padre? —dijo Frieda con una risita. Le sentaba bien poder desahogarse.

—El hijo, naturalmente —explicó Clara sin necesidad, y se metió en la boca el último pastelillo azucarado.

Frieda se paró a pensar; ni se acordaba del aspecto que tenía Justus.

—Bueno, feo no es. Quizá un poco del montón, no llama nada la atención, pero vamos, en general no está mal —resumió su impresión—. No puedo quedarme sin hacer nada, Clara. Tengo la sensación de que alguien ha dado la vuelta a un gigantesco reloj de arena, y en cuanto caiga el último granito quedará firmada mi sentencia. Tiene que haber algo que yo pueda hacer.

—Al menos hay algo que podemos hacer las dos. —Clara se levantó de un salto—. Vamos a ver la seda. Quizá eso te distraiga un poco.

Las dos recorrieron las distintas secciones. Frieda pasó la mano por el tapizado de un enorme sofá y se quedó mirando la mesa ovalada del tresillo, con sus mantelitos de puntillas, y unas preciosas butacas con las patas y los reposabrazos curvos. Muebles de contrachapado como los que ahora abundaban en las tiendas, allí no había ni uno. Justo al lado de los muebles, una superficie estaba enteramente dedicada a Coco Chanel. Frieda admiraba a la francesa y, con tal de ver sus cosas, incluso había leído en una ocasión la revista *Vogue* que alguien le había regalado a Clara dos o tres años atrás. Frieda quería ser como Coco, tener su propia empresa con muchos empleados, y con sus propias creaciones.

—A mí me parece demasiado sencillo todo —dictaminó Clara—. Me gusta más la ropa de colores centelleantes y las telas que crujen. A las chicas nos sienta mejor.

—El estilo Chanel sienta bien a las mujeres seguras de sí mismas. Además, estos cortes rectos y las faldas más cortas seguro que son mucho más cómodos. —Sosteniendo un vestido negro ante ella, se miró en uno de los grandes espejos que había entre los escaparates—. Muy elegante, ¿no te parece?

—Yo prefiero este de aquí. —Clara había cogido de la sección de al lado un vestido lleno de puntillas, que ahora sostenía ante su cuerpo.

Frieda se probó un sombrero tan grande como la rueda de un coche y adornado con una pluma. Cuando se dio la vuelta para que Clara lo juzgara, el sombrero resbaló hasta taparle la nariz.

—Qué original —dijo Clara riéndose—. Así ya no tendrás que afrontar tu destino cara a cara. —Miraron también detenidamente los largos collares de perlas de vidrio que había diseñado Madame Chanel—. Bisutería —opinó Clara con un poco de desprecio—. No creo que se ponga de moda.

Luego se rieron de unas fajas con ligueros para sujetar las medias, probaron barras de labios que hasta hacía poco solo se habrían atrevido a usar las actrices, acariciaron la cabeza de un tigre de ónice y, en la sección de mercería, examinaron ínfulas, volantes, borlas y botones de todos los tamaños y colores. A Frieda sobre todo le fascinaban las estanterías llenas de libros. A veces, cuando hacía mal tiempo, iba allí sin haber quedado con Clara y se pasaba horas hojeando las obras de Hesse o una novela de una escritora muy reciente llamada Vicki Baum.

—La nueva librería del Pferdemarkt, ahí enfrente, parece que quiere hacernos la pascua —dijo de pronto Clara.

—¿Por qué?

—Acaban de inaugurar la tienda y ya quieren organizar veladas literarias con los autores de verdad, figúrate. —Meneó la cabeza; su melena rubia enmarcaba una mueca de escepticismo. De repente, cogió a Frieda del brazo—. Bueno, pues ahora quiero saberlo todo con precisión —anunció toda resuelta—. ¿Ha ido ese tal Justus a ver a tu padre o al revés? ¿Ya habéis hablado de dónde viviríais? Si construye barcos, podrá mudarse tranquilamente a Hamburgo.

En eso tenía razón. Poder quedarse en la ciudad sería un consuelo, solo que Frieda no quería desperdiciar ni un segundo pensando en casarse con ese tal Rickmers.

—Bueno, en resumidas cuentas —dijo Clara—, tiene dinero…

—¿Eso es lo primero que se te ocurre?

—Creía que a tu padre lo que más le importaba era tener un yerno rico. Además, soy judía. ¿Acaso no dicen de nosotros que solo nos interesa el dinero? —Frieda puso los ojos en blanco, pero Clara siguió a lo suyo—. Dices que no es feo. ¿Qué más quieres?

—¿Estás hablando en serio?

Al principio Clara hizo como que no había oído a Frieda.

—No —dijo de repente.

Frieda le dio un codazo, y las dos se echaron a reír. Qué bien le sentaba hablar con su amiga.

—¿Ya no recuerdas la cantidad de veces que hemos soñado con todas las cosas que íbamos a hacer en la vida? —le preguntó—. Queríamos ver mundo, viajar a Inglaterra o incluso más lejos. —De pequeñas, Levi las llevaba de vez en cuando a la caseta de los cisnes. Para ellas aquello era su isla solitaria, y el Alster, su océano.

—Entonces éramos unas niñas, nos limitábamos a soñar. Pero en todo momento sabíamos lo que en realidad nos esperaba. ¿Tú no? —Clara miró a Frieda.

—Sí, pero…

—Más o menos, quiero decir —continuó Clara—. Sabíamos más o menos lo que nos esperaba cuando fuéramos mayores. —Bajaron despacio por la escalera—. Tú quieres trabajar a toda costa, pero te vas a casar. Y a mí me gustaría casarme. —Bajó la voz—. En cambio, voy a prepararme para ser enfermera.

—¿Qué me dices? —Frieda la miró fijamente—. ¿Seguro? ¿Desde cuándo lo sabes?

—Llevamos hablando de eso desde hace un tiempo. Y hace un par de días hemos recibido la confirmación de que he sido admitida.

—¿Y no te alegras?

—¿De qué me voy a alegrar? —De repente, los ojos de Clara se tiñeron de repugnancia y miedo—. ¿De las vendas empapadas de sangre, de las camas manchadas, de las inyecciones que tendré que poner en cuerpos desconocidos?

—Ser enfermera es una profesión muy interesante, además de muy útil. Y lo más importante: te dará la posibilidad de ser independiente, de vivir como te plazca, en lugar de ser mantenida por alguien. De verdad, Clara, no sabes la suerte que tienes. Y siempre podrás casarte más tarde.

Le resultaba increíble que su mejor amiga fuera a tener un trabajo y sin embargo reaccionara como si, en los próximos años de su vida, fueran a encerrarla en un sótano frío y húmedo. ¿Cómo podía ser tan tonta?

—¿Y si él encuentra a otra mientras yo estoy poniendo enemas o pegando esparadrapo?

—A mí me encantaría pegar esparadrapo y poner vendas. —Frieda se iba poniendo cada vez más furiosa—. Sinceramente te lo digo, Clara: me cambiaría por ti ahora mismo. Puedes quedarte con el tal Justus Rickmers. Te lo regalo.

Clara alzó la barbilla.

—No, gracias, quédatelo tú.

—¿Lo ves? Tú tampoco quieres que te casen.

Clara suspiró.

—No se trata de lo que yo quiera, Frieda. A mi madre sencillamente le tiene comido el coco la famosa Sidonie Werner. Mi madre dice que esa mujer tiene toda la razón cuando proclama que la mejor dote para las mujeres judías es una formación.

—¡Y es verdad! —exclamó Frieda—. Puedes estar agradecida por tener una madre tan lista.

—No es lista; solo repite como un loro lo que dice la Werner. Como esta goza de un gran prestigio entre la comunidad judía, no puede equivocarse, opina mi madre.

—En eso de repetirlo todo como un loro, nuestras madres tienen algo en común —dijo Frieda suspirando—. Por desgracia, la mía no escucha lo que dice la gente interesante.

Las dos salieron a la calle. Había dejado de llover. Clara buscó un coche de punto con la mirada.

—Ay, Clara, cómo está cambiando todo. A propósito, ¿han abierto ya la universidad?

—Ya lo creo. —Clara resolló audiblemente—. Se acabó la tranquilidad. Nuestra casa está solo a unos pasos del edificio de la universidad. Ya te puedes imaginar el jaleo que arman ahora todas las mañanas.

—¡Qué emocionante, tantos catedráticos y estudiantes universitarios!

Frieda envidiaba a su amiga. Le encantaría poder ver todos los días ese ambiente de cultura y sabiduría y dejarse impregnar por él.

—Desde luego el edificio es estupendo —reconoció Clara, e intentó hacer señas a un coche de punto. Pero de nuevo reinaba un gran ajetreo en el Jungfernstieg, y todos los vehículos iban ocupados—. Tendré que coger el tranvía —dijo suspirando.

—¿No te gustaría conocer ese magnífico edificio por dentro? —dijo Frieda entusiasmada—. Todos comprenden al fin lo importante que es la cultura y la formación. ¡Para los dos sexos! Seguro que hay hasta alguna catedrática, ¿te imaginas?

Clara la miró irritada.

—Cultura para los dos sexos, pero no para todas las clases sociales.

—En eso tienes razón. Pero ¿no son precisamente las clases acomodadas las que deberían tener una buena formación? Al fin y al cabo, son ellas las que deciden sobre el destino de la ciudad y de toda la joven República.

—¿Y quiénes son esos?

A veces parecía un poco corta de mollera.

—Pues los senadores, naturalmente, pero también los comerciantes —respondió Frieda impaciente.

—¿Lo ves? Los hombres —proclamó Clara triunfante—. Las mujeres no deciden acerca del destino de una ciudad, y mucho menos las judías.

—No entiendo por qué le das siempre vueltas a lo mismo. —Aquello a Frieda ya le parecía el colmo—. Judío o cristiano, alemán o inglés, ¡qué más dará, todas las personas son iguales!

—Deberías tener cuidado con lo que dices. Los ingleses son nuestros enemigos —le recordó Clara en voz baja.

—Lo eran en la guerra.

Clara se encogió de hombros.

—Los cañoneros ingleses siguen bloqueando el puerto.

—Igual que los franceses y los americanos —contraatacó Frieda—. Ya reina la paz. Ahora lo único que cuenta es si uno es honrado o no.

—Si eso fuera tan sencillo… Ayer enemigos, hoy otra vez amigos… —Miró a Frieda a los ojos—. Los ingleses han disparado a mi hermano y le han dejado sin una pierna. Y podrían tener a tu hermano sobre su conciencia. ¿Qué pensarías entonces de todo esto? —Frieda se estremeció. ¿Qué podía responder a eso?—. ¿Seguís sin saber nada de Hans? —A Clara de pronto se le quebró la voz, como se agrieta el hielo en un charco tras las primeras heladas.

Frieda negó con la cabeza.

—No, nada.

Clara asintió lentamente. ¿No eran lágrimas lo que empañaban sus ojos? Con su actitud acababa de poner a Frieda al rojo vivo; sin embargo, en este instante Frieda supo por qué quería tanto a su amiga. No había mucha gente tan compasiva y generosa.

Agradecida, le sonrió. Clara le devolvió la sonrisa.

—Ahora sí que me tengo que ir —le explicó luego—. Me han regalado dos conejitos de angora. Estarán deseando que les dé sus zanahorias.

Los nubarrones se fueron disipando poco a poco. De cuando en cuando asomaba ya un trocito de cielo azul. Sumida en sus pensamientos, Frieda emprendió el camino de regreso a casa. Clara había cambiado; se la veía menos despreocupada que antes. ¿Habría dicho Frieda algo inoportuno? ¿Le habría insistido demasiado en lo que la envidiaba por la perspectiva de tener sus propios ingresos, su propia profesión? De repente se detuvo. «Me gustaría casarme», había dicho Clara. «¿Y si él encuentra a otra?». Exactamente así se había expresado. Daba la impresión de que pensaba en un hombre en concreto. ¿Cómo no se había dado cuenta? Frieda meneó furiosa la cabeza. En vez de prestarle atención, se había limitado a opinar sobre todo lo habido y por haber. ¿Cómo podía ser tan poco sensible? A lo mejor a Clara le asustaba de verdad la sangre y el trato cotidiano con la enfermedad. Solo porque a Frieda le hiciera ilusión la idea de ser enfermera, eso no tenía por qué gustarle también a Clara. En el fondo, las dos estaban en la misma situación: sus padres decidían su futuro por ellas. Sin embargo, ella, en lugar de mostrar comprensión, se había impacientado. Y había ignorado la frase quizá más importante del día, en lugar de bombardear a Clara con preguntas. Cuando llegó a la casa de la Deichstrasse, se metió en la cocina del cacao. Tenía que distraerse y recuperar el ánimo. Le dolía que Clara le hubiera echado el ojo a algún hombre joven pero no se lo hubiera contado. Y ella no le preguntó nada, cuando por fin se lo insinuó; sencillamente no le había hecho ni caso. ¡Era para reventar de rabia!

Cerró los ojos unos segundos. Quería hacer chocolate. No uno cualquiera, sino un chocolate que ningún hamburgués hubiera probado nunca. Haría experimentos hasta que le saliera uno muy especial. Tal vez algo que se pudiera ofrecer en esas máquinas expendedoras con las que soñaba. Algo que todos anhelaran tomar. El sabor de ese chocolate tenía que ser toda una experiencia, pero al mismo tiempo no debía costar demasiado. El suave aroma de las vainas tostadas iba actuando como un bálsamo que disipaba sus preocupaciones. Frieda inspiró aire muy despacio por la nariz. Luego se puso manos a la obra. Las habas de cacao ya las había transformado previamente, con la ayuda de diferentes laminadoras, en una masa finamente molida. Esta la vertió ahora desde una cubeta en la mezcladora, comprada a buen precio por el padre a la familia Suchard. En la fuente de granito se habían mezclado los ingredientes de la primera tableta Milka, había proclamado orgulloso el padre, cuando había colocado el aparato en la mesa de la cocina del cacao. Milka, un nombre sencillo para un chocolate sencillo, pensó Frieda. Sencillo pero bueno, pues en el fondo no hacía falta más leche ni más cacao para obtener un buen resultado. Frieda, sin embargo, ambicionaba algo más, quería darle el famoso último toque. Vertió la masa en la fuente y añadió manteca de cacao, leche y azúcar. No demasiado porque, por un lado, ahora escaseaban todos los ingredientes y, por otro, quería crear un aroma lo más intenso posible, que no fuera dulzón, sino que estuviera dominado por el olor de las habas. Puso en movimiento las laminadoras en la fuente de granito calentada y se quedó mirando cómo se mezclaban los componentes líquidos y sólidos. A los tres minutos había llegado el momento de proporcionar a la masa ese toque especial. Hacía algún tiempo, Frieda había utilizado ya canela, que su padre importaba de Ceilán. El chocolate había quedado riquísimo, solo que la canela recordaba demasiado a las Navidades y, por lo tanto, en su opinión, era más propia de la estación fría del año. Esta vez quería probar algo completamente nuevo que se derritiera en la lengua tanto en verano como en invierno. Su padre, como muchos comerciantes hamburgueses de productos coloniales, importaba también pimienta. Chocolate con pimienta: ¡qué mezcla tan atrevida! Con sumo cuidado, fue añadiendo a la fuente algunas de las picantes bolitas. Tampoco muchas, para que no picara demasiado al paladar. Además, esa especia era un capricho muy caro. Frieda había optado por la pimienta roja, es decir, por los granos maduros sin pelar, pues confiaba en que, pese a la minuciosa trituración, quedaran a la vista pequeñas partículas de color. Aunque el cuarto no tenía calefacción y hacía frío, Frieda entró enseguida en calor. Eso se debía no solo a que la fuente de granito recalentada irradiaba una temperatura agradable, sino sobre todo a la emoción y a la ilusión que la embargaban. A pesar de que le encantaba contemplar cómo la masa oscura iba adquiriendo cada vez más brillo, su impaciencia la llevó a dar por concluido el proceso a los veinte minutos. Sumergió una cuchara en el chocolate y lo probó. Con los ojos cerrados se concentró por completo en el aroma que impregnaba su lengua. La proporción entre masa de cacao y azúcar había quedado perfecta. La cantidad de leche también estaba bien calculada. No se preocupó de que en la boca le quedara esa típica sensación levemente arenosa, pues al final, cuando la mezcla pasara de nuevo por la laminadora y el conche, desaparecería del todo. Cuanto más saboreaba el chocolate, presionándolo y moviéndolo por el paladar, más claramente se notaba la pimienta. Frieda tragó y sintió un ligero picor en la faringe. ¡Menuda suerte! ¡La receta le había salido bien al primer intento! Radiante de alegría, sopesó si la mezcla admitiría más cantidad de pimienta. Iba a sumergir de nuevo la cuchara, pero se contuvo. Al final su madre tenía razón cuando criticaba la figura de Frieda. Ni siquiera este recuerdo le quitó el buen humor. Pensó que la próxima vez que hiciera la prueba esperaría hasta que la masa estuviera muy finamente molida, merecía la pena. Como mejor quedaba era cuando salía del conche caliente, espesa y muy cremosa. Solo de pensarlo se le hacía la boca agua. Qué suerte la suya, le vino de nuevo a la mente. Con bastante frecuencia, sus experimentos habían sido un absoluto fracaso. Más de una vez, el resultado no pasaba de ser un chocolate corriente, comestible, pero nada del otro mundo. En tales ocasiones, al probarlo se le torcía el gesto, y en los peores casos había tenido que arreglarlo añadiéndole más manteca de cacao, leche y azúcar, para que las

tabletas quedaran al menos comestibles. Pero esta vez…
¡Clara sería la primera en probar su nueva creación! Frieda
entonó una cancioncilla; los siniestros pensamientos se habían disipado por completo. Satisfecha, conectó de nuevo la
mezcladora.

5

Solo habían pasado unos pocos días desde que Ernst regresara a casa y reanudara su trabajo como chico de los recados al servicio de Albert Hannemann. A Frieda le daba la impresión de que ni siquiera se había marchado. Bueno, sí, en cierto modo había madurado, pero en el fondo seguía siendo el buen amigo de siempre, que tan familiar le resultaba. Todavía conservaba algo de picardía, y aún sabía revestir su ambición de un encanto con el que se granjeaba las simpatías de todo el mundo.

Fue un precioso día primaveral de finales de mayo, cuando Ernst entró a toda velocidad en la casa de la Deichstrasse.

—¡Noticias de Albert Hannemann! —gritó jadeante—. ¡Noticias importantes!

—¿A qué viene ese alboroto, Ernst Krüger? —le preguntó Frieda.

Dejó a un lado el libro sobre las especias, en el que acababa de leer un capítulo acerca de las propiedades y el poder curativo de la pimienta, y salió de su habitación. Con ese griterío no había quien se concentrara. Ernst se disponía a subir a todo correr las escaleras que llevaban a la vivienda de los Hannemann. Al ver a Frieda, se detuvo en el tercer escalón.

—Me envía tu padre —logró decir con la respiración entrecortada. Parecía haber recorrido todo el camino desde la Bergstrasse a la carrera.

Frieda tuvo un mal presentimiento.

—¿No se encuentra bien?

—Ha recibido una llamada del hospital de St. Georg. —Hizo una pausa y la miró a la cara; una leve sonrisa iluminó sus ojos—. Ha llegado Hans. Os está esperando.

A Frieda se le saltaron las lágrimas; por un momento se quedó sin aire.

—¿Qué me estás diciendo? —Apenas le salía la voz.

Se recogió la falda y salió corriendo. La escalera de madera se quejó con un fuerte crujido.

—¡Despacio! —gritó Ernst riéndose. Retrocedió apresuradamente un paso y buscó apoyo en la pared, justo a tiempo de que Frieda le saltara al cuello.

—¿Y es seguro del todo? —preguntó sofocada—. Quiero decir si están seguros de que es mi hermano.

Él asintió y la agarró con cuidado del brazo.

—Claro; si no, no habrían llamado —opinó, y se separó de ella.

—Pero ¿cómo es que ha tardado tanto tiempo después de que haya terminado la guerra?

—Igual ha hecho una pequeña excursión a África, como yo.

—¿Y se encuentra bien? En el hospital, decías; entonces estará herido. ¿Sabes lo que tiene? —Mil pensamientos se arremolinaban por su cabeza. Lo miró para ver si por la expresión podía leerle la cara. Seguro que no le decía la verdad para ahorrarle un disgusto—. ¿Se pondrá bien?

—Yo no soy médico, distinguida señorita Hannemann —le aclaró, sonriendo para animarla—. Tu padre solo ha dicho que ese médico ha telefoneado a la oficina y que yo llame a un coche de punto para ti y para tu madre. Iréis en ese coche hasta la Bergstrasse y luego los tres continuaréis el viaje hasta St. Georg.

—¿Tú no nos acompañas?

—¿Yo? No, es un asunto familiar.

—Pues por eso. Si eres casi de la familia…

De nuevo afloró al rostro de Ernst esa extraña mirada que era nueva en él.

—No, no, déjalo. Tu hermano se iba a sentir abrumado si se presenta allí toda la tropa. Voy a llamar a un coche.

El coche de punto cruzó el Alsterdamm, pasando por la impresionante sede de la línea Hamburgo-América. Frieda miró hacia fuera y vio los prometedores brotes verdes de los árboles. Ojalá pudiera atar todos los cabos sueltos que tenía en la cabeza: qué tal le iba a Hans, dónde había estado durante tanto tiempo, qué experiencias le había tocado vivir, ¿se curaría del todo?, cómo se encontraba, etcétera. Intentó pensar en otra cosa. En ese momento atravesaron la calle Brandsende. Aquí se había logrado detener en el año 1842 el Gran Incendio. ¿Qué había dicho hacía poco el tal Spreckel? No recordaba exactamente sus palabras, pero estaba segura de que le había atribuido a su bisabuelo una hazaña heroica. Tenía que preguntárselo sin falta a su padre. Por lo que sabía, el devastador incendio, que había devorado una parte significativa de la ciudad, se había declarado en la Deichstrasse, en casa de un comerciante de tabaco. Rápidamente se había impuesto la necesidad de volar algunas casas para poner fin al incendio. Qué decisión más difícil, pensó, mientras pasaban junto al elegante Grand Hotel Atlantic, en el que ondeaba una bandera con el lema: «Diez años de lujo y comodidad». Se había inaugurado diez años atrás, sobre todo para alojar con arreglo a su rango social a los exigentes clientes de la línea Hamburgo-

América. Al parecer, durante el Gran Incendio, ocupaba su lugar un edificio no menos caro e impresionante. Resultaba difícil imaginar lo que les habría costado sacrificarlo con el fin de detener las llamas. Qué desesperados tenían que estar los hamburgueses para hacer una cosa así. No obstante, el enorme sufrimiento de entonces había acarreado algunas ventajas para los hamburgueses de hoy. Sin aquella destrucción no se habrían construido tantas cosas nuevas y mucho más bonitas. Como, por ejemplo, las Arcadas del Alster, inspiradas en el estilo arquitectónico de Venecia. Frieda suspiró. Sus padres, cogidos de la mano y sin pronunciar una palabra, ocupaban los asientos de enfrente. Cuanto más se acercaban al hospital, más le costaba a Frieda no pensar en lo que los esperaba. Se alegraba de la llegada de su hermano, incluso mucho. Pero tenía miedo.

—Ha adelgazado algo, pero se recuperará por completo, parece ser —había explicado brevemente el padre al subirse en el coche de punto.

¿Qué significaría eso? ¿Y si a Hans le faltaba una pierna o un brazo? No, entonces no se recuperaría nunca por completo. Lo que más la inquietaba era lo que había dicho el médico sobre el estado mental de Hans.

Con un suspiro, dejó a un lado sus pensamientos. Ya se repondría; Ernst también había estado en la guerra y se encontraba bien. Hans tenía ahora veintitrés años. ¡Volvía en el momento preciso! Su padre le iniciaría en el trabajo y, entre los dos, podrían salvar la empresa. Hans era el heredero, como tantas veces había oído decir desde niña, y a él mismo le gustaba recalcarlo. Pues ahora era el momento de hacerlo. Así ella saldría del apuro, y el tal Rickmers desaparecería de su vida de una vez por todas; en eso confiaba.

El hospital de St. Georg era un enorme edificio de ladrillo amarillo que contaba con varias alas para los pacientes, una sección para las enfermeras y una casa de baños de dos pisos. Desde que se habían apeado en la Lohnmühlenstrasse, su madre iba quejándose en voz baja:

—Ojalá no sea un inválido ni esté completamente desfigurado. ¿Cómo es que lo han llevado al manicomio?

—Ya no está allí —la corrigió su marido—. Allí estuvo al principio. Ahora está en la sala de los hombres.

—¡Ayúdanos, Señor! —imploró la madre, y se sonó la nariz—. Espero que no se haya puesto feo o se haya convertido en un completo idiota. —Frieda cerró los puños y apretó los labios para contenerse y no empeorar las cosas. Lanzó una mirada a su padre. Era evidente que él estaba igual, a juzgar por cómo tensaba la mandíbula—. ¿Qué va a ser de nosotros si ya no se las arregla por sí solo, si hay que lavarle y darle de comer? —A la madre le temblaba la voz, y con cada sílaba iba subiendo el tono.

A su padre se le agotó la paciencia.

—Se recuperará del todo, ha dicho el profesor Sandmann. ¿Es que no puedes sencillamente alegrarte de que hayamos recuperado a nuestro hijo? —preguntó con un tono glacial.

Nada más atravesar la entrada principal, los envolvió una ráfaga de olores. Olía a una fuerte mezcla de orina y Lysoform o algún otro desinfectante. Frieda intentó respirar poco profundamente. Su padre le había preguntado a una enfermera por el camino. Frieda creyó ahogarse por los sentimientos encontrados que la asaltaban. Estaba impaciente por ver a su hermano, pero al mismo tiempo compartía algunos de los temores de su madre. Por otra parte, le vino a la memoria Clara. Imaginó a su amiga con uno de los uniformes de las enfermeras y entendió un poco su angustia. De todas maneras, Frieda se habría cambiado por ella de mil amores.

Al final de un largo y estrecho pasillo estaba la sala de los hombres. Entraron y al momento fueron examinados por muchos pares de ojos. Había unas treinta camas poco separadas entre sí que formaban dos filas. Los sencillos armazones metálicos de una fila estaban pegados a la pared, y tras la fila de enfrente habían colocado un tabique de madera que a Frieda le recordó a una valla alta de un jardín. Presumiblemente, detrás había otra sala de enfermos como esta. Un hombre vestido tan solo con una larga camisa blanca pasó a su lado cojeando y apoyándose en dos muletas; otro, al que la manta le tapaba hasta la barbilla, emitía estertores mientras dormía. Pero a Frieda le pareció que la mayoría no estaba tan mal. Gracias a Dios. Sus ojos recorrieron las camas hasta que dio con él. En la última cama de la fila de la derecha. Lo reconoció inmediatamente. Hans. Su hermano mayor. De niña lo admiraba; más tarde, unas veces le hacían gracia sus gansadas y otras las toleraba. Habían pasado años desde que lo viera por última vez, pero las imágenes seguían tan vivas como si hubiera sido ayer. Soldados de infantería que, desde el dique de Papendamm, partían a la guerra dando gritos de júbilo. El pelo rubio oscuro le tapaba la nuca formando bucles ondulados. Se había incorporado en la cama y tenía los hombros más tensos y fuertes de lo que ella recordaba. A Frieda se le encogió el alma. Cientos de veces había imaginado este momento corriendo hacia él y lanzándose a sus brazos. Eso mismo le habría gustado hacer ahora, pero no podía. Habían pasado cinco largos años, casi un tercio de su vida. Era su hermano, pero también un desconocido.

Al cabo de un rato, los tres se pusieron lentamente en movimiento. El profesor Sandmann había dicho otra cosa más por teléfono:

—Al parecer, había perdido la memoria o el sentido de la orientación. O ambas cosas. En cualquier caso, no sabía ni quién era ni adónde debía dirigirse cuando alguien lo recogió en la estación central. Pero ahora ya vuelve a ser el de siempre.

Ojalá tuviera razón el tal Sandmann. Ojalá hubiera venido Ernst.

—¡Hans! —dijo el padre en voz baja.

No obstante, parecía que Hans le había oído porque se volvió lentamente hacia ellos. Frieda se quedó sin respiración. ¡Santo cielo! Una cicatriz que partía de la ceja de Hans, muy cerca del ojo derecho, le recorría la mejilla hasta llegar a su bonita boca de labios llenos. Tenía un aspecto grotesco; parecía un payaso de los que tienen dibujada una sonrisa solo en un lado de la cara.

—¡Virgen santa! —exclamó la madre, se llevó la mano a la boca y se dejó caer en una de las camas.

—¡Compórtate! —la reprendió Albert en un tono tan severo que Rosemarie enmudeció al instante—. ¡Encárgate de tu madre! —le indicó a Frieda.

Luego las dejó solas y se dirigió a paso rápido hacia su hijo. Frieda vio un taburete junto a la pared y llevó con cuidado a su madre para que se sentara. Después siguió a su padre y recorrió a cámara lenta el suelo de madera encerada. Ni siquiera se percató de la presencia de una enfermera que cuidaba de un paciente ni de los hombres que la miraban con curiosidad. Todo desapareció como entre la niebla. Solo veía a Hans. Frieda no podía apartar la vista de él. No era la cicatriz lo que la asustaba, era su mirada. Como la de su bisabuelo Theodor Carl, que, ya fallecido, los seguía contemplando desde el marco dorado de la pared. «Ha perdido la memoria y el sentido de la orientación», le martilleaba en el cerebro, «pero ahora ya vuelve a ser el de siempre». No, no lo era. Ni de lejos. ¿Cómo había podido afirmar tal cosa ese médico? Él ni siquiera había conocido a su hermano antes de que la guerra lo hubiera vapuleado. Frieda vio cómo Hans se levantaba con dificultad. Rodeó la cama cojeando unos pocos pasos hasta llegar donde su padre. Este le dio un fuerte abrazo durante un rato largo. Frieda se sentía como aturdida; no sabía cuánto tiempo había estado alejada de ellos unos pocos pasos hasta que por fin el padre soltó a Hans. Ninguno de los dos había dicho una palabra. De repente Frieda adquirió conciencia de la situación. Su hermano mayor, tan guapo y siempre un poco burlón, era un hombre roto.

Ahora ella tenía que comportarse con fortaleza, tenía que hacerlo por él. No debía perder el control por nada del mundo. Respiró hondo unas cuantas veces. Entonces él la miró, y lo hizo como si fuera lo primero que realmente percibía. A Hans se le humedecieron los ojos, sus labios empezaron a temblar, de modo que la cicatriz daba respingos como en un horrendo ataque de risa.

—¡Frieda! —dijo con un hilo de voz—. ¡Mi pequeña Frieda!

Se acercó a ella cojeando y la abrazó con tanta fuerza que apenas la dejaba respirar.

—No me habrás echado de menos, ¿no? —soltó ella, e intentó en vano reírse.

Un temblor se apoderó de su cuerpo; sencillamente no podía remediarlo. Comportarse con fortaleza, pensó, y ya había perdido la batalla. Frieda se estrechó contra él y hundió las manos en su camisa. Al ver cómo sollozaba Hans, Frieda ya no pudo contenerse y al fin dio rienda suelta a las lágrimas. Lloró, tragó saliva, intentó calmarse, pero siguió llorando sin parar. En su espalda solo notaba el cuerpo que daba respingos de su hermano y el brazo que consolaba de su padre. A través de sus propias lágrimas vio una gota que caía en el dorso de la mano del padre. También él lloraba. Era la primera vez en su vida que veía llorar a su padre.

De regreso a casa en el coche de punto, el padre iba silencioso mirando una y otra vez a Hans. Cuando sus miradas se cruzaban, Albert sonreía a su hijo y asentía con la cabeza.

«Todo volverá a ser como antes», parecía querer decir. La madre, en cambio, hablaba ininterrumpidamente. Una vez recuperada del susto, de nuevo era dueña de sí misma. Iba pensando en voz alta sobre posibles tratamientos que pudieran disimular la cicatriz. Se detuvieron una sola vez para comprar dos tarros de carne en gelatina de la fábrica de productos cárnicos Heil & Co. A cinco marcos la libra.

—¡Menudo robo! —protestó la madre, pero luego recapacitó y pensó que valía la pena celebrar ese día—. Nuestro hijo se lo merece todo.

El que más se alegró por la carne en gelatina fue el abuelo, pues figuraba entre sus platos favoritos. Y al llegar al postre, quiso escuchar historias heroicas.

—Ahora ya eres un hombre, Hans —declaró con el pecho hinchado de orgullo—. Todo un Hannemann. —A Frieda le hizo gracia que su abuelo lo formulara de una forma tan anticuada y miró hacia Hans para ver si sonreía, pero este no apartaba la vista del plato—. Estoy deseando oír a cuántos ingleses y franceses les has acribillado el culo a balazos.

—¡Carl! ¡Papá! —dijeron al unísono Albert y Rosemarie, posiblemente por motivos diferentes.

—¿Qué pasa? —Carl miró a su alrededor—. Aunque hayamos perdido la guerra, digo yo que alguna batalla habremos ganado. —Frunció el labio superior en dirección a las fosas nasales—. Su abuelo ya luchó de mozo contra los daneses —los aleccionó. Albert puso discretamente los ojos en blanco—. Y en el Tercer Ejército de Federico III he contribuido de manera considerable…

—… a preparar el asedio de París —terminaron la frase Frieda y Albert a coro con el abuelo Carl.

—¡Por eso lo digo! Puedo partir de la base de que mi nieto, por cuyas venas corre mi sangre, haya heredado mi valentía y mi refinamiento y haya sido asimismo merecedor del máximo honor. —Se volvió hacia Hans, que todavía no había dicho nada—. Dime, muchacho, seguro que tienes un montón de cosas que contar. —Soltó una risotada displicente y bebió un buen trago de cerveza—. ¡Venga, no nos sigas torturando con la espera!

—No podéis imaginaros cómo es aquello —empezó Hans con la voz ronca, tras unos segundos de silencio—. Casi todos los días reinaba un ambiente cargado y espeso. —¿Qué significaría eso? Su boca se contrajo en una mueca burlona, tan típica de su hermano, pero la cicatriz hizo que pareciera una risita maliciosa. Luego apretó los labios hasta convertirlos en una delgada línea—. El ambiente estaba casi saturado de cascos de granada, proyectiles de los enemigos y gases explosivos —explicó amargamente.

—Supongo que os encargaríais de llenar de plomo las cabezas del enemigo —le interrumpió el abuelo—. Y los pulmones. ¿Cómo hicisteis eso del gas cloro?

—Por favor, Carl, eso no lo quiere oír nadie. —Rosemarie colocó el cuchillo y el tenedor pulcramente en paralelo sobre el plato y se dio un toquecito en la boca con una servilleta—. Y menos durante la comida. Eso le quita el apetito a cualquiera —murmuró.

—¡Qué tontería! —Carl gesticuló con impaciencia—. ¿Salieron del agujero como ratas? ¿O la palmaron en su zanja y solo tuvisteis que recogerlos?

Por fin, Hans lo miró con cara de cansado y de repugnancia.

—Yo me quedaba en la trinchera, abuelo —dijo en voz baja—, y rezaba. —Su pecho se inflaba y desinflaba a toda velocidad—. Ninguna hazaña heroica, ninguna anécdota gloriosa. —Su mirada se quedó de nuevo prendida en esa nada inalcanzable para los demás, donde parecía estar a solas—. Los camaradas morían uno tras otro. En medio de la lluvia de balas y granadas, o de frío. Justo a mi lado. —El tictac del reloj de pie acallaba casi su voz, de lo bajito que hablaba—. El frío y la humedad son una espantosa combinación. Muchos contrajeron el «pie de trinchera». Un frío glacial, calcetines mojados, calzado mojado, día y noche. Las plantas de los pies se hinchan como esponjas, engordan cada vez más, hasta que ya no puedes andar. —La madre se llevó una mano a la boca—. Llega un momento en que los dedos de los pies se ponen negros y agujereados como los de una momia. Ese barrizal al que llaman trinchera sencillamente te devora la piel. —Respiró con dificultad; luego se calló.

Frieda dejó otra vez en el plato un trozo de carne en gelatina y renunció al postre. No quería oír más historias del frente. Quería que nunca jamás hubiera otra guerra. Quería que su hermano lo olvidara todo y volviera a ser el de antes.

Pasaban los días sin que Hans cambiara significativamente. Siempre que podía se quedaba en su habitación. A la hora de comer, llegaba cojeando, se sentaba sin decir una palabra, comía con voracidad y se retiraba, a menudo, sin haber pronunciado una sola sílaba. No parecía darse cuenta de lo que comía ni de quién se hallaba sentado a la mesa. En ocasiones, sus ojos abiertos de par en par estaban llenos de espanto; era como si todavía pudiera ver con todo detalle los horrores de la guerra. Por las noches, Frieda le oía andar sigilosamente por la casa. Tap-tap, tap-tap, tap-tap. A veces se tapaba los oídos porque no soportaba ese ritmo tan triste y monótono. Las pocas horas en las que su hermano lograba conciliar el sueño eran aún peores. Entonces gritaba, gemía o aullaba como un animal salvaje. La primera vez, Frieda se quedó tan paralizada por el miedo que ni siquiera fue capaz de echarse la manta por encima de las orejas, sino que se puso a llorar y a esperar hasta que se calmara. Aquello duró mucho tiempo. A la mañana siguiente, Hans parecía un muerto viviente; se le veía pálido, con todo el pelo revuelto, completamente exhausto. La madre no le dedicó ni una palabra, y el padre llevaba ya un buen rato en la oficina. Nadie se le acercó para consolarle. Tampoco ella. Qué terriblemente solo y abandonado debió de sentirse. En las siguientes noches, Frieda se levantaba e iba a su cuarto cuando le atormentaban las pesadillas. Se colaba en la habitación, se sentaba en el borde de la cama y le acariciaba el pelo empapado en sudor. Eso solía hacerle a ella de niña su madre o Gertrud Krüger, cuando tenía malos sueños. Frieda recordaba situaciones en las que Hans la había consolado. Naturalmente prefería reírse de ella siempre que podía, pero por ejemplo una vez que se puso a saltar en el adoquinado húmedo y resbaló y se hizo una brecha en la rodilla izquierda, ahí estaba él para tranquilizarla, para limpiarle la herida con una ternura infinita y para colocarle un esparadrapo muy grande. Se le hacía raro acariciar suavemente la espalda a su hermano mayor, acomodar aquel rostro anegado en lágrimas sobre su regazo, dejar que le apretara la mano hasta que se quedaba sin fuerza y por fin se volvía a dormir. Pero, al mismo tiempo, también le parecía lo correcto.

En junio, Frieda le acompañó al hospital para que le vieran otra vez la pierna. Fueron andando hasta la parada del Rathausmarkt y luego en tranvía hasta la Lübecker Tor. En el jardín de la entrada se intuía ya el verano. Dentro de poco florecerían los rosales. Los capullos ya estaban a punto de reventar, y en las zonas resguardadas, entre las casas, algunos ya se habían abierto. Las margaritas salpicaban la verde hierba de blanco. Era la época más bonita en Hamburgo. Hans parecía no ver todo aquello. Con el gesto sombrío, se aferraba a la mano de Frieda como un niño pequeño a la de su madre.

—Cuando termines, podríamos pasear un poco por el parque —propuso ella, a quien le resultaba difícil tolerar su silencio.

—Mejor no —respondió él en voz baja.

Frieda tuvo que esperar un rato largo en el pasillo del hospital hasta que por fin salió Hans.

—¿Y bien? ¿Qué te ha dicho el médico?

—Me he encontrado con Paul —dijo con la voz tomada, en lugar de responderle—. Del regimiento de infantería 76 —le explicó—. Estuvo conmigo en el frente occidental. Ahora tiene una prótesis, pero no le queda bien. —Hablaba como si le hubieran dado cuerda—. Al menos sigue con vida. Paul dice que han regresado a casa menos de seiscientos cincuenta hombres. —La miró directamente a los ojos—. De más de tres mil. —Frieda se acordaba de la despedida en el Papendamm. Realmente eran multitudes las que lanzaban los sombreros al aire y daban gritos de júbilo en aquel ambiente de fiesta popular. Tres cuartas partes de ellos habían muerto o desaparecido, pensó consternada—. Dentro de lo que cabe, he tenido suerte —dijo en voz baja, y sonrió por primera vez desde que había vuelto de la guerra.

A la vuelta, se bajaron en la estación central y fueron andando por el Glockengiesserwall y el Alsterdamm hasta llegar al Jungfernstieg. Las bonitas torrecillas del Alsterlust se recortaban contra el azul del cielo. En torno a la pasarela, los baños públicos y la casa guardabotes se balanceaban unos botes en el agua, algunos de los cuales llevaban una vela blanca. Entre ellos asomaban las cabezas de los nadadores. Hans había cogido del brazo a Frieda. Miraba todo el ajetreo como si lo viera por primera vez. El aire tibio olía a un nuevo comienzo. Frieda no dudó en llevar a su hermano hacia los grandes almacenes Mendel, pues a esa hora había muchas posibilidades de encontrarse con Clara, con quien no había hablado desde la vuelta de Hans.

—Ven, vamos a tomar algo sabroso; piña tal vez, o tarta de nata —propuso Frieda alegremente.

—Estupendo —dijo Hans, y alzó las cejas con cuidado.

De frente venía una pareja. La mujer se le quedó mirando descaradamente.

—Te vas a quedar pasmado con la cantidad de cosas que hay en los almacenes Mendel —se puso a parlotear Frieda. Bajo la mirada de la paseante, su hermano se había puesto todo rígido y al final había agachado la cabeza—. Tienen hasta chocolate de la marca Hannemann —siguió contando—. Hasta ahora lo vendían bajo cuerda, pero eso cambiará pronto. Todavía no sabes nada de la factoría de chocolate de papá. Sobre todo no sabes quién se encarga de hacer las recetas más sabrosas.

Lo miró de reojo. Hizo una pausa elocuente. Él no le preguntó nada. Claro que no. Ojalá pudiera distraerle y animarle un poco. Hasta hacía un minuto había estado en vías de recuperación, había percibido la animación de la ciudad y su belleza. ¿Cómo podía esa imbécil haberle mirado de esa manera? ¿Es que no tenía modales? Ahora Hans, delicado como un tierno brote, se había marchitado. ¡Como si no estuviera la ciudad llena de soldados que habían vuelto de la guerra con heridas! En lugar de mirar los escaparates de las tiendas, Hans iba concentrado solo en los transeúntes, comprobando cómo reaccionaban al verlo y procurando esconder cada vez más la cara.

—Ahí no puedo entrar —jadeó con la voz ronca, cuando llegaron a la entrada de los almacenes Mendel.

—¿Por qué no? —Frieda conocía la respuesta, y sabía que él lo sabía.

—Ahí dentro se me quedará mirando aún más gente, algunos incluso estarán al acecho. —Respiró con dificultad—. Y no podré esquivar sus miradas.

—¿Hans? —Era la voz de Clara.

—¡Clara! Pensábamos hacerte una visita ahora mismo. —Frieda se alegraba mucho de que su amiga hubiera llegado en el momento más oportuno. Frieda la saludó con un abrazo—. Sí, por fin ha vuelto a casa.

—¡Hans, cómo me alegro! Yo… —A Clara le brillaron los ojos. Se notaba perfectamente el susto que se había llevado al verlo. Pero esos ojos sobre todo expresaban alegría, una alegría infinita.

—Hola, Clara. —Le estrechó titubeante la mano—. Cómo has crecido.

—Y tú estás vivo —balbuceó Clara, luchando contra las lágrimas.

Tras una breve vacilación, se le echó sencillamente al cuello.

—¿Es que no tienen ustedes casa? —dijo un señor plantándose delante de los tres. Podría haber pasado tranquilamente a su lado, pero no se le ocurrió.

—¡Oh, disculpe! —Clara le hizo sitio inmediatamente—. Cuánto me alegro. Tenemos que celebrarlo. Os invito a una copa de champán.

—No, mejor no. —Los ojos de Hans centellearon. Pero en cuestión de segundos cambió de actitud—. Estoy vivo, sí, pero soy un monstruo —susurró con amargura—. No querréis tener una cosa así en vuestros elegantes almacenes.

—¡Ni se te ocurra pensar en algo tan absurdo! —A Clara

le temblaba la voz—. Y menos aún decirlo. Tienes una cicatriz. ¡Y qué! Ya se te irá quitando. Además, eso no te convierte en peor persona, y menos en un monstruo. Al contrario —continuó, antes de que él pudiera tomar la palabra—, demuestra que has tenido el valor de combatir. Puedes sentirte orgulloso, y los almacenes Mendel se enorgullecerán siempre de poder saludar a un hombre tan valiente.

Frieda se enjugó rápidamente las lágrimas. De puro agradecimiento, le dieron ganas de besar los pies de Clara.

—Acuérdate de lo que te ha dicho antes tu camarada Paul —le recordó ella con dulzura—. La mayoría de tu regimiento no ha regresado. Tú mismo has dicho que habías tenido suerte.

Hans paseó la mirada entre una y otra y suspiró.

—Si lo decís vosotras… —Sonrió de medio lado—. Realmente ahora no tengo nada que objetar a esa copa de champán.

Frieda y Clara lo remolcaron hasta la sección de exquisiteces. En una mesita alta un poco apartada brindaron con solemnidad. Frieda daba tímidos sorbitos. Hans, en cambio, vació media copa de un trago.

—¿Qué vas a hacer ahora? —quiso saber Clara de él. Este se encogió de hombros—. Bueno, tu hermana se va a casar —explicó sin darle importancia.

¿A qué venía ahora eso? A Frieda le dieron ganas de pisarle el pie a Clara para que mantuviera la boca cerrada. Pescó la mirada de sorpresa de su hermano.

—Nuestros queridos padres me han presentado a alguien y les gustaría tenerlo como yerno. —Confiaba en que sonara como si no le preocupara—. Pero a mí no. Además, no tengo prisa por casarme. —Por encima del borde de la copa clavó la mirada en Clara, pero su amiga parecía no darse cuenta.

—Seguro que para empezar querrás descansar en toda regla —le dijo esta a Hans—. Me puedo imaginar que has tenido que pasar por un infierno —dijo mirándolo con compasión—. Y luego te espera el trabajo, ¿verdad? Yo voy a ser enfermera, Frieda se casará y tú serás comerciante. Como tu padre. —Cuando se dio cuenta de cómo sonaba lo que acababa de decir, Clara añadió enseguida—: Para empezar, digo. Más tarde también te casarás, claro. —Se ruborizó.

Frieda la miró irritada. ¿Le habría afectado ya a la cabeza el traguito que había dado de esa bebida burbujeante?

—Sí, claro, así será —dijo Hans con amargura, apuró el champán y dejó la copa encima de la mesa con tal ímpetu que Frieda temió que se rompiera el tallo—. Las mujeres harán cola para poder pasar el resto de su vida junto a alguien con una mueca tan espantosa.

—Seguro que sí. Porque eres un tipo genial. Si a alguna le molesta una cicatriz tan insignificante, es que no está a la altura de mi hermano. —Puso la mano sobre la suya; por un momento temió que Hans se la quitara de un manotazo, pero se limitó a suspirar.

—Frieda tiene toda la razón. Te mereces una mujer que se fije en tu carácter, que te ame de todo corazón —dijo Clara en voz baja.

En la mesa se oyeron risas; un poco más allá, los clientes contemplaban los pescados y mariscos colocados sobre hielo. Frieda buscó febrilmente una solución. Tenía que cambiar de tema a toda costa y hacer que Hans pensara en otra cosa.

—Si tú lo dices… ¿Quieres casarte conmigo? —preguntó Hans de repente, mirando a Clara.

Frieda se quedó como si la hubiera alcanzado un rayo, y Clara no parecía menos sorprendida.

—¿Cómo? Pero eso…, eso sería… —balbuceó Clara. El brillo de sus ojos se intensificó; le ardían las mejillas.

Sin embargo, antes de que Clara recobrara la serenidad, Hans estalló en una sonora y amarga carcajada.

—No te preocupes, no iba en serio. Desde luego que no —dijo entre dientes, y dejó a las dos plantadas.

—¡Hans! —Frieda hizo amago de salir corriendo tras él, pero una fugaz mirada a Clara la detuvo. Su amiga estaba pálida como la tiza, parecía que se iba a desmayar de un momento a otro. Frieda la agarró por la cintura y la llevó a una silla—. Lo siento mucho. Ha sido una indecencia por su parte. —Acarició el brazo de Clara para tranquilizarla—. Es que no se encuentra bien. Tenías razón; ha debido de pasar por un infierno y es incapaz de superarlo. No puedes tomárselo a mal, por favor.

—¿No puedo? —contestó fríamente Clara—. No, claro que no. —Poco a poco sus mejillas iban recuperando el color—. Podemos darnos con un canto en los dientes si los respetables Hannemann se dignan a tener trato con nosotros. Solo valemos para que nos insulten, para que nos tomen por chivos expiatorios y para vender chocolate bajo cuerda. —Había alzado la voz. Una mujer se volvió hacia ellas y meneó la cabeza.

Frieda se sentía como si tuviera algo en el pecho que le impedía respirar.

—Por favor, Clara. ¿Por qué dices una cosa así? ¡Eso no es verdad!

—¿Ah, no? —Para entonces se había dominado y había bajado la voz—. Si nos descubren, si alguien se va de la lengua y cuenta que aquí se vende chocolate alemán, ¿quién crees que saldrá perdiendo? ¿Los respetables Hannemann o los judíos?

Lentamente iban pasando los días. Frieda se acostaba y se despertaba con mala conciencia. ¿Qué error había cometido para que Clara pensara eso de ella? ¿Cómo podía suponer su mejor amiga que su familia abusaría de los Mendel como chivos expiatorios o como socios en un turbio negocio en el que se jugaran la cabeza? Y luego había otro pensamiento del que Frieda no lograba desprenderse. Clara habría aceptado en el acto la petición de mano de Hans si este lo hubiera dicho en serio; de eso Frieda estaba segura. No se había mostrado escandalizada, sino radiante de alegría. ¿Sería esa tal vez la solución?

Cuanto más pensaba en ello, más le gustaba la idea. Una boda sería para Clara la oportunidad de eludir su formación como enfermera. Y Hans no era la peor elección. Clara lo conocía desde que eran niños. Sabía que en el fondo de su corazón era una buena persona. Y Clara, con su modo de ser compasivo, quizá fuera la mejor medicina para el alma de Hans. Los dos se podrían beneficiar el uno del otro. Y desde el punto de vista comercial, la unión de las casas Hannemann y Mendel era también una buena opción. Si ella daba a conocer la factoría de chocolate mediante unas creaciones extraordinarias, en algún momento los almacenes Mendel podrían ofrecer los productos a los clientes de forma oficial. Y a ser posible, incluso en exclusiva. La idea no podía ser más genial. Clara recibiría una buenísima dote, como mínimo, equiparable a la herencia del tal Rickmers. Entonces Frieda se libraría definitivamente del embrollo en el que la habían metido. Tenía que hablar de eso con Clara. Así seguro que todo se arreglaría entre ellas. No le cabía la menor duda.

Hans salía ya de casa con regularidad: un rayo de esperanza. Las noches seguían siendo malas, y a veces se agarraba a ella como si estuviera a punto de ahogarse y le dejaba el brazo lleno de cardenales. Pero por fin había pasado una noche durmiendo de un tirón. Y el padre ya lo había llevado dos veces a la oficina.

—Eso le distrae —había explicado concisamente—. Además, ya va siendo hora de que aprenda lo que debe saber un comerciante. —Trabajo no faltaba.

Antes de la guerra, muchos países, como Austria-Hungría, Escandinavia o incluso Rusia, importaban el cacao de Hamburgo. Eso había sido lo primero en desaparecer.

—Nuestras relaciones comerciales se han deteriorado considerablemente —había dicho en una ocasión el padre—. Las rutas comerciales habituales se han cerrado.

Ahora se trataba de continuar con lo que antes había dado buenos resultados y, al mismo tiempo, entablar nuevas relaciones económicas. Albert Hannemann frecuentaba a menudo el Banco Imperial y se encargaba de organizar los créditos extranjeros de modo que se pusieran en marcha nuevas transacciones en el mercado del cacao. Más de una vez viajó también a Berlín para negociar con el ministro competente. Los aranceles habían subido, los costes del azúcar también, mientras que el valor del dinero había bajado. Frieda aguzaba el oído cuando oía que su padre hablaba de eso con el abuelo. La situación seguía siendo crítica, y tanto la Oficina Comercial del Cacao como la Asociación de Comerciantes del Cacao le exigían mucho esfuerzo a su padre. Naturalmente, esos problemas no solo los tenía Hannemann & Tietz, sino que también se habían visto afectados todos los importadores, los comerciantes y los fabricantes, razón por la que ahora tenían que estar más unidos que nunca.

También Ernst estaba muy atareado. Aunque Frieda lo veía de vez cuando, casi nunca tenían tiempo para charlar un rato. Solo en una ocasión, Ernst sacó tiempo para preguntar por Hans. Era la época en la que peor se encontraba.

—Ese no es mi hermano —había contestado ella afligida—. No sé quién es el hombre al que recogimos del hospital, pero desde luego no es mi hermano. —Dando muchos suspiros, le había descrito los continuos cambios de humor de Hans y, por lo tanto, de toda la familia—. Tan pronto se queda absorto y con una cara de lo más triste, como se pone cínico y hecho un basilisco. Como eso no cambie pronto, mi padre va a necesitar otro aprendiz —añadió Frieda lanzándole una mirada muy elocuente.

Ahora iba a ver a Gertrud Krüger. Con un poco de suerte, se cruzaría de nuevo con Ernst.

—Buenos días, Gertrud. Vengo de parte de mi madre —dijo Frieda al entrar en la enorme cocina.

Por todas partes había cacharros de cocina, varillas y cucharones colgados de ganchos que pendían del techo. En ese preciso momento, Gertrud Krüger estaba sacando las tripas de un pescado muy grande y tenía las manos ensangrentadas. Sus labios esbozaron una amable sonrisa cuando vio a Frieda. Cómo había envejecido Gertrud Krüger en los últimos años. Sus mejillas, antes bien rellenitas, ahora estaban hundidas y con la piel arrugada. No obstante, seguía irradiando una gran cordialidad, y a simple vista se reconocía de dónde había sacado Ernst la expresión de pícaro y esa cara tan simpática.

—Me alegro de verte, Frieda. ¿Qué te cuentas? —Se lavó las manos y, a continuación, se las secó en el delantal.

—Cuando vayas luego al mercado, ¿podrías traer dos tarros de carne en gelatina de Heil?

Frieda conocía a Gertrud desde que había venido a este mundo. Con el paso de los años, Frieda y Gertrud coincidían en que sería una tontería cambiarse el tratamiento y dejar de tutearse. Al fin y al cabo, Gertrud había sido para Frieda algo así como una segunda madre, y siempre lo seguiría siendo.

Gertrud puso los ojos como platos.

—¿Otra vez? Pero si los señores han comprado hace poco

dos tarros. —Se volvió a secar las manos en el delantal y reanudó el trabajo—. Tu abuelo debe de comerlos a cucharadas.

Frieda torció el gesto.

—Otros se darían con un canto en los dientes si pudieran permitirse tomar un solo tarro; lo sé.

—Bah, no me refería a eso. Digo que no es bueno para la gota que tiene tu abuelo. «Compre carne en gelatina, de alto valor nutritivo y con un sabor delicioso» —citó imitando el anuncio—. Si quieres saber mi opinión, te diré que es una carne en gelatina como cualquier otra. —Frieda sonrió—. Normal y corriente, y encima mala para la gota —repitió Gertrud.

Después de la pequeña excursión a casa de Gertrud, Frieda prosiguió su camino. Ya iba siendo hora de que hablara con Clara. En los grandes almacenes no la encontró. Como hacía tan buen tiempo, seguro que habría ido a visitar a su tío Levi y a los cisnes. Eso esperaba. De lo contrario, Frieda tendría que coger el tranvía para llegar hasta la Schlüterstrasse. Quería ver a su amiga sin falta. Frieda fue desde el Jungfernstieg hasta la caseta guardabotes, situada nada más pasar el puente Lombardsbrücke. Había tenido suerte. Ya desde lejos vio la bandada de aves blancas y un pelo rubio y resplandeciente. Clara y Levi se hallaban sentados en un banco a la sombra de un plátano. En ese momento, Levi estaba dando un buen mordisco a un panecillo *Rundstück,* que parecía despertar un gran interés entre los pájaros. Cuando vio acercarse a Frieda, murmuró algo, le dio una palmadita a Clara en la mano, saludó a Frieda y se alejó, perseguido por sus cisnes, por la pradera que justamente allí servía de marco al Alster Exterior.

—Hola, Clara. —Frieda puso cara de arrepentimiento.

A Clara se le notaba por su expresión más bien ausente que todavía no había digerido la escena de Hans en la sección de exquisiteces—. Siento mucho habernos peleado. Pero aquella situación fue realmente desafortunada. ¿Puedo? —dijo señalando el sitio del banco que se había quedado vacío, y se sentó después de que Clara asintiera con la cabeza.

—Una situación desafortunada —opinó Clara—. Si quieres llamarlo así... —Clavó la vista en sus nuevos zapatos de charol.

—Bonitos zapatos. —Ninguna reacción—. ¡Venga, mujer! —Frieda le pinchó en un costado con el dedo, un método seguro para hacer reír a Clara. Al menos, casi siempre. Esta vez solo consiguió arrebatarle una sonrisa de mala gana, y se apartó un poco de Frieda—. No es cierto que para nosotros solo seáis unos chivos expiatorios —insistió Frieda—. ¿Cómo se te ocurre decir una cosa así? ¡Si somos amigas! ¿O no? —Clara alzó un segundo la ceja izquierda.

—Amigas —repitió con tristeza—. Nunca me has preguntado por mis hermanos. No sabes por lo que pasaron durante la intervención militar, ni lo que hacen ahora, y eso que a uno le falta una pierna. —Frieda no sabía qué decir. Los hermanos de Clara eran mucho mayores que ella, siempre habían hecho su vida y jamás habían venido de visita—. ¿Realmente no te has fijado en que siempre íbamos a jugar a las cartas y a tomar café a vuestra casa? Nunca habéis venido a la nuestra, nunca habéis entrado en la casa de los judíos.

—Pero no fue a propósito. Sencillamente no se presentó la ocasión. Nuestros padres son amigos desde hace una eternidad. ¿Crees de verdad que os tratamos de otra manera solo porque sois judíos? Siempre lo habéis sido. —Se encogió de hombros para subrayar que no tenía ni la más remota idea de qué había de malo en ello. Clara bajó la vista.

—A los judíos siempre se les trata de otra manera —dijo

en tono sombrío—. Todos mis hermanos se presentaron voluntarios. Pero independientemente del arrojo con el que lucharon, a los ojos de sus camaradas fueron siempre unos marginados. ¿Sabías que un ministro ha decretado incluso un recuento de judíos?

—¿Para qué?

—Se decía que los judíos eran unos zánganos que no luchaban por la patria. El recuento era para comprobar si eso es verdad, si hay pocos voluntarios judíos. —Clara meneó la cabeza.

Guardaron silencio. Luego Frieda dijo:

—Eso no tiene nada que ver con nosotras. Yo nunca he guardado en secreto que somos amigas, aunque naturalmente también han llegado a mis oídos algunas tonterías que se dicen de los judíos. Mis padres piensan igual que yo. En cuanto se pueda ofrecer oficialmente el buen chocolate Hannemann, se venderá en la mejor casa de la ciudad, ¡en los almacenes Mendel!

—Pero todavía no se vende oficialmente vuestro exquisito chocolate, sino solo a clientes selectos. —Clara hizo una breve pausa; tenía el semblante sombrío. Frieda le concedió tiempo—. He oído decir a mis padres que si cometemos algún error, lo pagaremos caro. Vosotros en cambio saldríais bien parados.

Desde luego, muchos hamburgueses consideraban a los judíos unos intrusos, unos estafadores. No solo los hamburgueses, sino los alemanes en general. También Spreckel había insinuado algo parecido. Pero uno se podía defender de semejantes disparates.

—Esas son las consecuencias de esta guerra tan terriblemente estúpida —dijo Frieda—. Ha causado mucho sufrimiento, y ahora hay gente que busca un chivo expiatorio. Eso se pasará, Clara. En cuanto se recupere el comercio y la gente tenga un trabajo bien remunerado, se dejará de pensar en quién tiene la culpa de todo ese sufrimiento padecido.

—Ojalá. —Clara se sopló un fino mechón de pelo de la cara.

—¡Seguro que sí! —Frieda quería animar a todo trance a su amiga—. Además, mi padre no os dejaría en la estacada en caso de que efectivamente tuvierais dificultades por nuestro chocolate. Toda nuestra familia os apoyaría y os ayudaría, pasara lo que pasara. ¡Eso te lo juro por lo más santo! —Sonrió misteriosamente. Los herrerillos y los gorriones trinaban; en alguna parte, un chochín llenó el aire con su canto magistral—. Hasta tengo una idea para ayudarte a ti.

Clara la miró muy seria de reojo.

—¿Ah, sí?

—¿Es posible que hubieras aceptado la petición de mi hermano? —preguntó Frieda en voz baja. En realidad, no tenía intención de soltarlo así de sopetón, pero ya era tarde para echarse atrás.

—¿Qué? —Clara la miró horrorizada.

—Podría entenderlo —se apresuró a decir Frieda—. Tú no quieres estudiar para ser enfermera. —Se echó a reír—. Todo esto es una locura, ¿no te parece? A mí me gustaría tener una profesión y, en cambio, me obligan a casarme. Y tú preferirías un marido antes que estudiar.

—Pues sí, en el fondo tienes razón; no sería ninguna tontería —reconoció Clara—. Naturalmente, no un marido cualquiera, sino… —balbuceó.

—Ya le has echado el ojo a alguno, ¿verdad? —Frieda habría apostado cualquier cosa a que se trataba de Hans. La reacción de Clara ante la sorprendente petición de Hans había sido muy elocuente, y su decepción al ver que no lo decía en serio, también—. ¿Cómo es que no me lo habías contado? —Frieda le guiñó un ojo—. ¡Vamos, dilo!

—No le he echado el ojo a ninguno. ¿De dónde te has sacado eso? —preguntó Clara con aspereza.

¿Por qué le costaba tanto reconocer que estaba enamorada del hermano de Frieda? No era nada malo; al contrario.

—Venga ya, tengo ojos en la cara. Clara, esa sería la solución para todo. Tú no te casarías con un hombre cualquiera, sino exactamente con el que deseas, y yo me libraría de la boda. —Rio jovialmente.

—¿De qué estás hablando, Frieda?

—Yo podría interceder por ti ante mis padres. —Frieda la miró esperanzada.

—¿A qué te refieres?

—A que haría de celestina para vuestra boda. Les dejaría claro que Hans saldría ganando mucho si cuidara de él una mujer tan buena y sensible como tú. ¡Mi mejor amiga, la mujer de mi hermano! —Se echó a reír—. Mejor, imposible. —La verdad es que era una idea sencillamente maravillosa. Frieda miró a Clara a los ojos—. Para él tú serías como si le hubiera tocado el gordo. Tienes muy buen corazón, eres lista e ingeniosa. Y él tampoco está nada mal como marido. —Frieda le lanzó una mirada radiante de alegría.

—No se trata de eso —respondió Clara en tono arisco.

¿Qué pasaba ahora? Pero si era el mejor plan posible.

—¿De qué se trata entonces? —Frieda veía ya todo con claridad ante ella, y lo que veía era perfecto—. Tú no tienes que estudiar, yo no tengo que casarme, Hans pasa a estar en muy buenas manos y nosotras dos podremos seguir viéndonos en el futuro. Será fantástico, Clara. —Clara se levantó de un salto y se oyó un ruido horrible. La falda se le había quedado enganchada en una astilla que sobresalía del asiento del banco—. Vaya, qué rabia. Yo te la coseré —se ofreció Frieda.

En realidad, esperaba no tener que hacerlo porque la falda

solo mejoraría un poco sin el agujero que le había hecho la astilla.

—¡No quiero que hagas eso! —le gritó Clara.

—Está bien, yo solo quería ayudarte —balbuceó Frieda asustada. Al fin y al cabo, tampoco cosía tan mal si ponía un poco de empeño.

—¡No entiendes nada! —A Clara se le saltaron las lágrimas.

—No sabía que para ti fuera tan valiosa esta falda. Casi nunca te la pones. ¿Cómo iba yo a saber…?

—¡La falda me importa un pepino! —Clara golpeó la tela con furia—. Estoy hablando de tu hermano, no quiero tu ayuda con él. No quiero que nos emparejes. —Ahora las lágrimas rodaban por sus mejillas y le gotearon por la barbilla. Frieda se levantó lentamente y dio un paso hacia ella. ¿Qué habría hecho mal esta vez?—. Amo a tu hermano —susurró Clara—. Desde que era pequeña, le amo de todo corazón. —Frieda vio que su amiga temblaba, pero no se atrevió a tocarla ni a consolarla—. Quieres hacer de celestina, ¿eh? Solo te ocupas de ti misma. De lo contrario, te habrías dado cuenta de lo mucho que he sufrido durante su ausencia, por la incertidumbre de no saber si estaba vivo o muerto. —Clara no sabía qué hacer con los brazos; de ella se apoderaron la desilusión y la ira. Clara estaba enamorada de Hans, por supuesto. Precisamente por eso era tan bueno el plan—. Yo le quiero, pero para él no soy más que la pequeña Mendel, la hija del judío, que es lo bastante tonta como para vender vuestro chocolate.

—No, eso no es cierto, Clara. Hans te tiene cariño. Quiero decir que te lo tenía cuando éramos unas niñas. De eso hace tanto tiempo… Pero ahora eres una mujer, y él ya no te conoce. Podríais volver a conoceros, partiendo de cero. —En el rostro de Clara asomó un destello de ternura—. Lo digo en serio; sería perfecto que os casarais. Tú eres justo lo que él necesita ahora.

—Quieres decir que nuestro dinero es exactamente lo que necesitas tú ahora para no tener que casarte. —A Frieda le faltó el aire. Eso solo era una verdad a medias—. Pero yo no quiero comprar a Hans —contraatacó Clara—. No quiero que se case conmigo por nuestro dinero o porque no le acepte ninguna otra. —Se le quebró la voz—. ¡Tiene que quererme! —Soltó un sollozo, se recogió la falda y salió corriendo.

Frieda se quedó aturdida viendo cómo se alejaba su amiga. Quiso llamarla para que volviera, pero no le salió la voz. Los pies le pesaban como el plomo; imposible seguir a Clara. Acababa de imaginarse de color rosa que Clara fuera la madre de sus sobrinos. Como ya lo hicieran sus padres, también ellas se verían con regularidad para tomar café. No serían solo amigas, sino también de la misma familia. Frieda dejó la cabeza colgando. Junto a sus zapatos vio borrosamente un trébol. A Clara le encantaba buscar tréboles de cuatro hojas, los que traen suerte. Hoy no. Hoy no había tenido suerte. Una lágrima se deslizó desde la punta de la nariz de Frieda. No, no llegarían a ser de la misma familia. De repente, su amistad pendía de un hilo de seda. Frieda debía hacer todo lo posible por no perder a Clara.

—Lo siento, Clara —murmuró.

Se dio la vuelta muy lentamente. ¿Por qué lo habría echado todo a perder? Otra lágrima rodó por su mejilla. Frieda emprendió el camino de vuelta a casa con los hombros caídos. Se metería de inmediato en la cocina del chocolate. No había nada mejor para disipar su ánimo atribulado. Además, mientras elaboraba los ingredientes y removía la masa aromática, solían ocurrírsele las mejores ideas. Y ahora necesitaba urgentemente tener una que rescatara su amistad con Clara. Si todavía era posible… Apartó de sí este horrible pensamiento.

—¡Huy, cuidado!

El hombre debió de salir directamente del Pabellón del Alster; en cualquier caso, Frieda no lo había visto llegar. Tras desplazarse con elegancia hacia un lado, logró esquivarla. Le sacaba como media cabeza, tenía el pelo castaño rojizo que le asomaba por el sombrero, pecas y perilla. Ella lo reconoció de inmediato. Era el hombre con el que había tropezado en la Deichstrasse. Se volvió un momento a mirarla y sonrió. ¡Él también la había reconocido! A Frieda el corazón le dio un brinco. Antes de poder dirigirse a él, el hombre se montó en un taxi y desapareció.

6

Verano de 1919

Entre Ernst y Albert Hannemann se había creado para entonces una rutina. Por la mañana, cuando el padre de Frieda iba a
la oficina, ya estaba allí Ernst para despachar los recados y las
diligencias que se presentaran. Desde allí, al mediodía, iban los
dos juntos a la Deichstrasse, donde Albert almorzaba con su
familia, mientras Ernst hacía algún otro encargo para él o bien
se metía en la cocina y se comía un bocadillo, sopa de patatas o
lo que hubiera sobrado. La tarde la pasaban de nuevo en la
Bergstrasse, en el Brook o en algún lugar del puerto. Una miga
de pan negro en la comisura de la boca de Ernst reveló a Frieda
que venía de la cocina, cuando se encontraron en el zaguán.

—¡Qué! ¿Estaba rico?

Ernst se limpió a toda velocidad los labios.

—¡Riquísimo! —dijo, asintiendo alegremente con la cabeza—. ¿Y tú no tienes nada que hacer? —se burló de ella—.
¿O ya has avanzado con tus planes de inaugurar una choco-
latería y de construir máquinas expendedoras? —Cruzó los
brazos a la altura del pecho.

¿Había en su tono de voz un atisbo de admiración o solo
se lo figuraba ella?

—En primer lugar, es una factoría de chocolate y, en segundo lugar, las máquinas expendedoras no voy a construir-
las yo misma —le aclaró.

—Bueno, pues estupendo. Ya me tengo que marchar —dijo, disponiéndose a dejarla plantada.

Ella sacó el reloj.

—Acabamos de terminar de comer. Mi padre estará todavía un rato leyendo el periódico antes de volver a la oficina. Creo que hoy de todas maneras quiere ir al Brook, a la Oficina Comercial del Cacao. Nos ha contado algo de un ministro que…

—Lo sé todo —la interrumpió él impaciente—. Y también sé que, después de comer, acompaña la lectura del periódico con una copita de brandi. Se la tengo que traer yo de la tienda del borrachín.

—¿De dónde?

—De la licorería —dijo recalcando cada sílaba. Señaló con la cabeza al otro lado de la calle—. Todos los días a la una en punto.

—Entonces tienes que darte prisa.

—Ya te lo decía yo —dijo, sin moverse. Una arruga encima de la nariz delataba que estaba pensando—. ¿Sabes lo que no entiendo?

—¿Que alguien beba brandi al mediodía? —Frieda torció el gesto.

—No, eso sí lo entiendo. Lo que no me entra en la cabeza es por qué el jefe no se compra una botella y se sirve todos los días un poco. Le saldría mucho más barato.

—En eso tienes razón. ¿Se lo has preguntado a él?

—Claro que se lo he preguntado. «Yo no te pago por pensar, sino por hacer recados», me ha dicho. «¿O te he contratado como chico de los pensamientos?» —Meneó la cabeza y se encogió de hombros—. En fin, me está bien empleado —dijo con una sonrisita, como si estuviera otra vez tramando algo—. ¡Adiós!

El 23 de junio del año 1919 hizo un día de verano, pero con el cielo nublado. Frieda y su madre se hallaban sentadas en el salón con las ventanas abiertas de par en par y un vaso de limonada de Gertrud. El abuelo reposaba en el sillón después del almuerzo y acababa de quedarse dormido. Al segundo, se despejó por completo.

—¡En el Rathausmarkt se ha armado la marimorena! —gritó Ernst ya desde lejos, e irrumpió en la casa.

—¿Qué dices, muchacho? —El abuelo se incorporó en el sillón, sin perder de vista a Ernst—. ¿Están protestando los hamburgueses por ese dichoso tratado?

Frieda puso los ojos en blanco. Durante toda la comida, el abuelo no había parado de hablar de que la Asamblea Nacional de Weimar había aprobado el Tratado de Paz de Versalles. Y además, sin condiciones, había recalcado varias veces. ¡Un escándalo!

—¡Qué va! —Ernst negó rotundamente con la cabeza—. ¡Están asaltando la fábrica de Heil!

El abuelo tenía el horror dibujado en el rostro.

—¿De Jacob Heil? ¿El Heil de la carne en gelatina?

Ernst asintió con la cabeza sin poder evitar una sonrisa maliciosa.

—Sí, la fábrica de productos cárnicos Heil & Co., la de la exquisita carne en gelatina y otros manjares hechos a base de ratones, perros y gatos. —Las comisuras de sus labios esbozaron una sonrisa aún más pronunciada.

—¡Huy, qué asco! —exclamó Rosemarie, y se llevó una mano a los labios.

—¿Cómo te atreves a…? —El abuelo jadeó y perdió un poco de color.

—¿Podrías empezar desde el principio y contarnos qué ha pasado? —le pidió Frieda a Ernst.

—¡Con mucho gusto! Esta mañana temprano, un cochero

tenía que recoger varios toneles de Heil & Co. en la Kleine Reichenstrasse. Por lo visto, uno se le ha resbalado y ha reventado en el suelo. ¡La cantidad de porquería que ha salido! ¡Y sobre todo cómo apestaba! —Hizo una mueca como si él mismo hubiera estado junto al barril y a su pestilente contenido—. Unos cuantos han visto la asquerosa papilla en la acera y les ha llegado el olor. En un santiamén han comprendido que Heil hace su carne en gelatina a base de mierda. —Saltaba a la vista que Ernst disfrutaba siendo el centro de atención y difundiendo las escandalosas novedades—. Y entonces han entrado y han descubierto la tostada.

—¿Podrías expresarte con un poco más de claridad? —El abuelo Carl empezaba a perder la paciencia.

Ernst miró con cara de inocente a Frieda y a Rosemarie.

—¿Cree que los estómagos de las damas podrán asimilarlo?

—¡Suéltalo ya! —le exhortó Carl.

Ernst se encogió de hombros.

—Pues lo que apareció fue un montón de pieles y pelos de ratones y ratas. Y aquello tenía una capa bien gorda de moho.

—Ya basta —dijo Rosemarie jadeando, se levantó y se fue corriendo.

—Hasta una cabeza de perro debieron de encontrar —siguió informando Ernst impasible.

Frieda cerró los ojos. Inhaló y expulsó aire lentamente.

—No dices más que disparates —despotricó Carl.

—Y claro, enseguida ha corrido la voz —siguió contando Ernst—. Y como cada vez iba más gente hacia la fábrica, al final la han asaltado. Han propinado una buena paliza a unos cuantos obreros, o eso dicen.

Por el gesto que hizo Ernst con la nariz, Frieda notó que eso no le gustaba. Desahogarse del enfado sí, pero ¿una paliza? No, Ernst rehuía las peleas siempre que podía.

—¡Han sido esos canallas del Partido Comunista, el KPD! —Al abuelo Carl se le puso la cara como un tomate—. ¡Esos incitan y soliviantan a todos!

—Cálmate, anda —opinó Frieda, temiendo por su corazón, que ya no estaba para muchos trotes, y con el que debía tener cuidado.

—Ya me tengo que marchar —dijo Ernst—. He oído que quieren llevar al mismísimo Heil a rastras hasta el mercado del Ayuntamiento.

Frieda se levantó de un salto.

—Te acompaño. —En el zaguán le preguntó—: ¿Por qué hacen eso, Ernst? Me refiero a los del KPD. ¿Por qué incitan a la gente?

—A la gente no hace falta que la incite nadie, Frieda. Lo único que tienen es hambre. —¿Tan grave sería la cosa? Los alimentos escaseaban desde hacía años, eso estaba claro, pero que la situación fuera tan grave... Ernst debió de leer sus pensamientos—. Así es la vida, señorita Hannemann —dijo en tono socarrón—. Quiero decir la auténtica vida, no la que tienes tú aquí.

Sus palabras la golpearon con tanta dureza que Frieda se quedó unos minutos inmovilizada. Cuanto más lo pensaba, más furiosa se ponía. ¿Qué se habría creído Ernst Krüger? Frieda era consciente de cuál era la situación económica. ¿De verdad lo sabía? ¿Acaso no creía hasta hacía pocas semanas que Hannemann & Tietz solo atravesaba un leve período de crisis, como todos? Tampoco se le había pasado por la imaginación que su padre tuviera que cancelar una cuenta de reserva para sacar adelante la empresa y a la familia. ¿Y la gente en general, simples trabajadores, excombatientes mutilados, viudas, huérfanos? Qué ingenuo era pensar que únicamente tenían problemas de dinero, que no siempre se podían permitir el lujo de comer carne u otros manjares. ¡Pasaban hambre!

De todas maneras, Frieda tampoco vivía en la inopia. Cuando salía de casa, ¡claro que veía a la gente demacrada y con las mejillas hundidas!

Se oyó un portazo; quizá la puerta del cuarto de baño. Su madre se había puesto en marcha. Antes de que le hiciera preguntas o quisiera retenerla, Frieda bajó las escaleras y salió a la calle. Aunque la Deichstrasse solía estar casi siempre muy animada, hoy le pareció más concurrida todavía. Luego, en el Hopfenmarkt, Frieda fue atrapada por un remolino de gente. Ernst no había exagerado nada. La historia de la carne en gelatina en mal estado, hecha a base de ratas y perros, se había propagado por la ciudad como un reguero de pólvora y era el tema sobre el que más acaloradamente se hablaba.

—¿No creerás que los empleados de ese usurero ignoraban lo que ocurría? —dijo un señor que llevaba una gorra de visera con cordel, como las que le gustaba ponerse al príncipe Enrique de Prusia.

—Usurero es la palabra que mejor lo define —respondió el hombre con el que iba camino del Ayuntamiento, y se echó a reír—. Yo conozco a uno que trabaja allí —dijo luego pensativo—. Es un chico muy decente; lo habría denunciado.

—No, si le han pagado bien por su silencio.

Cada vez se congregaban más hombres y mujeres procedentes de todos lados. Frieda perdió de vista a los señores cuya conversación había oído en parte. Se sentía como una de las gabarras que se deslizaban pegadas unas a otras por los canales. Algunos días se podía cruzar hasta el otro lado sin mojarse los pies, de tan apiñadas como estaban las barcas en el agua.

—Las autoridades nos dejan tirados —dijo de repente un hombre bajito a su lado, empujándola un poco—. Si nosotros mismos no nos defendemos, nadie nos ayudará.

—Eso es cierto —le dio otro la razón.

Y los dos adelantaron a Frieda. A cada paso que daba hacia el mercado del Ayuntamiento, iba aumentando el volumen de las voces del gentío. Hablaban a voz en grito, protestaban de que el fabricante Heil sacara provecho del hambre que pasaban.

—¡Nos las pagará! —oyó Frieda, y también—: ¡Maldito cerdo asqueroso!

Una mujer con la falda levemente alzada se abrió paso a empujones mientras decía:

—¡Quién iba a saber de dónde sacaba la pasta!

No, pensó Frieda, nadie sospechaba de dónde obtenía el dinero, y menos en su fábrica.

En la plaza del Ayuntamiento se representaba una escena aterradora. Hombres con la cara desfigurada por la ira alzaban los puños, mientras las mujeres se ponían en jarras adoptando una actitud agresiva. Reinaba una algarabía de gritos, insultos y empujones. Frieda no debería estar allí, tendría que darse la vuelta lo más aprisa posible y desaparecer. De repente, los ánimos se encresparon aún más.

—¡Tienen a Heil y a su elegante apoderada! —gritó uno, y la multitud estalló en aplausos y gritos de júbilo.

Sin que Frieda pudiera hacer nada por evitarlo, fue empujada por una masa de cuerpos hacia donde eran arrastrados el fabricante de carne y su empleada. Qué calor, qué claustrofobia. Miró a su alrededor en todas direcciones, pero vio que no tenía escapatoria. ¿Cómo librarse de esa muchedumbre indignada? Imposible. Luego pensó que no le pasaría nada. Al fin y al cabo, esos hombres y mujeres airados no la habían tomado con ella, y no quería comportarse como una cobarde.

—¡Al agua con esa gentuza! —gritó alguien.

—No, mejor colgarlos —opinó otro.

¿Colgarlos? Las cosas habían ido demasiado lejos. Atrapada entre un hombre con una gruesa barriga y dos tipos que olían a sudor rancio, fue avanzando a trompicones. Presa del pánico, vio cómo empujaban a una mujer por las escaleras que daban al monumento del káiser Guillermo. Tenía que ser la apoderada de la que hablaban antes. ¡Y querían ahorcarla de verdad! La mujer gritaba desesperadamente por salvar la vida. A continuación, todo sucedió a la vez. Frieda oyó un fuerte chapoteo seguido de unas carcajadas y un tremendo alboroto. Al mismo tiempo, vio acercarse a unos hombres vestidos con abrigos marrones, botas y gorras de visera. ¡Al fin la policía! Pero su alivio no duró mucho. Los uniformados no se andaban con demasiados miramientos, y la gente les devolvía los golpes. ¡Pegaban a los policías! ¿Se habían vuelto todos locos de remate? Santo cielo, tenía que alejarse de allí como fuera; de lo contrario, también ella se llevaría algún golpe o acabaría encarcelada. Pero ¿hacia dónde? Sobre todo, ¿cómo podía abrirse paso entre la multitud? A Frieda se le aceleró el corazón y empezó a respirar entrecortadamente.

—¡Venga conmigo, yo la pondré a salvo! —La voz, que sonó muy cerca de su oído, le resultó familiar y muy tranquilizadora.

Frieda se volvió y su mirada recayó en unos cálidos ojos grises.

—¿Usted?

—¿Se acuerda de mí? —El hombre del pelo castaño rojizo, la perilla y las graciosas pecas en la nariz le sonrió como si hubieran quedado para dar un paseo por las Arcadas del Alster en una tarde cualquiera de junio.

—Naturalmente —susurró ella.

—Qué bien, cómo me alegro. —Por tercera vez había surgido de la nada ese desconocido. Tenía que ser un mago. Un ángel de la guarda. Su ángel de la guarda. Sí, exactamente, por eso había notado ella un cosquilleo especial desde su primer encuentro—. Vámonos, ahora mismo este no es un buen sitio para una joven dama. —La cogió del brazo y le preguntó mirándola—: ¿Puedo?

—Sí. — El tumulto aún seguía vociferando a su alrededor, pero Frieda ya no tenía miedo—. Frieda Hannemann —se presentó sonriente.

Él le dijo cómo se llamaba e inclinó brevemente la cabeza. Pero con el ruido, Frieda no le entendió. ¿Había dicho Jensen? Antes de que pudiera preguntárselo, él se abrió paso entre la multitud vociferante llevando consigo a Frieda.

—Han tirado a Heil al Alster. Son capaces de hacer cualquier cosa —comentó él cuando llegaron a los Grosse Bleichen.

—Inconcebible. Y eso que eran todos gente honrada. ¿Por qué estarían tan furiosos? —Frieda conocía la respuesta; Ernst se lo había explicado—. En fin, tienen hambre, y eso es horrible. —Se vio como una cotorra—. Pero no justifica ese comportamiento. —Cogió aire—. En cualquier caso, me alegro mucho de que me haya salvado, señor… —Qué vergüenza; tenía que haberle preguntado por su nombre inmediatamente después de no haberlo entendido por el ruido—. Jensen —terminó la frase a la buena de Dios, y contuvo la respiración.

En los labios de Jensen se dibujó una sonrisa de satisfacción.

—Ha sido un placer, señorita Hannemann. —Aliviada, le devolvió la sonrisa. Al final, le había entendido bien—. ¿Vive en la calle Deichstrasse?

—Sí, ¿cómo lo…?

—Allí nos vimos por primera vez.

—Es verdad, tiene razón. —Qué bien que todavía se acordaba. Era una tontería, pero la hacía feliz—. Dígame, usted no es de Hamburgo, ¿verdad? Quiero decir que no ha nacido aquí. —El rostro de él se ensombreció—. Perdone, no es asunto mío. Lo decía solo por su acento. Suena tan… —Ya estaba otra vez hablando por los codos. Seguro que la tomaba por una idiota—. No suena tan ampuloso como el típico acento hamburgués —dijo, y miró avergonzada al suelo.

—Muy observadora. No, no he nacido aquí. —Tenía una forma de hablar muy bonita, tan dulce…, pero Frieda no tenía ni idea de qué región podía ser. Jensen era un apellido muy frecuente en el norte de Alemania—. ¿Puedo acompañarla a casa?

—No, gracias, no es necesario. Ya me ha sacado de la zona de peligro; el resto corre de mi cuenta.

¿Qué estaba diciendo? Sería maravilloso no tener que volver sola a casa. Además, le apetecía mucho charlar un rato con él, conocerlo un poco. Le dieron ganas de abofetearse.

—Bueno, pues entonces —dijo él— cuídese.

—¿Cómo puedo agradecérselo, señor Jensen? —preguntó apresuradamente para no dejarle marchar. No de ese modo. De nuevo vio sus ojos chispeantes.

—Diga simplemente: «Muchas gracias». Eso es lo que se dice en Hamburgo, ¿no?

—Madre mía, todavía ni siquiera le he dado las gracias. —Se ruborizó—. ¿Qué pensará de mí? Muchas gracias, señor Jensen, se lo agradezco de todo corazón.

—¿Cree que así queda el asunto zanjado? —dijo él impasible—. No creo. A mi entender, está en deuda conmigo.

—¿Y si después de todo no era un tipo tan decente como ella había imaginado? ¿Qué podía hacer por él? De pronto, asomó a los labios de Jensen una alegre sonrisa. Giró la cabeza lentamente hacia ella, la miró y de nuevo se volvió hacia el edificio delante del que se encontraban—. Esto no puede ser una casualidad —opinó. Frieda había oído hablar mucho del Trocadero, un palacio de baile en el que tocaban música, hacían números acrobáticos y muchas cosas más. Ella todavía no lo conocía—. ¿Querría hacerme ese favor?

A Frieda se le aceleró un poco el corazón. Sí, le encantaría salir con él. Parecía simpatiquísimo y era obvio que tenía un gran sentido del humor. Solo que todavía no había salido con ningún hombre adulto, y menos con uno del que no sabía nada. ¿De qué iba a hablar con él? ¿Cómo tenía que comportarse? Él aún seguía mirándola con las cejas esperanzadamente alzadas.

—Con mucho gusto —dijo ella lanzándole una sonrisa radiante.

Durante los días siguientes, Frieda y su madre no salieron de casa. Era demasiado peligroso. Asustaba lo que contaban el padre y Ernst. Aunque el fabricante de productos cárnicos Heil y su apoderada habían salido con vida, sin embargo, los ciudadanos seguían hambrientos y furiosos. Hacían las inspecciones ellos mismos, se decía. Eso significaba que entraban en otras fábricas y empresas, donde al parecer también habían hecho hallazgos muy poco apetitosos. Frieda no quería ni saber lo que habían encontrado, ya que Ernst había contado entre risas que a algunos empleados que habían impedido rudamente el paso a los intrusos les habían obligado a comer esas cosas tan repugnantes. El mercado del Ayuntamiento o Rathausmarkt ocupaba el centro de los acontecimientos. Cualquiera que de algún modo fuera objeto de sospecha era llevado allí a la fuerza y maltratado ante los ojos de una multitud boquiabierta. La noche del 24 de junio, Ernst se arriesgó a presentarse en la casa de la Deichstrasse.

—Han llegado los Bahrenfelder. Están disparando —dijo sin apenas aliento—. Ni se te ocurra salir de casa —añadió mirando a Frieda.

—¿Y eso qué significa?

Frieda había oído hablar de los Bahrenfelder, pero por desgracia nada bueno. Era un batallón de voluntarios que supuestamente se había creado para vigilar un depósito de municiones en la Luruper Chaussee. ¡Seiscientos hombres para un solo depósito! ¿Quién podía creerse una cosa así? Bueno, al principio no eran tantos, pero de todas maneras... Enseguida había corrido la voz de que una agrupación de directores de banco y comerciantes había fundado el Cuerpo de Voluntarios de Bahrenfelder, como se llamaba oficialmente, para mantener a los izquierdistas bajo control. Entre sus miembros figuraban sobre todo hombres de familias burguesas y acomodadas que iban provistos de ametralladoras. Y no se andaban con contemplaciones.

—¿Por qué esos?

—Los señores del Ayuntamiento no sabían qué otra cosa hacer para salir del apuro y han enviado a dos compañías contra la multitud. Pero luego ha explotado algo, qué sé yo. El caso es que se ha oído un tremendo estallido y los Bahrenfelder se han largado —dijo Ernst riendo sarcástico.

—O sea que ahora reina la paz —conjeturó Frieda.

—Qué va. Eso ni lo sueñes. Al parecer, unos rebeldes radicales estaban ya al acecho. Espartaquistas, creo que se llaman. Y han abierto fuego contra el Ayuntamiento. —No podía ser verdad—. Y la Oficina de Abastecimiento en la Guerra también está en el ajo —siguió contando impertérrito—. Tienen que haberse enterado de lo de la papilla esa tan asquerosa. Sin embargo, no han hecho nada de nada —añadió acalorado, y arrugó la frente—. Eso es al menos lo que dice la gente. Y por eso han asaltado también la oficina.

—¿Qué dices? Pero eso no beneficia a nadie. Si no se puede trabajar en la Oficina de Abastecimiento, ¿acaso no corre peligro el suministro de alimentos?

—Buena deducción, Frieda. Solo que a los golpistas les importa un pimiento. Están amenazando incluso con saquear los almacenes.

Más tarde, Frieda se enteró de que en la Oficina de Abastecimiento en la Guerra habían robado cartillas de racionamiento. Realmente la gente debía de estar pasando mucha hambre, o bien se había excedido en la manifestación de su ira. Fuera como fuera, por desgracia Ernst tenía razón: ni en sueños reinaba la paz. Las cosas no solo no mejoraban, sino que iban a peor. Durante toda la noche se oyeron disparos a lo lejos y, de vez en cuando, un estallido de cristales. Acurrucado en la cama, a Hans le temblaba todo el cuerpo y se tapaba los oídos con las manos. Imperaban el saqueo y la destrucción. Se decía que los insurrectos habían ocupado temporalmente la estación central. A la mañana siguiente de que irrumpieran los Bahrenfelder, el comandante declaró el estado de sitio, cuyo significado Frieda no acababa de comprender.

A su madre le pasaba algo parecido.

—¿Es que ahora tenemos guerra en Hamburgo? —preguntó durante el almuerzo, mientras se toqueteaba la punta de la manga.

—No es una guerra, solo la revolución —contestó el padre.

Hans, con una cara que parecía petrificada, guardaba silencio. El abuelo, en cambio, no se cansaba de echarle la culpa de todo al KPD y a esos izquierdistas tan maleducados.

Frieda llegó a comprender muy preocupada que el Ayuntamiento había sido asaltado, que a unos Bahrenfelder los habían hecho prisioneros y a otros los habían matado a tiros, y que las cárceles se hallaban bajo el control de los rebeldes. Todo sonaba a violencia. Pero sobre todo daba la impresión de que esa espantosa situación se prolongaría durante algún tiempo. ¿Qué sería de su cita con el amable señor Jensen?

Algo aleteaba en su interior cuando pensaba en él. Ni siquiera sabía dónde localizarle. ¿Tenían que poner Hamburgo patas arriba los espartaquistas o los del KPD o quienes fueran... precisamente ahora?

—Nuestro Senado es todavía joven —le explicó su padre una noche, cuando fue a hacerle una visita al taller. Había dejado de retocar el magnífico *Imperator* porque le faltaba la calma necesaria. Únicamente se dedicaba a contemplar la maqueta del buque de vapor para sumergirse así en su pequeño y pacífico mundo—. No puede permitirse que la ciudad siga sin estar bajo su control. —Albert exhaló un largo suspiro—. Pedirán ayuda a Berlín —dijo más bien para sus adentros—. Si es que se ven obligados a hacerlo. Seguramente en Berlín estén ya preocupados y teman la pérdida del control sobre el puerto. Si envían a las fuerzas armadas del Reich, entonces tendremos aquí una guerra, como dice tu madre —opinó en tono sombrío.

Al cabo de unos días, Ernst le dijo a Frieda que no se preocupara, que los sindicatos y los partidos obreros sabrían impedir la entrada de las fuerzas armadas del Reich. Le contó que en la prensa obrera ya se había publicado un llamamiento para que los rebeldes mantuvieran la calma. Al parecer, eran muchos los que habían obedecido a ese llamamiento, pues la situación había experimentado una notable mejoría. Y nada impedía que Frieda acudiera a su cita con el baile.

El señor Jensen le había ofrecido enviar un coche que la recogiera para llevarla al Trocadero, pero ella había declinado el ofrecimiento. No estaba segura de que sus padres la dejaran ir, y en caso de hacerlo, su madre querría acompañarla para conocer al joven. Y eso no le hacía ni pizca de gracia. Para su sorpresa, las cosas no salieron como esperaba. Aunque el padre se había mostrado un poco escéptico porque ella no supo decirle nada sobre el tal Jensen, sin embargo, se había alegrado de que por fin saliera de casa. Y a su madre le sonaba que los Jensen eran una gran dinastía de arquitectos.

—Si es uno de ellos, ¡échale el anzuelo! —le había dicho a Frieda guiñándole el ojo, con lo que esta dio el asunto por zanjado.

Así que Frieda se puso en camino. Era demasiado pronto, pero, en primer lugar, tenía muchísimo miedo de llegar tarde; en segundo lugar, no aguantaba quedarse sentada en casa mirando el reloj de la chimenea y, en tercer lugar, quería pasarse antes por el Jungfernstieg para comprar agua de colonia. Se decía que las tiendas ya estaban otra vez abiertas. Frieda iba mirando con mucho cuidado dónde pisaba porque Henriette le había limpiado los zapatos hasta dejarlos lustrosos y relucientes. ¡Su primera cita! Cuando lo pensaba, notaba como un hormigueo por la piel. El tal señor Jensen era un hombre muy apuesto. Si además resultaba ser un buen partido... Frieda meneó la cabeza. Que fuera un día a bailar con ella no significaba nada, pensó, aunque... Estaba tan ilusionada y tan nerviosa que sentía cómo le palpitaba el corazón. Le habría encantado hablar con Clara del señor Jensen. Pero desde la última vez que se habían peleado, no habían vuelto a decirse una palabra. Frieda le había escrito a Clara una carta donde le explicaba que de ningún modo estaba pensando en su propio beneficio, sino que realmente le parecía una buena idea que Clara se casara con su hermano, pues los dos saldrían ganando. Ninguna reacción por parte de Clara.

En el Graskeller, a Frieda le llamó la atención la pintada que había en una fachada.

«Según *La canción de la campana*, de Schiller», había escrito alguien en la pared. Y debajo: «Hoy se ha de fabricar la carne en gelatina. Vamos, muchachos, acudid prestos a la labor.

Coged carne del pellejo de un gato, añadid ratas y ratones y, luego, coced la sabrosa mezcla hasta que quede un delicioso ragú».

Cuando llegó al Jungfernstieg, miró a su alrededor. Gracias a Dios, los almacenes Mendel no habían sufrido ningún desperfecto. Al menos, los escaparates seguían intactos. Se quedó pensando si entrar allí a comprar un perfume, pero le entraron las dudas. En ese momento prefería no encontrarse con Clara. Tenía que hablar sin falta con su amiga, pero no quería arriesgarse a perder el buen humor. Ese día no. Un ruido estridente hizo que Frieda se volviera a mirar. Un automóvil cruzó las vías delante de un tranvía; no chocaron por los pelos. Cuando iba a girarse de nuevo, vio que el señor Jensen salía del Pabellón del Alster. No iba solo. Le acompañaba una mujer de pelo castaño peinado con mucho esmero. Frieda no debía quedarse allí parada mirándolos con descaro, pero sencillamente era incapaz de moverse un milímetro.

La mujer era guapa, o eso le pareció a Frieda desde lejos. Jensen le cogió la mano. Los dos hablaban con mucha familiaridad, como si se conocieran desde hacía tiempo. Frieda pensó que en realidad tendría que estar ocupándose del agua de colonia, pero en ese momento vio cómo Jensen abrazaba a la mujer. A Frieda se le nubló la vista y, pese a la temperatura veraniega, le entró frío. Se dieron un abrazo largo y cálido. Cuando Jensen por fin soltó a la mujer, esta se marchó apresuradamente. Él la siguió sonriente con la mirada, como un hombre que ve partir a su amada. A Frieda se le encogió el estómago. ¿Despedirse de una e ir en busca de la siguiente? Con ella, desde luego, no. Dio media vuelta a toda prisa y se marchó para casa poco menos que a la carrera.

7

—¿Te encuentras mejor, tesoro? ¿O quieres que llame al doctor Matthies?

—No es necesario, mamá —contestó Frieda como la vez anterior, cuando Rosemarie Hannemann le había sugerido hacerse un chequeo a fondo—. Aparte del mareo, me encuentro bien. Seguro que es por el calor.

—Pues sí, a mí también me afecta mucho. —Su madre resopló y se enjugó la frente y las sienes—. Este viento tan caluroso va a acabar conmigo. Lo mejor es que dejemos las cortinas echadas y no nos movamos hasta que las temperaturas vuelvan a ser soportables.

A Frieda su propuesta le vino muy a propósito, pese a que normalmente odiaba quedarse sin hacer nada. Pero ¿a qué podía llamarse «normal» hoy en día? Cuando Frieda había llegado demasiado pronto a casa la tarde de su cita con Jensen, les había contado la mentira piadosa de que de repente se había mareado tanto que a punto había estado de caerse. Otro día recuperarían sin falta la cita, les había asegurado a sus padres; luego había murmurado algo acerca del tiempo y se había retirado.

—Los altercados de los últimos días han sido demasiado para ella —oyó que decía el padre.

—Nuestra pequeña es ya una mujer, Albert —opinó su madre—. A cierta edad, los mareos son completamente normales.

Cuando Frieda se quedó al fin sola en su habitación, dio rienda suelta a las lágrimas. Para una vez que tenía una cita con alguien que le gustaba a ella y no a sus padres... ¿Cómo podía haberse equivocado de esa manera con Jensen? ¿Sería un mujeriego de los que tienen una novia en cada puerto? Y ella, ¿por qué se había escapado? Ese no era el estilo de los Hannemann. Los habitantes de las ciudades hanseáticas no se andaban con rodeos, afrontaban las cosas. Podría haberle dicho directamente que le había visto con otra mujer. Bueno, ¡y qué! A lo mejor estaba buscando novia, y acababa de conocer a esa cuando Frieda se había cruzado en su camino. Tal vez quería decidirse entre una y otra. Sus pensamientos giraban trazando un círculo. No tenía pinta de acabar de conocer a la otra. ¿Y si era un familiar? No, su lenguaje corporal delataba algo íntimo más propio de unos novios. En ese caso, no estaba nada bien que fuera a bailar con Frieda. Si no hubiera huido como una cobarde, ahora sabría a qué atenerse.

Para distraerse de sus penas y poder estar en paz, se había inventado lo del mareo, tras el que se escudaba desde la tarde anterior. Era el pretexto perfecto para salir de casa lo menos posible. Así no corría el riesgo de tropezar de repente con el distinguido señor Jensen. Pensar que podría encontrárselo le resultaba tan desagradable, que ni siquiera se atrevía a ir a los almacenes Mendel. Y eso que le habría encantado poder desahogarse con Clara. El recuerdo de la amiga tampoco fue ningún consuelo. Al contrario. ¿Le interesarían a Clara todavía sus penas? ¿O le echaría de nuevo en cara que solo se ocupaba de sí misma? Ni una carta. Nada. Clara guardaba un silencio sepulcral. ¡Con la falta que le hacía ahora a Frieda! Los siguientes días los pasó en su cuarto o en la cocina del cacao. Esa cocinita era el único sitio en el que conseguía distraerse por completo, aunque solo fuera por poco tiempo. Frieda disfrutaba de su frescor y de la mezcla tan peculiar de aromas que le venía nada más entrar. Unas veces llenaba unos botecitos en los que guardaba la vainilla en rama, las flores de la canela y toda clase de especias trituradas, como el curri, el cardamomo o el cilantro. Otras, limpiaba la mezcladora a fondo, desmontando la rueda de laminar y los demás componentes, hasta dejar solo la artesa. Y cuando todas las partes de la mezcladora quedaban limpias y relucientes, volvía a montar el aparato. Pero lo que más le gustaba era coger una cucharada de la masa de chocolate preparada, añadirle unas veces pimienta, otras curri o incluso sal, y probarlo. A menudo le parecía que a determinado aroma no se le había perdido nada en un buen chocolate, y luego comprobaba sorprendida que dejaba un sabor muy rico en la lengua y el paladar.

Afortunadamente, nadie reparaba demasiado en lo que hacía. Por de pronto, en la casa Hannemann había otras cosas de las que ocuparse. El 1 de julio, miles de soldados de las fuerzas armadas del Reich habían entrado en la ciudad y la habían puesto bajo control militar. Hans se escondía en su cuarto y se dejaba ver menos aún de lo normal. De vez en cuando, Frieda le oía gemir.

—¿Qué te pasa? ¡Si estamos bien!

—La guerra —murmuraba él—. Vuelve la guerra. Viene en mi busca. Y esta vez acabará conmigo, Frieda.

También Ernst estaba desquiciado, pero por otros motivos. Afirmaba rotundo que los insurrectos seguían estando esporádicamente activos, pero que las perspectivas de paz y normalidad también se habrían producido sin la brutal intervención de las tropas. Corría el rumor de que a los obreros que durante la ocupación no habían desaparecido a tiempo en algún portal, pese a la orden tajante de vaciar las calles, los habían matado a tiros.

Al padre de Frieda le preocupaba más otro problema. Por más que se esforzaran él y sus competidores en la Oficina Comercial del Cacao, la venta de chocolate alemán seguía estando prohibida en el propio país por orden de la Oficina Imperial del Azúcar. Las oficinas del Reich fijaban, según sus respectivas competencias, el precio máximo del pan, de los huevos o también del azúcar, de modo que los bienes que escaseaban pudieran estar repartidos de forma equitativa. Así se pretendía evitar que las clases acomodadas estuvieran suficientemente abastecidas mientras los pobres pasaban hambre. Además, había que reducir el consumo en general, para que el suministro se pudiera mantener durante el mayor tiempo posible. En cualquier caso, no todos los que de repente eran agraciados con un despacho en una oficina del Reich se manejaban realmente bien con los asuntos económicos. ¡Aquello era una locura! ¿Cómo iban a recuperarse los negocios si había obstáculos de ese tipo? Naturalmente, a raíz de las inspecciones encubiertas que se hacían en tiendas de comestibles y pastelerías, se descubría una y otra vez cacao y chocolate. Los propietarios aseguraban siempre haber adquirido tan solo cantidades mínimas. De un extranjero o, a menudo, de un soldado. Con eso salían del apuro, pero de todos modos no podían permitirse ningún otro desliz. No, así no había manera de que se recuperase el comercio.

Noche tras noche, su padre se lamentaba tanto de aquella situación sin salida, que acabó contagiando a Frieda, pese a su natural optimismo.

Si ella supiera que, en un tiempo previsible, iba a poder vender chocolate, al menos tendría la motivación necesaria para probar nuevas recetas, pero su estado de ánimo deprimido se encargaba de quitarle la ilusión de hacer lo que más le gustaba.

Su padre trabajaba cada vez más. Por la mañana salía antes de casa y por la noche volvía más tarde de lo habitual. Cuando estaba en casa, su madre le leía todos sus deseos en los ojos y escuchaba todas sus penas, aunque no sabía decirle nada que le tranquilizara. Hans acompañaba alguna vez a su padre, pero luego volvía a quedarse todo el día tumbado en la cama. Cómo le habría gustado a Frieda poder echar una mano, pero de importación no entendía nada. Y aunque supiera de esos asuntos, a su padre no se le habría pasado nunca por la imaginación meterla en el negocio. La factoría era lo único que dejaba en sus manos. Pero mientras no se pudiera reanudar y reforzar la actividad de la factoría de una manera completamente oficial, Frieda tenía las manos atadas. Por lo menos, había hablado con su padre del peligro que corrían los Mendel al ofrecer chocolate Hannemann en contra de la orden de la Oficina Imperial del Azúcar.

—Son judíos. A ellos se les mide de todos modos con otro rasero —le había dicho Frieda—. ¿No crees que ahora corren más peligro desde que se han apoderado de la ciudad los soldados de las fuerzas armadas del Reich?

Su padre se la había quedado mirando un rato largo, mientras asentía pensativamente con la cabeza.

—Eres una chica muy lista, Frieda —había opinado, pese a tener aspecto de muy cansado—. Me ocuparé de eso.

Frieda echaba de menos a Clara. Cómo le gustaría volver a recorrer con ella los almacenes hablando de lo divino y lo humano. Al menos, su padre se encargaría de que los Mendel no pasaran dificultades; eso tenía que decírselo sin falta a Clara. Además, ya iba siendo hora de salir de su concha de caracol y hablar de una vez con su amiga. Sin embargo, no encontró a Clara ni en el bar ni en la sala de lectura de los grandes almacenes. Tampoco tuvo suerte en la visita que hizo a Levi y a sus cisnes. Naturalmente, Frieda podía ir a la Schlüterstrasse, pero para eso debía coger el tranvía. Y bastante le había costado ya ir al Jungfernstieg, por miedo a que en cualquier momento surgiera otra vez Jensen de la nada y se plantara delante de ella. De todos modos, decidió ir al barrio Grindelviertel en el caso de que al día siguiente tampoco encontrara a Clara. Aunque hacía demasiado calor para dar un paseo, Frieda se puso a recorrer sin rumbo fijo el Alster Exterior. Como allí no había demasiada gente, se podía ver desde lejos si venía alguien en dirección contraria y, si acaso, cambiar de ruta. Se quedó contemplando los botes en el agua, hasta que alzó la vista hacia una bandada de gaviotas que, emitiendo fuertes chillidos, surcaban el aire a toda velocidad. De regreso al puente Lombardsbrücke, le vino otra vez a la mente la imagen de Jensen abrazando a esa mujer. ¿Por qué se había citado con ella? ¿Qué pretendía? ¿Divertirse a dos bandas? Eso no le cabía en la cabeza. Encaminó sus pasos hacia el majestuoso edificio modernista, en el que tenía su sede el Club de Regatas del Norte de Alemania, y no dio crédito a sus ojos. Allí estaba Ernst, sentado en una pasarela. Enseguida la reconoció, se levantó de un salto y la saludó alborozado con la mano. Frieda se recogió la falda y cruzó la pasarela de madera. A sus pies, el agua borboteaba y los botes amarrados chocaban unos con otros dándose suaves golpecitos.

—Ernst Krüger —dijo ella—. ¿Se puede saber qué haces tú aquí?

—He salido ya del trabajo —se defendió él—. Es mi tiempo libre. Tu padre tiene que apañárselas también sin mí. Cuando termino el trabajo, vengo aquí a menudo, y los domingos.

—No me refería a eso. Por supuesto, puedes hacer con tu

tiempo libre lo que quieras —se apresuró a decir ella—. Solo que esto es un club de vela. Si no me equivoco, sus miembros son más bien adinerados. —Temía decir algo que le sentara mal, pues no quería poner también en juego la segunda amistad que más le importaba.

—Sí, es cierto, muchos de ellos son comerciantes —dijo todo orgulloso—. Algún día yo también lo seré. ¿Ya no te acordabas?

Ella sonrió.

—Ah, claro, por eso te apuntas al club ya desde ahora, no vaya a ser que algún día lo cierren por abarrotamiento —le tomó el pelo.

—Qué va, no soy miembro del club. Todavía no. Pero disfruto contemplando el agua. Y esos botes tan bonitos también. —Se sentaron encima de unas cajas que había al final de la pasarela. Ernst volvió a meter enseguida los pies en el agua del Alster—. Qué delicia —dijo cerrando los ojos.

A Frieda le dieron también ganas de refrescarse. Echó un rápido vistazo a su alrededor. Si conseguía hacerlo con destreza… Metió las manos debajo de la falda y tiró. Cuando no quería bajárselas, las medias de seda se le resbalaban solas hasta la rodilla; en cambio, ahora… Tiró de nuevo. Ernst se dio cuenta y la miró con los ojos como platos.

—Qué fácil lo tenéis los hombres —protestó ella—. Podéis buscar un trabajo, ganar dinero y quitaros tranquilamente los calcetines delante de todo el mundo.

—Has olvidado que también podemos ir a la guerra. —Ernst se encogió de hombros. Luego se inclinó hasta asomarse por encima del agua, se puso la mano a modo de visera, aunque el sol le daba por detrás, y dijo exageradamente asombrado—: ¿Qué es eso? ¡No he visto algo así en mi vida!

Frieda al principio no le entendía, pero luego miró en la dirección que señalaba Ernst y lo comprendió. Se levantó la falda y se quitó las dos medias. Cuando Ernst oyó cómo ella metía los pies en el agua, la miró con una sonrisa radiante.

—Tienes razón, es una maravilla. —Frieda movió los dedos de los pies y se formaron unas burbujas en la superficie del agua—. Ahora quiero saber de una vez qué te trae por aquí. ¿Te dejan sentarte aquí aunque todavía no seas miembro del club de vela?

Ernst le contó que al principio iba solo a sentarse en la pasarela. Y un buen día oyó la conversación de dos balandristas a los que les espantaba fregar los tablones de los yates de vela. Entonces Ernst se ofreció para hacérselo él.

—No por dinero —dijo—. Les dije que sencillamente me divertía. —Le guiñó un ojo—. Enseguida vinieron otros que querían librarse de los trabajos más molestos. Pero les daba vergüenza pedírmelo así sin más y me ofrecieron un marco. —No solo le dieron dinero, sino que además le enseñaron algo sobre la navegación a vela—. Ya verás; el día que falte alguien a bordo, entonces me llevarán a mí. ¿Y tú qué haces por aquí? ¿Vienes de trabajar con Spreckel en el desván de la clasificación de las vainas de café? ¿O es que tenías una cita?

—¿Cómo se te ocurre pensar una cosa así? —Frieda lo miró enfadada.

—No, por nada. Mi madre dice que tu madre dice…

—Mi madre habla mucho cuando los días se le hacen largos —le interrumpió ella bruscamente. La mirada de Ernst la calmó un poco—. Ya sabes, el lorito —dijo poniendo los ojos en blanco—. No, ahora estoy preocupada por otras cosas.

Ernst frunció el ceño.

—¿Qué es lo que te preocupa?

Frieda resopló. Luego le contó lo de la discusión con Clara. Lo único que se saltó fue que Clara estaba enamorada de su hermano. Pero le habló del miedo que tenía de que los Mendel pudieran pasar serios apuros, ahora que las fuerzas armadas del Reich decretaban las leyes y, en breve, impondrían también los castigos.

—Lo he hablado con mi padre. Él y el padre de Clara han decidido entre los dos que tal vez fuera mejor no seguir vendiendo el chocolate Hannemann —concluyó apenada—. Ni siquiera bajo cuerda.

Ernst la había escuchado con atención, sin interrumpirla ni una sola vez.

—Pero la gente quiere tomar chocolate —dijo al cabo de un rato—. No creo que a Ebert le parezca bien que haya que traerlo del extranjero. —Ella lo miró con cara de escepticismo—. Me refiero al presidente del Reich.

—Ya sé quién es Friedrich Ebert —gruñó ella.

—Sería una faena que no pudierais vender vuestra mercancía en los almacenes Mendel, ¿no? —Parecía compungido—. Además, tú te quedarías sin tu factoría.

Hacía daño oírlo decir con tanta claridad, pero esa era la pura verdad. Para el padre de Frieda, la cocina del cacao solo era un pequeño y agradable experimento, una afición, un entretenimiento. Había comprado a buen precio los aparatos para la elaboración y había producido el primer chocolate con su hija, mirando un libro de recetas. Enseguida se dio cuenta de que ella tenía buena mano para las recetas, de modo que le permitió tomar el mando de la factoría y probar lo que se le ocurriera. Luego, cuando ya estaban listas para la venta las primeras tabletas de chocolate, su padre se encargó del envoltorio y organizó la venta a través de su amigo Mendel. Para ella contrató incluso a alguien que la ayudara con los largos y penosos preparativos. De no ser por el dichoso decreto de la Oficina Imperial del Azúcar, ya podría haber fabricado mayores cantidades. Habría contratado a sus propios empleados y habría vendido muchas variedades del chocolate Hannemann no solo en Hamburgo, sino también fuera de la ciudad. Así se lo había imaginado. ¿Y ahora qué? Frieda suspiró y dejó caer los hombros.

—Bueno, mujer, no te pongas tan triste —dijo Ernst dándole torpemente palmaditas en el brazo, algo nada típico de él, que lo normal habría sido propinarle un empujón—. Pues te casas y ya está —propuso jovial.

¡Lo que le faltaba por oír!

—Pero en ningún caso con el engreído de Rickmers.

—¿Por qué? —La miró como si le acabara de decir que pensaba marcharse de Hamburgo.

—No, por nada. —Lo cierto era que no le apetecía nada contarle también eso—. Esto no hay quien lo entienda —protestó en su lugar—. Mi padre es ante todo importador. Pero ¿qué van a hacer los fabricantes de chocolate? ¿Cómo van a volver a hacer negocios y ganar dinero si está prohibido vender sus artículos en las tiendas alemanas? Chocolate francés, *avec plaisir;* chocolate alemán, *nein, danke.* No tiene ningún sentido. —Sacó los pies del agua y los volvió a meter con tal ímpetu que salpicó a los dos.

—Qué tiempo más espantoso —dijo Ernst—. Ahora se pone a llover.

A Frieda le dio la risa. Eso le sentaba bien. Lanzó a Ernst una mirada de agradecimiento y cosechó una sonrisa de satisfacción.

—Quizá esa sea la solución —sentenció ella en voz baja—. Escribir en el envoltorio sencillamente *chocolat,* en francés.

Se quedó contemplando el agua. Los últimos botes regresaban a las pasarelas; los más grandes, con unos señores muy bien vestidos a bordo, pusieron rumbo al Fährhaus de Uhlenhorst. Las damas y los caballeros verían los fuegos artificiales desde el Alster.

—¡Frieda, eres un genio! —susurró de repente Ernst—. ¡Exactamente! —Empezó a reírse. Frieda no entendía una palabra—. Papel francés —dijo por fin, mirándola como si con eso quedara todo claro. Arqueó las cejas—. Es decir, no papel francés, claro, sino solo la letra —le explicó acaloradamente—. En la guerra me metieron preso los franceses, ¿no? Pues uno me pasó una tableta de chocolate. Hace tiempo que me la zampé, claro, pero el papel lo he conservado. —Frieda seguía sin entender adónde quería llegar—. Se lo daré a tu padre para que imprima un papel igual. Luego se envuelven con él las tabletas de chocolate Hannemann, ¡y listo! Así Mendel podrá vender de manera oficial las tabletas francesas.

No podía hablar en serio.

—Eso sería una estafa, Ernst Krüger —musitó ella.

—Qué va, Frieda, ¡esa sería la solución! Conozco a alguien en la imprenta, donde también imprimen la prensa obrera. Están deseando que les hagan encargos. —Bajó la voz—. Naturalmente, eso costará unos cuantos marcos. Pero funcionar, podría funcionar.

Al principio, Frieda consideró la propuesta de Ernst como una idea descabellada. Pero por lo menos era una idea. No se le iba de la cabeza sobre todo la última frase: «Podría funcionar». La idea era demasiado tentadora. Así que hizo acopio de valor y se la contó a su padre.

La reacción de Albert Hannemann fue exactamente igual que la de Frieda:

—Eso es una estafa, Frieda, además de una idea descabellada.

Sin embargo, cuanto más lo pensaba, más le gustaba. Al final, citó a Ernst para que le enseñara el papel y para concretar algunos detalles con él. A puerta cerrada, se entiende. A Frieda le habría gustado mucho asistir a la reunión, pero su padre le había dicho que después se lo contaría todo Ernst, cosa que este hizo encantado. Estaba un poco enfadada porque, aunque la idea del papel había sido de Ernst, ella fue quien se lo sugirió. Y también le había propuesto la solución a su padre. El enfado se le pasó en un santiamén con la perspectiva de volver a producir chocolate y a inventarse nuevas modalidades. Tan de buen humor se sentía, que no le importó nada hacer una excursión el domingo a solas con sus padres. Hans se había disculpado en el último momento, con el pretexto de que prefería echar un vistazo a los libros que le había dado su padre. Cálculo comercial, normas sobre la importación, almacenaje, cosas de esas. Así que los tres se fueron a Othmarschen. En la avenida Elbchaussee había un café muy bonito en cuya terraza se sentaron a tomar tarta bajo una marquesina.

—Qué bien se está aquí, ¿verdad? —Albert paseó la mirada por el Elba—. Un sitio precioso, ¿no os parece? Hum, Rosemarie, qué a gusto se viviría aquí —Buscó la mano de su mujer.

—Eso ni lo pienses —respondió ella afligida—. Para la Elbchaussee nos falta el capital necesario. —Suspiró.

Por una vez, Frieda tuvo que dar la razón a su madre. Mientras oía el canto de los pájaros y paladeaba el queso cremoso de la tarta, vio un barco de vapor que remontaba el Elba.

—Por cierto, ¿qué ha sido de aquel arquitecto, tesoro? —le preguntó su madre sin que viniera a cuento.

—¿De qué arquitecto? —Santo cielo, ¿de qué estaría hablando?

—Pues de ese tal señor Jensen. ¿Vais a salir juntos?

«Lo dudo», pensó Frieda sombríamente, y sintió de nuevo una punzada.

—Ah, no lo sé —dijo a la ligera, y notó la mirada crítica de su padre.

—No parece que tenga mucho interés, si hasta ahora no

ha insistido en recuperar vuestra cita. No ha venido ni una sola vez a casa para preguntar cómo te encuentras, y ni siquiera ha mandado unas flores.

—Los últimos días han sido agotadores para todo el mundo, mamá. Posiblemente tenga cosas más importantes en la cabeza.

—No hay nada más importante que la mujer cuyo corazón se quiere conquistar —la aleccionó su madre—. Si no se toma molestias por ti, es que no merece la pena. Podríamos invitar un día a comer aquí a los Rickmers. ¿Qué te parece? —Frieda iba a responder, pero la madre le cortó la palabra—. A lo mejor Justus es una bellísima persona; deberías darle otra oportunidad.

Solo de imaginárselo, Frieda se ponía mala.

Su padre la miró amorosamente.

—Si no me equivoco, Justus Rickmers tampoco ha enviado saludos en forma de flores. ¿O me lo he perdido, querida? —Tomó la mano de Rosemarie. Frieda pudo ver cómo su madre se derretía—. ¿Es posible que haya solicitado una cita con nuestra hija? —Rosemarie tuvo que admitir que no lo había hecho y que, por lo tanto, tampoco había mostrado demasiado interés—. Entonces, en mi opinión, ese tampoco merece la pena. Ya encontraremos a otro joven.

—Tienes razón, querido. Quién sabe, a lo mejor el señor arquitecto quiere recuperar todavía el tiempo perdido. —Acarició la mejilla de Frieda y, de momento, se dio por satisfecha.

Cuando llegaron a casa, se encontraron a Hans en el comedor. Estaba sentado a la mesa grande de comer con la cabeza apoyada en los brazos extendidos, y dormía.

—Oh, mira, Albert —susurró la madre emocionada—, se ha quedado dormido encima de los libros.

Dormido sí estaba, pero Frieda no descubrió ningún libro en varias leguas a la redonda. Se temió lo peor.

—Ya has trabajado bastante, cariño —gorjeó Rosemarie, tocando con suavidad el hombro de Hans—. En tu cama podrás descansar mejor.

Hans se movió un poco, levantó muy lentamente la cabeza y la miró con los ojos vidriosos.

—Perdón —masculló.

—Has bebido —constató fríamente Albert—. ¿Has empezado a beber nada más irnos de casa o te ha dado tiempo de echar un vistazo a los documentos, tal y como habías prometido?

Hans se incorporó del todo y se esforzó por mantener el tipo.

—Me dolía la cabeza y no podía concentrarme —contestó en voz baja.

A Frieda le partió el corazón ver la pena que daba, lo desgraciado que era. Su padre no se sentía mejor. Siempre se había mostrado paciente y comprensivo, pero una y otra vez se había llevado una decepción.

—¿Y has pensado que el vino y el aguardiente te iban a quitar el dolor de cabeza? —Al padre se le marcaron los huesos de la mandíbula.

—No seas tan estricto con el chico —objetó la madre.

Albert expulsó el aire y luego dijo con severidad:

—Ve a dormir la mona. Mañana hablaremos de esto. —Hans se levantó como pudo y, tambaleándose de modo alarmante, salió de la habitación—. No podemos seguir depositando nuestra esperanza en él —dijo el padre mirando a Frieda—. Que haya bebido no me molesta; los hombres jóvenes suelen hacerlo. Pero ha abusado de mi confianza. —Respiró con dificultad—. Tu hermano no representa el futuro para Hannemann & Tietz.

Eso fue un bombazo. Frieda siguió oyendo la voz y las palabras de su padre cuando ya llevaba un rato en la cama. Estaba tan nerviosa que no pegó ojo en toda la noche. ¡Su padre la dejaría entrar de aprendiz! Porque, desde esa horrible guerra, Hans no levantaba cabeza. Tal vez Frieda lograra convencer por fin a su padre de lo mucho que significaba para ella la oficina y de su capacidad para pensar como un comerciante. No le defraudaría.

8

Otoño e invierno de 1919

Aunque durante las siguientes semanas Hans logró controlarse, acompañó a su padre a la oficina, leyó unos mamotretos sobre la contabilidad y el derecho contractual del comerciante y renunció por completo al alcohol, sin embargo, la confianza de Albert Hannemann estaba gravemente deteriorada. Esto pudo comprobarlo Frieda con claridad, por ejemplo, el día de su cumpleaños, en octubre. Su padre le entregó a escondidas una muestra del papel con el rótulo en francés en el que se iba a envolver el chocolate Hannemann. En ese momento, la madre estaba partiendo la tarta de cumpleaños, y Hans doblaba servilletas muy concentrado. Frieda observó emocionada el pliego de color lavanda con sus zarcillos dorados y una bonita letra también dorada: *Spécialité au chocolat*.

—Si el plan sale bien —le susurró él al oído—, pronto tendrás en tu querida cocina del cacao más trabajo del que querrías.

Frieda estuvo a punto de lanzar gritos de júbilo. Su padre depositaba su confianza en ella y en la factoría. Un auténtico rayo de luz en ese día tan nublado, aunque en su fuero interno Frieda habría deseado que además le permitiera iniciar una formación.

Otro pensamiento enturbiaba el día de su cumpleaños:

había cumplido un año más y, por lo tanto, se acercaba otro poco a la edad de casarse. Eso y el hecho de que todavía no hubiera podido hablar con Clara apesadumbraban su ánimo. Cada día que pasaba sin noticias de Clara, sin cambiar una palabra la una con la otra, se alzaba un muro cada vez más alto entre ellas.

En una ocasión, Frieda había ido en tranvía a la Schlüterstrasse, pero le dijeron que Clara no estaba en casa, porque había empezado su formación en el Hospital Israelita. Podía ser cierto, pero Frieda comprobó más tarde cómo se movían las cortinas de la habitación de Clara, cuando al salir se volvió a mirar otra vez hacia arriba. Si Clara había mandado decir que no estaba en casa, allá ella. Además, el trayecto de la Deichstrasse a la Schlüterstrasse era igual de largo que el de la Schlüterstrasse a la Deichstrasse. Frieda había dado por hecho que Clara daría señales de vida el día de su cumpleaños. Seguro que le habrían contado que Frieda había ido a verla, demostrando así su intención de mantener la amistad con ella. Nada. Ni rastro de Clara. El plato que habían puesto a la mesa para ella permaneció intacto.

Pocos días más tarde, cuando un viento otoñal barría la ciudad, su madre se inclinó hacia ella mientras almorzaban:

—En la Escuela de Artes y Oficios, en Lerchenfeld, hay una exposición muy interesante, tesoro. Tu padre y yo vamos a ir hoy a verla. ¿Quieres acompañarnos? —Su madre llevaba un vestido verde oscuro con adornos de encaje de color verde claro y, en ese momento, estaba poniéndose en el pelo un pasador tan brillante que emitía destellos—. De pequeña pintabas tan bien… A lo mejor te hace ilusión volver a pintar.

Una buena ocurrencia, pues hacía tiempo que no salía y además le apetecía mucho ver algo de arte. Le gustaba la idea de que un pintor o un escultor revelara con cada obra un trocito de su alma. Y le encantaban los museos, en los que uno podía sumergirse por completo en algo ajeno y desconocido. En fin, la Escuela de Artes y Oficios de Lerchenfeld no era precisamente la Kunsthalle o Museo de Arte, pero a Frieda le entró la curiosidad.

—Sí, encantada. ¿Qué están exponiendo?

—Cuadros de un artista sumamente prometedor. Alfred Fellner, se llama el joven. Debe de ser muy bueno. —Su madre apreciaba los cuadros de vivos colores y con una pincelada firme y segura; en ese sentido, podía uno fiarse de su criterio.

La parada del tranvía en Mundsburg distaba algunos metros de la Escuela de Artes y Oficios. Esos pocos pasos bastaron para que Frieda se quedara helada pese al abrigo de lana y el gorro a juego. No se podía negar que el invierno estaba a la vuelta de la esquina.

—El tal Fellner es un joven interesante —dijo su padre, cuando subían por las escaleras del edificio de ladrillo rojo—. Antes de dedicarse al arte, estudió comercio. —Se llevó las manos a la boca y se calentó los dedos con el aliento—. Solo tiene cuatro años más que tú y ya expone. He oído que además el tal señor Fellner va a abrir pronto su propio estudio en Hamburgo.

—Interesante.

—Ya lo creo. Una buena cabeza y una gran sensibilidad artística es una combinación poco habitual, ¿no te parece?

—Desde luego.

Frieda miró a su padre de reojo. Qué raro que supiera tanto acerca del joven artista. Su padre sostenía la opinión de que poseer obras de reconocidos pintores o escultores otor gaba cierto prestigio. Bastaba con que le gustaran y tuvieran cierto valor. Es cierto que desde que trabajaba en su *Imperator* tenía una mentalidad más abierta, pero que se interesara tanto por los géneros y las técnicas artísticas o incluso por los propios creadores de arte era nuevo para ella.

En la exposición había mucha afluencia de público. Mientras sus padres saludaban a una persona, Frieda aprovechó para darse una vuelta ella sola por la primera sala. Las obras tenían una fuerza impresionante. Había xilografías y grabados en linóleo, pero sobre todo acuarelas y óleos. A ese señor parecía que le fascinaban los bares de St. Pauli tanto como el puerto. Frieda se quedó un rato largo contemplando algunos cuadros. Aunque los había bastante abstractos, siempre se reconocía el motivo a simple vista. Al artista se le daban bien los colores potentes, pero no los utilizaba en exceso. Interesante. Frieda se abismó en la contemplación de las pinceladas y las simetrías, las superficies y las formas. ¿Qué clase de persona sería el creador de esas obras?

—Señor Hannemann, me alegra sobremanera que finalmente haya accedido a venir. —Frieda reconoció la voz de Richard Meyer, el director de la Escuela de Artes y Oficios. Al volverse, vio a su lado a un hombre que inmediatamente la taladró con la mirada—. Es asimismo un honor contar con la presencia de su encantadora esposa. Qué alegría. —Hizo ademán de besar la mano a Rosemarie y esta soltó una risita como de niña, cosa que a Frieda le pareció de mal gusto, pues al fin y al cabo ya no era una jovencita. Meyer se dirigió a Frieda—. La señorita será su hija, supongo.

—Frieda Hannemann. —Se acercó a ellos y estrechó la mano de Meyer.

—Encantado de conocerla. Permítanme que les presente a

Alfred Fellner. —El pintor saludó a los tres con un fuerte apretón de manos, si bien con Frieda se detuvo un segundo más de lo necesario, en opinión de esta—. Es alumno de Julius Wohlers y Arthur Illies, dos de nuestros mejores profesores del instituto —continuó Meyer.

—Sus obras son muy interesantes —le aseguró Rosemarie a Fellner. Frieda no pudo contener una sonrisa sarcástica. Había visto cómo su madre se quedaba sin respiración ante el cuadro de una mujer desnuda tumbada en una otomana, que se exhibía en una postura un tanto impúdica y que representaba claramente una prostituta—. Más tarde tiene que contarnos sin falta de dónde saca usted las ideas. —En algunos casos era demasiado evidente, pero Frieda optó por no hacer comentarios—. Pero ahora me gustaría aprovechar la ocasión para secuestrar al señor Meyer. —Se agarró del brazo del director de la escuela—. El ventanal del vestíbulo es una auténtica maravilla —gorjeó—. Me encantaría que me contara más cosas sobre él.

—A mí también me interesa —dijo apresuradamente el padre, y carraspeó.

¡Asombroso! En la entrada su padre ni siquiera se había dignado a echar un vistazo al ventanal.

—Entonces, ¿nos disculpan ustedes dos un momento? —dijo Meyer mirando a Frieda y a Alfred Fellner. —Ambos asintieron.

Y se quedaron solos. De pronto, Frieda se sintió incómoda. Ese pintor solo le llevaba cuatro años, pero irradiaba la seriedad de un hombre maduro. Ojalá no la mirara tan intensamente, como si estuviera estudiando cada detalle de los rasgos de su cara para luego poder plasmarlos en el lienzo. ¿De qué iba a hablar con él?

—Apuesto a que después mi madre le bombardea a preguntas —empezó ella—. Entonces me enteraré perfectamente

de dónde saca usted sus ideas. Me ha llamado la atención…
¿Cómo es que no he podido encontrar ningún cuadro del
bulevar Jungfernstieg, de la avenida Elbchaussee ni de las
magníficas vistas de Schöne Aussicht?

—¿Qué iba yo a pintar ahí? Es todo pura fachada. La vida
está en el puerto. O en el barrio Gängeviertel, como aquí. —Se
alejó un paso y señaló un pequeño óleo con un sencillo marco—. Yo no pinto las piedras, las portadas ni las chimeneas;
yo plasmo el interior en el lienzo. —¿El interior de un barrio?
Por lo que entendía Frieda, eso serían las viviendas o tal vez
la gente que vivía en ellas.

—Hum, qué curioso —dijo lentamente—. No conozco
esos distritos demasiado bien.

—No me sorprende —la interrumpió él—. En el Rademachergang, por ejemplo, están casi todas las casas de citas de la
ciudad. No creo que se le haya perdido nada por allí.

Frieda notó cómo se ruborizaba bajo su mirada. Qué fas-
tidio. ¿Se le pasaría eso en algún momento de la vida?

—Yo creía que la situación de allí no era precisamente seductora. No me refiero a las casas de citas, sino a los barrios
de viviendas —añadió enseguida—. Con razón han sido ya
rehabilitados muchos de ellos, y si no me equivoco, van a
sanear otras calles. En sus cuadros, sin embargo, todo parece
muy bonito y lleno de colorido.

—¡Mire con más detenimiento! —La agarró del brazo de
una manera muy natural y la acercó más a la pequeña obra de
arte—. ¡No se deje engañar por la luminosidad de los colores!
Pese a la suciedad y a la pobreza, ahí fuera hay un mundo
bonito, multicolor y, tal vez, incluso romántico. ¡Mire bien!
Las dos cosas aparecen reflejadas en el cuadro. La luz y las
sombras, ¿no le parece?

No, decididamente no le parecía. Ni con la mejor voluntad era capaz de descubrir la penuria y la miseria.

—Está bien que haya plasmado esos pasadizos y callejones antes de que los derriben —dijo evasiva.

—Es una vergüenza. Esos barrios son Hamburgo —respondió él indignado—. Tengo que pintar los últimos vestigios antes de que los destruyan.

A oídos de Frieda, aquello sonaba un poco radical. Hamburgo era muchas más cosas. De todas maneras, no quería discutir con él. Apenas se conocían. En su lugar, prefirió preguntarle por el estudio que quería abrir.

—He encontrado un sitio en un almacén —le contó.

—¿En un almacén? —A Frieda le sonó a algo muy poco habitual y emocionante; le habría encantado saber más, pero en ese momento regresaron sus padres con el señor Meyer y enredaron al joven artista en una conversación.

En el camino de vuelta, y también en casa, no dejó de pensar en ese tal Fellner. Un hombre muy curioso y, desde luego, bastante atractivo. Él le había propuesto volver a verse. ¿Le apetecía a ella? No le cabía duda de que con él podría aprender muchísimas cosas nuevas y vivir una experiencia emocionante. Así que ¿por qué no?

Durante la cena, dijo:

—Ha sido una exposición realmente digna de verse. El señor Fellner tiene mucho talento. Quizá pueda aprender algo de él. Creo que iré a verle a su estudio, una vez que se haya instalado.

—Ya va siendo hora de que aprendas algo de un hombre con talento —dijo Hans en voz baja.

—¡Ni hablar! —¿Qué le pasaba a su madre?—. Ese artista muerto de hambre queda completamente descartado. —Hans se limitó a levantar una ceja, pero no dijo nada.

—Pero si tú misma has dicho que podría volver a pintar.

¿Por qué no puede enseñarme unos cuantos trucos alguien que está tan dotado para la pintura? Además, encuentro simpático a Alfred Fellner.

No había manera de que la madre se calmara. Se lo imaginaba frecuentando los peores tugurios de la ciudad. De haberlo sabido…

—Aunque tenga tanto éxito como, al parecer, opinan todos, todavía tardará en poder alimentar a una familia de su arte… por mucho que cuente con una formación comercial. Además, Frieda Fellner suena fatal.

—¿Qué dices, mamá? Yo solo quería hacerle una visita a su estudio, no casarme con él.

El padre se concentró en su plato, mientras la madre toqueteaba nerviosa la servilleta. Increíble: primero querían encasquetarle a todo trance un marido. Luego, cuando conocía a uno que a ella le interesaba un poco, les entraba el pánico. De repente se acordó de todas las cosas que sabía su padre acerca de Fellner. ¡Claro, ni tenía una carrera por delante que diera mucho dinero, ni podía entrar como comerciante en Hannemann & Tietz! ¡La habían llevado a esa exposición con un propósito muy concreto! Frieda miró primero al padre y luego a la madre.

—¡Cómo he podido ser tan tonta! ¡Qué, mamá!, ¿creías que ibas a tener un yerno que pintara florecitas y te hiciera un bonito jarrón de cerámica?

—No quiero saber nada más de esa persona —dijo decepcionada. Bien empleado le estaba.

—Era un intento, Frieda, ni más ni menos. No hay razón para ser tan impertinente con tu madre. Lo que habíamos oído decir de Fellner sonaba muy prometedor. Me temo, en cambio, que hay muchas posibilidades de que desarrolle una personalidad recalcitrante, terca y obstinada.

—Entonces queda completamente descartado —susurró Hans, se levantó y salió del comedor.

—«Hamburgo piensa demasiado en el comercio. El comercio está demasiado encumbrado en la ciudad hanseática» —citó el padre textualmente al pintor, meneando la cabeza—. ¿Qué habrá querido decir? Nadie puede sobrevivir a base de aire, amor y bellas artes.

En ese momento, Frieda decidió firmemente volver a ver a Alfred Fellner. Aunque solo fuera para hacer rabiar a sus padres. Lo encontraba interesante, con él las conversaciones podían ser estimulantes, pero aquello no pasaría de una amistad. No había saltado la chispa. Frieda quería sentir un cosquilleo en la piel, deseaba mirar a unos ojos en los que pudiera perderse. Tal y como le había ocurrido con el tal Jensen. Maldita sea, ¿por qué no se le iba ese hombre de la cabeza?

Unos días atrás, cuando había ido al mercado de la Judenbörse, en la Elbstrasse, para comprar unos pasadores y unas cintas para su madre, se había cruzado apresuradamente con un hombre pelirrojo. Iba con el cuello del abrigo subido para combatir el frío del otoño y encima llevaba una bufanda. Cuando lo vio, Frieda se quedó paralizada. Luego él dobló por una bocacalle y Frieda tuvo ocasión de ver una cara sin barba que no tenía nada en común con la de Jensen. No obstante, las palpitaciones del corazón le duraron todavía unos minutos y de nuevo sintió el dolor de la decepción provocada por su cita frustrada. El estado de ánimo de Frieda se asemejaba al del tiempo de noviembre, que envolvía la ciudad en un manto gris, frío y sombrío. De poco consuelo le servía que el fabricante de productos cárnicos Heil hubiera sido acusado y condenado a tres meses de cárcel y a una multa de mil marcos. Algunos de sus empleados habían sido testigos de que para la exquisita carne en gelatina utilizaba pieles de cabeza de ternero que, además, estaban ya llenas de moho y de gusanos. De este modo, el distinguido señor Heil había salido bastante bien parado del asunto. Sobre todo porque nada le impidió seguir regentando su fábrica cuando le pusieron en libertad. Frieda pensó que deberían haberle obligado a comer los ingredientes de sus productos, como había hecho la multitud enfebrecida con los obreros, y se asustó de su propia ira.

Ya no faltaba mucho para las Navidades, apenas un mes. Ernst le había contado con ojos de entusiasmo que el envoltorio para las «delicias francesas» de Hannemann, como bautizó al chocolate guiñándole un ojo a Frieda, ya estaba en la imprenta. Tras superar algunas dificultades iniciales, el asunto iba ya sobre ruedas. Eso significaba que Frieda podía lanzarse al trabajo. ¡Al fin un rayo de esperanza! Su madre mostraba menos entusiasmo.

—¿De verdad te parece una buena idea, Albert? No sé qué estáis tramando con ese extraño envoltorio, pero a mí no me da la sensación de que con eso se arregle todo. Naturalmente, querido, yo no entiendo nada de eso. Pero ¿no debería encargarse de la tarea al menos un empleado? Frieda es una niña y es nuestra hija; no creo que le corresponda estar en un sitio mohoso lleno de máquinas y de porquería.

Por suerte, su padre se había mantenido firme. Y de repente, tal y como le había dicho su padre el día de su cumpleaños, Frieda se vio desbordada de trabajo. Aparte de Ernst, no había nadie que pudiera ayudarla en la producción. Corría el riesgo de que alguien se fuera de la lengua. Y si llegaba a oídos de cierta gente que Hannemann & Tietz estaba produciendo a gran escala, o si se descubría el envoltorio francés, ya podía despedirse para siempre de la factoría. Ni siquiera Hans fue iniciado en el secreto.

—Todavía no es de fiar —opinaba su padre.

De manera que Frieda se lanzó al trabajo. Por fin recuperó el buen humor cuando se levantaba por la mañana. ¿No dijo Ernst una vez que ella tenía una idea romántica del trabajo? ¡De eso nada! Le encantaba. A diario vertía la masa del cacao, algo de manteca de cacao, azúcar y leche o nata en la mezcladora y se quedaba escuchando el ruido que hacía hasta que todos los ingredientes terminaban de mezclarse bien. Luego le daba un toque de canela y cardamomo antes de echarlo todo al conche. Frieda se había acostumbrado a añadir poca manteca de cacao antes de verter la masa en la mezcladora; en su lugar añadía algo más antes de echarla al conche. Había experimentado que así el chocolate quedaba más cremoso y se derretía deliciosamente en el paladar. Eso era justo lo que más feliz la hacía: mientras experimentaba en su cocina, nadie la controlaba ni le decía qué había que hacer. Ella lo sabía mejor que nadie e iba mejorando día a día. Se tardaba mucho en darle forma de tableta al chocolate todavía líquido, en removerlo para que no quedaran burbujitas de aire y en extraer con mucho cuidado el chocolate ya sólido, antes de que se pudieran rellenar otra vez los moldes. Era una tarea ímproba que a Frieda le entusiasmaba y le sentaba bien, aunque la fatigara en igual medida. Las primeras tabletas terminadas hubo que envolverlas en papel de plata, con el fin de dejar sitio para otras. Ojalá llegara pronto el papel de la imprenta. Así podría almacenar las tabletas en otro sitio que no fuera la cocina del chocolate. Todas estas cosas mantenían a Frieda muy ocupada. Incluso el domingo quería ir a la cocina del cacao, pero ese 9 de diciembre fue el primer día despejado desde hacía mucho tiempo. El cielo cubría de azul los tejados de Hamburgo. Aunque hacía muchísimo frío, el brillo de los canales a la luz del sol compensaba la fuerte helada que se había producido la noche anterior. La idea de meterse ahora en su gélido y húmedo cuchitril le pareció a Frieda cualquier cosa menos seductora. Necesitaba que le dieran la luz y el aire fresco. Sin perder el tiempo, Frieda les contó a sus padres que había quedado con Ernst. Que a Ernst se le había ocurrido una idea para una receta y quería comentarlo con ella. Naturalmente era mentira, pero Frieda confiaba en encontrarlo. Le apetecía mucho charlar con él. Clara y él eran desde siempre sus únicos confidentes. Bueno, con Hans también había hablado de muchas cosas. Antes de la guerra. Pero aquello se acabó. Y Clara seguía sin dar señales de vida, ni siquiera le había escrito. A pesar de que Frieda había intentado dar con ella más de una vez, y a pesar de que había sido su cumpleaños. Frieda estaba muy desilusionada y, a estas alturas, también enfadada. Menos mal que tenía a Ernst, que al parecer era su único amigo.

—Ay, cómo lo siento, bonita —dijo Gertrud Krüger, que salía en ese momento de casa—. El chico quería ir donde los veleros.

—¿En invierno? —Algunos balandros seguirían en el agua, pero seguro que en esa estación del año ya no se utilizaban. ¿Tendría Ernst algún amorío del que su madre no estuviera enterada? Frieda no pudo evitar una sonrisa. No, ¿por qué iba a tener secretos con ella? A su madre seguro que le daba igual de qué familia fuera esa posible novia, si tenía un poco de dinero o una profesión, siempre y cuando poseyera un buen corazón. Y Frieda estaba convencida de que Ernst solo escogería a una que fuera decente y honrada. Gertrud cerró la puerta tras ella—. ¿Y adónde vas tan guapa? —quiso saber Frieda.

—¿Guapa? En fin... —Se echó a reír—. Voy a bajar al puerto. Cuando trabajaba allí, conocí a uno que se dedica a vender flores. Yo le compro las rosas que le han sobrado y que ya nadie quiere por un precio normal. Y luego las vendo.

—¿En domingo?

—Él las aparta para mí, y yo me las llevo. Los domingos está todo el mundo en la calle, y me quitan las rosas de las manos. Y el resto de la semana tengo que estar a disposición de la señora. —Las dos emprendieron el camino juntas. El viento helador atenazaba las mejillas—. De niña ya lo hacía —murmuró Gertrud dentro de la bufanda de lana bien apretada—. ¿No lo sabías? —Frieda negó con la cabeza—. Pues sí. Así conocí al padre de Ernst. Vendía rosas en el baile del cuerpo de bomberos. —Sus ojos adquirieron un brillo que la delataba—. Cuando encuentres tu gran amor, no lo dejes escapar, Frieda. La vida ya se encarga de arrebatarte demasiadas cosas.

Sumida en sus pensamientos, Frieda fue paseando en dirección al club de vela. Las palabras de Gertrud seguían rondándole por la cabeza. No dejes escapar tu gran amor. ¿Y si Jensen hubiera podido ser su gran amor? ¿Y si aquel día había reaccionado con demasiada precipitación en el Jungfernstieg? ¿No debería haberle dado la oportunidad de explicarse? Se quedó mirando con tristeza las cúpulas del Pabellón del Alster, que brillaba a la luz del sol invernal y se alzaba como un castillo junto al centelleante río Alster. A su lado, la elegante curva de la pasarela en la que amarraban los barquitos que hacían excursiones en verano, y al otro lado, la sencilla pasarela de madera para las cáscaras de nueces, que ahora estaba sola y abandonada. En medio del aire gélido y luminoso, las afiligranadas farolas parecían escarcha recortada contra el azul del cielo invernal.

Ernst no se hallaba en el puente Lombardsbrücke. Lástima. Como a Frieda todavía no le apetecía emprender el regreso, caminó sin rumbo fijo a lo largo del río. Dejó atrás el hotel Atlantic y los baños públicos de la bahía Schwanenwik Bucht, que hasta el verano siguiente no recuperaría la animación. No lejos de allí estaba la zona de invernada de los cisnes, en un brazo del río Alster Exterior. Protegidos por un terraplén arbolado y el alto talud de la ribera, los animales se apiñaban en el agua fría. Allí estaban seguros, pues Levi se encargaba siempre de que esa pequeña zona acotada no tuviera hielo. Ni él ni Clara se encontraban por allí. Precisamente ahora que Frieda tenía tantas ganas de hablar con alguien, con una persona que la conociera y comprendiera, no localizaba a nadie. De repente se sintió terriblemente sola. En las últimas semanas había pasado tantas horas metida en la cocina del chocolate, por culpa del silencio de Clara y por rehuir sus sentimientos, que no se había dado cuenta de lo sola que estaba. Con eso solo había conseguido agravar aún más las cosas. Frieda tenía que hacer algo distinto urgentemente. Entonces se acordó de Alfred Fellner. ¿Qué había dicho de los viejos barrios del Gängeviertel, que pronto sería demolido? Esos sitios son Hamburgo; en ellos está la vida. Ese día, a Frieda le había parecido una exageración, y todavía hoy pensaba que también tenían vida las villas de la Elbchaussee o los barrios de las oficinas, donde los comerciantes forjaban el destino de la ciudad. Sin embargo, le había picado la curiosidad. Ya que no podía emprender grandes viajes ni compartir con Clara el sueño de ir a Inglaterra o recorrer el ancho mundo, por lo menos quería explorar su propia ciudad. Ya iba siendo hora de que conociera alguno de esos barrios.

Con el corazón palpitante se subió al transbordador para cruzar a la Alte Rabenstrasse.

Recorrió el Mittelweg hasta llegar al Gänsemarkt, atravesó las vías del tranvía, pasó al lado del monumento a Lessing y se mantuvo a la derecha para llegar a la Kaiser-Wilhelm-Strasse. Qué diferencia. Las casas que ribeteaban este magnífico bulevar eran tan altas que Frieda tuvo que echar la cabeza muy atrás para poder ver las figuras de piedra que, aquí y allá, salpicaban las cornisas. Abajo, las tiendas presentaban su mercancía en los escaparates; arriba vivía gente adinerada tras las cortinas de encaje y las barandillas de los balcones adornadas con arabescos. Sin embargo, a escasos metros, uno se encontraba entre unas casas de paredes entramadas con ventanas diminutas y chimeneas negras en los tejados. Como la Speckstrasse o el Rademachergang, famoso por sus casas de citas. Sería mucho atrevimiento hacer una excursión precisamente allí. Así que Frieda se decidió por el Kornträgergang, no lejos de la sinagoga que había visitado una vez con Clara. Al cabo de unos pasos, se internó en un mundo que le era ajeno por completo. ¿Realmente eso formaba parte de su querido Hamburgo? En el estrecho callejón adoquinado reinaba la oscuridad incluso ese día tan soleado. ¿Cuántas personas vivirían amontonadas y hacinadas tras las innumerables ventanas cuyos marcos tenían la pintura desconchada? Un perro con el pelo hirsuto y una oreja medio arrancada, que llevaba un rato calentándose en el único sitio en el que la luz del sol llegaba hasta el suelo, se levantó de un salto cuando se acercó Frieda y se alejó cojeando.

—¡Guste, Ludwig, Arne, venid, que ya está la sopa de nabos! —gritó alguien en alguna parte, con una voz que resonaba por aquella especie de desfiladero flanqueado por las casas.

Las casas de paredes entramadas, en las que cada piso sobresalía un poco del de abajo, estaban pegadas la una a la otra. Sin huecos. Más valía no pensar en que allí se declarara un incendio. Quien viviera en el cuarto piso o en el ático estaría irremediablemente perdido.

Unos letreros esmaltados recomendaban cigarros puros y otros tipos de tabaco, y hacían publicidad de una empresa de acarreo o de la compraventa de muebles viejos y artículos de ocasión. Había incluso una casa de huéspedes. Zur Kornblume, leyó Frieda. No parecía muy acogedora. Oyó pasos y alzó la cabeza, que hasta entonces llevaba agachada por el viento, que allí soplaba como por una chimenea. Un hombre venía en la otra dirección. Pantalones llenos de manchas; las mangas de la chaqueta, demasiado fina para esa estación del año, deshilachadas, y zapatos muy desgastados. Si la gente pobre quería colgar a una apoderada y ahogar a un fabricante de productos cárnicos, porque estaban furiosos y hambrientos, ¿qué haría entonces uno al que le plantan delante de las narices un abrigo de lana bueno y caro? Y encima ese abrigo lo llevaba una mujer joven no demasiado fuerte, que no podía ni defenderse ni encontrar allí a nadie que la respaldara. Ella no vivía allí; él, en cambio, estaba en su barrio. El hombre, que la había visto, se acercó para mirarla mejor. A Frieda se le aceleró el pulso, y por un momento fue presa del pánico. ¿Qué podía hacer? ¿Darse media vuelta y echar a correr? No le pareció buena idea. De repente vio que entre las viviendas inclinadas sí había huecos. Siguiendo un impulso, se coló por uno y acabó en un patio. Había caído en una trampa. Muy nerviosa, miró a su alrededor. A derecha e izquierda, y justo delante de ella, solo había casas como las que se alzaban a su espalda, en el Kornträgergang, solo que no tan altas. Las puertas que daban a los pisos de la primera planta estaban cerradas. Naturalmente. A los pisos superiores se accedía a través de unos peldaños de madera. Los pasos del hombre se acercaban amenazadores ¿Qué podía hacer?

—¿Se puede saber qué está usted mirando? —Frieda se asustó y miró hacia todos lados. La voz venía de arriba. Una ventana, debajo de uno de los frontones, estaba abierta. Por ella asomaba una mujer que la miraba. Una fulgurante pelirroja. Frieda la reconoció enseguida. Era la empleada del desván de la clasificación del café de Spreckel que había mirado tan descaradamente a Frieda—. Yo la conozco —dijo la pelirroja exhalando el humo de un cigarrillo al cielo, que poco a poco se iba tiñendo de los arreboles del crepúsculo vespertino—. Sí, claro. Usted es la que hace poco vino a mirarnos mientras trabajábamos. ¿Y ahora quiere ver cómo vivimos, o qué? —La pelirroja, después de dar una fuerte calada, arrojó la colilla justo a los pies de Frieda.

—No, solo quería… Buscaba a una persona —mintió Frieda, y supo al momento que la mujer no le creía una palabra.

Enseguida sonó una risa gutural.

—Sí, claro, seguro que conoce a un montón de gente por este barrio. —Sus ojos se achicaron como ranuras, y se puso seria—. Qué mala suerte —afirmó la pelirroja—. ¿Había quedado con alguien? —Parecía preocupada de verdad—. Espere, bajo un momento.

—No, no, no es necesario —balbuceó Frieda. La empleada del desván del café no la oyó porque ya había cerrado la ventana. Al poco rato salió por la puerta. A Frieda se le cortó la respiración. En el desván de la clasificación del almacén le había llamado enseguida la atención lo corto que llevaba el pelo. No contenta con eso, además vestía unos pantalones. Qué provocación.

—Ahora cierre la boca, no le vaya a entrar algún bicho, que aquí ya abundan bastante. —De nuevo esa sonrisa socarrona en la que ya se había fijado Frieda en el almacén—. ¿Y bien? ¿Qué le pasa? ¿Alguien la ha molestado?

—No, creo que no. No sé. —Frieda no sabía si el hombre ya había dejado atrás el patio o si la esperaba acechante en el pasadizo—. Ahí había un tipo, y me ha parecido que tal vez quería… asaltarme.

La pelirroja se puso en jarras, echó la cabeza para atrás y soltó otra carcajada, hasta que le entró un ataque de tos.

—Tenía que haberme echado algo por encima; hace un frío que pela —dijo en voz baja. Luego meneó la cabeza—. Así que le ha parecido que tal vez quería asaltarla —repitió las palabras de Frieda imitando sorprendentemente bien su tono—. ¿Por qué le ha dado esa impresión? ¿Porque era un pobre diablo, porque tenía mala pinta o porque le ha parecido raro? —Frieda miró toda cortada al suelo—. Me lo imaginaba —dijo la pelirroja con un tono glacial—. Solo porque seamos pobres no tenemos por qué ser unos delincuentes.

—Claro que no, no me refería a eso. —Se disculparía y se marcharía. Aquello podía acabar mal.

—Sí se refería a eso —respondió la pelirroja con un tono más bien de tristeza.

La mujer dio media vuelta y se dirigió a su casa. Al llegar a la puerta, le dio otro ataque de tos, esta vez más fuerte. Esa tos no sonaba nada bien.

—Debería dejar de fumar. —La pelirroja intentó recobrar el aliento y se volvió despacio hacia Frieda, que la miró fijamente a los ojos—. ¿Tiene en casa tomillo, manzanilla o salvia y, lo mejor, un poco de jengibre? —La mujer negó con la cabeza—. Mi padre importa especias; yo entiendo un poco de eso. Debe hacer algo para combatir esa tos. Si quiere, puedo traerle jengibre y alguna otra hierba.

—No tengo dinero para eso.

Ahora fue Frieda la que se rio.

—Tampoco lo quiero. Usted quería ayudarme porque creía que me habían molestado, y ahora la ayudo yo.

La mujer entornó los ojos.

—¿Así, sin más?

—Así, sin más.

La pelirroja se acercó despacio a Frieda. Justo delante de ella, le tendió la mano.

—Soy Ulli.

Ulli era un nombre de varón. Naturalmente, la pelirroja no se llamaba así, su nombre de pila era Ulrike. Sin embargo, se llamaba como un hombre, llevaba el pelo corto como un hombre y se ponía pantalones. Frieda no conocía a nadie que se atreviera a hacer eso. Ya era de noche cuando regresó del Kornträgergang en dirección a la Kaiser-Wilhelm-Strasse. El taconeo de sus botas retumbaba en el adoquinado y producía una especie de eco. Se cruzó con varias figuras un tanto siniestras, pero Frieda ya no tenía miedo. Ahora ya conocía a la gente que vivía en esos barrios. No eran unos delincuentes, por lo menos no todos. Solo eran pobres, tenían una vida difícil. Tal vez por eso fueran más valientes. Tenían que serlo. ¿Dónde estaba lo romántico y el rico colorido? El señor Fellner debía de ver con los ojos de un artista algo distinto de lo que acababa de contemplar Frieda, algo que no era bonito, sino aterrador. Y, no obstante, pensaba volver. Lo había prometido.

9

A Frieda se le pasaba el tiempo volando. Al día siguiente de su excursión al Gängeviertel, había vuelto deprisa al Kornträgergang para proveer a Ulli de jengibre y hierbas medicinales. La llamó desde el patio trasero; en algún momento se abrió la ventana decorada con el frontón, y por ella se asomó una niña que de cara era clavada a Ulli. La niña no dijo nada, pero al poco tiempo se abrió la puerta de la casa y apareció la resuelta pelirroja.

—Usted cumple su palabra. —Ulli hizo un gesto de reconocimiento—. Nunca lo habría pensado. Entonces ya estamos en paz, ¿no? —Sí, lo estaban.

Frieda se acordaba de vez en cuando de esa mujer, cuando hacía chocolate desde la mañana hasta la noche. Era como una de esas que luchaban por los derechos de las mujeres en Francia, en Inglaterra o en América, de las que tanto se oía hablar. Para ellas no era gran cosa desempeñar un trabajo y tener su propia vivienda o, al menos, una habitación subarrendada. A Frieda, en cambio, le parecía algo especial poder ir a su cocina del cacao.

Poco a poco empezaban a escasear las habas de cacao. Afortunadamente, su padre había podido cerrar de nuevo algunas operaciones, pero faltaban barcos. El comercio entero padecía esta carencia, todo se demoraba. Por lo menos, al fin estaba listo el papel con el rótulo en francés. Cuando traqueteaba la mezcladora y se ponía en marcha la laminadora o el conche, Frieda, ataviada con un vestido de lana, un delantal, unos mitones, una bufanda y un gorro, aprovechaba el tiempo para envolver las tabletas. Esa misma tarde le pediría a Ernst que las llevara lo más aprisa posible a los almacenes Mendel. La gente ya estaba pensando en las Navidades; todos debían tener la posibilidad de comprar buen chocolate. ¿Se vendería bien? Y lo más importante: ¿les gustaría la novedad del chocolate con canela y cardamomo?

—¡Buenos días, Frieda! —Ernst entró en la cocina del cacao y cerró a todo correr la puerta tras él, antes de que entrara más frío todavía.

—Buenos días, Ernst. Llegas a tiempo. Si me ayudas un momento a envolver unas cuantas tabletas, podrás llevar donde Mendel la primera caja. —Lo miró con una sonrisa radiante. Él no parecía tan contento.

—Eso es mejor hacerlo uno solo —contestó él antes de que Frieda pudiera preguntarle qué pasaba—. Te vendrá bien un pequeño descanso.

—Ernst Krüger, yo no me puedo permitir un descanso. Y menos ir corriendo a Jungfernstieg y volver. —Resopló.

—De ahí vengo —dijo él compungido—. He entregado algo para tu padre.

—¿Y bien?

Aún seguía con cara de desdichado.

—He visto a tu hermano. O, mejor dicho, le he oído. Ha armado un buen jaleo en los almacenes Mendel. —Lo que faltaba. Frieda cerró los ojos e hizo una profunda inspiración.

—¿Qué quieres decir con jaleo? —le preguntó.

—Muy bien no me he enterado. Solo que quería champán. Gratis o al fiado. Yo qué sé. En cualquier caso, ha montado un numerito. Mendel me ha visto y ha opinado que debería avisar a vuestro padre; así no tendría que llamar a la policía.

—Menuda gracia —dijo ella para sus adentros.

—He pensado que a lo mejor prefieres ir tú.

Frieda asintió con la cabeza.

—¡Gracias, Ernst!

Al pasar a su lado, le dio una palmadita en el brazo y se puso el abrigo encima del mandil, mientras ya salía a la Deichstrasse.

—Buenos y maravillosos días, distinguida señorita. —Una empleada vestida con una falda negra, una blusa blanca y una chaqueta de color burdeos sonrió obsequiosamente a Frieda.

—Buenos días. ¿Dónde puedo encontrar al señor…?

Antes de terminar la frase, oyó la voz alterada de Hans.

—Me parece muy bonito que los señores se escondan entre las exquisiteces culinarias y los trajes a medida, mientras miles de hombres jóvenes han tenido que ir en su lugar a la guerra.

La voz parecía venir de la sala de lectura.

—Gracias, ya sé por dónde se va —jadeó Frieda, y al momento estaba en la escalera.

—Vamos, tranquilízate de una vez —oyó que decía Mendel cuando llegó a la puerta. Antes de entrar, respiró hondo.

—¿Frieda? —Gero Mendel alzó las cejas—. Le había dicho a Krüger que enviara a tu padre.

—Buenas tardes, señor Mendel. —Lanzó a su hermano una mirada sombría—. Mi padre no estaba disponible. Por eso he venido yo. Gracias por no haber avisado a la policía. —Tragó saliva.

—Está bien. —La cara redonda de Gero Mendel se distendió un poco—. Tu hermano ya se había calmado. Eso pensaba yo al menos, pero ahora ya empieza otra vez.

Más que sentado, Hans estaba colgado de la silla. Ahora había enmudecido, tenía la mirada perdida y no parecía haberse dado cuenta de la presencia de Frieda. Unas gotas de sudor le perlaban la frente, casi tapada por sus alborotados y rubios rizos.

—Entonces, si le parece, me lo llevo lo más aprisa posible a casa. —Logró esbozar una triste sonrisa—. Venga, Hans, nos vamos.

Hans alzó la mirada hacia ella sin dejar de parpadear.

—Frieda, mi pequeña Frieda —murmuró.

A su hermana se le hizo un nudo en la garganta. Se acordó del hospital, donde la había mirado de la misma manera.

—Hala, vamos —dijo en voz baja, agarrándole del brazo.

—Creo que Clara se quiere casar conmigo. Deberían darme una botellita de champán. Como regalo de compromiso. —Soltó una risita.

—Me parece que por hoy ya has bebido más que suficiente.

—¡Pero no champán! —aclaró él—. Como te decía, si la simpática hijita hubiera hablado con sinceridad, entonces tal vez…, ¿no crees? —Fulminó a Mendel con la mirada—. Pero ¿así? ¡Ni boda ni champán!

Frieda hizo un gesto de asentimiento dirigido a Mendel y sacó de allí a su hermano.

—¿Se puede saber qué estáis mirando? —espetó Hans a dos señoras que precisamente estaban tomando champán en una mesita alta—. ¿Es que nunca habéis visto a un mutilado de guerra?

—¡Ya está bien! —se enfureció Frieda.

Hans se detuvo.

—Por cierto, yo estuve en la Champaña tendido en una trinchera, en el barro, rodeado de sangre y trozos de carne arrancada por las granadas a mis camaradas. ¡A su salud, señoras!

—¡Cállate de una vez! —Frieda tiró de él. Temblaba, y las lágrimas se le agolpaban en los ojos.

Los hombres y las mujeres meneaban la cabeza y se apartaban; los niños se escondían detrás de los padres. Si existiera algo parecido a un ángel de la guarda, a Frieda le vendría muy bien en ese momento. Ya no faltaba mucho, solo unos pocos pasos para conseguirlo. De repente se sobresaltó. Junto a una de las columnas de la entrada principal estaba Clara con un rostro que parecía petrificado. Hans también la había visto.

—Qué, ¿me sigues queriendo? Para mí eres la única de aquí a mil leguas.

Frieda lanzó a su amiga una mirada de desesperación. Nada. Ninguna compasión ni comprensión por parte de Clara. Ninguna muestra de que lamentaba que llevaran tanto tiempo sin hablarse.

—Lo siento, Clara. Él… —No pudo continuar.

—¿Qué os habéis creído? —gritó Hans—. ¿Os figuráis que sois mejores que nadie? Pues que sepas que la gente solo viene a vuestra mísera tienda por nuestro chocolate.

—¿Te has vuelto loco? —siseó Frieda.

—Mi hermana hace el mejor chocolate del mundo. —Hans echó atrás el brazo como para asestar un golpe.

Dos hombres con el uniforme de los almacenes Mendel se quedaron indecisos, sin saber si debían intervenir o no.

De repente, Clara se acercó a ellos.

—¡Echadlos fuera! —dijo en tono glacial.

—Vaya, vaya, vaya, no se habla de otra cosa en la ciudad. —Ernst olfateó la masa, que daba vueltas de acá para allá en el conche. Sin decirle una palabra, Frieda le pasó una cuchara de madera. A Ernst se le iluminaron los ojos—. ¡Gracias! —Dejó una bolsa que llevaba en la mano, hundió la cuchara en la masa y se la metió en la boca—. Mmm, qué bueno —dijo lamiendo el palo de la cuchara. Luego se le ensombreció el rostro—. No contento tu hermano con no servirle de ayuda a tu padre, ahora quiere llevar a Hannemann & Tietz a la ruina —dijo en tono sombrío.

—Qué exagerado —dijo Frieda.

Estaba cansada. Después de la horrible escena en los grandes almacenes Mendel, en casa, como era de esperar, se había armado una buena bronca. Su madre, deshecha, no paraba de sollozar. Incluso Hans había llorado; hasta entonces Frieda no le había visto nunca llorar. Eso no tenía nada que ver con sus pesadillas nocturnas.

—No sé lo que me ha pasado —murmuraba Hans una y otra vez—. Debería haberme muerto en la trinchera; habría sido mejor para vosotros.

—Eso no lo digas por nada en el mundo, ¿entendido? —había dicho su madre abrazándolo. Su padre, en cambio, pálido y con aspecto de desvalido, parecía haberse quedado en blanco.

Al recordar ahora lo agotado que le pareció ese día su padre, entendió por qué Ernst hablaba de ruina.

—No exagero, Frieda, puedes creerme. Por desgracia, las cosas están muy mal. —Frunció el ceño, y su mirada podía meterle a cualquiera el miedo en los huesos—. He oído hablar a tu padre y a Mendel. No lo pude remediar, no estaba espiándolos —aseguró enseguida.

—¿Qué has oído?

Ernst tardó en contestar.

—Ha debido de haber algo más, aparte de la escena en los almacenes —comenzó, retorciéndose las manos—. Mendel le hacía reproches a tu padre. Al parecer, alguien ha difundido rumores acerca de él, alguien de vuestra familia.

—¿Qué clase de rumores? —Frieda no entendía nada.

—Pues que en los almacenes estafaban, por lo de las etiquetas y eso. —Señaló con la cabeza el papel para envolver el chocolate.

—¿Qué? —Frieda se sintió mal y se obligó a respirar con tranquilidad—. ¡Eso no es posible, Ernst! Hans no sabe nada de esto. Mi padre no se lo ha contado porque intuía que mi hermano podría hacer alguna tontería.

—Si no ha sido él, entonces ¿quién?

Frieda se encogió de hombros. Se la veía desamparada. Luego se paró a pensar.

—Dices que mi hermano va a llevar a Hannemann & Tietz a la ruina. Suponiendo que hubiera oído algo del rótulo francés y lo hubiera pregonado a los cuatro vientos —pensó Frieda en voz alta—, entonces habría querido dañar sobre todo la reputación de Mendel, no la nuestra.

—Eso también es verdad —opinó Ernst, y se metió las manos en los bolsillos del pantalón.

—¡Venga, desembucha! Seguro que has oído algo más.

—Ya lo creo —susurró él—. Frieda, Mendel dice que ya no puede seguir vendiendo vuestro chocolate. —Se mordió el labio—. Es demasiado peligroso. Si alguien indaga a fondo los rumores y comprueba que dentro del envoltorio francés se oculta el chocolate Hannemann, entonces Mendel está perdido. Tiene que proteger su negocio y a su familia, Frieda. Nuestra genial mentirijilla se ha ido al traste antes de que empezara a dar frutos.

A Frieda le zumbaban los oídos. Qué feliz se había sentido en los últimos días confiando en que sus creaciones dieran un nuevo impulso a la empresa familiar. Ahora en cambio…

—Pero entonces… ¡todo ha sido en vano, todo esto no sirve ya para nada! —Recorrió con la mirada la cocina del cacao, que estaba casi a reventar. Todos los rincones estaban atestados de cajas llenas de tabletas envueltas en papel de plata. Sobre el escritorio se agolpaban los recipientes con la masa del cacao preparada. En los anaqueles había saquitos de especias y frutos secos, y debajo habían puesto las cajas que contenían el papel francés—. ¿Y todo el dinero que se ha gastado mi padre en la imprenta? ¡Si ya lo tenía apalabrado con Mendel! ¿Cómo puede dejarle ahora en la estacada?

—Mendel no puede actuar de otra manera —le explicó él otra vez, agarrándola suavemente del brazo—. Lo siento mucho, Frieda.

La cena fue para Frieda una verdadera tortura. El abuelo preguntó como mínimo cinco veces qué había para comer en Navidad. Su madre enumeró una y otra vez todos los platos del menú como si nunca hubieran hablado de ello. La cuarta vez incluso le preguntó qué postre le apetecía, y cosechó una mirada de agradecimiento por parte de su marido. Por lo demás, apenas hablaron. El tictac del reloj de la chimenea le atronaba a Frieda en los oídos.

—No me encuentro bien —explicó cuando ya no aguantaba el tenaz silencio ni las miradas de su hermano, consciente de su culpabilidad—. Me voy a acostar.

Poco después de cerrar la puerta de su dormitorio oyó otro portazo en la sala de estar. Luego, al abuelo arrastrando los pies por el pasillo. No había pasado ni un minuto cuando le llegaron las voces de su padre y de su hermano, que cada vez hablaban más alto.

—¿Qué otro pudo haber difundido esos rumores? —gritó el padre enfurecido—. ¿Quién de nosotros iba a hablar mal de los Mendel, de nuestros amigos? ¿Has pensado alguna vez en el alcance de tu conducta? ¿O es que el alcohol te ha hecho ya trizas la razón?

—Yo no he sido —respondió Hans a gritos—. ¡Te lo juro!

Las voces fueron bajando de tono. Frieda creyó oír también a su madre, que muy probablemente intentaba intervenir como mediadora.

—Tú mantente fuera, que de esto no entiendes nada —dijo su padre con severidad.

Así que ella tenía razón. ¿De qué no entendía su madre? Por supuesto, no estaba al tanto de las consecuencias. A lo mejor su padre ni siquiera le había contado que no habría más chocolate Hannemann en los almacenes Mendel, que el dinero que se habían gastado en el papel podría haberlo tirado tranquilamente a la basura. Ahora, de nuevo la voz de Hans. Frieda aguzó el oído.

—Lamento muchas de las cosas que he dicho, papá. Pero no todas. Se creen mejores que nadie —explicó indignado, y rio con amargura—. La peor es Clara. Se ha burlado de mí, me ha tomado el pelo a base de bien. —¿Qué estaba diciendo? ¿Cómo había llegado a esa conclusión? Frieda salió de puntillas al pasillo y pegó la oreja a la puerta de la sala de estar—. Me invita a champán y hace como que se imagina casada conmigo. Tendrían que haber visto su sonrisita. Para ella todo esto no es más que un chiste. Pero yo no estoy para bromas. No debería ir por la vida con esta horrible mueca. —De nuevo una risa amarga—. Es probable que la señorita Mendel se crea ya una santa solo por haber compartido mesa con un monstruo.

A Frieda se le agolpaban los pensamientos. ¿Cómo podía Hans haberlo interpretado todo tan mal? La idea de la boda se le había ocurrido a él. Se había reído de ella delante de sus narices. Tenía que decirle sin falta que estaba equivocado. Pero ¿cómo? Clara jamás la perdonaría si le revelaba a su hermano que estaba enamorada de él. Además, Hans posiblemente montara otro numerito burlándose de Clara. No podía hacerle eso a su amiga.

—He de decir, Albert, que esa descarada niña mimada no debería haber hecho algo así. Si trata a nuestro hijo de esa manera, no puede extrañarse de que él pierda el control. Aunque eso tampoco está bien —añadió Rosemarie en tono reprobatorio.

—No me puedo imaginar… —empezó Albert, pero fue interrumpido por su mujer.

—Tú siempre has protegido a esos judíos. Te tengo dicho que no se puede uno fiar de ellos. Por un lado, califican de nobles momias a los embajadores de Berlín, y por otro, le hacen ojitos al káiser y lo invitan a su residencia de verano en Trittau. —A Frieda se le secó la boca. ¿Acaso no habían sido siempre amigas Rosemarie y Mirjam, la madre de Clara?

—De eso hace muchos años. —Albert parecía agotado.

—Exactamente igual que el tal Ballin —bufó Rosemarie—. ¡Ese también era uno de esos judíos!

10

Primavera de 1920

La nueva década había comenzado, pero tampoco parecía muy distinta de la anterior. El Partido Socialdemócrata Alemán, SPD, y los sindicatos seguían convocando a la huelga y oponiendo resistencia al Consejo Militar. La gente continuaba sin trabajo o trabajaba en unas condiciones miserables. El hambre y la pobreza eran omnipresentes y, con ellas, la violencia.

Aún había en el puerto cañoneros ingleses, franceses y americanos que bloqueaban la ciudad, hasta que por fin se firmó el armisticio a finales de enero. El Imperio alemán había tenido que ceder territorios; en algunas regiones limítrofes se celebraban plebiscitos en los que la población podía decidir si quería pertenecer al Imperio alemán o al vecino.

A Frieda todo esto no le preocupaba demasiado. En la cocina del cacao ya no tenía nada que hacer, la amistad entre Clara y ella se había roto; con eso ya no se hacía ilusiones. Después de la expulsión de los almacenes Mendel, Frieda le había escrito una carta en la que se disculpaba en nombre de su hermano. Nunca recibió una respuesta. Hans había entrado oficialmente como aprendiz de su padre. Si concluía o no el aprendizaje estaba en el aire. De un día para otro Frieda se había vuelto superflua y se sentía terriblemente sola. Por más que le había suplicado a su padre que, por lo menos, la dejara ayudar en la oficina, este siempre se lo había negado diciendo que bastante tenía ya con intentar llevar a Hans por el buen camino.

Frieda se daba perfecta cuenta de que Ernst tampoco sacaba tiempo para ella, y eso solo empeoraba aún más las cosas.

A principios de febrero, su padre anunció a la familia durante la cena que se marchaba unos días a Berlín.

—De una vez por todas, tengo que dejarles claro a los señores de la Oficina Imperial del Azúcar que esto no puede continuar así.

Frieda albergó enseguida esperanzas, pero pronto comprobó que al padre más bien le preocupaban los otros miembros de la Oficina Comercial del Cacao y los compradores de su cacao de importación, y no pensaba en la factoría de chocolate. Para disgusto de Frieda, solo se llevó de viaje a Hans. Ella se quedó a solas con el abuelo y con su madre. Últimamente su abuelo se había vuelto cada vez más raro. Poco después del Año Nuevo, a media mañana, había intentado enrollar una alfombra y tirarla por la ventana porque, según él, no le pertenecía. Otras veces se ponía los pantalones al revés y luego se quejaba de lo mal que sentaban esas prendas de la nueva moda. O bien salía a la calle en zapatillas y paseaba a lo largo del canal helado. La madre se portaba con él como la dulzura personificada. Le había prometido a su marido que se ocuparía de su padre, y eso es lo que hacía. A veces, con una impasibilidad asombrosa, iba a buscar sus revistas veinte veces al día a la habitación del abuelo, que las tenía escondidas debajo de la almohada. También le explicaba pacientemente dónde estaba cada habitación en la casa, y ni siquiera la echaba para atrás hacer una inspección del sótano, como si fuera la cosa más normal del mundo. Frieda agradecía que su madre no la obligara ni una sola vez a pasar algo de tiempo con el abuelo. Para distraerse de la agobiante situación, salía todos los días, hiciera el tiempo que hiciera, a dar un paseo. Unas veces iba a los embarcaderos, otras al distrito de los almacenes y en ocasiones se encontraba con Ulli, cuando esta salía de trabajar. Se preguntaba si sería capaz de dar con el estudio de pintura del tal Fellner. Lo más probable era que no hubiera puesto su nombre en la entrada de uno de los bonitos edificios de ladrillo. En un momento dado se encontró delante del bloque en el que Spreckel almacenaba el café. Frieda miró con añoranza hacia el último piso. Las mujeres que día tras día separaban allí las habas buenas de las podridas tenían una vida mucho más complicada que la suya; no obstante, en ese momento, Frieda las envidiaba de todo corazón. ¡Ellas al menos tenían una tarea que hacer y eran útiles!

—Buenas tardes, señorita. —Frieda dio media vuelta y se encontró con la cara de Ernst. O más bien con el trocito que no llevaba tapado. El grueso gorro de lana le llegaba casi hasta los ojos, y la nariz la tenía escondida bajo una bufanda de lana agujereada—. ¡Qué! ¿Intentando trabajar ahí arriba? —Señaló con la cabeza hacia el desván de la clasificación, sin sacar la mano del bolsillo del pantalón.

—No estaría mal —respondió ella en tono sombrío—. Por lo menos tendría algo que hacer, algo con sentido —añadió enseguida, antes de que él volviera a sugerirle que bordara un mantel o que hiciera encaje de bolillos.

—Ojalá tuviera yo tus problemas —masculló él; luego se bajó la bufanda para que pudiera entenderle mejor—. No, ya sé que te sientes decepcionada. —Hizo un torpe movimiento con los brazos que era mitad un abrazo, mitad un encogimiento de hombros, y a punto estuvo de que se le cayera la bolsa que llevaba en la mano libre.

También Frieda se encogió de hombros. No le apetecía seguir hablando de eso. Al fin y al cabo, Ernst no podía ayudarla.

—¿Se puede saber qué es eso que llevas ahí? Te he visto ya varias veces con ese extraño fardo.

—No es nada extraño. —Vaciló un momento, pero luego su rostro enrojecido por el frío adoptó una expresión triunfante, y sacó una botella de brandi—. He tardado mucho en ahorrar lo suficiente para comprarla.

—¡No me digas que ahora bebes! Bastante tengo con que mi hermano no pare de darle al frasco.

—Qué va, yo no. —Por encima de sus cabezas, dos gaviotas lanzaron chillidos contra el silbido del viento—. Es para tu padre. Ya te conté que todos los días, después de comer, tengo que servirle una copita. Al principio le compraba cada copa, de una en una, en la licorería. Ahora compro una botella entera y me quedo con el dinero que me da tu padre. ¡Así me saco sesenta *pfennig* de ganancia por cada copa!

Frieda soltó una carcajada.

—¡Es verdad que tienes madera de comerciante!

—Ya te lo decía yo. Pero no se lo cuentes a tu padre.

—¿Por qué no? Creo que le gustaría. Aprecia a los hombres con olfato para los negocios. —Sonrió—. No te preocupes, no le diré una palabra.

—A propósito de negocios. ¿Qué hay de las máquinas expendedoras de las que me hablaste? Si Mendel no quiere vender vuestro chocolate, ¡pon esos cacharros y ya está! De todas maneras pensabas hacerlo, ¿no?

¡Claro! ¡Exactamente! ¿Cómo no se le había ocurrido a ella misma? En cuanto su padre volviera de Berlín se lo sugeriría. Contó impaciente las horas; los dos días siguientes incluso se quedó en casa para no perderse la llegada de Hans y de su padre. En su cabeza se agolpaban las ideas. Cuando llegó el día, se enteró de que su padre había ido desde la estación central directo a la oficina. En cambio, a su hermano, que estaba en el vestíbulo helado de frío, pero con unos ojos radiantes de alegría, a punto estuvo de no reconocerlo. Rebosaba de entusiasmo.

—Hemos estado en el teatro Wintergarten, hermanita. En tu vida has visto una cosa igual —se apasionó—. Los acróbatas volaban literalmente bajo la cúpula. —Mientras hablaba casi sin aliento del Palacio del Almirante, que habían visitado, a Frieda le llamó la atención que se había cortado el pelo. La melena ondulada y resplandeciente le llegaba hasta los lóbulos de las orejas. Pero lo más sorprendente era la cicatriz. Ahí seguía, claro, pero en esos pocos días parecía haber empalidecido considerablemente. ¿Cómo era posible?—. No se me ha quitado, hermanita —dijo de repente—. Ahora me la tapo con una crema que me ha dado una joven dama. —Hans le lanzó una mirada muy elocuente—. La conocí en el Palacio del Almirante, cuando papá ya estaba roncando en su cama del hotel. Frieda, hazme caso: ¡Berlín es una metrópoli! Muy distinta de la enmohecida Hamburgo. Allí no gira todo en torno al dinero y a los negocios, sino en torno al arte y la diversión. —La miró y le brillaban los ojos. Frieda se acordó de Fellner, que también se lamentaba de que para los hamburgueses el comercio tuviera tanta importancia. Ella entonces pensaba que todas las ciudades grandes eran iguales—. ¡Esa ciudad rebosa de vida! —Le agarró las manos—. En Berlín se baila y se disfruta. —Cuando le hizo dar varias vueltas, Frieda, sorprendida, soltó una risita; luego escuchó sonriente sus descripciones del famoso Palacio del Almirante—. Imagínate, hay baños ruso-romanos con columnas como las que ha construido papá en su maqueta del barco, solo que mucho más grandes, claro. Y hay varias salas de baño que no cierran nunca, ni por la noche. —Como en éxtasis contó cosas sobre las boleras, un cinematógrafo y una pista de patinaje sobre hielo de dimensiones inimaginables—. Y las mujeres…, esa mujer que he conocido… —Besó las puntas de los dedos juntos de su mano derecha—. Tenía un pelo negro azabache, muy corto. Y llevaba un traje como de hombre. ¡Sencillamente impresionante!

En la misma medida en que Hans parecía haber florecido, su padre parecía haber envejecido. Esa noche llegó tarde a casa y tenía una tez pálida que a Frieda no le gustó nada. Al día siguiente ya había salido de casa para ir pronto al Brook y, a continuación, a la oficina, cuando Frieda bajó a desayunar. Dos noches después de su regreso, Frieda lo encontró en su sillón de la sala de estar y se asustó. Tenía la piel muy gris, y las extremidades le colgaban como inertes. Se quedó petrificada. ¿No estaría…? No, su caja torácica subía y bajaba lentamente. Respiró aliviada, y cuando iba a marcharse, él abrió los párpados.

—Perdona, papaíto, no quería molestarte.

—Tú no molestas nunca, estrellita. —Se enderezó, bostezó tapándose la boca con una mano, y con la otra golpeó el brazo del sillón. Frieda se sentó y se arrimó a su hombro.

—A Hans parece que el viaje le ha sentado bien.

—Sí, ha dado un cambio asombroso —respondió él pensativo—. Solo me gustaría que guardara la energía recién acumulada para su formación profesional. En Berlín no ha dejado de salir ni una noche. Te puedes imaginar el sueño que tenía cuando había que trabajar. —Su risa apagada era cálida y delataba cuánto amaba a su hijo pese a todos los disgustos que le daba—. Es joven. Espero que de todos modos entienda que lo primero es lo primero. Cuando descubra que el barrio de entretenimiento de Hamburgo también tiene su atractivo, entonces apaga y vámonos.

Entró su abuelo. Sin saludar a ninguno de los dos, se acercó arrastrando los pies a la chimenea y dio la vuelta al reloj colocando la esfera de cara a la pared. Frieda miró a su padre, que frunció los labios y se encogió de hombros sin que apenas se le notara. El abuelo se sentó en el sofá como si no pasara nada y cogió el periódico.

—Un día hablamos sobre una máquina expendedora de chocolate, ¿te acuerdas? —empezó Frieda—. El fabricante de chocolate Stollwerck de Colonia fue el primero en construir una, y tú decías que en Altona había otro fabricante que también montó algunas.

Su padre asintió con la cabeza.

—Sí, más o menos en la época en la que tú naciste.

—Hoy ya no hay ninguna en Hamburgo. ¡Pongámosle remedio! —le propuso ella—. Si en los almacenes no hay chocolate Hannemann, pues que lo haya en las máquinas.

—No me puedo gastar más dinero en eso, estrellita. —Bajó la voz, aunque el abuelo seguramente se había vuelto a olvidar de toda esa historia—. La imprenta y el papel ya me salieron bastante caros. —Suspiró—. Y total, para nada.

—Será para nada solo si dejamos las tabletas donde están —insistió ella—. Pero si podemos desprendernos de ellas…

—No, bonita —la interrumpió él—. Ya podemos desenvolver otra vez todas las tabletas. —Su rostro se iluminó un poco—. Parece ser, sin embargo, que pronto se podrá volver a comercializar el chocolate alemán.

—¡Eso es maravilloso! —Frieda le plantó un beso a su padre en la mejilla. Por fin una buena noticia.

—Maravilloso, pero también caro. Tenemos que hacer propaganda inmediatamente. Anuncios en los periódicos, carteles… Todo eso cuesta un dineral.

—¡La publicidad es una estupidez! —protestó de repente el abuelo—. La calidad y el precio de la mercancía han de ser los ajustados. Eso es todo.

—Eso era antes, papá.

—¡Paparruchas! —Tomó aire y se preparó para dar un discurso, pero se detuvo confuso y por último declamó—: El cacao resucita a un muerto. Es capaz de restablecer la salud de un enfermo o de quien está debilitado por esa porquería de medicinas que recetan los medicastros con doctorado y los idiotas graduados.

—En eso tienes razón, papá —dijo Albert en tono apacible.

Frieda tuvo que tragar saliva. La chochez del abuelo avanzaba a una velocidad angustiosa. Ni siquiera la madre sabía ya qué hacer con él.

—Así no podemos seguir, Albert —había dicho no por primera vez cuando el abuelo había vuelto a tener una de sus «fases», como lo llamaba su padre—. Es triste, pero es un hecho que tu padre está perdiendo paulatinamente la razón. Yo no puedo atenderlo día y noche. Tenemos que ir haciéndonos a la idea de llevarlo a St. Georg.

—Ni hablar —respondió él—. Mi padre ha dado fama a Hannemann & Tietz.

—Tu padre heredó el negocio de su padre. Eres tú quien lo ha convertido en lo que es hoy, querido.

—En cualquier caso, no vamos a deshacernos de él.

Ella lo tomó del brazo y lo miró desde abajo.

—Está bien. Veré si todavía puedo arreglármelas con él. Y si empeora, entonces traemos a una enfermera a casa. —Lo besó cariñosamente, y Frieda vio cómo disminuía la tensión de su padre.

Esa noche no volvió a la oficina, sino que se retiró a su taller, y Frieda le siguió.

—Es muy triste —dijo él con la voz ronca—. Uno se mata a trabajar toda la vida, y cuando podría disfrutar de sus últimos años, una enfermedad le desbarata todos los planes.

—A lo mejor no se encuentra tan mal el abuelo. Quiero decir que a veces parece que está de muy buen humor. —Frieda admiró la pintura que le había aplicado su padre al barco de la maqueta.

—Ay, estrellita, no te hagas nunca mayor. ¡No lo digo en broma!

—Pero si ya soy mayor —protestó ella.

—Sí que lo eres realmente. Este año cumplirás ya los dieciocho, aunque todavía falta mucho para octubre. —Le guiñó un ojo y le siguió contando las escapadas de Hans por Berlín—. Yo esperaba que se alegrara de que lo llevara conmigo, le dejara asistir a las conversaciones importantes, y de que le demostrara que me fiaba algo de él. Pese a todo. Pero no parece que lo haya conseguido. Se encuentra más a gusto dando tumbos por el Rademachergang que en la oficina. —¿Su hermano frecuentaba una casa de citas? A Frieda, sin embargo, ni siquiera le habían dado el primer beso. Deseaba conocer a un hombre al que quisiera besar. ¿Cómo podía ir Hans con alguien completamente desconocido que, para colmo, estaba unas veces con una persona y otras con otra? ¿Qué tendría eso de bonito?—. La cena del cacao también le importa un comino. —Su padre la sacó de sus pensamientos—. La hemos aplazado por la guerra, pero ya no podemos esperar más en ningún caso. —La miró—. Ha de celebrarse en mayo, que llegará antes de lo que se tarda en decir *Labskaus*. —Frieda sonrió; esa expresión la conocía su padre por Ernst.

—Sí, claro —dijo ella pensativa, y asintió—. La cena es importante precisamente ahora para afianzar las relaciones.

—Ay, mi estrellita, ¿por qué no serás un chico? Tú me ayudarías. ¿Qué digo? Serías capaz de organizar tú sola la cena del cacao, desde la decoración de la mesa hasta las especialidades expresamente creadas para los invitados.

Nada le habría gustado más a Frieda. Ojalá hubiera algún modo de que la preparación de esa importante velada recayera en sus manos. Meses más tarde, a Frieda la atormentaría la mala conciencia. Estaba segura de que su irreflexivo deseo había desencadenado una horrible desgracia.

11

Verano de 1920

Un sábado primaveral de abril, Albert Hannemann sufrió un colapso. Por la mañana se había quejado de que le dolía la tripa y la nuca.

Al mediodía, cuando llegó de la oficina para almorzar, dijo:

—No me encuentro bien. Voy a tumbarme un poco.

—¿Ahora? —Rosemarie no soportaba que no estuvieran todos puntuales a la mesa.

—Sí, ahora —respondió nada más Albert, se cayó cuan largo era y allí se quedó tumbado sin moverse.

Rápidamente llamaron al doctor Matthies, que diagnosticó un pulso muy acelerado.

—Tiene que ir inmediatamente al hospital, señora Hannemann. —Rosemarie asintió sin decir una palabra—. En el Jerusalén es donde mejor le atenderán, creo yo.

—¿Tiene que ser precisamente el Jerusalén? —Rosemarie entornó los ojos—. ¿Por qué no el St. Georg?

—Creo que es el corazón. En el Jerusalén hay un colega que entiende mucho de eso.

—Usted decide lo que es mejor para mi padre —dijo Frieda con resolución—. Si quieres, le acompaño yo, mamá.

—¡De ninguna manera! —Se enjugó las lágrimas—. Yo voy con mi marido.

—¿Y tendré que comer yo solo con los niños? —se quejó el abuelo—. Por cierto, ¿dónde se habrá metido Leopoldine?

—¿Qué estás diciendo? La abuela hace mucho que murió —le explicó Frieda impaciente.

Le daba pena su mirada confusa y aterrada, pero ahora tenía otras preocupaciones más importantes. El corazón. Hasta entonces su padre solo había tenido, como mucho, algún catarro. Y ahora, esto. Una dolencia cardíaca era algo serio. Dios mío, ojalá se curara pronto. Solo de pensar que… No, Frieda se negaba a admitir esa idea. Sintió cómo la angustia le oprimía el pecho. ¿Qué haría ella sin su papaíto? Le habría gustado poder estar con él en el hospital. Solo que alguien tenía que asumir el mando en casa, y Hans llevaba ya dos días sin aparecer. ¿Por dónde andaría? Frieda sospechaba que habría tomado un tren para ir a Berlín. Ojalá estuviera ahora allí su hermano para darle ánimos y abrazarla. Frieda se sentía infinitamente sola.

Al cabo de unas horas, cuando su madre llegó a casa, tenía un aspecto digno de compasión. Las mejillas pálidas, un mechón de pelo que se le había soltado del moño… A Frieda le llamó la atención la cantidad de canas que centelleaban en el pelo castaño de su madre. El lorito de colorines había envejecido. ¿Cuándo había ocurrido eso?

—Sigue vivo —dijo su madre—. Eso es lo más importante, que siga con vida. De todas maneras, ¿qué será de nosotros? La cosa puede durar un tiempo, ha dicho el médico. Ya no me acuerdo de su nombre —siguió hablando como si le hubieran dado cuerda—. ¿Cómo se llamaba? Bueno, en cualquier caso, Albert puede tardar mucho tiempo en volver a casa. ¿Qué será de nosotros?

Frieda se acercó a su madre, que se había desplomado en la *chaise longue*. Le puso una mano en el hombro.

—Lo importante es que papá se recuperará del todo. Lo demás se arreglará —dijo en voz baja.

—Por sí solo no se arregla nada, Frieda —dijo su madre enfurecida—. Si tú no te hubieras portado así ni les hubieras puesto pegas a todos los que te hemos presentado, hace tiempo que tu padre se habría sentido aliviado de trabajo. Entonces no habría sucedido esta horrible desgracia. —No podía hablar en serio. A Frieda le zumbaban los oídos y en la garganta sintió un nudo que estuvo a punto de cortarle la respiración—. No hace falta que me mires con esa cara —siguió su madre fríamente—. ¿O es que puedes sacarte de la manga, como por arte de magia, un novio que tenga dinero y habilidades comerciales? ¿O al menos una de las dos cosas? —Frieda respiró con dificultad—. No, claro que no puedes.

—No, mamá, no puedo. —Le temblaba la voz, y ella misma estaba asustada del odio que encerraban sus palabras. Pero no podía remediarlo; lo que tenía en la garganta salía directamente del corazón. Y debía soltarlo—. En Justus Rickmers no encontré nada de mi agrado. ¿A quién más me habéis presentado? Ah, sí, al pintor. Fellner se llamaba. Si no recuerdo mal, no te gustó porque no solo conoce las zonas elegantes de la ciudad, sino también los barrios de los pobres. ¿Me he olvidado de alguien? —Había empezado a hablar en voz más alta de lo conveniente, tratándose de su madre. Pero le daba igual.

—Sabías perfectamente lo que esperábamos de ti, y tú misma podrías haber buscado un hombre apropiado. Eso es lo que querías, decidir por ti misma, ¿no? Todos debemos aportar nuestro granito de arena, Frieda.

—¿Ah, sí? ¿Y cuál es tu aportación, mamá?

—¡Friederike! —Jadeaba y le costaba tanto respirar, que Frieda temió tener que llamar por segunda vez al doctor Matthies.

—Yo me he tirado horas y horas haciendo chocolate, mamá. He envuelto las tabletas en papel y las he ido guardando en cajas. Conozco los asuntos de Hannemann & Tietz como debería conocerlos mi querido hermano. Esa es mi aportación, mamá. Papá puede hablar conmigo de cualquier cosa relacionada con el negocio.

—Ah, fantástico. Seguro que para él supone una ayuda indispensable. —Hizo una mueca burlona.

—Eso creo yo también, porque con su mujer no puede hablar. No entiende nada de esas cosas —siseó Frieda.

—Claro que no, ni tampoco me corresponde —se justificó su madre indignada—. Para eso están sus empleados. Yo me ocupo de mantener la casa, me arreglo y me pongo guapa para él y por la noche le distraigo cuando viene agotado de la oficina. Eso es lo que tiene que hacer una mujer.

Frieda meneó lentamente la cabeza.

—Eso era quizá en época de la abuela Leopoldine. Hoy en día las mujeres votan, mamá. Trabajan y deciden. Llevan pantalones. Las mujeres no son más tontas que los hombres. ¿Por qué habrían de tener entonces menos derechos?

Rosemarie se echó a reír.

—No tienes ni la menor idea, hija mía. —De repente se quedó muy tranquila—. ¿Por qué crees que tu padre me tomó por esposa? —Eso mismo se había planteado Frieda más de una vez, pero se calló—. Él sabía qué destino le deparaba el futuro. Tenía claro que se encargaría del comercio de productos coloniales y que necesitaba una mujer con la que pudiera mostrarse en público. Se enamoró de mí, es cierto. Pero no obstante, se tomó su tiempo para conocerme. Así fue como comprobó que yo ni me mezclo en cosas de las que no sé nada, ni soy más derrochadora de la cuenta. Ya desde muy pequeña sabía cómo comportarme en todas las situaciones sociales e instruir a la servidumbre.

Frieda se la quedó mirando un rato largo. Hacía muchos años que sus padres se habían conocido. Probablemente su madre tuviera razón; en aquella época, a lo mejor su padre todavía no esperaba que una mujer se interesara por los negocios. Pero los tiempos habían cambiado y, con ellos, también Albert Hannemann. La última frase de la madre se le quedó grabada. «Instruir a la servidumbre».

—Los empleados de papá están esperando instrucciones —dijo más bien para sí misma—. Por sí solos no van a preparar la cena del cacao.

—¿A qué viene eso?

—Esa será mi aportación, mamá. Hamburgo tendrá su cena del cacao, tal y como la planeó papá. De eso me encargo yo. Tú ocúpate del abuelo y de Hans, si no es mucho pedir.

—¿Y luego te marchaste y dejaste a tu madre plantada? —Ernst la miró como si le acabara de contar que se había comido un cisne vivo.

—Yo tampoco sé lo que me pasó. —Frieda se restregó las manos con cara de desdichada—. Es que a veces me saca de quicio. Estoy muy preocupada por mi padre, Hans sigue sin aparecer y el abuelo parece que está perdiendo la razón. Han sido demasiadas cosas a la vez. —Dejó la cabeza colgando—. He perdido completamente el control.

—¡Pues ya era hora! ¡Te felicito! —se le escapó a él.

Después de la fea discusión con su madre, Frieda se encerró en su habitación con pestillo. No le habría hecho ninguna falta porque lo más probable era que a su madre no se le ocurriera ni en sueños ir a ver a su hija. Según la mentalidad de Rosemarie, la conducta de Frieda había sido inadmisible y, por lo tanto, tenía que disculparse. Y en eso tenía razón. Frieda había estado varias veces a punto de hacerlo, pero no lo había conseguido; todavía estaba demasiado alterada. Por cualquier cosita que le hubiera dicho su madre se habría subido enseguida por las paredes. Por otra parte, a Frieda le parecía que tenía razón en lo que había dicho. El cómo lo había dicho, naturalmente, no estaba nada bien, y lo lamentaba de todo corazón.

Frieda no se presentó ni en la cena ni en el desayuno. Su plan era organizar la cena del cacao más bonita y grandiosa que jamás hubiera visto la ciudad. Si lo conseguía, su madre la perdonaría. La cuestión era cómo lograr ese milagro. Si había alguien que podía ayudarla en esa situación tan peliaguda, ese era Ernst Krüger. El domingo por la mañana, temprano, Frieda fue a la Bergstrasse. Gertrud Krüger le dijo que Ernst había ido donde los barcos. Y allí estaban ahora sentados en la pasarela del Club de Regatas del Norte de Alemania. Todavía hacía demasiado frío como para meter los pies en el agua, pero el aire fresco y la amplia panorámica del resplandeciente Alster fueron un bálsamo para el alma de Frieda.

—Si no hubiera fanfarroneado tanto… —dijo ella en tono apocado—. Es que no puedo remediarlo.

—¿Te acuerdas de la primera vez que me encontraste aquí? —Ella le lanzó una mirada interrogativa—. No te creías que fuera miembro de un club así. Decías que solo era para los ricos. Y es verdad.

—No me digas que ya te han admitido. —Frieda no se lo podía creer.

—Qué va, pero esa vez te dije que algún día me dejarían navegar con ellos. Sin tener mi propio barco ni carnet del club. —La miró con una sonrisa de oreja a oreja.

—¿Y lo has hecho?

—Sí. A uno le entró cagalera —Se cortó—. Perdón. Quiero decir que enfermó de gastroenteritis. Justo antes de zarpar. Pues sí, era un domingo como hoy, y como tenía tiempo…

—Seguro que fue precioso. Me alegro por ti. —Y se alegraba, solo que no le apetecía charlar. Tenía problemas que resolver. Grandes problemas.

—No quieres saber cómo sigue, ¿eh? Te lo cuento para que veas que yo a veces también puedo ser muy bocazas.

—A diferencia de mí, sin embargo, consigues lo que te propones.

—¡Tú también lo vas a conseguir, Frieda! —La miró—. Si alguien puede conseguirlo eres tú.

Frieda se puso tan contenta que le dio un abrazo.

—Si no te tuviera a ti, Ernst Krüger… —Le soltó. Al cabo de un rato dijo con un hilo de voz—: Tenía muchas ganas de encargarme de la cena del cacao. Quizá tenga yo la culpa de la desgracia. Por haber tenido tantas ganas. —Pronunciar esas palabras le hacía daño—. ¡Pero no así! —gritó.

—¡Qué tonterías dices! —Hizo con la mano un gesto de rechazo—. ¡Ni que fueras Dios! Las cosas no pasan porque tú quieras que pasen.

—No sé. —De nuevo se calló unos segundos—. Tenía muchísimas ganas, Ernst, y ahora en cambio me da pavor.

Cuatro hombres vestidos con pantalones blancos y camisa blanca de manga corta se subieron a un velero que se balanceaba en el otro extremo de la pasarela. El Alster Exterior rebosaba ya de barquitos con las velas desplegadas.

—No debes tener miedo —dijo Ernst en tono apacible—. Me tienes a mí —dijo mirándola fijamente a los ojos—. Yo no te dejaré sola, Frieda. Nunca.

Frieda tuvo que tragar saliva. Esa no era la mirada de su mejor amigo, a quien ella consideraba como un hermano; eso era distinto y provocaba un hormigueo. Recordó que la había mirado de la misma manera el día que, tras un regreso lleno de aventuras, volvió de la guerra y se plantó de repente delante de ella.

—¿Te ha contado algo mi padre? —preguntó enseguida para ahuyentar ese extraño momento—. Me refiero a la cena del cacao, a todo lo que nos hace falta.

Ernst carraspeó y miró al suelo.

—Por lo que yo sé, hay una carpeta en la que tendría que estar la lista de los invitados.

Frieda se acordó de la conversación con su padre.

—Necesitamos decorar la mesa y, naturalmente, una comida espléndida, de varios platos.

—Las flores te las puede conseguir mi madre —propuso él—. También sabe hacer centros de mesa, si quieres algo de ese estilo.

—¡Maravilloso! —exclamó ella radiante de alegría—. ¿Qué más?

—Alguien tendrá que llevar la comida a la mesa. Así, en plan elegante. —Adoptó la postura de un camarero con una mano extendida, como si llevara una bandeja, y la otra a la espalda.

—Creo que he hecho bien en preguntarte a ti. —Sonrió. Desde luego, haría el ridículo si no pudiera acompañar sus fanfarronadas con hechos.

—Y a continuación naturalmente la especialidad del cacao —añadió Ernst, recalcando cada sílaba—. Tiene que ser un chocolate que no hayan probado nunca, para que luego hable toda la ciudad de él.

—¡Buf, ese es un hueso duro de roer! —Frieda resopló.

—¡No para ti! ¿No me contaste cuando llegué de la guerra que tenías muy buena mano para las recetas sabrosas? ¡Pues adelante!

Por la tarde, Frieda fue con su madre al hospital. El Jerusalén se hallaba en la avenida Schäferkampsallee, esquina con

Moorkamp, en Eimsbüttel, y había sido fundado por un misionero irlandés para los judíos. El edificio que había junto a la iglesia de Jerusalén no constaba de varias secciones como el hospital de St. Georg, sino que más bien recordaba a una villa de amplias dimensiones. La habitación en la que se hallaba su padre también se diferenciaba claramente de la sala de hombres enfermos de la que, en su día, habían recogido a Hans. Albert Hannemann estaba en una habitación acogedora y luminosa en la que había cuatro camas en total. Una estaba vacía, en otra dormía un hombre y en la tercera había uno que los miró con curiosidad al entrar. Frieda saludó amablemente al desconocido; la madre, para su sorpresa, incluso se acercó a su cama. Pero no le dio la mano, como había pensado Frieda, sino que corrió una cortina sin decir una palabra y, tras ella, desaparecieron el hombre y su cama. Frieda se acercó al lecho de su padre.

—Hola, papá, somos nosotras, tu lorito y tu estrellita. —Se le encogió el pecho al ver las mejillas pálidas y hundidas de su padre. Respiraba tan mal que apenas se percibía un leve jadeo—. Qué cosas haces, papaíto. Menudo susto nos has dado —susurró y le dio un beso tierno en la mejilla, que estaba fría. Su padre parpadeó y luego abrió un poco los ojos. Frieda se tragó las lágrimas y le sonrió.

Su madre arrimó a la cama la única silla que había para las visitas y se sentó.

—Albert, querido, ¿cómo te encuentras?

—Hum —dijo él, y resolló.

Ella tomó su mano y la acarició.

—¿Te dan bien de comer? Mañana te traeré copos de cacao. Ya sabes lo que dice siempre tu padre. —Rio con tristeza—. El cacao resucita a un muerto…

Más no fue capaz de decir. Cerró los labios con fuerza para no perder del todo la compostura. Frieda le rozó suavemente el brazo, pero su madre rechazó la muestra de cariño dando un respingo. Durante todo el viaje no había dicho una palabra.

—Es una idea estupenda, mamá —opinó Frieda con exagerada jovialidad—. ¿Verdad, papá, que el cacao le sienta bien a todo el mundo?

Le habría encantado poder preguntarle algunas cosas. ¿Estaban ya en la imprenta las tarjetas de invitación a la cena? ¿Dónde se celebraría la cena? ¿Quién se encargaba de la planificación en la Asociación del Cacao? Pero de su padre no cabía esperar respuesta alguna. Ya se las arreglaría ella sola; lo principal era que su padre se recuperara. No se quedaron mucho tiempo para no fatigarle en exceso. Frieda le aseguró que no tenía por qué preocuparse, que la cena del cacao se iba a celebrar de todas maneras.

—Yo me ocuparé de que así sea, y Ernst me ayudará. Todo saldrá bien.

Su madre esbozó una mueca socarrona, pero renunció a hacer cualquier comentario.

El lunes, Frieda se levantó al alba.

—Señor del cielo y de la tierra —dijo Gertrud sobresaltada—, qué susto me has dado. —En ese momento estaba preparando el desayuno y limpiando verdura para el almuerzo—. Ernst me ha contado lo que ha pasado. —Se limpió las manos en el delantal y se acercó a Frieda—. Lo siento muchísimo, bonita. ¿Sabes ya qué tal está y si se recuperará?

Frieda le habló de la visita y de la conversación que habían tenido luego con el médico. Las perspectivas de que se recuperara eran buenas, pero requerían tiempo. Además, en lo sucesivo tendría que cuidarse. Su corazón se había debilitado; demasiada agitación podía matarlo.

—Tu padre es tan buena persona… —dijo Gertrud, y se

pasó el dorso de la mano por los ojos—. Es una lástima. Ojalá vuelva pronto por aquí.

—Volverá.

Frieda untó de mantequilla una rebanada de pan.

—Ponte una bien gorda, no esa birria de rebanadita —comentó Gertrud.

Frieda se terminó el cacao antes de ponerse en camino. Tenía un plan. Primero fue a la Bergstrasse para hablar con Meynecke. El contable, un hombre delicado y silencioso, llevaba trabajando para su padre desde hacía una eternidad. La cena costaría una buena cantidad de dinero, y Frieda no tenía ni idea de dónde sacarlo.

—Su padre se ha ocupado cumplidamente de todo —le explicó el señor Meynecke, después de haber encontrado unas palabras muy cariñosas con las que expresar sus condolencias. Se notaba que la noticia le había afectado mucho—. Sin embargo, eso no significa que tenga que financiarlo todo él solo.

—¿Por qué?

—Pues porque la cena es un acto de la Asociación de los Comerciantes Hamburgueses del Cacao. ¿Sabía usted que dicha asociación se fundó hace nueve años aquí, en la Bergstrasse, en las oficinas de Hannemann & Tietz?

Frieda negó con la cabeza.

—Y su padre fue uno de los miembros que la fundaron. Sea como sea, esta cena ha de convertirse en uno de los principales instrumentos para reunir a todas las empresas del mundo que, de una u otra manera, tengan algo que ver con el cacao. Después de la primera cena, tendría que haberse celebrado la segunda —le explicó, y se encendió una pipa.

—Solo que llegó la guerra —dijo ella.

Él asintió.

—Por eso es tan importante que se retome ahora la idea,

antes de que la primera cena caiga completamente en el olvido. —Hizo una pausa—. ¿Me permite que le haga una pregunta? —Ella asintió—. ¿Por qué no está sentado frente a mí su hermano, hablando de estas cosas conmigo?

—Está ausente. Tal vez en Berlín, en el ministerio. No lo sé a ciencia cierta. —Él se lo creyó tan poco como ella misma, pero tuvo la suficiente delicadeza como para no hacer más preguntas.

—Sea como sea, una tradición que ha de perdurar muchas décadas también empieza por un primer paso. Pero sin el segundo no existirá nunca. —Llenó el aire de humo blanco—. Sea como s… —Se interrumpió y siguió hablando más aprisa—: Los miembros de la asociación pagan una cuota anual y han hecho una aportación extra para la cena del cacao. Así que el dinero no debería ser un problema. —Eso eran buenas noticias.

Lo siguiente que hizo fue hablar con Ernst, que la remitió al presidente de la Asociación del Cacao, Otto Weber, pues este tenía que saber cuánto había avanzado la planificación. La preocupación de que el tal Weber no recibiera a alguien que tenía diecisiete años y, para colmo, era una mujer, le desapareció en cuanto entró en su despacho.

La triste noticia de la enfermedad de Albert Hannemann parecía haberse propagado por todas las calles y los almacenes, por todas las oficinas y los canales. Otto Weber le estrechó la mano con firmeza y les ofreció a ella y a su familia toda la ayuda que necesitaran.

—Muy amable por su parte, se lo agradezco. Pero en realidad vengo por lo de la cena del cacao. —Era evidente que con eso no había contado. Se desplomó tras su escritorio en una silla de respaldo alto adornada con arabescos—. Sé que mi padre se ha ocupado como es debido de esa cena. No se preocupe; yo me encargaré de organizarla. —No dijo más.

—¿Usted? ¿Está de broma, joven?

—En absoluto, señor Weber. La verdad es que en este momento no estoy para bromas.

—Perdone, naturalmente... Pero entonces no entiendo...

—Me gustaría saber en qué estado se encuentran las cosas. —Sacó una hoja de papel—. ¿Ya se han reservado las salas necesarias? Para cien o más personas necesitamos mucho espacio. Y además, la cena que se servirá ha de ser exquisita.

A Weber se le habían enrojecido las mejillas. Con la boca ligeramente entreabierta, la miraba como si fuera una aparición.

—A propósito —continuó ella impertérrita—, ¿está ya completa la lista de los invitados?

Él asintió con la cabeza.

—¡Estupendo! —Frieda le sonrió—. Me sería de gran ayuda si pudiera poner a mi disposición una copia de esa lista; así no perderé el tiempo buscándola.

De vuelta a casa, en la Deichstrasse, se le iban aclarando algunas cosas. Ahora ya sabía todo lo que faltaba por hacer. Sin embargo, temía que el tal Weber le pusiera alguna pega. Apostaba cualquier cosa a que para entonces ya había alarmado a toda la junta directiva. Estaba obligada a hacer las cosas bien para convencerlos a él y a los otros señores. ¿Y si no lo conseguía? Sería el hazmerreír de toda la ciudad. Frieda recordó las palabras de Ernst: «Si alguien lo puede conseguir, esa eres tú». Respiró hondo. Bueno, cada cosa a su debido tiempo. Para empezar, haría una lista de cosas por el orden en que debía ocuparse de ellas. Para eso necesitaba un sitio en el que no la molestaran ni su madre ni el abuelo Carl.

Frieda abrió la puerta del taller de su padre y se sobresaltó.

—¡Hans! Santo cielo, ¿se puede saber de dónde vienes?

Estaba sentado en una silla justo delante de la maqueta del *Imperator*, con la barbilla apoyada en una mano.

—Nuestro padre es un artista —dijo con la voz un poco ronca, antes de apartar la vista de la maqueta—. Cómo me hubiera gustado asistir a la botadura, pero él prefería estar a solas con su hija.

—Eso no es verdad. Estabas enfermo —le recordó ella.

—Eso fue lo que te contó papá. —Exhaló el aire y se abismó en la contemplación del barco. Ni una palabra sobre dónde había estado.

—Papá... —Frieda quiso decírselo con cuidado, pero de pronto oyó pasos en el pasillo: su madre.

—¿Hans? ¿Eres tú? —gritó la madre ya desde lejos.

Frieda suspiró. Entrada triunfal de Rosemarie Hannemann. Llevaba el pelo acicalado con esmero en forma de torre, sostenía delicadamente con los dedos el faldón de un vestido color burdeos y se pavoneaba como una reina. Una estampa un poco inoportuna, teniendo en cuenta que su marido seguía en el hospital sin haber superado del todo la enfermedad.

—¿Dónde has estado, cariño?

Hans se levantó y dejó que ella le besara en las mejillas.

—¿Es que alguien me ha echado de menos? —preguntó con frialdad.

—¡Pues claro que sí! —A Rosemarie le falló la voz, sacó el pañuelo y sollozó desgarradoramente.

—¿Ha pasado algo? —De repente se le quebró la voz.

—Papá... está en el hospital —dijo Frieda mirándole a los ojos—. Le ha dado un infarto; sigue con vida, pero todavía no lo ha superado.

Hans cogió aire, pero lo que quería decir no le salía de los labios. Se le desfiguró la cara y tuvo que desviar la mirada.

—Te hemos echado mucho de menos. Alguien tiene que ocuparse de los negocios. De lo contrario, se irán a pique.

—¿Y yo qué voy a hacer? —Se volvió con tal ímpetu que por un pelo no tiró el barco.

—Mejor que lo hablemos en otra parte —propuso Frieda.

—Sí, hacedlo. —Su madre se sonó la nariz—. Entonces nos vemos luego en la cena, ¿verdad, cariño? —Acarició la mejilla intacta de Hans, pero este apartó la cabeza.

—Eres el aprendiz de papá —le recordó Frieda a su hermano, cuando se quedaron solos—. ¿Quién va a dirigir si no la oficina?

Ahora que había vuelto podía ayudarla. A él sí lo aceptarían los comerciantes como interlocutor. En fin, el joven Hannemann no era conocido precisamente por su formalidad ni su interés por los productos coloniales, pero nadie se atrevería a no darle al menos una oportunidad.

—Eso es, Frieda —interrumpió él sus pensamientos—. Solo soy un aprendiz, y llevo poco tiempo. —Recorrió arriba y abajo la sala de estar—. ¿Qué hay de Meynecke y de…?

—No he dicho que tengas que hacerlo tú solo —le tranquilizó—. Tendrás a todos a tu disposición. Pero tú eres el sucesor de papá. Esta es la oportunidad de demostrarles lo que sabes.

—¿Lo que sé? ¿Qué es lo que yo sé, eh? Sabes perfectamente lo grandes que me están los zapatos de papá. —Sus ojos brillaban como si tuviera fiebre, y delataban pánico. Ella se acercó con la intención de calmarle, pero él levantó las manos poniéndose a la defensiva—. ¡No puedo hacer eso, Frieda!

Se marchó. Al cabo de un rato, Frieda oyó el portazo de su habitación.

—No puedes escaquearte siempre, Hans —susurró ella, y suspiró.

¿Cómo era capaz de dejarla en la estacada? ¿Qué podía hacer ella? Lo mejor sería que se ocupara de la lista, tal y como se había propuesto. No, ni hablar. No permitiría que su hermano echara a perder esta oportunidad. ¿Cómo podía ser tan cobarde? El fracaso no era una vergüenza, pero ni siquiera intentarlo sí.

Frieda llamó con los nudillos a la puerta.

—¿Puedo entrar?

—Por mí...

—Escucha, Hans, a ver si dejas de una vez por todas de lamentarte y de pensar solo en ti. —Él hizo amago de llevarle la contraria, pero la mirada de Frieda le hizo guardar silencio. Estaba enrollado en la cama como un niño pequeño. Su hermana se sentó a su lado—. Se pondrá bien, de eso estoy convencida, pero necesita tiempo —dijo en tono apaciguador—. Papá tiene buenos empleados. Saben lo que hay que hacer. Eso para empezar. Tú solo tienes que darles la impresión de estar al frente. Ahí ha de haber un Hannemann. —Hans seguía con cara de desesperado—. De la cena del cacao me ocuparé yo.

—Entonces todo irá sobre ruedas —dijo él sarcástico—. Esa estúpida cena no es nada del otro mundo. Eso puedo hacerlo hasta yo.

—¿Ah, sí? —saltó Frieda. Aquello pasaba de castaño oscuro—. Entonces seguro que se te ocurre alguna idea para crear una especialidad, alguna novedad que todavía no exista y que sea concebida expresamente para esa noche. Nada del otro mundo —repitió irritada y se puso en jarras—. ¿Qué, tienes alguna receta guardada en el cajón para mí? Debe ser algo fuera de serie que deje a la gente sin respiración. ¡Todo Hamburgo ha de hablar de esa cena!

—Dales champán —dijo él a la ligera—. También a sus cohibidas esposas. Tú dales mucho champán y verás, hermanita, cómo todo Hamburgo habla de eso.

—¡Ni siquiera entiendes de qué va la cosa! —Frieda salió zumbando de la habitación y cerró la puerta tras ella.

—No te olvides de respirar —le aconsejó Ernst con una sonrisita.

Tenía razón. Debía tranquilizarse. Pero el simple recuerdo de la conversación con su hermano la enfurecía de nuevo.

—¿Sabes una cosa, Frieda? Hans es... ¿Cómo te lo diría yo? Es un niñato. Nunca ha tenido mucho que hacer, todos le tenían aprecio y, encima, es el primogénito. Luego estalló la guerra y se fue creyendo que volvería convertido en un héroe. Del mismo modo, debió de pensar que algún día Hannemann & Tietz le pertenecería y el trabajo lo harían otros. Quizá necesite un tiempo para comprender que la vida no es así.

—Ya va siendo hora de que lo entienda —opinó Frieda malhumorada.

—Lo del champán no es mala idea. Esa cosa burbujeante gusta muchísimo.

—Sí, tal vez, pero ¿cómo lo combinamos con el cacao?

Ernst arrugó la frente.

—Si lo consigues, será la bomba. Ten en cuenta que no está bien visto que las damas se pongan ciegas de alcohol en público. —Ella le lanzó una mirada burlona—. Quiero decir que beban en público. Los bombones en cambio sí los pueden tomar. Y es cierto lo que dice tu hermano: ahora todo el mundo quiere champán.

Frieda se paró a pensar. Pues sí, por una vez Hans había tenido una idea muy aprovechable. Luego pegó un salto.

—¡Ya lo tengo! ¿Sabes qué? Vamos a presentar dos novedades al mismo tiempo. Chocolate de champán y, para los caballeros, lo mismo pero con habas de café bien molidas.

—Las habas seguro que te las da Spreckel.

—¡Muy bien! —Entonces se le ocurrió una cosa—. Si no fuera chocolate, quiero decir, tabletas de chocolate… ¿No sería mucho más elegante poner pequeñas porciones individuales, en lugar de trozos partidos? Como los pastelillos Petits Fours de Mendel, que son mucho más vistosos que un trozo de tarta.

—Hum, lo que tú digas. A mí las raciones de chocolate nunca me parecen demasiado grandes.

A Frieda ya no había quien la parara.

—Pero también han de ser bonitas, y lo serán si en lugar de las tabletas de toda la vida ponemos bombones primorosamente presentados. ¡Bombones de champán, Ernst! ¡Somos geniales!

—Sí, en teoría no está mal.

—Hay un chocolatero belga —dijo ella despacio—. Neuhaus se llama, creo. Heredó de su padre una empresa en la que antes había medicinas. —Recordó haber leído un artículo escrito con motivo del aniversario, y cuantas más cosas se le ocurrían, más crecía su excitación—. ¡Eso es, Ernst!

—¿Medicinas? ¿Crees que los señores preferirán aceite de ricino antes que champán, para que nada más terminar la cena vayan a…? —Rio sarcástico—. Ya sabes a qué me refiero.

Ella no le hizo ni caso.

—El abuelo de ese tal Neuhaus empezó a rociar las medicinas de chocolate para quitarles ese sabor tan asqueroso que tienen. El nieto se ha centrado por completo en el chocolate y lo rellena de otros ingredientes, como por ejemplo fruta.

—La fruta puedes sumergirla sencillamente en la masa líquida del cacao —objetó él—. Haz eso con el champán.

—¡Neuhaus también rellena los bombones de licor! Tengo que ir a Bruselas, Ernst. Tengo que saber cómo se hace eso. Lo mejor sería que fabricara allí mismo los bombones de champán. ¡Causarán sensación! —Aplaudió de puro entusiasmo.

—No nos dará tiempo a hacer todo eso —dijo él lacónicamente.

En eso, aunque pareciera una tontería, tenía razón. No faltaban ni tres semanas para la cena, y había muchísimo que hacer. Frieda no podía contar con una línea aérea. Hacía poco habían tenido que destruir, por exigencia de las potencias victoriosas, el hangar, que había resultado dañado en la guerra y que luego había sido provisionalmente reconstruido. El abuelo se había llevado un terrible disgusto. Sorprendentemente se había informado de que iba a haber nuevas líneas aéreas, noticia que había acogido con ilusión. Pero ahora ya no se podía hacer nada. Por el momento, no había ninguna línea regular, salvo la que unía Hamburgo con Berlín. A Frieda le quedaba el tren. Pero antes tendría que ponerse en contacto con el tal Monsieur Neuhaus para ver si disponía de tiempo para ella y si estaba dispuesto a ayudarla. Aun en el caso de que lo estuviera, quedaba por resolver cómo transportar varios cientos de bombones en el ferrocarril de Bruselas a Hamburgo. Podría contratar a un transportista. Pero ¿y si hacía demasiado calor? ¿Conservarían los bombones el relleno si el chocolate se reblandecía? Eran demasiadas preguntas para contestarlas en tan poco tiempo. Tenía que buscar ella sola la manera de rellenar el chocolate con champán.

Frieda ya no sabía ni dónde tenía la cabeza. A veces se iba a la cocina del cacao en plena noche porque, lejos de conciliar el sueño, se le ocurría de repente una idea y se veía en la necesidad de llevarla de inmediato a la práctica. Afortunadamente, su madre había comprendido que a su marido no solo le ayudaba con sus visitas al hospital, sino también ocupándose del padre de este sin necesidad de molestar a Frieda. Ahora su madre realmente la respaldaba; aceptaba que no se presentara a la mesa y que, por lo demás, hiciera más o menos su vida.

Hans seguía empeñado en dar muchísima pena. Se paseaba arriba y abajo por la casa como un perro apaleado. Al principio, a Frieda todavía le desgarraba el corazón, pero poco a poco fue perdiendo la paciencia. Cada vez le indignaba más que Hans la hubiera dejado en la estacada. ¿Por qué no podían permanecer unidos en esta situación tan difícil? Pues no, más bien todo lo contrario: Hans no estaba casi nunca en casa.

A menudo salía después de cenar y no regresaba hasta muy entrada la noche. Luego se acostaba y normalmente no se dejaba ver antes del almuerzo.

En una ocasión, mientras trasteaba una vez más en la cocina del cacao después de medianoche, oyó unos ruidos. Contuvo la respiración. Una voz de hombre. Frieda no se movió. No podía apartar la vista de la puerta. ¡La luz! Si fuera había alguien que buscaba algo comestible o algo valioso que se pudiera vender, seguramente se sentiría atraído por la luz encendida. Pero si la apagaba ahora, llamaría aún más la atención. ¿Se vería desde la calle el resplandor que salía por la rendija de debajo de la puerta? De nuevo la voz que murmuraba para sus adentros. Un borracho, quizá. Ojalá no tuviera la intención de buscar allí un sitio seco donde dormir. Un golpe. Luego, no le quedó más remedio que ver cómo alguien bajaba la manilla de la puerta. Agarró un cuchillo de cocina que no impresionaba demasiado, pero más valía eso que nada. La puerta se abrió. Una figura recortada contra la oscuridad.

Instintivamente dio un paso atrás, aun a sabiendas de que a su espalda no había una segunda salida por la que pudiera huir.

—¿Todavía sigues trabajando, hermanita?

Hans.

Su mirada recayó en el cuchillo y se echó a reír.

—¿Con eso pretendías que emprendiera la huida algún desharrapado que tuviera intención de atacarte?

—¡Me has asustado! —contestó ella respirando hondo, y estampó el cuchillo sobre la mesa de trabajo.

Él se acercó; sus ojos tenían un extraño brillo.

—¿Qué haces aquí? ¿No debería una niña decente estar acostada a estas horas?

Ella notó que se ruborizaba.

—Si el hermano no trabaja, tendrá que hacerlo la niña decente.

Rápidamente comprobó si la botella de champán que había comprado estaba fuera de la vista de Hans. Para sus ensayos bastaba con un vino corriente. Si él lo descubría y se lo llevaba, no le importaba demasiado. El champán, en cambio, sería una pérdida irreparable.

—¿Te lo estás tomando en serio? —dijo él con calma, y la miró.

—¿A qué te refieres?

—A si vas a organizar esa cena.

—Por supuesto. Se lo he prometido a papá. —Se cruzó de brazos.

Él asintió lentamente con la cabeza, mientras sus ojos miraban inquietos a su alrededor.

—¿Lo conseguirás?

—Tengo que conseguirlo —respondió ella con brevedad—. Ernst conoce a uno que nos va a imprimir las tarjetas de invitación. Gertrud Krüger se encarga de los adornos florales, y yo me ocupo, tal y como me ha aconsejado mi hermano —dijo burlona—, de los bombones de champán.

—¡Ajá! Una idea mía —exclamó, y se le veía tan contento que Frieda no pudo evitar una sonrisa—. Bueno, por lo menos lo del champán —añadió antes de que ella pudiera decir algo.

—¡Los bombones van a causar sensación!

Si es que lograba que le salieran, pensó, pero no quiso estropearle la alegría. No le confesó que hasta el momento no había conseguido fabricar un relleno líquido que se quedara donde debía: dentro de un crujiente trocito hueco de chocolate.

—Lo que todavía me da quebraderos de cabeza son los salones —dijo en su lugar—. Otto Weber quiere ir al Cölln's. Está muy bien situado y las ostras al horno las hacen de maravilla, pero la distribución de los espacios no me convence.

—¿Cuántos invitados van a ser? —preguntó Hans, y se sentó en una mesa bajita y alargada en la que normalmente se moldeaban las tabletas de chocolate.

—Cien. Quizá cuatro o cinco más.

—Entonces el Cölln's no sirve —le dio la razón—. Porque ¿cuál es la finalidad de esa cena? Poner en contacto a los importadores, productores, agentes inmobiliarios y propietarios de grandes almacenes, ¿no? —Se frotó los ojos—. Para charlas discretas el Cölln's está bien, para hamburgueses que van con sus socios de todo el mundo, a los que ya conocen. Pero para conocerse por primera vez estaría mejor una sala de grandes dimensiones. —La miró con inseguridad—. ¿No te parece?

—Eso mismo creo yo. Solo que no conozco ninguna sala de esas características.

—El Trocadero.

Frieda se estremeció. ¡Precisamente el Trocadero! Llevaba

mucho tiempo sin acordarse de Jensen y tampoco creía que le fuera a rondar otra vez por la cabeza.

—Una sala grande muy bonita, donde se come muy bien. No es el Palacio del Almirante, pero hasta podrías entretener a tus invitados con un poco de acrobacia.

A tus invitados. Frieda notó un cálido hormigueo por todo el cuerpo.

—Suena bien. Me parece que el Trocadero va a ser el sitio ideal. Para nuestros invitados.

Frieda se puso enseguida de acuerdo con el gerente del palacio de baile. Sin duda había servido de ayuda que Hans la acompañara. No solo porque fuera un hombre, sino sobre todo porque evidentemente su hermano frecuentaba a menudo el Trocadero. Frieda no tenía que preocuparse de camareros que sirvieran con elegancia, ya que eso estaba incluido en la reserva del local al completo. Ya solo faltaban unas chicas encantadoras que presentaran los bombones de champán y el exquisito café de Frieda. Pero ya sabía exactamente a quién iba a encargar esa tarea. Una tarde templada de principios de mayo se puso en camino hacia el Kornträgergang. Alguien había puesto una fuente con pensamientos en el patio trasero al que daba la casa de la pelirroja Ulli, para que le diera un aire algo más acogedor. Sin embargo, a Frieda le llegó un olor a excrementos que la dejó un momento sin respiración.

—Vaya, esto sí que es todo un honor. —Ulli se había sacado una silla a la puerta de su casa. A su lado tenía un vaso de limonada, o tal vez de champán, en el suelo, y en la mano un cigarrillo. ¿Cómo podía aguantar ese pestazo? Con ella estaba la niña que se había asomado a la ventana en la segunda visita de Frieda a ese patio trasero. En cuclillas al lado de la silla, dibujaba con tiza en la piedra.

—¿Su hermana? —preguntó Frieda, pese a que el parecido no permitía ninguna otra deducción.

Sonrió a la pequeña. La niña miró insegura a Ulrike, que se metió el cigarrillo ente los labios y empezó a gesticular con las dos manos. Frieda tardó un poco en darse cuenta de que Ulli hacía una seña tras otra, mientras la pequeña no la perdía de vista. De repente, la niña levantó una mano y luego empezó a hacer gestos. Tan pronto ponía un dedo en la palma de la mano como se llevaba a la boca las puntas de los dedos. Frieda, asombrada, se quedó observando el espectáculo sin sonido.

—Lenguaje por señas —dijo Ulli, se reclinó en la silla, tiró el cigarrillo al suelo y lo pisó.

Frieda la miró sorprendida.

—No lo había visto nunca, ¿eh?

—No. ¿Cuál es su finalidad?

Esta vez, Ulli lucía un vestido sencillo, solo que lo llevaba indecorosamente remangado por encima de las rodillas.

—Marianne es sordomuda. Ya sé que a muchos les parece un lenguaje propio de monos. Pero eso es una bobada. Mi hermana no oye; a cambio ve muy bien. Yo veo y oigo. Es lógico que nos comuniquemos con las manos. ¿Tiene algo en contra?

—No, claro que no. —Esta Ulli desde luego no tenía pelos en la lengua. ¿Sería una buena idea contratarla precisamente a ella para el Trocadero?

—¿Cómo va esa tos? —Frieda cambió de tema.

—Mejor —contestó Ulli, y se encendió otro cigarrillo.

—¿Fuma siempre tanto?

—¿A usted qué le importa?

Decididamente había sido una idea un tanto estúpida. Le preguntaría a su hermano; seguro que conocía a algunas chicas guapas. Frieda se encogió de hombros y se dispuso a marcharse.

—¿Qué pasa? ¿No habrá venido hasta aquí solo para preguntarme por la tos?

—Quería preguntarle si le interesa sacarse un dinerillo extra. Necesito a alguien. —Miró a Ulli—. Pero tiene que ser alguien que sepa comportarse. Alguien que aguante unas horas sin fumar.

—¡Ulrike! —La ronca voz de mujer venía claramente de la ventana abierta coronada por un frontón. Ulli cerró brevemente los ojos, expulsó el humo por la nariz y luego apagó el cigarrillo—. ¡Rike, tengo sed!

—¡Voy! —En cuanto se levantó de la silla, Marianne hizo lo mismo. Frieda se quedó sin saber qué hacer—. No se vaya. Ese dinerillo extra me suena a música celestial —dijo con una sonrisa. Luego ladeó la cabeza—. Usted también puede entrar si quiere. No tardaremos mucho.

—Sí, ¿por qué no?

En ese momento salió una mujer de la casa y abrió el cobertizo que había junto a la puerta de entrada. Tras él se ocultaba un retrete que, al parecer, compartían los vecinos de ese patio. De ahí el mal olor. Frieda siguió a Ulli por los estrechos y pisoteados peldaños, que crujían amenazadores. En un cuartito que había en la escalera, desde el que otros dos escalones conducían a la vivienda propiamente dicha, se encontraba la cocina. O algo parecido a una cocina. Ulli vertió agua de una jarra en un vaso. Para entrar luego en la casa tuvó que agacharse bajo el dintel de la puerta. Frieda hizo lo mismo. El piso era oscuro y olía a moho. Por las pequeñas ventanas apenas entraba luz.

—Durante el día, para colmo, es muy ruidoso —comentó Ulli, a quien no le habían pasado desapercibidas sus miradas—. En la casa de al lado vive un zapatero en el mismo piso. Cuando pega martillazos, se le oye como si lo tuvieras sentado en tu regazo. —Se encogió de hombros—. A todo se acostumbra una. Además, la mayor parte del día la paso donde Spreckelsen. —Abrió una puerta. Al pasar, Frieda vio una habitación que le pareció aún más oscura. Unas cortinas amarillentas se movían un poco pese a que los ventanucos de detrás se encontraban cerrados; las paredes estaban empapeladas de verde oscuro. Frieda divisó una figura tumbada en la cama. Como no quería ser indiscreta, se quedó ante la puerta de la habitación y apartó la mirada.

—Bueno, madre, aquí tienes el agua —oyó que decía Ulli. Su voz había adoptado de repente un tono completamente distinto, muy tierno—. Despacio, despacio, que si no te vas a atragantar otra vez. Así, muy bien.

¿Existiría un padre en esa familia o vivían las tres mujeres solas?

—¿Necesitas algo más, madre? —preguntó en ese momento Ulli—. Si necesitas algo, me vuelves a llamar, ¿eh? Estoy abajo con Marianne.

Frieda oyó un gemido y luego el crujido del suelo de la madera. Ulli había salido y ahora se dirigía hacia otra puerta.

—Mi hermana y yo dormimos aquí —le explicó, y abrió la puerta. Marianne estaba sentada en el suelo de la diminuta buhardilla jugando con una locomotora de madera un poco desvencijada. Al ver a Ulli, se levantó de un salto y fue hacia ellas. Daba la impresión de que solo se separaba de su hermana a regañadientes—. Ahora tenemos las dos nuestra propia cama —dijo Ulli, dirigiéndose ya hacia el pasillo—. Cuando mi hermana mayor todavía vivía aquí, Marianne y yo compartíamos una cama.

De vuelta al patio, Frieda respiró hondo. La pestilencia del retrete no había disminuido, pero al menos se mezclaba con el aire fresco que venía del Elba.

—No es tan elegante como vuestra casa, ¿eh? —Ulli se encendió inmediatamente otro cigarrillo. Se sentó en un escalón de piedra y le cedió a Frieda la silla—. Cuando alguien se lava en la pila que hay en el retrete, la puerta tiene que quedar abierta; entonces ya no cabe nadie más —dijo riéndose. Le contó lo orgullosa que se sentía de tener su propio retrete—. Los pobres tienen que hacer ahí sus necesidades —dijo, señalando con el cigarrillo la puerta de madera—. Mi padre ha trabajado de estibador en el puerto. Ahora es barrendero municipal. No es tan agotador y gana un poco más.

Al igual que el fruto del cacao, Ulrike tenía una piel dura pero un interior maravilloso. Y le vendrían muy bien esos *pfennig*. Frieda iba a hablarle de la cena del cacao, cuando oyó unos extraños sonidos guturales, y Ulli se levantó al mismo tiempo y se fue corriendo donde su hermana. Marianne había estado jugando a la pata coja y se había tropezado. Le sangraba una rodilla.

—Vaya, hombre. ¡Qué estarías haciendo! —susurró Ulli, aunque su hermana no pudiera oírla.

Le acarició cariñosamente la cabeza, la besó y la estrechó en sus brazos. La pequeña se tranquilizó enseguida. Al parecer, el susto había sido más grande que el dolor. En realidad, hacía tiempo que Frieda debería haberse marchado; al fin y al cabo, le quedaba mucho trabajo por hacer, pero algo la retenía en ese lugar.

De repente se le encogió el pecho y se le agolparon las lágrimas en los ojos. Le vino la imagen de su padre, pálido y con las mejillas hundidas en su lecho de convaleciente; pensó en la cena del cacao, a la que acudirían numerosos señores distinguidos llenos de expectativas. ¿Cómo se le había ocurrido siquiera imaginar que estaba capacitada para organizar ella sola un acontecimiento de esas características? De momento, ni siquiera había conseguido fabricar la especialidad de los bombones. ¿Por qué a ella no la tomaba nadie en sus brazos para consolarla?

—¿Va todo bien? —le preguntó Ulli sin sorna, en un tono muy afectuoso.

Frieda negó con la cabeza.

—¡Va todo fatal! —Rápidamente se limpió las lágrimas que rodaban por sus mejillas. Después empezó a hablar. Las palabras brotaban por sí solas sin que nada pudiera refrenarlas. —Mi padre está en el hospital. El corazón. Todavía no sabemos si se recuperará por completo.

Le contó que no tenía ni idea de lo que pasaría con Hannemann & Tietz, que la guerra y las restricciones comerciales habían ocasionado grandes pérdidas al negocio de la importación. Le habló de su hermano, de lo mucho que había cambiado, pues además de no tomar las riendas de la situación, no le suponía ninguna ayuda. Frieda mencionó incluso a los hombres que le habían presentado para que, al casarse, volviera a entrar dinero en la caja familiar. Ulli la escuchaba en silencio, ofreciéndole de vez en cuando un cigarrillo. Cuando Frieda terminó de hablar, Marianne ya estaba saltando otra vez en las casillas numeradas que había pintado con tiza en el suelo. Qué bien le había sentado contarle todo a esa mujer a la que apenas conocía, quizá sin venir a cuento. Frieda respiró hondo.

Ulli se la quedó mirando un rato largo.

—Ojalá tuviera yo tus problemas —dijo finalmente, llenando el aire de humo—. Quédate con el tío que tenga más pasta y ya está.

—Pero yo no amo a ninguno de ellos.

—Bueno, ¿y qué? Para el amor te buscas a otro. —Ladeó la cabeza—. ¿Hay ya algún otro? —Ulli se golpeó la frente—. ¡Claro, el tío con el que fuiste al almacén!, ¿me equivoco?

Frieda se echó a reír.

—Qué disparate, ese era Ernst. No, ese es como un segundo hermano para mí —dijo sonriente.

Ulli se sentó de nuevo en el escalón de piedra y se recostó contra la pared de la casa. Había anochecido. La farola iluminaba débilmente el patio; parecía que bailaban las sombras.

—Pues él lo ve de una forma completamente distinta. Hazme caso, tengo ojo para eso.

Frieda no pudo evitar acordarse del momento aquel en la pasarela. Entre Ernst y ella había ocurrido algo extraño, diferente a lo habitual. Pensándolo bien, las cosas habían cambiado un poco desde su regreso de la guerra.

—Qué cosas dices —dijo más bien para sí misma—, Ernst y yo…, eso es…, eso sería… Eso es muy distinto que con Jensen.

—Ajá, ¿y quién es ese?

En un primer momento, Frieda se asustó de haber pronunciado el nombre en voz alta. Aunque hacía mucho que no lo veía, solo de pesar en él se sintió conmocionada. Así que le contó que había quedado con un desconocido muy atractivo, pero que le había dado plantón.

—Pues hiciste mal. Más te valía haberle preguntado quién era esa pava. Seguro que era una prima o algo parecido. En ese caso, te habrías enfadado inútilmente y le habrías dado calabazas sin motivo alguno.

¿Y si Ulli tenía razón? La misma Frieda lo había pensado en repetidas ocasiones. Pero no conducía a nada devanarse los sesos por cosas que ya habían sucedido y que no tenían vuelta atrás. Probablemente no volviera a ver a Jensen nunca más. En tal caso, aunque ella hubiera sacado conclusiones equivocadas, él no tendría nunca ocasión de pedirle cuentas. Frieda decidió poner fin a todas esas absurdas cavilaciones, pues tenía otras cosas de las que ocuparse.

12

Por fin llegó el gran día. Frieda llevaba levantada desde las seis de la mañana. No quería dejar nada al azar. Los vestidos para Ulli y Marianne, comprados por ella en la casa de modas Unger, colgaban ya de sus perchas. Para sí misma, Frieda había encargado un vestido que iba a juego con los otros, pero que estaba más laboriosamente trabajado.

De Marianne no tenía por qué preocuparse, pues haría exactamente lo que le había dicho Ulrike, y en el momento oportuno Frieda daría a conocer que la niña era sorda, para que no hubiera malentendidos. Con Ulli no las tenía todas consigo. Aunque le había asegurado que sabía cómo comportarse y lo que se jugaba Frieda, ¿lo recordaría en el caso de que alguien se le atravesara? De nada servía darle más vueltas. Ni tampoco preocuparse por el estado de salud de su padre. Frieda había esperado con ilusión que asistiera a la cena. Había salido del hospital y llevaba ya unos días en casa, pero aún seguía muy débil.

—El estar todo el día tumbado es lo que me pone de verdad enfermo —protestaba.

Pero al menos ya era capaz de protestar. El doctor Matthies le había recomendado andar cada día unos pasos más y quedarse más tiempo levantado. La cena del cacao, sin embargo, era un esfuerzo demasiado grande, cosa de la que afortunadamente se daba perfecta cuenta el propio Albert Hannemann. Gracias a Dios, Hans había aceptado estar al lado de Frieda en el Trocadero. ¡Qué alivio! Más no esperaba de él. Tras la conversación que habían mantenido en aquella ocasión, a medianoche, ella había albergado la esperanza de que él se sintiera también un poco responsable de la velada. Esa esperanza, sin embargo, pronto se había ido al traste. Su hermano no le decía nada cuando desaparecía unos cuantos días; tampoco le contaba nunca dónde había estado.

El adorno floral lo llevaría Gertrud hacia mediodía directamente al Trocadero. Hasta entonces Frieda tenía tiempo de pasarse otra vez por la cocina del cacao. Le palpitaba tanto el corazón que lo notaba en la garganta. ¿Y si las semiesferas se habían derretido o desmoronado? Todas las mañanas se le encogía el estómago solo de imaginarlo. Y todas las mañanas había podido luego respirar tranquila. Hasta entonces.

Se metió en el frío y húmedo cuartito, aspiró el aroma celestial del chocolate y el café y contempló satisfecha las cajas y las fuentes, que ocupaban hasta el último centímetro de la cocina. A simple vista todo parecía estar en orden. El chocolate no presentaba el velo gris que podía formarse si la cobertura no había sido correctamente atemperada. Porque entonces se depositaba la manteca de cacao y los bombones no parecían frescos ni apetecibles.

Frieda cogió unas tenacillas de plata y fue levantando alguna que otra de sus obras de arte rellenas. Maravillosas, tan sólidas y compactas como debían estar. Cuántos días y noches le había costado averiguar que la cobertura era la clave de todo. La crema de champán, ni muy líquida ni muy sólida, le había salido bien enseguida. Con los bombones, en cambio, había tenido serias dificultades. Una y otra vez había removido la masa, rellenado los moldes, enfriado las semiesferas huecas y dejado secar por completo. Unas veces la pared le había salido tan fina que bastaba con tocarla para que se rompiera; otras veces, la tapa que colocaba Frieda tras el relleno se mezclaba con la crema. Había consultado todos los libros que había encontrado. Nada. Hasta que por fin una llamada al chocolatero de Bruselas, Neuhaus, le había aportado la iluminación. Siguiendo sus precisas instrucciones, primero había calentado la cobertura a cuarenta y cinco grados; luego, la había dejado enfriar a veintisiete grados sin dejar de remover la masa con regularidad; por último, la había calentado de nuevo a treinta y un grados. Cuando Neuhaus le explicó este procedimiento, al principio estaba segura de que quería tomarle el pelo. Luego lo había atribuido a la mala calidad de la transmisión telefónica. Pero como después de habérselo preguntado varias veces, siempre había entendido lo mismo, no le quedó más remedio que hacer la prueba. Y el resultado fue un éxito asombroso. Frieda había tenido que repetir el proceso innumerables veces, primero para rellenar los moldes y, más tarde, para dar a los bombones ya terminados un baño de brillo. Había merecido la pena.

Y llegó el momento.

—Te va a salir bien —le dijo Ernst al oído en la entrada del Trocadero.

En los últimos días apenas había podido dormir porque tenía que hacer todo lo que se le iba ocurriendo a Frieda. No obstante, parecía despejado y de buen humor. Él y Ulli eran los puntales de Frieda. Estaba segura de que sin ellos dos no habría sido capaz de sobrevivir a esa noche.

Acompañaron a sus sitios a los invitados, que iban llegando poco a poco. Su padre le había aconsejado que acomodara en los palcos a los invitados de honor: miembros del Senado, personalidades significativas de la cultura y otros que en realidad no tenían nada que ver con el negocio. Los importadores, los productores, los comerciantes y los banqueros, por el contrario, ocuparían las mesas de abajo, en el gran salón. También el estibador de almacén Hein Spreckelsen, al que Frieda había puesto por su propia cuenta en la lista de los invitados. Al fin y al cabo, los estibadores eran el motor del distrito de los almacenes y, por consiguiente, del comercio hamburgués.

Frieda estaba de pie al fondo de la sala, frente al escenario, sobre el que se alzaba una cúpula adornada con estuco y pinturas. Los músicos tocaban suavemente *El pájaro de fuego* de Stravinski en una variación alegre y ligera. Miraba cómo se iba llenando el suntuoso espacio. El Trocadero había sido una magnífica elección. Columnas y balaustradas ricamente ornamentadas jalonaban distintos nichos, como en un teatro, pero al mismo tiempo todo estaba perfectamente unido, de modo que nadie se sintiera relegado ni excluido.

—Buenas noches, señorita Hannemann. —Otto Weber, el presidente de la Asociación del Cacao, se le acercó.

—Buenas noches, señor Weber. Cómo me alegro de que esté aquí. Últimamente he intentado varias veces dar con usted, pero nunca podía ponerse al teléfono… —Su gesto reservado no le gustó ni pizca—. Por supuesto, he preparado un pequeño discurso, pero creo que es a usted a quien le corresponde saludar a los invitados en nombre de la asociación. Por último, pero no en último lugar —siguió diciendo—, tenemos que hablar urgentemente sobre las finanzas. Usted me había prometido correr con los gastos. Como es natural, la cantidad más elevada recaerá en el Trocadero. Y luego están los colaboradores, que a su vez contribuirán de forma decisiva al éxito de la velada, y su ropa y la vitrina para los bombones…

—Por supuesto que saludaré a nuestros invitados —respondió él en tono glacial—. Al menos en eso estamos de acuerdo.

—¿Cómo dice? No le he entendido bien. —El corazón de Frieda empezó a palpitar. ¿Qué querría decir con eso?

Weber se le acercó tanto que notaba su aliento.

—Este no es el lugar ni el momento para hablar de eso. Solo le diré una cosa: usted no estaba autorizada para tomar sola todas las decisiones. El Cölln's es un restaurante de muchísimo prestigio. —Miró a su alrededor como si hubiera sido atrapado en un foso lleno de serpientes—. ¡Un palacio de baile! —exclamó despectivamente—. ¡Y encima con personal sacado del arroyo! —Clavó la mirada en Ulli, que en ese momento llevaba a dos parejas hacia una mesa. A Frieda le faltó el aire; quiso defenderse, pero Weber no le dio oportunidad—. Estoy aquí por su padre, señorita Hannemann. Únicamente por complacer a su padre. No crea que la asociación va a pagar toda esta patochada.

Y la dejó plantada. A Frieda le temblaban tanto las piernas que buscó apoyo en una de las barandillas curvas.

—¿Llego tarde?

¡Hans!

—No, llegas en el momento preciso.

Frieda le pidió que saludara a los recién llegados y, sin tener en cuenta sus protestas, corrió a refugiarse en los lavabos. Se le agolpaban los pensamientos, oía zumbidos. En Unger, en el Trocadero y también a los músicos les había dado su palabra de que la Asociación del Cacao saldaría todas las cuentas. Gracias a la buena reputación de Hannemann & Tietz y a que todos se compadecían mucho de su padre, se habían fiado de ella y, siguiendo la costumbre hanseática, habían sellado el acuerdo con un apretón de manos. ¿Cómo iba a cumplir ahora con los compromisos? Se sintió presa del pánico. Era imposible que su familia corriera con todos los gastos. Eso la arruinaría, y su padre no sobreviviría. De todas maneras, no tenía ningún sentido permanecer más tiempo escondida en los lavabos. Debía salir de allí, mostrarse y procurar que la cena saliera lo mejor posible. Tenía que ser un éxito. Ahora más que nunca.

—¡Gracias a Dios! Creí que no ibas a volver. —Hans la miró con los ojos abiertos como platos.

—No te preocupes, no voy a dejarte en la estacada —contestó ella tranquilamente. Miró su reloj de bolsillo—. Otto Weber va a saludar enseguida a los invitados —le explicó, mientras paseaba la mirada por las hileras de mesas. Todo ofrecía un aspecto muy bonito: los manteles blancos, los candelabros de plata, la cristalería brillante y, no en último lugar, los centros de mesa de rosas de color rojo oscuro, distintas hierbas y lirios de los valles, todo ello recogido por Gertrud—. Yo también voy a decir unas palabras. Sobre el estado en que se encuentra nuestro padre y sobre cómo evoluciona. —Miró sonriente a su alrededor. El barullo de voces iba aumentando de volumen. Era evidente que muchos de los invitados hablaban también de ella. Los músicos terminaron de tocar. Otto Weber se acercó a Frieda y a Hans. Los tres recorrieron el pasillo que habían dejado libre en medio de la sala. Las conversaciones se convirtieron en murmullos de expectación.

—¿Qué tengo que hacer? No tengo ni idea de lo que debo hacer —susurró Hans nervioso.

—Solo hace falta que estés a mi lado; más no espero de ti —le contestó ella en voz baja.

Frieda estaba ahora muy tranquila. Al llegar al escenario, esbozó una sonrisa radiante y contempló de nuevo las hileras de mesas. De pronto se quedó petrificada. Unos ojos profundamente familiares atraparon su mirada. Pelo castaño rojizo, perilla y bigote, pecas.

Su cabeza volvió a llenarse de zumbidos, más fuertes que los anteriores. La sala empezó a dar vueltas.

—Sí espero más de ti —susurró, y se agarró con todas sus fuerzas al brazo de su hermano—. Tienes que hablar. Yo no puedo.

Lo que vino después estaba envuelto en una niebla espesa. Weber debió de dar su discurso de bienvenida. Más tarde, a Frieda le pareció que también Hans había sido capaz de pronunciar unas palabras. Ella había conseguido mantenerse en pie y ofrecer una imagen más o menos pasable; más no pudo hacer. La cena había sido servida, y cuando llegó el momento de presentar las nuevas creaciones de cacao, logró incluso presentar a Marianne y Ulrike y decir unas pocas palabras sobre las recetas creadas por ella.

—Tú te encargas de esa mesa del fondo —le dijo escuetamente a Ulli.

—Pensaba que esa la ibas a hacer tú. Yo tenía que…

—¡No pienses, hazlo! Yo me quedo por esta parte.

Ulli hizo una breve mueca.

—Como quieras.

Con eso quedaba despachado el asunto y Frieda no tenía que ir a la mesa de Jensen. ¿Qué pintaba allí? ¿Quién le había invitado? En la lista no aparecía ningún señor Jensen, de eso estaba segura. Le habría llamado inmediatamente la atención. ¿Tendría algo que ver con el cacao?

Tanto los bombones de champán como los espolvoreados con virutas de café llegaron en perfectas condiciones. Frieda corrió hacia la cocina, donde tenía preparadas más cajas. La gente se peleaba literalmente por sus exquisiteces. Pese a la montaña rusa de emociones acumuladas, Frieda notó una cálida oleada de orgullo. Lo había conseguido y no había defraudado a su padre. ¿Qué había dicho una vez? Que tenía buena mano para las recetas sabrosas. Pues sí, la tenía. Y ahora lo sabía todo Hamburgo.

Con otra bandeja de bombones tentadoramente brillantes, a punto estuvo de chocar con Jensen.

—Santo cielo, qué susto me ha dado —dijo ella jadeando y haciendo equilibrios con la bandeja, que se había balanceado como un buque de vapor en el Elba.

—¿Por qué no vino? —Jensen todavía parecía enfadado.

—De su mesa se ocupa mi empleada —respondió ella en un tono un poco arrogante—. Tenga un poco de paciencia. Todos quieren tomar más de los ricos bombones de Hannemann.

—No estoy hablando de eso, y usted lo sabe. —Claro que lo sabía, solo que ese no era el lugar ni el momento apropiados—. Me quedé preocupado —dijo todo serio.

—Yo también. Por mi reputación.

—¿A qué se refiere?

—Le vi con una dama. —No sonó tan indiferente como ella hubiera deseado—. Abrazándose íntimamente en medio de la calle.

—¿Dónde y cuándo fue eso? —preguntó en un tono cortante.

Frieda se puso furiosa.

—El día de nuestra cita. Usted salía con ella del Pabellón del Alster. Y usted la estaba… en público… —De nuevo sintió lo mismo que aquel día, como si acabara de verlo con la otra—. Tengo que atender a mis invitados —murmuró.

Jensen le impidió el paso. La miró un rato largo. Sus ojos adquirieron un cálido brillo.

—Ya sé de quién está hablando —dijo con suavidad—. Su impresión no la engaña, esa dama es alguien muy especial para mí. Realmente la quiero mucho.

¿Cómo se atrevía? ¡Ni siquiera lo negaba! A Frieda le sentó como una puñalada; no quería saber más detalles.

—Vaya, qué afortunado. Ahora sí que debo ocuparme de los otros invitados —logró decir—. Me alegro de haberle visto. —Dio media vuelta.

—Esa dama es mi hermana.

Frieda se volvió tan aprisa, que un bombón de champán salió volando de la bandeja. Jensen lo atrapó con elegancia en el aire.

—¡Oh, muchas gracias! —Y se metió el dulce en la boca.

—¿Es verdad eso? —preguntó Frieda, y su voz delató cuánto se alegraba por esa explicación.

Él asintió con la cabeza.

—No soy un mentiroso, señorita Hannemann.

¿Cómo había podido ser tan tonta? Tenía que habérselo preguntado nada más despedirse de su hermana junto al Pabellón. De alguna manera, lo había intuido, pero le pareció todo tan íntimo... Se había comportado como una cría. Como lo que era por aquel entonces. De eso hacía mucho tiempo. Se propuso firmemente que a partir de entonces reaccionaría de inmediato ante las cosas que la irritaban o desconcertaban.

—No, seguro que no es un mentiroso, señor Jensen. Perdóneme, por favor. —Sonrió—. Bueno, hemos tardado un poco en venir, pero aquí estamos, en el Trocadero. Espero que disfrute de la noche. Por cierto, debería volver a ocupar su sitio porque ahora llega el punto culminante de la noche, un espectáculo de acrobacia que le dejará sin aliento.

—No me lo puedo imaginar. Creo que el momento culminante de la noche es otra cosa muy distinta. —Sus ojos se aferraron a los de ella mientras le acercaba la cara—. Son estos irresistibles bombones —susurró, pescó otro más y regresó a la sala.

—¡En toda la ciudad no se habla de otra cosa! —Ernst recorría como loco el vestíbulo de la Deichstrasse—. Tienes que hacer bombones en grandes cantidades, Frieda. Todo el mundo los quiere. Ya nadie desea tomar un chocolate que no sea de Hannemann & Tietz.

Frieda estaba como en una nube. La cena del cacao había sido un éxito rotundo. Rosemarie Hannemann no se cansaba de repetir que esa extraordinaria cena quedaría indisolublemente unida al nombre de su familia.

—Y las palabras que pronunció Hans les han llegado a todos al alma. El chico será un digno sucesor de su padre, nunca lo he dudado —se entusiasmó.

A Hans, sin embargo, ni siquiera se le pasaba por la imaginación ocuparse más de los negocios a partir de ahora. Se alegraba sinceramente por su hermana, la única merecedora de los elogios por el éxito, como decía él. Aparte de eso, se había quedado impresionado con la pelirroja Ulrike.

—Eso es una mujer, hermanita —opinó con los ojos brillantes—. La seducción en persona. Pero no es fácil de abordar, y eso me gusta.

Frieda no sabía qué decir al respecto. Se propuso ver por dónde respiraba Ulli. Con el dinero para ella y su hermana en el bolsillo, se puso en camino hacia el Kornträgergang. Menos mal que su padre tenía en casa algo de dinero en efectivo. Para no ponerlo nervioso, había preferido no contarle que las cuentas seguían sin saldarse. Frieda todavía confiaba en llegar a un acuerdo con Weber. Después del éxito de la cena, que en definitiva también redundaría en provecho de la Asociación del Cacao, Weber tenía que cumplir su palabra. Ulli y Marianne ya la esperaban en el patio. Marianne echó a correr hacia Frieda y se lanzó a sus brazos.

—No seas tan impetuosa —dijo Frieda riéndose, y le hizo el gesto de saludar que había aprendido de Ulli.

—Vaya, la señora Hannemann & Tietz —dijo Ulli, que estaba apoyada en la pared de la casa con los brazos cruzados y un pitillo entre los labios—. Has tenido un éxito tremendo, ¿eh? —Guiñó un ojo.

—Lo hemos tenido todos nosotros —respondió Frieda, y le dio un paquetito envuelto en papel de seda. Contenía chocolate, bombones y copos de cacao para Ulli y su familia.

—Oh, muchas gracias. —Ulli tiró la colilla del cigarrillo e hizo una reverencia—. De todas maneras, prefiero el dinero contante y sonante.

—Naturalmente, eso fue lo acordado. —Frieda sacó un sobre y se lo entregó—. Gracias por vuestra ayuda. Habéis estado deslumbrantes.

—Claro, claro, pero basta ya de piropos. —Ulli cogió el sobre con desenfado y miró dentro. Había más de lo acordado, pero en opinión de Frieda, se habían ganado cada *pfennig*—. Esto es…, es demasiado —balbuceó Ulli.

A Frieda le dio la risa.

—Ni en sueños habría imaginado dejarte sin habla.

—Sin habla no, solo un poco sorprendida. ¡Gracias! Bueno, y ahora vayamos al grano. ¿El tío ese pelirrojo no será por casualidad el mismo al que diste plantón solo porque había besado a otra? —Parecía que a Ulli no se le escapaba una.

Frieda notó calor en las mejillas.

—Pues casualmente sí era él. Y antes de que me lo preguntes: la mujer a la que abrazaba aquel día era su hermana. Y también: sí, vamos a salir juntos.

—¡Caramba! —Ulli se echó a reír—. Como te decía, la noche fue todo un éxito para ti.

—¿Y tú, qué tal? Me ha dicho un pajarito que mi hermano te tiró los tejos, pero que tú le diste calabazas.

—Tu hermano es un hombre muy guapo; no tendría ningún inconveniente en salir con él. —Miró a Frieda desde abajo.

—¿Pero?

—No me puedo permitir tener un churumbel. A lo tonto, las mujeres somos las únicas que corremos el riesgo. Los hombres solo quieren echar una cana al aire, y luego, si te he visto no me acuerdo. Le he dicho que por lo menos tendría que pagarme, pero no quiere.

Frieda iba a decir algo, pero se atragantó y le dio un acceso de tos.

—Bueno, bueno, ¿tan mal te parece? Así son las cosas, qué se le va a hacer.

Frieda se sintió terriblemente ingenua. Nunca había oído hablar así a una mujer.

—A lo mejor lo hago de todas maneras —continuó Ulli impertérrita, y guiñó un ojo a Frieda—. Es un tío imponente tu hermano, y además quiere regalarle su tren de madera a Marianne.

Pues ya podía esperar sentada, pensó Frieda, pero se lo guardó para ella.

Dos días después de la cena, Albert Hannemann volvió por primera vez a la oficina. Dicho con mayor precisión, siguiendo las instrucciones del doctor Matthies, dejó que le recogieran en coche. Frieda se sentía más que dichosa. Su padre se iba a recuperar por completo; todo lo demás ya se arreglaría. Estaba sentada en la sala de estar jugando al parchís con su madre y el abuelo Carl. Habría preferido ir a su cocina del cacao para hacer bombones, pero, en primer lugar, después de los esfuerzos agotadores de las últimas semanas estaba hecha polvo y, en segundo lugar, ahora el que mandaba de nuevo era su padre. No albergaba ninguna duda de que la dejaría seguir trajinando en su cocina, pero tenía que esperar a que él quisiera abordar ese asunto con ella.

—Te toca, Carl —le recordó la madre a su suegro, haciéndole un guiño conspirativo—. Has de prestar atención; de lo contrario, puede ganar Frieda.

—Si ya presto atención —protestó él—. Lo que pasa es que entre las dos me hacéis un lío.

—No te enfades, abuelo —dijo Frieda sonriendo.

Entonces oyó que Ernst la llamaba desde el vestíbulo.

—Estamos en la sala de estar —le contestó a gritos.

—No es de buen tono que una dama vocifere por toda la casa, tesoro —la reprendió su madre.

Ernst entró y le ahorró a Frieda una respuesta.

—Buenas tardes, señora Hannemann y señor Hannemann —dijo inclinando un poco la cabeza—. Hola, Frieda, tu padre quiere verte.

—¿Se encuentra bien? —preguntó la madre alarmada.

—¡Sí, estupendamente! —dijo Ernst entusiasmado.

—Ve, tesoro. Tu abuelo y yo nos divertiremos también sin ti. —Sonrió cariñosamente a Carl. Por mucho que se la pudiera criticar, el trato con su anciano y testarudo suegro lo dominaba a la perfección.

—¿Qué pasa? —Frieda reventaba de curiosidad. Nunca había sucedido que su padre la mandara llamar para que acudiera a la oficina. Solo podía tener algo que ver con la factoría.

—¡Ojalá lo supiera! —Ernst se encogió de hombros—. Solo ha dicho que venga a recogerte. Que tiene algo de lo que hablar. Contigo y también conmigo.

—Buenas tardes, señorita Hannemann —la saludaron todos al unísono, cuando entraron en la oficina de la Bergstrasse.

—Mi más cordial enhorabuena por su gran éxito —dijo uno.

—Debió de ser fantástico. No se habla de otra cosa en la calle —dijo otro.

—¿Lo ves? Te vas a hacer famosa —opinó Ernst, dándole una palmadita en el brazo.

—Qué va, enseguida se olvidarán —respondió ella, confiando en equivocarse.

—Mi hija me ha contado lo mucho que contribuiste al éxito de la cena del cacao y cuánto la apoyaste mientras yo estaba fuera de circulación. Por eso quería darte las gracias. —Albert rodeó su escritorio, se plantó delante de Ernst y le dio un largo apretón de manos—. Nunca me olvidaré de lo que has hecho, hijo mío. Hannemann & Tietz nunca lo olvidará.

Frieda respiró profundamente. Qué alegría le daba volver a ver a su padre en la oficina. Y cómo se alegraba también de que Ernst obtuviera el reconocimiento que merecía. Lo único que deseaba era que al agradecimiento le siguieran unas monedas en efectivo. Sabía lo mucho que necesitaban el dinero Ernst y su madre. Sobre todo teniendo en cuenta que, en las últimas semanas, no había podido ir al Club de Regatas, donde podría haber ganado algún marco que otro. Había renunciado a ello para ayudar en todo momento a Frieda.

—No es para tanto. —Ernst hizo un gesto de quitarle importancia al asunto—. Lo he hecho con gusto.

—Lo cual dice mucho en tu favor. —Albert le soltó la mano y se acercó a la ventana—. Creo que no deberías seguir trabajando de chico de los recados para mí —opinó.

—¿Cómo? Pero ¿por qué? —Ernst miró asustado tanto a Frieda como a Albert Hannemann.

Este se volvió hacia él.

—Tienes que sacar más partido de tu vida, hijo mío. Me

temo que en el futuro tendrá que servirme otro el brandi después del almuerzo.

—Oh, eso sería una tontería. ¡La botella todavía está medio llena! Solo le he servido dos copitas, como mucho tres. —Ernst frunció el ceño.

—¿Cómo debo interpretar eso? —Albert se cruzó de brazos y lo miró expectante.

—Huy, perdón. —Frieda se disponía a echarle una mano, pero Ernst hizo acopio de valor y le explicó a Albert Hannemann su modelo de negocio—. La primera botella me costó comprarla, tuve que ahorrar durante mucho tiempo. Eso es todo —concluyó.

Albert miró a su hija, que se encogió de hombros, sonrió y asintió con la cabeza.

—¡Y tú también estabas enterada! —Albert meneó la cabeza con una sonrisa. Luego estalló en una sonora carcajada—. Qué listo eres, Ernst Krüger —dijo muerto de risa—. Eres muy listo. ¡Algún día serás un magnífico comerciante!

Frieda y Ernst se unieron a su risa.

Ernst se dio una palmada en el muslo.

—¡Ya lo creo, soy un tío pistonudo! —dijo desternillándose de risa. Miró hacia Frieda y enmudeció— Ay, perdón.

—¿Has oído lo que te he dicho? —Albert miró a Ernst benévolamente.

—Que soy listo, ¿no?

—Te he dicho que algún día serás un magnífico comerciante. En el supuesto, claro está, de que aceptes mi oferta de entrar como aprendiz en Hannemann & Tietz.

A Frieda se le agolparon las lágrimas en los ojos. Le entraron ganas de echarse inmediatamente al cuello de su padre. Eso era mucho mejor que unos cuantos marcos.

—¡Madre mía! —Ernst se quedó pálido; luego sus mejillas se tiñeron de rojo—. Eso es… ¡Claro que lo acepto!

Se limpió la mano en la chaqueta, aunque en esos pocos segundos no podía habérsele ensuciado. Por un momento parecía que se disponía a abrazar a Albert Hannemann, pero se limitó a darle la mano y a sacudirla como si fuera Frau Holle* en persona.

—Gracias, señor Hannemann, se lo agradezco de todo corazón. No le defraudaré; se lo prometo por la salud de mi madre o por lo que usted quiera.

—Me conformaría con que no me arrancaras el brazo. —Albert simuló una mueca de dolor. Luego rodeó de nuevo el escritorio y sacó un sobre que entregó a Ernst—. Tómate libre el resto del día. Quiero que invites a tu madre por todo lo alto. Al fin y al cabo, ese puesto de aprendiz hay que celebrarlo, ¿no crees?

—¡Claro que sí, faltaría más! Gracias, señor Hannemann. ¿Puedo invitarle a usted también? Y a Frieda. Y a su esposa, naturalmente. ¡A toda la familia! —sugirió sin apenas aliento.

—Tampoco creas que hay tanto dinero en el sobre —dijo Albert riéndose.

Una vez que Ernst se hubo marchado, Albert se dirigió a su hija:

—Que quede claro, Friederike. Ahora vuelvo a tener el mando —anunció severamente.

—Claro, papá. —Frieda miró al suelo. Con lo contenta que se había puesto hacía un rato por Ernst… Y alguna que otra esperanza había albergado también para sí misma.

De repente oyó un sollozo y alzó la vista. Su padre tenía lágrimas en los ojos, le temblaban los labios, y todo el cuerpo.

* Personaje de un cuento de los hermanos Grimm que hace nevar al sacudir su ropa de cama por la ventana. [N. de la T.].

Al momento siguiente estalló de nuevo en una sonora carcajada.

—¿Se puede saber qué...? —Sin poderlo remediar, Frieda esbozó una amplia sonrisa.

—¡Perdona, estrellita! Es que me alegro tanto de volver a estar entre los vivos... —Le cambió la expresión de la cara—. En las últimas semanas has hecho más de lo que podía haber esperado de mi hijo. Por eso quiero darte a ti también las gracias.

—¿Me vas a ofrecer a mí también un puesto de aprendiz? —preguntó ella con picardía, aunque en el fondo lo decía muy en serio.

—No, estrellita, eso no es para ti. A ti te tengo reservada otra cosa.

Frieda no daba crédito a tanta felicidad: ¡Su padre quería ampliar considerablemente la factoría de chocolate! Y había puesto la dirección en manos de su hija. Llena de entusiasmo, se lanzó al estudio de los libros sobre cálculo, aprendió a distinguir entre el cacao Criollo y el más productivo y más robusto cacao Forastero, y se informó sobre las cantidades que se cultivaban en Nigeria, en la Costa del Oro, en Brasil o en Ecuador. Meynecke la ayudaría pacientemente con sus consejos en todos los asuntos financieros. Y en cuanto a los frutos del cacao, sus zonas de cultivo y el procesamiento, su padre podría responderle enseguida a cualquier pregunta, pero a Frieda le parecía que ella misma debía familiarizarse con todo lo relativo a la manufactura y fabricación del chocolate en todas sus variantes. Su padre le había encomendado una gran responsabilidad y, al mismo tiempo, había depositado en ella toda su confianza. Nada en su vida tenía más importancia para ella. Ni siquiera la cita con el señor Jensen, aunque esto, en la lista de sus prioridades personales, ocupaba claramente el segundo lugar. Con cuánta frecuencia había pensado en él, cuántas veces había intentado imaginar cuál habría sido el resultado si ella le hubiera pedido cuentas aquel día. A veces, mientras estaba concentrada en algún libro, tenía que dejarlo sobre su regazo porque de repente le venía la imagen de su cara. Su mirada de desilusión por el plantón que le había dado hacía mucho tiempo, su sonrisa picarona al pescar otro bombón más.

Una sola gota de amargura enturbiaba la felicidad de Frieda. Clara. Le habría gustado poderle contar todo lo que le estaba pasando. Sin embargo, la relación entre ellas parecía haberse roto para siempre. Frieda se consolaba pensando que tampoco le había parecido posible que Jensen y ella tuvieran una segunda oportunidad, como de hecho habían tenido. ¿Por qué no habría de suceder lo mismo con su amiga Clara? Frieda confiaba en que también esto se arreglara algún día, para que todo volviera a estar al fin en su sitio.

Después de la cena del cacao, Jensen le había mandado un ramo de rosas de color lavanda, junto con la invitación a una cena en el Cölln's. Precisamente. Le había dado un poco la risa, pero había aceptado de inmediato.

Él la esperaba en la entrada del blanco edificio, que ocupaba el chaflán y no se hallaba muy alejado del Ayuntamiento.

—Cómo me alegro de que no me haya vuelto a dar plantón —la saludó.

—¿Por eso me espera en la puerta?

—Naturalmente. Si al cabo de unos minutos me hubiera tenido que marchar, no habría hecho tanto el ridículo como si ya hubiera estado sentado a la mesa.

—Menos mal que he sido puntual; si no, a lo mejor no me habría esperado.

—Es muy posible. No me gusta nada esperar. —Le sonrió—. Ni siquiera a una mujer tan guapa. —Un hormigueo recorrió el cuerpo de Frieda, como si algo en su interior hubiera empezado a vibrar con suavidad—. ¿Puedo? —dijo ofreciéndole el brazo.

—Con mucho gusto. —Frieda colocó tímidamente la mano en la flexión de su codo.

Pese a la ilusión con la que había esperado esa noche, ahora le habría gustado salir corriendo. ¿De qué iba a hablar con él? En poquísimo tiempo se daría cuenta de que no tenía ninguna experiencia con hombres adultos. Se reiría de ella, pensó mientras le seguía por la sala de recepción, famosa por sus azulejos pintados a mano, que recubrían las paredes desde hacía más de un siglo. Imágenes de barcos veleros, ostras y redes de pesca recordaban al comerciante de pescado Johann Cölln, que había abierto el restaurante mucho tiempo atrás.

Su mesa los esperaba en uno de los once reservados por los que era conocido el restaurante y que lo habían convertido en poco apropiado para la cena del cacao.

—¿Puedo ir sirviéndoles ya algo para beber? —El camarero iba tan elegante que Frieda, pese a su largo vestido de color burdeos, se vio demasiado sencilla para la ocasión.

—En el Cölln's se come pescado —constató Jensen—. ¿Qué le parece un vino blanco para acompañarlo?

—Muy bien. —De todas maneras, Frieda solo le daría algún sorbito, pues necesitaba estar bien despierta.

Una vez que el camarero anotó el tipo de vino y les trajo la carta, se retiró. En cuanto hubieran elegido el menú, o si se les antojaba alguna otra cosa, le llamarían con una campanilla. En caso contrario, los dejarían en paz. En esa casa, la discreción y la privacidad se escribían con mayúsculas.

—Señorita Hannemann, me gustaría aclarar una cosa —empezó Jensen con una cara tan seria que asustaba.

—A mí también. ¿Cómo es que se coló en la cena del cacao? Su nombre no aparecía en la lista de invitados.

—Me llevó el senador Von Melle. Su mujer estaba enferma.

—Entiendo. Qué afortunada circunstancia.

—No para la señora Von Melle. —Jensen esbozó una sonrisa de satisfacción. El camarero apareció, sirvió el vino y se retiró—. Ahora me toca a mí aclarar una cosa —empezó de nuevo.

¿Qué sería eso tan importante?

—¿No podría dejarlo para más adelante? —Frieda se apresuró a coger la copa. Temía que pudiera decir algo que a ella no le gustara—. ¿No deberíamos brindar antes por nuestro sorprendente reencuentro y por no haberme esperado hoy en vano?

—Desde luego. Por otra parte…

Santo cielo, tal y como la miraba, capaz era de soltarle de un momento a otro que la mujer con la que le había visto no era su hermana, sino su esposa y madre de sus ocho hijos. Frieda no quería oírlo. Solo quería recibir piropos y sentirse adulta y deseada. Pasara lo que pasara después, esa noche quería disfrutarla a cualquier precio.

—Pues entonces brindemos —dijo en un tono un poco más alto de lo normal—. Siempre y cuando no pretendiera confesar que es usted inglés o algo peor —añadió sintiéndose muy elocuente.

Por un momento parecía bastante irritado, pero luego le lanzó una sonrisa radiante y cogió también su copa.

—¡Dios nos libre! ¡A su salud, señorita Hannemann, y por su triunfo, del que habla todo Hamburgo!

Su preocupación de que a lo mejor no tenían nada que decirse resultó injustificada. Frieda le contó que a partir de ahora sería la responsable de la factoría de chocolate. Que además su padre le había prometido que la dejaría en paz y no le presentaría posibles candidatos matrimoniales, naturalmente se lo guardó para sí. A Jensen parecía que todo le interesaba. Le preguntó por las diferentes clases de cacao y si se podían distinguir solo por el sabor. También quiso saber con precisión qué función tenía el conche, cuando en realidad la masa ya había pasado previamente por diferentes laminadoras.

—¿Y se inventa usted sola todas las recetas?

—Sí. Para serle sincera, es la parte más bonita de mi trabajo.

«Mi trabajo»: cómo le gustaba pronunciar esas palabras. Después de una crema de langosta tomaron platija al estilo de Johann Cölln. Al contrario de lo que se había propuesto, Frieda se tomó una segunda copa de vino y la vida le pareció maravillosa.

—Sus bombones con virutas de habas de café son una revelación. No lo digo por halagarla. —Ladeó la cabeza—. Bueno, sí, también. —A ella le dio la risa—. Pero en honor a la verdad, le diré que pagaría una fortuna por ese chocolate.

—Por mí, encantada.

—¿Ha pensado en el té?

Frieda se sorprendió.

—Quizá más tarde. De momento prefiero seguir con el vino.

Jensen se echó a reír, y a ella le llamaron la atención sus dientes inmaculados.

—Es usted muy graciosa. Lista, aplicada y graciosa. Y además, guapísima. —La miró a los ojos, y Frieda creyó que se derretía—. Es usted una joya, ¿lo sabía?

—Vaya, hace que me sienta avergonzada.

—No hay ningún motivo para que se sienta así, solo digo la verdad. —Tomó un trago de vino—. Por otra parte, lo del té también lo digo en serio. Tal vez se pueda picar finamente la hoja seca. O bien se prepara el té, se deja enfriar y se utiliza el extracto para una crema, tal y como ha hecho usted con el champán.

Cuando Frieda estaba metida en la cama, poco antes de medianoche, aún seguía vibrando algo en su interior. Una sonrisa de felicidad iluminaba su rostro, y lo último que pensó, poco antes de caer en un sueño profundo, fue que, pese a haber estado hablando horas con Jensen, apenas sabía nada de él, salvo que le gustaba el té.

13

Otoño e invierno de 1920

El verano tocó a su fin, el otoño teñía ya las hojas de rojo, y en los Vierlanden y Marschlanden se recogía la cosecha. Los puestos del mercado Hopfenmarkt rebosaban al fin de coles, nabos, patatas y manzanas.

Tras los largos y áridos años de la guerra, todos estaban hambrientos. Poco a poco, la vida empezaba a recuperar su ritmo.

El mundo bailaba el charlestón. Para bailarlo con Jensen, Frieda se había comprado expresamente un vestido nuevo. Uno demasiado corto, en opinión de su madre. Pero después de la cena del cacao dejaba plena libertad a su hija. Aunque no se ocupara del negocio, sabía a la perfección que todo el mundo estaba loco por los bombones de Frieda. Por más que le desagradara, su marido había puesto en manos de su hija, y no de su hijo, el mando de la factoría. Y ella aceptaba las decisiones de su marido.

¡Y cómo lo disfrutaba Frieda! Se sentía más libre de lo que se había sentido jamás en la vida. La mayor parte de la gente seguía muy justa de dinero, pero la certeza de que gracias al trabajo de Frieda entraban unos cuantos marcos de más en la caja familiar la llenaba de orgullo y satisfacción. Al fin tenía una tarea que desempeñar y valía para algo. Además, Jensen la animaba con sus piropos. Era impensable que se atreviera a salir a la calle en pantalones, como Ulli. Pero los vestidos más cortos, que ya no debían tapar los tobillos, le gustaban. Además, con ellos se podía mover mejor. Después de la cita en el Cölln's, Frieda y Jensen habían salido algunas veces más. Una tarde se armó de valor y le preguntó dónde había estado después de la primera cita fallida.

—¿Dónde voy a estar?

—¿Estuvo todo el rato en Hamburgo? Nunca nos hemos cruzado.

—Hamburgo es una ciudad grande —respondió él—. Al parecer, el destino no quiso que nos viéramos tan pronto.

Eso era típico de Jensen, tomarse la vida a la ligera, una cualidad que Frieda apreciaba mucho en él. Iban a pasear por el parque o a comer, asistían a una lectura en la librería Thalia o veían una obra de teatro. Nunca hacía Jensen amago de conocer a sus padres o de llevársela a su casa. Aunque al principio la irritaba un poco su actitud, se acostumbró sin el menor problema. Es más, Frieda oía hablar una y otra vez de las hijas de familias de comerciantes que se comprometían, poco después se casaban y enseguida se las veía por la calle con una barriga bien gorda. En cuanto daban el primer paso, en cuanto se decidían por un hombre, su suerte quedaba echada. Y esa suerte tenía muy poco que ver con la libertad o con la realización personal, que era lo que más anhelaba Frieda. Estaba claro que las mujeres de su generación podían permitirse más cosas que sus madres. ¿Por qué no disfrutar entonces de esa nueva actitud ante la vida?

Esos días pensaba a menudo en Clara. Todavía la echaba muchísimo de menos. ¿Pensaría igual que ella sobre las nuevas oportunidades de las mujeres? ¿Qué tal le iría? A Frieda le habría encantado contarle lo de la cena del cacao, y también que pocos días después de la cena había ido a la oficina de

Otto Weber y le había pedido que saldara las cuentas pendientes. Qué satisfacción le había proporcionado que algunos miembros de la Asociación del Cacao hubieran ido a verle para decirle que esa cena había sido mejor aún que la primera. La reunión de la junta directiva, en la que Weber quería someter a votación el asunto de las finanzas, ni se había celebrado, pues previamente habían llegado ya a un acuerdo. El propio Weber se había hecho cargo de las cuentas y había aceptado saldarlas en su totalidad, antes de despedirse de ella. Estaba claro que había querido quitársela de encima cuanto antes. Pero ella no se había conformado con eso.

—Al final, el Trocadero resultó una buena elección, ¿no le parece? —le había preguntado ella—. Y las dos damas que repartían los bombones tuvieron una excelente acogida, o esa impresión me dio. No en vano son unas mujeres bellísimas que saben cómo comportarse.

—Pues la verdad es que no me lo esperaba, pero al final tuvo usted buen olfato, por lo que se ve —tuvo que confesar todo compungido. ¡Eso era lo que quería oír!

Al salir de allí se había imaginado lo que se habrían reído ella y Clara del comerciante refunfuñón. Naturalmente, lo que más le apetecía era hablarle de Jensen, pero no podía forzar las cosas. A veces Frieda pensaba que su amistad se había ido con la infancia. Quizá habría pasado lo mismo aunque no hubieran ocurrido tantas cosas feas. Más le valía conformarse con lo que tenía, que no era poco. Con Jensen veía el mundo de otro color. Una vez fue con él al zoológico de Hagenbeck. Era un día caluroso de finales del verano. Cuando estaban ante el recinto de los felinos, un cuidador sacó del cobertizo, donde los animales pasaban la noche, un tigre atado a una correa.

—Fíjese en esa criatura tan soberbia —dijo Jensen de repente. Ella lo miró de reojo; parecía muy impresionado—. ¿No cree que debería estar libre?

—Sinceramente me pondría nerviosa solo de imaginar que dejaran en libertad a esas criaturas salvajes. —Él ni siquiera sonrió—. Es la función que tiene un parque zoológico: encerrar a los leones y a los tigres. ¿De qué otro modo podríamos si no contemplarlos? He oído que en otras ciudades incluso rodean los recintos de altas rejas de acero. Aquí solo hay pequeñas empalizadas y fosos. ¿No cree que los animales gozan así de la mayor libertad posible?

—Libertad —dijo él en voz baja—. Fíjese bien; lo llevan atado a una correa. ¿Le gustaría que le hicieran eso?

—Lleva una pata vendada. —Frieda entornó los ojos—. Supongo que estará herido. A lo mejor el cuidador lo trae ahora del veterinario y lo lleva donde los otros.

—Sí, tal vez sea por su bien. Es posible que eso no siempre se reconozca. —Tenía la mirada perdida a lo lejos. ¿Hablaba del tigre o más bien de sí mismo?

Frieda se quedó un rato pensando y llegó a la conclusión de que le había querido dar a entender que una relación estable no iba con él. Ante todo quería ser libre, no se dejaba atar a una correa. A ella le parecía bien, pues en el fondo pensaba igual o parecido. Al menos de momento. Se sentía feliz solo con poder verle. Sin duda, le habría gustado saber más de él, de su familia, de su origen. Frieda solo sabía que había estado en la Marina y que su hermana había trabajado en un hospital militar. Cada vez que intentaba sonsacarle algo, él respondía con una evasiva. Sus razones tendría; tal vez necesitara tiempo. Y si algo les sobraba, pensaba, era tiempo.

De todas maneras, Frieda estaba hasta arriba de trabajo con la factoría. Por primera vez desde que hiciera sus primeros ensayos con la masa del cacao, azúcar, leche y otros ingredientes, Frieda se veía rodeada de máquinas, moldes, especias y papel de plata porque tenía pedidos pendientes para sus creaciones. Naturalmente no podía compararse ni de lejos con Reichardt, que regentaba una fábrica en Wandsbek. Ya solo en la sala de empaquetado tenía un montón de empleadas. En Hannemann se apostaba más por la calidad que por la cantidad. Crecerían poco a poco, como lo permitiera la situación económica. Hasta entonces, Frieda tenía que conformarse con que Henriette, que en realidad estaba empleada como pinche en casa de los Hannemann, se encargara de empaquetar las tabletas y los bombones. De vez en cuando, su padre le mandaba a alguno de sus empleados, al que estuviera disponible en ese momento. Pero de la mayor parte de las cosas se encargaba Frieda. Así que no habría sacado tiempo para mantener una relación más estable, se decía a sí misma cuando la asaltaban las dudas. Por fin tenía lo que había soñado desde niña, una ocupación que diera sentido a su vida y que le proporcionara independencia. Ya solo le faltaba una cocina del cacao más grande en uno de los almacenes. A menudo se quedaba por la noche con su padre en el taller, mientras este trabajaba en su adorada maqueta del barco. Hablaban de las expendedoras de chocolate, que a Frieda no se le iban de la cabeza; o del abuelo, que cada vez requería más atención, o del futuro de la factoría.

—Necesito disponer de más espacio enseguida —le explicó Frieda poco después de haber cumplido dieciocho años—. Necesitamos más máquinas y ayudantes que estén regularmente a mi servicio. Estos, a su vez, necesitarán más sitio para no estar tan apretujados. ¿No podrías alquilar un almacén o, al menos, prescindir de un par de habitaciones en la Bergstrasse?

—¿Sabías que ahora navega con bandera británica? —Su padre estaba colocando un águila sobre el globo terráqueo de proa—. Es una lástima. En otro tiempo fue el orgullo del Imperio alemán, el barco de pasajeros más grande del mundo. Y ahora navega para los ingleses.

—¿Has oído lo que te he dicho, papá?

—Sí, hija mía, te he oído. ¿Cuántas veces me habrás pedido ya más sitio?

—¿Y cuántas veces me has dado largas? La cocina es apenas un cobertizo que utilizaste para instalar el conche.

Él la miró amorosamente.

—Eso es verdad.

Desde su estancia en el hospital había adelgazado y tenía el pelo gris y ralo.

—Estás haciéndolo todo muy bien. De eso no me cabía la menor duda. Pero todavía te falta amplitud de miras. Los negocios van mejor, la gente se permite de nuevo algún capricho. En la medida de sus posibilidades. Pero aún sigue habiendo muchos hombres sin trabajo que no saben cómo alimentar a sus familias —dijo en tono sombrío—. Todavía hay mucha gente que sigue pasando hambre y que necesita pan o un trozo de carne con más urgencia que una tableta de chocolate. —Se la quedó mirando un rato—. Yo soy un hombre afortunado, estrellita, porque puedo mantener a mi familia. Y te entiendo, pero tú también has de entenderme. He experimentado lo deprisa que puede pasar la vida. Tengo que tomar sabias decisiones para que podáis manteneros también sin mí. —Frieda tuvo que tragar saliva. ¿Su salud habría empeorado otra vez? El doctor Matthies estuvo recientemente en casa. Para un chequeo rutinario, como dijo su padre, ¿o le ocultaría algo?—. Durante las eternas horas que pasé en la cama del dichoso hospital he comprendido una cosa, hija mía. Mi vida no se limita solo a la oficina. Soy comerciante, sí, y lo seguiré siendo durante mucho tiempo si nuestro Señor me lo permite. Pero también soy un marido, y un padre. —Hizo una breve pausa y miró el barco que tenía delante—. Y un constructor de maquetas —continuó sonriente—. Me gustaría terminar el *Imperator*. Pero sobre todo quiero tener tiempo para estar con mi familia, con mi lindo lorito y contigo, estrellita. —Todo eso estaba muy bien, pero precisamente por eso podría concederle más espacio, para que pudiera hacer lo que consideraba fundamental—. La familia es lo más importante de la vida —dijo con insistencia—. No debes subestimarla. Búscate un buen hombre, estrellita, que se encargue de que te apetezca darle la espalda a tu laboratorio de recetas. —Al ver que Frieda guardaba silencio, continuó—: Los ingresos han vuelto a subir desde que se redujeron las restricciones del comercio y desde que el puerto ha recuperado su actividad. Si se mantiene esta evolución tan favorable, me gustaría comprar una villa en la avenida Elbchaussee. —Todo eso eran novedades sorprendentes—. Sí, estrellita, un domicilio en el que podamos vivir. La oficina seguiría aquí o en la Bergstrasse. Hace mucho que los hamburgueses de pro viven en la Elbchaussee. Mi padre podría haberse instalado también allí, cuando los negocios iban sobre ruedas, pero ya lo conoces. Se aferra al viejo caserón de la Bergstrasse y no sabe por qué habría de irse a otra parte. —Su padre esbozó una sonrisa bonachona, y también los labios de Frieda sonrieron fugazmente.

En aquella época, cuando Albert compró las oficinas de la Deichstrasse, el abuelo había dicho:

—Si ya tenemos una casa, ¿para qué queremos tener otra?

—Pero tu abuelo se ha vuelto viejo. Hace poco salió a pasear, volvió y preguntó por qué habían cambiado de sitio el Ayuntamiento y dónde lo habían trasladado ahora. —Su padre suspiró—. Tardé mucho en darme cuenta de que el abuelo creía estar en la Bergstrasse. —Frieda tragó saliva—. Dentro de poco, ya no sabrá ni quién es ni quiénes somos nosotros. Por lo visto, cada vez hay más gente mayor a la que le pasa lo mismo. —De repente, su rostro adoptó un gesto de resolución—. De manera que si seguimos gozando de un volumen de ventas tan bueno y vendemos la casa de la Bergstrasse, podremos permitirnos una villa en la Elbchaussee. ¡Si los Godeffroy pudieron, nosotros también! —A Frieda le dio la risa. El comerciante de productos coloniales Godeffroy, que más de cien años atrás ya importaba cocos que llegaban en veleros a Hamburgo y al que llamaban el Rey de los Mares del Sur, debía de impresionar muchísimo a su padre—. Ya me parece estar viéndola —fantaseó—. Tendremos una terraza enorme donde por fin podremos volver a tomar café y tarta con los Mendel y celebrar fiestas en verano.

—No sabía que siguieras teniendo relación con Gero Mendel.

—Claro que sí. ¿Por qué no habría de tenerla? Gero es mi amigo.

—Yo creí que lo era hasta que retiró nuestro chocolate del surtido. Pese al acuerdo al que habíais llegado y al dinero que te gastaste en imprimir el papel —le recordó—. ¿Qué clase de comerciante es si para él un apretón de manos no tiene ningún valor?

—Todavía tienes muchas cosas que aprender, mi pequeña. En primer lugar, has de separar siempre tus amistades de los asuntos de negocios. En segundo lugar, Gero tenía motivos suficientes para estar algo enfadado con nuestra familia, después del indignante espectáculo que montó mi querido hijo en Jungfernstieg. No tengo, por tanto, nada que reprocharle.

Las palabras de su padre no se le iban de la cabeza. ¿Por qué ella no había insistido en hablar con Clara? ¿Por qué había renunciado tan pronto? Su amistad se había roto por culpa de tantos malentendidos… Si era sincera consigo misma, aquel día en los grandes almacenes había reconocido un profundo dolor en los ojos de Clara, solo que ella en ese momento estaba ocupada con su hermano. Frieda podía entenderla. Estaba enamorada de Hans, y este se había reído de sus sentimientos y, por si fuera poco, había ofendido a su familia. ¿Cómo habría reaccionado ella si hubiera ocurrido al revés? ¿Acaso no sería comprensible que Frieda no quisiera saber nada de ella? Por otra parte, Frieda no olvidaba que Clara no había dado señales de vida cuando su padre había enfermado tan gravemente. ¿Y si pese a todo lo intentaba de nuevo? Quizá pudieran empezar otra vez desde el principio.

Frieda se dirigió al Alster absorta en sus pensamientos. De una manera automática, encaminó sus pasos hacia la pasarela de Levi. Tuvo suerte; en ese momento estaba atrapando a los cisnes para llevarlos a la zona de invernada.

—Buenas tardes, Frieda, cuánto tiempo hacía que no me visitabas.

Para lo parco en palabras que era Levi, aquello fue un largo monólogo. Frieda le preguntó por su estado de salud y por los cisnes y luego le habló de la factoría y de las tareas que desempeñaba allí.

—¿Qué tal le va a Clara? Hace mucho que no la veo. —Contuvo la respiración.

—Lo sé. No me parece bien que ya no os veáis.

Aquello sonaba como si Clara se hubiera desahogado con su tío. Por más que se esforzó Frieda, no consiguió sonsacarle nada más. Solo se enteró de que Clara se había adaptado bien a su papel de futura enfermera y de que eso la tenía bastante ocupada. Cuando Frieda regresó a la Deichstrasse, tomó la firme decisión de volver a ver a su antigua amiga.

Ni en sueños habría imaginado lo pronto que la vería.

Para cuando cumpliera dieciocho años, Jensen le había prometido a Frieda hacer lo que ella deseara.

—Vamos a donde quieras. Al cinematógrafo o a la ópera. Lo que más te apetezca.

Aunque Frieda todavía no sabía cómo se llamaba de nombre, llegó un momento en que los dos empezaron a tutearse. Se conocían demasiado bien como para seguir tratándose de usted. Cuando ella le preguntaba por su nombre de pila, él siempre se reía y le decía que de alguna manera le resultaba encantador que le siguiera llamando Jensen, pues tenía cierto atractivo. Como Frieda no compartía su opinión, se propuso averiguar cuanto antes su secreto, pero por unas cosas o por otras nunca lo conseguía. Casi se convirtió en un juego entre los dos que ella le pusiera una y otra vez en un aprieto, pero él se librara siempre. Ella le había contestado que se lo tenía que pensar con detenimiento, pues al fin y al cabo una oferta así no se recibía con frecuencia. Dos días después leyó en el periódico un artículo sobre un grupo de teatro de un tal señor Ohnsorg. Llevaba mucho tiempo dirigiendo dramas y sainetes en bajo alemán, y Frieda no se lo quería perder. Ahora, según leyó, le había puesto a su grupo teatral un nombre que dejaba claro lo que reivindicaba: Tribuna del Bajo Alemán. Frieda se entusiasmó de inmediato.

—Oh, por favor, me gusta tanto oír hablar en bajo alemán… —le había dicho a Jensen en su siguiente cita—. ¿Quieres que vayamos juntos? Eso es lo que deseo hacer el día de mi cumpleaños. —Naturalmente, él cumplió su palabra y, poco tiempo después, asistieron en el teatro Thalia a la función de *La reina de Honolulu*.

—Una representación muy bonita —dijo él a continuación con una sonrisa socarrona—. ¿De qué trataba?

—¿Cómo? ¿No has estado escuchando? —La obra no tenía un nivel intelectual demasiado alto, pero a cambio era muy entretenida, en opinión de Frieda—. ¡No me digas que te has dormido!

—Qué va. Me ha gustado mucho ver a los actores. Pero sobre todo me ha encantado mirarte a ti. Por cierto, ¿sabes que te salen hoyuelos cuando te ríes?

Había empezado a llover. Cobijados bajo el mismo paraguas, dejaron el Pferdemarkt y se dirigieron hacia el Jungfernstieg, donde querían ir a bailar o, por lo menos, disfrutar de alguna bebida para coger el sueño. Al ver el Pabellón del Alster, Frieda no pudo evitar acordarse de la hermana de Jensen.

—¿Me la presentarás algún día? Me encantaría conocerla.

—Seguro que os entenderíais bien, pero de momento no está en Hamburgo.

—¿Y dónde está? —Él se disponía a responder a su pregunta, cuando un terrible estampido lo enmudeció. Frieda se estremeció—. ¿Qué ha sido eso?

Desde lejos ya se veía que había ocurrido una desgracia. Un tranvía había chocado con un coche. Instintivamente, Frieda se arrimó más a Jensen, de quien iba agarrada del brazo.

—La calzada mojada —murmuró él—. Más vale que te quedes aquí. El panorama podría estar muy feo. Voy a ver si puedo echar una mano.

Dicho lo cual, se separó con cuidado de ella y, después de pasarle el paraguas, corrió hacia el grupo de gente que ya se había formado en cuestión de segundos. Frieda le siguió indecisa. «El panorama podría estar muy feo». Probablemente Jensen tuviera razón. Salvo en el hospital, nunca había visto un herido. Y allí las heridas estaban atendidas en todo momento. Vaciló un instante. Ya que no podía hacer nada, por lo menos taparía con el paraguas a la víctima del accidente, para que no se empapara.

—No tiene buena pinta —oyó decir a alguien a través del golpeteo de las gotas de la lluvia.

—¿Está muerto? —preguntó otro.

—¿Ha llamado ya alguien a la ambulancia? —se interesó una mujer.

—Ya no hace falta; la ha palmado —opinó otro.

El grupo se había separado y ahora formaba un amplio corro, a través del cual Frieda pudo ver el coche. Un Adler K5. Como los que le gustaban a Hans. Un mal presentimiento la dejó sin aire. Hacía poco que él le había descrito con los colores más tornasolados la sensación que producía sentarse en un coche así. Todavía oía sus palabras:

—En Berlín cada vez hay más coches por las calles.

—Lo mismo pasa en Hamburgo —le había contestado ella, extrañada por el brillo febril de sus ojos, que sin duda no se debía únicamente al entusiasmo—. ¿Por qué vas tanto a Berlín? —Su padre no lo llevaba consigo, de eso estaba enterada.

—No puedo entender cómo aguantas en Hamburgo, con todas sus aburguesadas habladurías hanseáticas. Después de Londres y Nueva York, Berlín es la metrópolis del mundo. Berlín es la vanguardia, allí están los dadaístas.

Frieda no le había contestado nada. Le habría gustado que se interesara más por su formación que por los coches y el dadaísmo, pero cada vez que hablaban de eso, acababan discutiendo.

Llegó a toda velocidad una ambulancia que estaba fuera de servicio. Alguien debía de haberse acercado corriendo a un teléfono para pedir ayuda. Los curiosos se dispersaron. Frieda vio a Jensen, que también se apartó, de modo que la mirada de Frieda recayó en el conductor herido.

—¡Hans!

Efectivamente era su hermano. Frieda notó un dolor punzante en el pecho, y la cabeza le atronaba de forma amenazadora. Dejó caer el paraguas y echó a correr. Jensen salió a su encuentro y la atrapó.

—Está vivo, Frieda, está vivo. —La agarró por los hombros y se colocó de tal modo que ella no pudiera ver la horrible escena—. Me parece que tiene el pulso estable —le explicó tranquilo Jensen—. Saldrá de esta.

Frieda intentaba zafarse de él.

—¡Es mi hermano, deja que me acerque! —Lloró y le dio puñetazos en el pecho.

—No puedes hacer nada por él. Está en las mejores manos —la tranquilizó.

Ella se retorcía entre sus brazos, imploraba, protestaba. Por un instante consiguió ver algo por encima del hombro de Jensen. Había un hombre junto a su hermano, un médico probablemente, y a su lado, una enfermera. ¡Clara!

—Tu hermano ha tenido suerte. —Clara la miró muy seria.

—Gracias por haber llegado tan aprisa y por haberle ayudado —balbuceó Frieda.

—Es nuestro trabajo.

Clara había cambiado. Tenía la cara más rellena y unas ojeras que delataban que no dormía lo suficiente. Su voz parecía más firme, no tan débil como antes. Su cercanía tranquilizaba a Frieda, la consolaba, aunque todavía se sentía muy desconcertada. La ambulancia había llevado a Hans al Hospital Israelita de St. Pauli. Allí los médicos y las enfermeras habían tratado bien a su padre, y Hans posiblemente les debiera la vida a los sanitarios que le habían atendido en la ambulancia. Así que esta vez también se recuperaría; de eso estaba convencida. No obstante, el entorno, el olor y la imagen de su padre convaleciente en el lecho, que ahora le reapareció con nitidez, le provocaron intensas emociones. Le habría gustado apoyarse en los fuertes hombros de Jensen, pero este se había despedido de forma precipitada después de que Clara y él cruzaran una mirada. ¿Conocería a Clara? ¿Qué conclusión podía sacar Frieda? ¿Y cómo la había podido dejar sola justo ahora?

—Realmente ha tenido mucha suerte —repitió ahora Clara—. El choque lo lanzó contra el parabrisas, que ha quedado hecho añicos. —Meneó la cabeza como si ella misma no pudiera creérselo—. Lo único que tiene Hans son arañazos. Si se hubiera inclinado solo un centímetro más hacia la izquierda cuando se produjo el choque, le habría afectado a la carótida.

—¿Clara? —Una señora mayor con uniforme de enfermera apareció en el pasillo—. Si se queda ahí parada, no aprenderá nada, mi querida señorita —la censuró con severidad, aunque sus ojos delataban buena voluntad.

—Me tengo que ir. —Clara no se movió del sitio.

—Sí, claro. ¿Cuándo terminas aquí? —le preguntó Frieda sin pararse demasiado a pensarlo—. Me gustaría invitarte a algo para darte las gracias.

—No es necesario —respondió Clara con frialdad—; solo he hecho mi trabajo. —Una sonrisa iluminó su rostro—. Tu hermano tendrá que quedarse uno o dos días. Por seguridad. Seguro que vienes a visitarlo o a llevártelo. Entonces nos veremos.

—Bueno, ya está bien; pongámonos en marcha, joven —dijo la señora uniformada, y Clara salió corriendo.

Al cabo de tres noches a Hans le dieron el alta en el hospital. Aunque su padre había dicho que su hermano ya se las arreglaría para llegar a casa, Frieda fue a recogerlo. El accidente parecía haber afectado al ánimo de Hans, que era consciente de la suerte que había tenido.

—Pero ¿puedes decirme cómo voy a pagar los daños ocasionados, hermanita?

—¿De dónde has sacado el coche? No es tuyo, ¿no?

—No, claro que no. ¿Cómo iba a poder permitirme un Adler? A diferencia de mi admirada hermana, yo solo soy un mísero aprendiz. —Se pasó la mano por sus rubios cabellos—. Y no creo que dure mucho.

—¿Cómo dices? ¿Por qué?

—En fin, papá ya tiene a su favorito. —Se refería a Ernst, claro.

—Ernst se ha ganado el puesto de aprendiz. Eso no tiene nada que ver contigo. —Frieda no quería seguir discutiendo—. ¿Has visto a Clara? Me gustaría saludarla un momento.

—¿Sois otra vez uña y carne tú y la pequeña Mendel? ¿Solo porque me haya atendido? Como aprendiz de enfermera está obligada a hacerlo. De aquí no me puede echar como de sus elegantes almacenes.

—¡Ya basta, Hans, por favor! En los elegantes almacenes te comportaste como si acabaras de salir del arroyo. ¿Qué iba a hacer la pobre? —Él se pasó otra vez la mano por el pelo y se rio burlonamente—. Además, de eso hace mucho tiempo. Alguna vez tendrá que acabar —dijo, ahogando con ello su protesta.

Cuando iba a preguntar otra vez por Clara, esta salió de una habitación y recorrió el pasillo hacia ellos.

—Veo que el paciente ya se puede marchar a casa. —Clara le sonrió a Hans. Sus mejillas se tiñeron al instante de rosa y sus ojos adquirieron un brillo que la delataba.

—El paciente tiene que marcharse —la contradijo él con una voz almibarada que hizo que Frieda aguzara el oído—. En casa me quedaré solito guardando cama y echaré mucho de menos lo bien que me has atendido. —¿Qué demonios le había pasado a su hermano? ¡Si acababa de poner a caldo a Clara! ¿Y qué le pasaba a Clara? Sus mejillas ya estaban casi al rojo vivo—. Apuesto a que aquí estaría en mejores manos.

—Qué va, si ya te has recuperado —respondió Clara con una risita—. Ya no necesitas ningún tratamiento. —Lo miró desde abajo—. Si quieres, me paso por tu casa para ver cómo sigues.

—¿Harías eso? ¿Me seguirías atendiendo? —Aquello era insoportable. Hans no paraba de ronronear como un gato enloquecido de amor.

—Ah, eso estaría bien —dijo Frieda—. Yo también me alegraría de tu visita.

Era la verdad. Clara tenía que regresar con sus pacientes, de modo que se despidieron prometiéndose que volverían a verse pronto.

—Me alegro mucho de que te entiendas tan bien con Clara. Hace poco parecía todo lo contrario —opinó Frieda cuando los dos salieron al frío del otoño.

—Por decirlo de alguna manera, Clara sabe cómo hacer feliz a un hombre. —Su tono tenía algo de irónico que a Frieda no le gustó nada.

—¿A qué te refieres?

—La pequeña Mendel vino anoche a mi cama. Ya sabes que tenía una habitación individual. Me sentía solo, no podía dormir…

Frieda se detuvo al instante.

—¿Qué ha pasado entre vosotros dos?

—Como ya he dicho, sabe hacer feliz a un hombre. Créeme; no tuve que animarla demasiado. ¡Menuda pieza está hecha! Ya iba con esa intención cuando se coló en mi habitación.

—¿Te has…? ¿Os habéis…? —No pudo pronunciarlo. Por un momento se acordó de Ulli. «No me puedo permitir un churumbel», había dicho. ¿Y si Clara se había quedado embarazada?

—No me mires tan aterrada. Era virgen. —Dudó un instante—. Y lo sigue siendo —dijo con la cabeza agachada. Luego se incorporó—. Puedes satisfacer a un hombre sin sacrificar tu inocencia. De eso no tienes ni idea, ¿verdad?

—Qué asco, Hans. ¿En qué te has convertido? —bufó ella, y lo dejó plantado.

Frieda llevaba un abrigo de lana, unas botas con forro, guantes, una bufanda y un gorro de piel para combatir el gélido viento. Quería hacer una visita a Spreckel. Para su chocolate destinado a los hombres necesitaba más habas de café, no muchas, pero de buena calidad. Sabía que Spreckel no era un comerciante; la mercancía que almacenaba no le pertenecía. «Unas cuantas habitas siempre tendré para usted, *mademoiselle*», le había asegurado la última vez que se habían visto. Y había murmurado algo sobre las muestras y el excedente. Intuía que apartaba el excedente y, dicho en sentido estricto, estafaba a los comerciantes que le confiaban los sacos. Pero Ernst, un modelo ejemplar de rectitud hanseática, la había tranquilizado:

—No se puede hablar de estafa. A Spreckel los comerciantes siempre le dan algo para consumo propio. Bueno, a lo mejor se pasa un poco y consume más de lo esperado, pero nunca demasiado. No tienes que preocuparte.

Ahora iba a verle. Ojalá pudiera encargarse también del tueste y la trituración de las habas. A estas alturas ya sabía que Spreckel también tostaba algunas. Para el susodicho consumo propio. Con muchísimo cuidado, claro, para que no se declarara un incendio en el distrito de los almacenes. Le alegraría poder ahorrarse esta fase del trabajo. Las máquinas con las que ella laminaba la masa del cacao no eran apropiadas para triturar las duras habas, y no merecía la pena comprar una laminadora solo para eso. Además, ¿dónde iba a meterla?

La mejor solución sería encargarle a Spreckel las dos cosas y darle unos *pfennig* a cambio.

La esfera de las señales horarias que había encima de la torre del Kaiserspeicher o Almacén Imperial cayó ese día por primera vez y mostró la hora a los marineros. Inmediatamente le vino a la memoria la voz de su padre, que la noche en que ella había regresado de la clínica con Hans había resonado por toda la casa de la Deichstrasse.

—¡Tú eliges! O te ocupas de una vez por todas de tu formación y yo pago los desperfectos con la mitad de tu sueldo, o terminamos con esta farsa y te pones a trabajar en el Almacén Imperial hasta que el coche esté pagado.

—Prefiero acarrear sacos antes que dejarme presionar por ti en la oficina. —No era la primera vez que Hans le alzaba la voz a su padre y cerraba de golpe la puerta del salón.

A continuación, Frieda había oído lamentarse a su madre:

—Albert, solo tenemos a ese hijo. No seas tan duro con él. No puedes permitir que amontone sacos en el almacén como un obrero cualquiera. ¡Es un Hannemann, tu heredero!

—Ahórrame ese recuerdo.

Frieda no estaba segura de si el trabajo pesado perjudicaría a su hermano o le sentaría bien. La pierna mala con la que había vuelto de la guerra se había recuperado del todo. Solo le dolía a veces, cuando cambiaba el tiempo. También desaparecieron las contusiones y los moratones que le había ocasionado el accidente. Solo tenía que quitarse de encima cuanto antes las ideas disparatadas y las ganas de beber y de algo peor.

Cuando se disponía a entrar en el almacén en el que Spreckel tenía su imperio, vio a Jensen. Era la primera vez que lo veía desde su repentina huida del hospital. Parecía tener prisa; con el cuello subido del abrigo, caminaba rápidamente hacia un bloque situado detrás del almacén de café de Spreckel.

No se debía espiar a nadie, realmente no estaba bien. Pero tampoco estaba bien tener secretos con alguien a quien te unía una amistad. Quizá incluso algo más que una amistad. Después de dudarlo un momento, Frieda le siguió. Así que ahora estaban casi en paz, intentó convencerse a sí misma. Llegó a tiempo de ver cómo desaparecía en el edificio de ladrillo rojo. ¿Qué se le habría perdido allí? Hälssen & Lyon, leyó que ponía en letras doradas sobre los portales arqueados. Alzó la vista por el estrecho edificio, que sobresalía un poco con respecto al de al lado. Cinco almacenes más la planta baja. Las entradas de la carga, asimismo arqueadas, que eran abastecidas a través de tornos de cable, estaban todas cerradas. Una gaviota lanzó un chillido. El frío mordió a Frieda en las mejillas. ¿Qué se ocultaría tras esa fachada? Bueno, al menos contaba con un nombre; eso facilitaría sus averiguaciones.

Spreckel estaba en ese momento en un ventanuco abierto, igual que cuando se conocieron.

—Buenos días, Spreckel. Sujétese bien —le gritó ella.

—¡Señorita Hannemann! —saludó alegre—. Sí, claro, ya sabe, una mano para la mercancía y la otra para la vida. —Para demostrarle esa regla básica de todos los estibadores y trabajadores de los almacenes, soltó una mano, la de la vida, de la barra de sujeción y se quedó sin apoyo en el ventanuco, haciendo precisamente lo que nunca debía hacerse—. Ya bajo —gritó.

—Pero que sea por las escaleras. —Frieda se rio con el alma en vilo.

Su oficina de la planta baja no se podía comparar con la del padre de Frieda. Aunque se veía que los muebles también habían sido caros en su época, la mesa y los armarios estaban llenos de profundos arañazos, y se notaba que todas las mercancías y las herramientas habían sido amontonadas de cualquier manera para almacenarlas durante un tiempo. Porque Spreckel, como él mismo aseguraba una y otra vez, no era un oficial de almacén corriente, sino un obrero. Le gustaban más los sacos de sisal y los ganchos para manejarlos que el papel y la regla de cálculo. Sobre la trituración de las habas de café y el siguiente suministro se pusieron pronto de acuerdo: Spreckel insistió en ir en persona a la Deichstrasse para embolsarse un par de tabletas de chocolate y unos cuantos bombones.

—Es un placer hacer negocios con usted, *mademoiselle* —dijo él con una profunda reverencia, cuando Frieda se despidió.

—El gusto es mío —respondió ella inclinándose un poco—. Ah, Spreckel, en los almacenes de ahí enfrente, en Pickhuben, he visto que ponía encima de la entrada Hälssen & Lyon. ¿Son también estibadores de almacén?

—¿Por qué? ¿Necesita a alguien para su cacao? Yo podría ocuparme de eso.

Ella se rio.

—No, no se trata de eso. Pero cuando mi padre necesite nuevos estibadores, ya sé a quién le propondré. —Spreckel esbozó una sonrisa radiante, aunque parecía haber olvidado su pregunta—. No, es que hoy he oído hablar de Hälssen & Lyon y acabo de leer ese nombre…

—Eso lo lleva Ellerbrock. Se dedica al té. Creo que también fundó la Asociación del Té. —Spreckel frunció pensativo el ceño.

Así que se trataba del té. ¿Comerciaría Jensen con el té? Era posible. Recordó que en la primera cita le había sugerido hacer bombones rellenos de té. ¿Acaso no había sido esa la ocasión perfecta para hablarle de su profesión? ¿Por qué haría un secreto del comercio con el té? No tenía ningún sentido. A no ser que fuera como su hermano y apenas le interesaran los negocios. A semejanza de Hans, también Jensen se marchaba algunos días sin darle explicaciones. ¿Y si como su hermano se daba a la vida nocturna berlinesa y prefería divertirse antes que calcular las cargas y comprobar la calidad de la mercancía? No, él no era así. Pero ¿cómo es, Frieda?, ¿qué sabes tú de él? No quería atosigar a Jensen, y menos atarle a una correa. Pero al menos le habría gustado tener sus señas, de modo que pudiera dar con él cuando lo necesitara. Eso no era mucho pedir. Esas cosas iba pensando Frieda mientras se abría camino a través del frío en dirección a su casa.

Clara fue de visita un domingo de diciembre. Frieda tuvo que admitir que estaba nerviosa. En lugar de pedírselo a Gertrud, ella misma había hecho por la mañana una tarta. Crema de champán entre dos capas de bizcocho recubiertas de buen chocolate Hannemann. ¿Para dos? ¿O invitaba también a su hermano? Clara se pondría contenta, pero a lo mejor se hacía vanas ilusiones. El padre le había perdonado a Hans la necesidad de elegir entre el Almacén Imperial y el aprendizaje de comerciante. Probablemente gracias a la madre. A cambio, le había condenado a que se tomara en serio la formación y la terminara cuanto antes. Y la retención del sueldo de aprendiz se la había reducido de la mitad a un tercio. Eso había oído Frieda. Un acuerdo generoso para su hermano, que de hecho fue unos cuantos días seguidos a la oficina, e incluso llegó con puntualidad. Tal y como le contó Ernst, se había esforzado en despachar los asuntos que le había encargado su padre. De todas maneras, no se podía hablar de entusiasmo por su parte, y la poca energía que Hans había dedicado a la tinta y a la calculadora se había esfumado más deprisa de lo que se tardaba en decir *Labskaus*. ¿Cómo se le podría ayudar? Él quería hacer las cosas bien, y de vez en cuando lo demostraba, pero la vida nocturna lo succionaba y luego lo escupía en un estado lamentable.

Frieda llamó a su puerta con los nudillos. Ninguna respuesta. Los fuertes ronquidos le bastaron para saber a qué atenerse. Volvió a llamar y luego entró.

—Ay, Dios mío —se le escapó. Se acercó a la ventana, corrió las cortinas y dejó que entrara el aire fresco—. Buenos días, dormilón. ¿Se te han quedado pegadas las sábanas?

—¿Estás loca? —jadeó él—. ¿Es que quieres matarme? ¡Cierra la ventana! —Tosió teatralmente.

—Si no hubiera dejado que entrara el aire, te habrías muerto de asfixia. El desayuno ya te lo has perdido, pero podrías acompañarnos a tomar un café con un trozo de tarta que he hecho yo misma —le explicó ella con exagerada jovialidad. Antes de que efectivamente cogiera un resfriado, cerró la ventana.

—¡La hija perfecta ha hecho una tarta! —Resolló en tono despectivo—. Gracias, puedes disfrutarla a solas con tus orgullosos padres. Ahí el hijo fracasado solo molesta. —Se tapó las orejas con el edredón y se dio la vuelta hacia la pared.

Frieda suspiró. Estaba harta de que se lamentara tanto, aunque al mismo tiempo le daba pena. Se sentó a su lado en la cama. Olía a tabaco revenido.

—No deberías decir eso. —Frieda tragó saliva; no había contado con lo triste que sonaba—. No eres ningún fracasado; solo te ha tocado vivir un infierno. —Le acarició suavemente el pelo que asomaba por el edredón—. Búscate una buena chica, esfuérzate un poco en la oficina y todo se arreglará. —Ojalá no notara lo huecas que eran sus palabras. Él se volvió hacia ella, pero con la cara escondida todavía bajo el edredón. Frieda oyó un extraño sonido ahogado—. ¿Te encuentras bien? —Apartó con cuidado el edredón y entonces él reposó la cabeza en su regazo—. No llores, todo se arreglará, te lo prometo —susurró ella, mientras le acariciaba sin cesar las mejillas humedecidas—. Depende únicamente de ti. De nosotros recibirás todo el apoyo que necesites. Pero por favor, no te escapes, ¡prométemelo! Debes terminar el aprendizaje, y lo tienes que hacer bien. Eres el heredero de Hannemann & Tietz. Si te las arreglas bien, podrás permitirte tu propio Adler. —¿Cómo podía hacerle entrar en razón?—. Y para la fabricación me tienes a mí —concluyó. Hans se fue tranquilizando poco a poco—. No son malas perspectivas, ¿no crees?

Él levantó la cabeza y la miró.

—Me gustaría tener tu claridad de ideas y tu optimismo, hermanita.

—Pues contágiate de mí —dijo ella riendo—. Y ahora, sal de las sábanas. No vamos a tomar tarta con nuestros padres, sino con Clara.

—¿Viene la Mendel? —Con un gemido se dejó caer de nuevo.

—Seguro que se alegra de que nos hagas compañía —murmuró ella.

—No tengo ganas de verla. Anoche estuve en el bar Lübscher Baum. Allí todo se mide por otro rasero. —Sonrió de oreja a oreja y sacó las piernas de la cama—. Pero antes de que te enfades, hermanita, daré por lo menos las buenas tardes.

Hans cumplió con su palabra. Se sentó con ellas e incluso consiguió ser amable con Clara. Esta se lo comía con los ojos. Estaba clarísimo que todavía le tenía cariño; lo más probable era que incluso siguiera enamorada de él.

—La tarta está riquísima —elogió Clara—. Gertrud podría ofrecerla en nuestros grandes almacenes.

—La he preparado yo —repuso Frieda con orgullo.

—¿En serio?

—Sí. —Frieda se rio—. También he hecho yo misma la cobertura. —Quería contarle a Clara que ahora estaba al frente de la factoría.

—He oído que el chocolate Hannemann se está vendiendo muy bien —dijo Clara—. Qué pena que nosotros no lo ofrezcamos.

—De eso podríamos hablar —opinó Frieda con precaución.

Clara asintió con la cabeza.

—Me imagino que mi padre estaría interesado. ¿A ti qué te parece? —Miró a Hans.

—Me da igual —contestó este con la boca llena—. Eso lo decide de todas maneras mi padre.

—Eso lo decidimos entre todos —le corrigió Frieda.

Antes de que Frieda pudiera exponer al fin su postura, Clara le preguntó a Hans:

—Algún día te harás cargo de la empresa, ¿no? Tengo entendido que ya estás estudiando lo necesario para ello. Cuando no te dedicas a destrozar automóviles, claro. —Sonrió burlona.

Aquello supuso un duro golpe para Frieda; al fin y al cabo, Clara ya sabía lo mucho que suponía para ella trabajar en la empresa de su padre, sobre todo en la factoría. Sin embargo, parecía que le importaba un bledo.

—Voy a traer algo de nata —dijo en voz baja, y se levantó.

—Y cuando no me dedico a despilfarrar en los clubs nocturnos el poco dinero que me asigna el viejo por ese estúpido aprendizaje —oyó Frieda que decía Hans, antes de cerrar la puerta tras ella.

Con la ilusión que le hacía la visita de Clara… Le dolía que solo tuviera ojos para Hans. A lo mejor Clara se sentía un poco insegura después de tanto tiempo. En cualquier caso, Frieda quería aprovechar esa oportunidad. Sin falta.

Cuando entró en la sala de estar, Hans se metió rápidamente algo en la boca. ¿Le habría traído Clara algo? ¿A su hermano sí, pero a ella no? Qué disparate; estaría viendo visiones.

—Deberías hablar con mi hermana. Es la persona con más éxito de la familia —dijo—. Yo solo sirvo para aburriros.

Sin decir una palabra más, echó la silla para atrás y salió de la habitación.

—No nos aburres nada —le dio tiempo de decir a Clara.

Luego, avergonzada, se quedó mirando fijamente sus manos, que reposaban sobre el borde de la mesa. El tictac del reloj sonaba más fuerte de lo habitual. Los copos de nieve se deslizaban por el cristal de la ventana.

—Sencillamente, ya no es el que era —empezó Frieda en voz baja—. Creo que todavía necesita más tiempo para superar lo que vivió en la guerra. —Suspiró—. ¿Otro trocito? —Cogió la paleta de la tarta. Clara negó con la cabeza. Frieda se vio obligada a animarla como fuera, a distraerla—. ¿Qué tal es la vida como aprendiz de enfermería? ¿Tan horrible como temías? Vendas ensangrentadas, jeringuillas... —Rio.

—No, no está mal. Al contrario; es bonito poder ayudar a la gente. —Se mordió el labio inferior—. A gente como Hans, por ejemplo —dijo en voz baja, y sonó tan frágil como en otro tiempo—. Necesita ayuda y mucho cariño.

—Tienes razón. Pero eso no es todo. También tiene que poner algo de su parte para poder reorientarse.

A Frieda le daba rabia oír su propia voz. ¿Por qué tenía que estropearle Hans también ese reencuentro con Clara? Quería compartir su vida con la amiga, sentir de nuevo su cercanía. No estar todo el rato hablando de Hans.

—Figúrate, mi padre ha puesto en mis manos la dirección

de la factoría de chocolate. Naturalmente, no lo decido todo yo sola, las cosas importantes las hablo con él. Pero puedo inventarme las recetas y vigilar a los empleados. En fin, tampoco es que sean muchos todavía. Soy yo la que estoy todo el día con la laminadora y el conche. —Un leve gesto de asentimiento y un «sí, sí», fue todo lo que pudo sacar de Clara—. En mayo organicé la cena del cacao porque mi padre estaba enfermo y no podía ocuparse de ella. Ay, Clara, casi me muero de miedo, pero al final todo salió de maravilla.

—Algo he oído.

Frieda carraspeó. Seguro que Clara no solo había oído hablar de la cena, sino también de lo mal que se encontraba Albert Hannemann. Ni una palabra al respecto. Frieda se planteó preguntarle sin rodeos si le era indiferente. No, tenía que recuperar a su vieja amiga y salvar la distancia que había entre ellas. De cualquier manera. Pero ¿cómo? Con gesto desvalido alzó la vista. Clara seguía mirándose las manos; era obvio que tampoco ella se sentía muy bien.

—Quizá no debería haber venido —dijo Clara finalmente.

—Oye, si Hans te ha dado esperanzas en el hospital… —Más no pudo decir.

Clara se levantó de un salto.

—¿Qué te ha dicho? ¿Qué te ha contado? —Tenía las mejillas de un rojo subido y temblaba.

—¡Nada! —Frieda se levantó y avanzó un paso hacia ella—. No, no, nada. Solo me refería a las cosas que te ha dicho al despedirnos: que no quería ir a casa y que contigo estaría en mejores manos. Con vosotros en la clínica, quiero decir. —Frieda vio con nitidez que Clara no le creía una palabra. Clara la conocía muy bien—. Lo siento mucho, Clara. Hans está… Deberías quitártelo de la cabeza.

—¿Y con eso se arreglaría todo? —Clara parecía fuera de sí; Frieda nunca la había visto así.

—No me refería a eso. —¿Cómo podría tranquilizarla?

—¡Pues deberías tener más cuidado con lo que dices! —Clara resopló—. ¿Precisamente tú me aconsejas que me lo quite de la cabeza? Más te valdría quitarte tú de la cabeza al tipo con el que tratas últimamente. —¡Qué mal sonaba eso!

—¿Jensen? ¿Por qué? ¿A qué te refieres? ¿Lo conoces?

Clara se echó a reír.

—¿Jensen? ¿Así le llamas?

Frieda fue presa de un pánico que le atenazó la garganta.

—Pues sí, en eso hemos quedado —balbuceó.

—Conozco a su hermana. No sé lo que os traéis entre vosotros, pero deberías pensarte dos veces si te conviene salir con él. —Hizo una breve pausa antes de decir—: Que sepas que él y los suyos tienen a tu hermano sobre su conciencia.

14

La sed de vida de la gente era ilimitada, y eso también se notaba en las ganas de tomar chocolate. Las exquisiteces de Hannemann estaban literalmente en boca de todos. En especial, los bombones de champán no se podían producir al ritmo de la demanda. Representaban todo lo que la gente se había perdido durante los años que habían dejado atrás. Por fin pudieron comprar las máquinas necesarias e incluso contratar a dos trabajadoras.

Naturalmente, ya no se cabía en la pequeña cocina del cacao anexa a la casa de la Deichstrasse. Albert mandó hacer algunos cambios en la Bergstrasse, de modo que quedó libre un espacio que más o menos duplicaba en tamaño al que hasta entonces había sido el refugio de Frieda en la Deichstrasse. Lo mejor de todo: se trataba de una habitación en el sótano que hasta ese momento se había utilizado principalmente para guardar todo tipo de cosas. Su padre pudo prescindir de ella con toda tranquilidad. Allí reinaba un ambiente húmedo y fresco y, sobre todo, con una temperatura constante, que era ideal para la factoría. Como la habitación se hallaba junto a la vivienda de los Krüger, Frieda y Ernst se veían ahora con más frecuencia, cuando él salía de trabajar o cuando ella se quedaba hasta tarde haciendo sus mezclas y probando distintas recetas.

Albert Hannemann importaba cacao en cantidades industriales. Naturalmente no para la producción propia, sino sobre todo para los numerosos compradores al por mayor que adquirían las habas o la manteca de cacao por toneladas.

A pesar de la buena situación de los pedidos, o precisamente por ello, Albert siguió haciendo lo que se había propuesto. Quería pasar más tiempo con la familia y no solo trabajar, como habían hecho su abuelo y su padre, sino disfrutar de la vida. Llevó a su mujer a pasear por el Sagebiels Fährhaus, en lo alto de Blankenese, invitó a la familia al cinematógrafo, donde se divirtieron mucho viendo *Las hijas de Kohlhiesel*. Salvo por las disputas que surgían una y otra vez con Hans, se le veía muy contento y satisfecho. El comercio se recuperaba a ojos vista. El temor a que el mercado hamburgués pudiera mermar a largo plazo, porque la mercancía inglesa —que antes de la guerra era enviada a distintos países a través de la ciudad hanseática— ahora posiblemente se enviara a través de Londres, no se vio confirmado. Todos los indicios apuntaban a que el largo y paralizante período de crisis estaba por fin superado.

Esto para Frieda significaba sobre todo que ya no tenía que soportar ninguna otra presentación de un novio potencial. El nombre de Justus Rickmers afortunadamente no se volvió a mencionar.

En su lugar, le habría gustado presentar a sus padres a alguien a quien amaba de todo corazón. A Jensen. Solo que ni siquiera había tenido la oportunidad de proponerle una cita. Este recuerdo apesadumbraba su corazón. Tenía un miedo atroz de que no se le presentara ninguna otra ocasión, de haberlo estropeado todo. Y eso que solo había intentado saber algo más acerca de él. Habían ido juntos a visitar el mercado de Navidad. En un tenderete, justo delante del Ayuntamiento, él había pedido un té caliente, mientras que Frieda naturalmente había preferido el cacao. Una ocasión perfecta para hacerle unas cuantas preguntas.

—Veo que te gusta el té —constató ella con su taza humeante entre las manos—. ¿Desde siempre?

—Sí, me he criado con el té.

—¿Dónde? —preguntó ella con toda la naturalidad de la que fue capaz.

—¿Dónde qué?

Parecía distraído. Observaba a la gente que paseaba a su lado sin rumbo fijo. Como siempre que estaban juntos rodeados de muchas personas, daba la impresión de que se ponía en guardia. Parecía que la natural ligereza que normalmente le caracterizaba hacía una pausa.

—¿Dónde te has criado? Sé tan poco de ti…

—Sabes más que suficiente —respondió él con una sonrisa—. Sabes que adoro tus bombones, sabes que te… —Se interrumpió. Los latidos del corazón de Frieda se aceleraron—… que te tengo mucho cariño. Sabes que no entiendo el bajo alemán, y que bebo té. —Sopló en su taza.

—¿Quieres que enumere todo lo que no sé de ti? —A él se le ensombreció la expresión de la cara. Tal vez fuera mejor callarse, pero no podía hacerlo. No podía tener siempre tanta consideración con él, quedarse siempre atrás—. Hace poco te vi en la Speicherstadt, en el distrito de los almacenes, en Hälssen & Lyon. ¿Te dedicas profesionalmente al té? —Él la atravesó con la mirada—. Té y cacao —dijo, y logró esbozar una sonrisa—. No veo la razón para convertirlo en un secreto.

—¿Es que me estás espiando? —Él la miró muy serio.

—¡No! Tenía cosas que hacer en la Speicherstadt. Entonces te vi meterte en el edificio. Eso es todo. Que detrás de

Hälssen & Lyon está Ellerbrock y que este comercia con té lo sabe hasta un niño en Hamburgo —mintió, pero Jensen se lo tragó.

—Me gustaría mucho dejarte entrar más en mi vida, Frieda. Incluso muchísimo. —Sonrió con tristeza.

¿Por qué sonaba eso a un gran «pero»? Por miedo a lo que pudiera venir, Frieda clavó la vista en la taza.

—Solo temo que no te iba a gustar enterarte de lo que te contara.

Frieda tragó saliva y sopló en el cacao, pese a que ya se había enfriado hacía tiempo.

—Bastaría con que lo intentaras —propuso ella sin mirarle.

—¿No podemos dejar las cosas como están entre nosotros?

—Por mí sí, claro. —Se encogió de hombros, como si no le importara demasiado—. Solo que no sé si a la larga me gustará. Nunca puedo dar contigo cuando me apetece, y no conozco a nadie de tu familia. Quién sabe si estás casado y tienes un montón de hijos. —Se rio, haciendo como que no le importaba. Pero claro que le importaba.

—Déjalo ya, Frieda. Te he dicho muchas veces que en mi vida no hay ninguna otra mujer. —El corazón de Frieda dio un brinco. Ninguna otra mujer: eso era casi una declaración de amor. Pero solo casi.

¿Por qué ese distanciamiento, ese secreteo? Hasta ahora todavía ni la había besado.

—Lo que no entiendo es… —Más no pudo hablar.

—¡Por favor, Frieda, déjalo! Los dos saldríamos perdiendo.

Sin decirse nada más, habían terminado sus consumiciones y, poco después, se habían despedido.

Después de que ese domingo Clara se hubiera marchado tan deprisa, Frieda se había quedado un rato largo pensando en sus palabras. Lo que Clara había dicho de Jensen, ella lo había atribuido a la envidia. Como no podía tener a Hans, tampoco le deseaba suerte a Frieda en el amor. «Tiene a tu hermano sobre su conciencia». Eso era imposible.

Sin embargo, tras esa visita al mercado navideño, las palabras de Clara resonaban de nuevo en su cabeza. ¿Qué había dicho Jensen? Que podría enterarse de algo que no le gustara nada. Tal vez no fuera envidia, sino la pura verdad.

Después de aquella conversación tan desagradable, no se habían vuelto a ver durante unos días. Eso entraba dentro de lo habitual, pero esta vez Frieda tenía un mal presentimiento. Realmente temía haberlo perdido por haberle hecho tantas preguntas. Solo de pensarlo, le dolía muchísimo. Pero luego al fin tuvo noticias suyas. Jensen le preguntó si le apetecía hacer una excursión. Le dijo que sí sin dudarlo.

Frieda se quedó muy asombrada al ver que la llevaba al distrito de los almacenes. En concreto a Hälssen & Lyon. Pese al frío que hacía en el elegante edificio de ladrillo, Frieda estaba tan entusiasmada que tenía calor. Nada más entrar los envolvió una composición de los olores más exóticos. Lo frutal se mezclaba con los aromas frescos y etéreos y con el olor acre del bosque. Subieron por una escalera. Los trabajadores, vestidos con chaquetas y pantalones oscuros y unos largos mandiles, saludaron a Jensen como a un viejo conocido, pero al mismo tiempo se notaba que le tenían respeto. No trabajaban con sacos de sisal, sino que en unos carros amontonaban cajas de madera hasta alcanzar varios metros de altura. A los hombres se les notaba la fatiga en la respiración. En ese momento, dos de ellos vaciaban una caja y la tiraban sin el menor miramiento por la ventana. Frieda oyó un leve chapoteo cuando la madera fue a parar al canal.

—Aquí se hacen mezclas de té al gusto del cliente —le explicó Jensen, señalando a dos hombres que con unas palas iban metiendo las diminutas plantas secas en cajas pequeñas. Había mucho ruido porque en el almacén de al lado estaban arrastrando cajas. Los obreros se daban órdenes unos a otros. Como Frieda apenas podía entender a Jensen, se inclinó sobre él—. La mercancía viene de todo el mundo. —A Jensen le brillaban los ojos. Se agachó y tocó el montón que se apilaba ante ellos—. Esta es la hoja pura. Todavía se puede reconocer. —Acercó la mano a la nariz de Frieda—. ¿A que huele de maravilla? —Ella olfateó. En ese mismo momento, Jensen bajó también la cabeza. Las puntas de sus narices casi se rozaron. Frieda se apartó, pero solo un poco. ¿Lo habría hecho él a propósito? Esa cercanía, esa expresión en su rostro, la mirada dirigida a sus labios… Frieda sintió una oleada de calor. Él había reflexionado y había decidido desvelarle más cosas suyas. No más secretos; al menos, no tantos. Por fin le permitiría acercarse más a él, pensó llena de felicidad. De repente supo con toda seguridad que la besaría—. En el té se encuentra el mundo entero —fantaseó—. La vida entera. —Otra vez se agachó y cogió un poco para enseñárselo a Frieda—. Estas son las flores de la llamada lavanda auténtica. En ellas está la esperanza y la promesa del verano, del calor y de la fertilidad. —Frieda cerró los ojos y aspiró el aroma, que le recordó al jabón caro—. Proceden del sur de Francia. En cambio, estas hojas, la *camellia sinensis,* han crecido en China y se encargan de que la mata esté siempre provista de sustancias nutritivas. Y mira esto otro. —Se arrodilló y recogió una baya arrugada—. El fruto. —Lo sostuvo entre el pulgar y el índice muy cerca de su cara. Esta vez Frieda se acercó a propósito. Inhaló profundamente el aroma con los ojos cerrados—. El maravilloso resultado de una buena combinación —dijo en voz baja—. Si todo encaja y dejamos que la naturaleza siga su curso, entonces surge algo perfecto, algo nuevo. —Ella abrió los ojos y se encontró con los suyos; se sostuvieron la mirada—. Entonces da exactamente igual que los dos tengan el mismo origen —susurró. En su mirada había algo que imploraba. Frieda se atrevió a acercarse otro milímetro y le ofreció los labios. El ruido que había a su alrededor, los trabajadores que los miraban dándose codazos entre risitas, solo los percibió en la lejanía—. No importa de dónde proceda —insistió Jensen—. Lo único que cuenta es que esté bien como está.

—Frieda sintió que todo le vibraba. Se le apresuró el aliento, tenía calor. Otro segundo más y los pelillos de su barba le acariciarían la piel. Y luego…

—¡Cuidado, hagan sitio! —dijo una voz potente.

Inmediatamente después, uno de los obreros pasó a su lado llevando un carro con dos cajas de té apiladas. «Ceilán», leyó Frieda en una, y «Kenia», en la otra. El momento mágico se había desvanecido. Oyó que Jensen seguía hablando de las distintas graduaciones de la hoja del té y de los métodos de elaboración, del marchitamiento, el enrollado y la fermentación, del noble té blanco y del verde, que no debía marchitarse, sino que se tostaba para que conservara su color. El calor que había sentido hasta hacía unos instantes se disipó; ahora parecía que el frío le subía desde el suelo por las plantas de los pies y se propagaba por todo su cuerpo. Se estremeció.

—Vayamos a un sitio donde haga más calor —propuso él.

Bajaron por las escaleras y abandonaron el almacén de Hälssen & Lyon. Un carro de adrales tirado por un caballo blanco trotaba por el adoquinado y les obligó a detenerse.

—El té es como mínimo tan fascinante como el cacao. —Jensen se volvió hacia ella—. Eso es lo que quería enseñarte.

—Tenías razón, me ha gustado mucho.

—Me alegro. —Tomó sus manos—. ¿Recuerdas lo que te dije la primera vez que cenamos juntos?

—Té y chocolate —respondió ella enseguida.

—¿No crees tú también que sería una buena combinación?

—Sí, puedo imaginármelo perfectamente. Cacao amargo con un té frutal. —Se paró a pensar—. O también un dulce chocolate con leche en combinación con una hoja ligeramente amarga —dijo casi para sus adentros, y ya se imaginó cómo podría combinar los dos aromas.

Frieda ladeó pensativa la cabeza. Se podría hacer un extracto y de ahí sacar una crema con la que rellenar los bombones. Si utilizara las flores, quedarían también muy bien enteras, de modo que se reconocieran en la tableta. De repente se dio cuenta de que Jensen le había puesto un dedo bajo la barbilla.

—Cacao —dijo él, tocándole la punta de la nariz— y té —añadió señalándose a sí mismo— es la combinación más afortunada que me pueda imaginar.

Inclinó levemente la cabeza. Como tirada por un hilo invisible, Frieda alzó la cara hacia él. No debería hacer eso allí, en plena calle, pensó, cuando sus labios se posaron con cuidado en los de Jensen. Su barba era mucho más suave de lo que había imaginado. Y sus labios le parecieron excitantes. Él no se limitó a presionarlos sobre los suyos, sino que jugó con ellos, besándolos una y otra vez, primero con suavidad, luego cada vez más apasionadamente, como si el dominio de sí mismo le fuera abandonando poco a poco. Lo mismo le ocurrió a Frieda. No le importaba quién pudiera verla. Liberó sus manos de las de él y las metió bajo el abrigo abierto de Jensen para poder acariciarle la espalda. Quería sentirlo muy cerca. Cada vez se arrimaba más a él, no podía separar los labios de los suyos, ni las manos de su cuerpo. Permanecieron estrechamente abrazados, como si fueran una sola persona. Aquello supuso para Frieda la liberación.

15

Primavera de 1921

Frieda se sentía como flotando en una nube. Él le había enseñado la casa en la que vivía. Pasaron la Nochevieja que daba entrada al año 1921 cenando juntos en el Cölln's, comiendo, charlando, tomando un buen vino y riendo.

Frieda sabía que no todos los hamburgueses podían permitirse un menú de Nochevieja tan caro y abundante. De hecho, muchos grandes festejos de fin de año no se celebraron porque la situación económica sencillamente no lo permitía. Su padre parecía tener razón cuando afirmaba que no se podía estar seguro de que el bienestar hubiera llegado a la ciudad hanseática para instalarse durante mucho tiempo. La estabilidad necesaria para ello no se había producido.

—En cualquier momento pueden desencadenarse disturbios —se temía Albert Hannemann.

Sin embargo, tanto el canciller del Reich, Fehrenbach, en Berlín, como el alcalde de Hamburgo, Diestel, coincidían en que había buenas razones para sentirse optimista. Y Frieda estaba firmemente decidida a creérselo. La vida era tan maravillosa, que todo tenía que arreglarse, tanto en Hamburgo como en el mundo entero. Jensen y ella se veían todas las semanas, casi siempre cada dos días. Él seguía sin revelarle su nombre de pila, aunque anunciaba que quería hacerlo.

—En un momento especial —había dicho besándola.

—Cada segundo que paso contigo es un momento especial, cada beso, cada conversación, sencillamente todo.

—Gracias, nadie me había dicho nunca nada tan bonito.

—Cuando ella alzó la vista, vio que lo había dicho muy en serio.

—Eso espero.

—Aunque hay una que me echa unos piropos encantadores. De vez en cuando.

—No vas a conseguir ponerme celosa —dijo ella jovialmente, aunque por la voz se le notaba que mentía.

Jensen se echó a reír.

—Pues ya lo he conseguido. Hablo de mi hermana —la tranquilizó, y le retiró un mechón de pelo de la cara colocándoselo tras la oreja. A Jensen le encantaba su larga melena, y se lo decía una y otra vez. Le gustaba jugar con sus rizos cuando estaban sentados uno frente a otro en un restaurante, o cuando iban al teatro. Y ahora tampoco podía apartar los dedos del pelo de Frieda—. Tú querías conocerla, ¿no? Le han dado una plaza en el orfanato de aquí. Así que si todavía quieres… —No consiguió terminar la frase.

—Con muchísimo gusto —exclamó Frieda, y le estampó un beso en la mejilla—. Me haría mucha ilusión.

—A ella seguro que también. Sobre todo si le ofreces una taza de cacao o uno de tus famosos bombones.

La perspectiva de conocer por fin a alguien de su familia y, sin duda, algo sobre los orígenes y la infancia de Jensen, la tenía más contenta que unas pascuas. En su opinión, ya iba siendo también hora de que se lo presentara a sus padres. Se lo sugeriría a Jensen la próxima vez que se vieran. Animada por sus propios y alentadores pensamientos, Frieda se puso en camino hacia la tienda de productos coloniales para comprar té blanco. En cuanto se dispuso a abrir la puerta, se cruzó con una mujer joven. Clara. Asustada, retrocedió.

—Clara, perdona, no quería...

—Buenas tardes, Frieda. No pasa nada, yo tampoco he prestado atención. —Clara hundió las manos en los bolsillos del abrigo—. Me alegra que nos encontremos. —Sonaba insegura. De nuevo era la Clara que Frieda conocía desde niña—. Quería hablar de todas maneras contigo... —Respiró hondo—. Siento que las cosas se torcieran la última vez que nos vimos. —Hablaba despacio, como si escogiera cada palabra.

—¿No pueden hablar en cualquier otra parte? —Una mujer metida en carnes con una cesta colgada del brazo las apartó a las dos. Clara y Frieda le hicieron sitio. Luego se acercaron a la barandilla del Bleichenbrücke.

—Tienes razón —empezó Frieda—, algunas cosas se han torcido. Ha habido tantos malentendidos entre nosotras... —Clara agachó la cabeza y por un momento Frieda tuvo la sensación de que las cosas podrían arreglarse entre ellas. Ese momento era perfecto. Miró hacia el canal helado. Las gabarras tenían que romper el hielo para llegar a su objetivo. Eso mismo tenía que conseguir Frieda—. Olvidemos nuestro estúpido enfado y volvamos a empezar desde el principio, ¿no te parece? —Miró a Clara—. Te echo de menos, ¿sabes? —Estuvieron un rato sin decirse nada.

—Yo también te he echado en falta —contestó Clara tras una eternidad, y sonrió tímidamente. Cuando Frieda se disponía a darle un abrazo, Clara dijo—: Lo de tu hermano... Tuviste la idea de emparejarnos. Aquel día. —Sonrió de medio lado—. Dijiste que conmigo estaría como si le hubiera tocado el gordo.

—Fue una tontería por mi parte.

—No, no —se apresuró a responder Clara—. Hoy pienso

de otra manera. Tenías razón. Podría haberle ayudado. Eso seguro que le habría venido bien. Todavía le sigo teniendo mucho cariño, ¿sabes?

Frieda se imaginó cómo podrían evolucionar las cosas. Clara seguiría siendo su mejor amiga. Podrían hablar de todo, podrían reír y llorar juntas. Todo sería más sencillo. A lo mejor hasta Hans ofrecía una imagen mejor en la oficina. Para entonces quizá tuvieran ya hijos o, al menos, tal vez Clara se quedara embarazada. Frieda no pudo remediar una sonrisa.

—¿Qué tal le va? ¿Ha encontrado ya a una mujer que le ayude a salir adelante? —Sonaba temerosa.

La imagen de lo fuerte que podría ser aún su amistad reventó como una pompa de jabón. ¿Es que a Clara solo le interesaba Hans?

—Bebe demasiado, va con gente que no le conviene. No, no tiene una novia estable, sino un montón de amoríos.

Vio el temblor de las comisuras en la boca de Clara y el dolor en sus ojos. A Frieda le dolía decirle la verdad, pero a lo mejor le venía bien saberla para que se olvidara de él de una vez por todas y estuviera disponible para un buen hombre. Era lo mejor para ella.

—¿Por qué le habéis dejado en la estacada? —preguntó Clara con dureza.

—¿Qué? —Frieda se quedó sin aliento y le dio la tos. El frío helador se le aferró al cuello—. ¿A qué te refieres?

—Los medicamentos con los que solo se aturde no son la solución.

—Claro que no. ¿De qué estás hablando?

—¿Le habéis animado para que vaya a ver a un psicólogo, o mejor aún, le habéis llevado a uno?

—No, eso no, pero…

—¿No crees que necesita ayuda?

—Evidentemente, pero se la hemos prestado. Una y otra

vez. —¿Cómo se atrevía Clara a ponerlo en duda? Ni siquiera sabía qué problemas tenía Hans, y mucho menos la ayuda que recibía de su familia. ¿Y acaso no se le había ocurrido que también el propio Hans era responsable de su vida? Cada uno forja su suerte, se suele decir.

—Vosotros no estáis capacitados para eso. Hans necesita a alguien que entienda algo de eso, de su dolor y de la manera de ponerle remedio.

El cambio de humor de Clara fue excesivo para Frieda.

—Me acabas de decir que sigues teniéndole cariño. ¿Por qué no fuiste a visitarle después de habernos invitado a champán? Podría haber surgido algo entre vosotros sin necesidad de que yo metiera baza. Tal y como tú querías.

Clara no le siguió el hilo.

—Tú que siempre has querido estudiar, ¿has oído alguna vez el nombre de Freud? ¿O el de Charcot? —Antes de que Frieda pudiera responder, continuó—: Tal vez deberías ocuparte de las obras de esos dos grandes psicólogos. Son muy interesantes. Un especialista en ese terreno sería una bendición para tu hermano. —Y en voz más baja, añadió—: Con la ayuda precisa no habría cometido algunos errores.

¿A santo de qué venía ahora eso?

—Hans estuvo en el Hospital General de St. Georg cuando por fin se libró de la guerra. Y por si no lo recuerdas, también estuvo en vuestra clínica —respondió Frieda en tono insolente—. ¿Por qué allí nadie le dijo que debía consultar a un psicólogo? ¿O es que vuestros médicos no vieron la necesidad? ¿Eres más lista que ellos?

—No creo; de lo contrario, no me habría metido en este embrollo. —De repente, Clara parecía desesperada—. En cualquier caso, más lista que tú sí soy.

—¿A qué te refieres? —Frieda se cruzó de brazos.

—Si fueras más lista, no seguirías saliendo con ese inglés.

—¿Cómo dices? —Frieda se echó a reír—. No conozco a ningún inglés. —La risa se le quedó atragantada en la garganta. ¿O sí? Una horrible sospecha la atrapó como la tela de araña a la mosca.

—¡Precisamente un británico! —dijo Clara entre dientes, como si no hubiera oído la objeción—. Morreándote con él en plena calle, a la vista de todo el mundo.

—Aunque así fuera, ¿a ti qué te importa? —A Frieda le temblaba la voz. ¡Aquello era el colmo!

—¿No me has escuchado? El tal Jason y sus semejantes son los culpables de que la guerra haya durado tanto. Como otros muchos, Hans confiaba en volver a estar en casa por Navidad. —En eso tenía razón. El 5 de agosto del año 1914 había partido a la batalla lleno de júbilo, creyendo que en diciembre volvería a estar cómodamente sentado en la Deichstrasse—. Y así habría sido si los franceses y los rusos hubieran sido vencidos según lo previsto. —Clara se iba acalorando cada vez más—. Solo que los ingleses intervinieron y atacaron a los soldados alemanes. Tienen a tu hermano sobre su conciencia, así como a otros miles, cuyas almas también han sufrido daños, y a los que van cojeando por el mundo con una sola pierna, y a los que les falta un brazo, y a otros que yacen en tierra ajena. ¡Los ingleses lo han destrozado todo!

Frieda dejó plantada a Clara. Las lágrimas rodaban por sus mejillas. ¿Cómo podía ser tan desagradable su amiga? De pronto tuvo la sensación de que todo aquello en lo que había confiado hasta entonces se desmoronaba. Tenía que hablar con Jensen. Todo encajaba a la perfección: el secreto en torno a su nombre, su familia y sus orígenes. Su extraña conducta cuando estaban rodeados de gente. Y, no en último lugar, el comentario de que no le iba a gustar lo que pudiera contarle sobre él. De nuevo le vinieron a la memoria sus palabras en el almacén de Hälssen & Lyon: Que no tenía importancia de dónde procedía uno. Que el cacao y el té formaban una perfecta combinación. Todas esas cosas había dicho, y ahora de repente cobraban sentido. Pero a lo mejor era todo muy distinto, tal vez se había dejado amedrentar por Clara y había sacado las conclusiones que ella quería que sacara. Solo había una manera de aclararse.

Como en trance, fue a casa de Jensen y tocó el timbre.

—¡Frieda! Qué sorpresa. —Jensen se apartó y la dejó pasar.

—Quizá tenga otra más para ti —dijo ella mirándole a los ojos—. Creo que ya sé cómo te llamas. —Él entornó los ojos y se puso en guardia—. Jason.

Se la quedó mirando un rato largo. Luego cogió aire y lo expulsó.

—¿No podemos hablar de esto tranquilamente? —Ninguna réplica, ninguna sonora carcajada, ni siquiera el intento de meterle una bola. Clara había dicho la verdad.

—¡No puedes estar hablando en serio! ¿Cuándo pensabas llamarle al pan, pan y al vino, vino? —bufó ella—. Ah, sí, claro, en un momento especial.

—Tienes razón; tendría que habértelo dicho hace mucho. Me disculpo por no haberlo hecho. Y ahora te ruego que hablemos de ello como personas adultas.

—No sé qué más hay que hablar —dijo ella con la voz ronca y tragándose las lágrimas. No tenía ninguna intención de llorar—. Quizá debería marcharme.

—No, no hagas eso —dijo él con suavidad—. Recuerda que me diste plantón porque tomaste a mi hermana por mi amante. Lo dedujiste equivocadamente. No cometas el mismo error. ¡No te vuelvas a marchar!

—Esta vez las cosas son algo distintas. Tú mismo has admitido ya que es cierto lo que he deducido.

Con una mirada capaz de derretir una piedra y convertirla en masa de cacao, le pidió que se sentara. Frieda se desplomó en un sillón.

—No te he mentido. Me presenté con mi nombre completo. —Se sentó en el borde de un pequeño sofá para estar lo más cerca posible de ella. Al menos físicamente—. Es evidente que me entendiste mal. Había mucho ruido aquel día. —Ella se acordaba como si acabara de pasar. Recordaba a toda esa gente que protestaba a gritos y que quería linchar al fabricante de productos cárnicos Heil y a su apoderada. Aunque Frieda hubiera deseado marcharse a casa, la masa de cuerpos la habría arrastrado por las calles de Hamburgo. No quería ni imaginar lo que le habría ocurrido si no hubiera aparecido Jason y la hubiera rescatado de aquella situación tan crítica—. Me sonó tan bonito… —siguió diciendo, y sus ojos adquirieron ese cálido brillo que tanto le había gustado a ella desde el primer día—. Me llamaste señor Jensen. Y me gustó. —Ella le lanzó una mirada severa, aunque a estas alturas ya le resultaba difícil—. Quise aclarártelo de inmediato —dijo él enseguida—, pero cuanto más esperaba a que se presentara una ocasión apropiada, más difícil se me hacía. ¡Por favor, perdóname!

—Ha habido cientos de oportunidades, Jason. —Todavía le costaba pronunciar ese nombre—. Por ejemplo, cada vez que te preguntaba por tu nombre de pila. O incluso antes, cuando estuvimos hablando del té en el Cölln's.

—¡Pero esa noche sí que lo intenté! —Se inclinó hacia delante y tomó sus manos—. ¿No te acuerdas? Quise dejarlo claro, para que nada se interpusiera entre nosotros, pero tú estabas tan animada… —Sonrió—. No querías oír ninguna confesión, sino brindar y estar contenta. —De repente le soltó las manos—. Y dijiste: «Mientras no seas un inglés o algo peor…».

Frieda lo miró desconcertada. ¿Había dicho eso? ¡Imposible! ¿O sí? Poco a poco fue recordando la ilusión que le había hecho dárselas de culta y bien informada sobre la política internacional. Así al menos se había visto ella.

—Vaya, ¿y eso no era un motivo para llamar al pan, pan y al vino, vino?

—Vino fue lo que te serví —dijo él con una sonrisita—. Y bien que te gustó, si mal no recuerdo. —Inmediatamente recobró la seriedad.

—Me has ocultado que eras el enemigo. —Ella misma se dio cuenta de lo ridículo que sonaba eso, pero no tenía ni idea de cómo abordar esa situación tan enmarañada.

—No lo soy, Frieda, y nunca lo he sido. Nuestros gobiernos lucharon unos contra otros, no las personas.

Sería demasiado hermoso creer en eso.

—Pero eran personas las que se disparaban unas a otras.

—Eso es verdad. Porque tenían que disparar, no porque fueran enemigos. —De pronto, su mirada se perdió en la lejanía—. Yo estuve estacionado en un cañonero. Allí no vi a un solo alemán. —Ahora la miró directamente—. En el frente, los que casi pueden mirarse a los ojos a menudo no se disparan entre sí.

—¿Qué quieres decir con eso?

—Mi primo Nick estuvo en el frente occidental. Esto ocurrió la Nochebuena del primer año de la guerra. Nick vio una luz justo en la línea enemiga. Iba a decírselo enseguida a su superior porque aquello no era lo habitual. Pero entonces vio que se encendía una luz tras otra. —Jason sonrió—. Incluso allí, en medio de las inmundicias y en plena guerra, era

Navidad. Nick me contó que se quedó como petrificado. De repente oyó una voz, muy cerca. Alguien dijo en un inglés bastante malo: «*Hey soldier, English soldier!*». Un alemán, sin la menor duda. Mi primo sostenía firmemente el fusil. Y entonces la voz dijo: «*Merry Christmas!*». —Frieda se imaginó la escena. En la oscuridad de una noche fría y lejos del hogar, el enemigo le desea a uno feliz Navidad. Se le puso la carne de gallina en los brazos—. Al principio Nick tuvo miedo, me contó; pensó que podía ser una trampa. Pero no fue solo ese alemán. Cada vez eran más los que deseaban feliz Navidad en la lengua del enemigo. Las voces sonaban temerosas, pero al mismo tiempo sinceras. Aquellos hombres parecían sentirse igual que Nick y sus camaradas: solos, melancólicos y un poco solemnes. Finalmente, también Nick les deseó unas felices Pascuas a los alemanes. No lo pudo evitar. Y luego se pusieron a charlar, con los fusiles todavía al alcance de la mano.

—¿Por qué me cuentas eso? —preguntó ella.

—Espera, la historia todavía no ha terminado. Los soldados, ingleses y alemanes, en algún momento empezaron a cantar. Noche de paz. *Stille Nacht,* para los alemanes, y *Silent Night,* para los ingleses. La melodía es la misma. —Frieda no pudo evitar una sonrisa—. Esa es tan solo una historia entre muchas, Frieda. En este caso, seguro que influyó también el espíritu de la Navidad, pero si los hombres se hubieran odiado, si se hubieran visto como enemigos, ese espíritu tampoco habría conseguido nada. Entonces la paz que se instaló en esa sección de la línea enemiga, en la que estaba mi primo Nick, no habría durado, como de hecho duró, más allá de los días festivos.

Frieda estaba hecha un lío. Primero, el encuentro con Clara, ahora la conversación con Jason. Se sentía terriblemente decepcionada; por otra parte, no podía enfadarse con él. ¿Qué error había cometido Jason? ¿Tan importante era realmente que hubiera guardado silencio durante tanto tiempo? Además, la culpa era en parte suya. Sin embargo, había hecho el ridículo delante de Clara, justo cuando estaban a punto de reconciliarse. Frieda le dijo a Jason que necesitaba tiempo, que quería estar sola, y se marchó.

Una hora más tarde, cuando ya estaba de vuelta en su cocina del cacao de la Bergstrasse, se preguntó cómo se podrían combinar el té y el cacao. No hay manera, respondió una voz en su interior. Son incompatibles. Por otra parte, no se trataba del origen o de alguna estúpida enemistad. Lo que más la ofendía era el secretismo, la falta de sinceridad. En efecto, ella había hecho un comentario poco afortunado acerca de los ingleses. Pero, en cualquier caso, la conducta de Jason no había sido hanseática; eso era exactamente lo que ella le reprochaba. «Olvidémoslo, por favor», le había dicho él. No era tan sencillo. Al parecer, los ingleses no concedían valor a virtudes como la franqueza. De repente se acordó del Rey Arturo, que supuestamente era justo y noble de espíritu. ¿Y qué había de la caballerosidad de su Mesa Redonda? ¿O es que en Inglaterra solo eran sinceros y se portaban bien los caballeros, mientras que todos los demás iban de bárbaros por la vida? Ella misma se daba perfecta cuenta de que estaba exagerando. Daba igual; le servía para combatir la rabia y la desilusión. A Frieda siempre le había fascinado Gran Bretaña; antes de la guerra, posiblemente le habría entusiasmado su origen. E incluso ahora le encantaría saberlo todo sobre ese país, o hasta acompañarle allí de viaje.

¡Vaya ideas que se le ocurrían! Su familia jamás lo consentiría. Resultaba imposible presentarle un británico a su padre. En cierto modo, Clara estaba en lo cierto al decir que los británicos tenían a su hermano sobre su conciencia. Y le habían quitado a Alemania el *Imperator*.

En realidad, Frieda tendría que ponerse enseguida a rellenar bombones de champán, solo que le faltaba la tranquilidad que requiere la buena mano. Prefería remover la masa de cacao; para eso no hacía falta demasiada delicadeza. Eso creía ella.

—¡Qué mierda! —protestó. La lata de la leche en polvo se le había escurrido de las manos. En el último segundo la había atrapado, pero ahora había demasiada en la tina.

—No es nada grave —opinó Henriette, que ese día había dejado la cocina de los Hannemann para empaquetar las tabletas recién hechas—. Igual así sale un chocolate con leche especialmente suave.

Frieda no se molestó en contestar. Siguió removiendo y añadiendo también algo más de los otros ingredientes. Al cabo de cinco minutos, la masa parecía demasiado sólida. Pero eso se arreglaría después de pasar por la laminadora. Encendió la máquina y vertió la masa de cacao. Pocos segundos después del traqueteo de la molienda, se oyó un ruido espantoso y las bobinas se pararon.

—¡No puede ser! —Frieda había gritado más de lo que quería. Henriette se puso aún más pálida de lo habitual—. ¿Es que hoy no me va a salir nada bien? —Frieda se desabrochó el delantal, el lazo se hizo un nudo, se lo quitó de mala manera y lo colgó furiosa de un clavo. Tenía que hacer algo distinto, algo que la distrajera por completo. La idea le vino de golpe y porrazo—. Henni, si alguien pregunta por mí, di que estoy en el número dos de la Talstrasse.

—Ajá —oyó a su espalda cuando salió de la cocina del cacao.

Hans llevaba mucho tiempo arreglándose sus ondulados y rubios cabellos en el famoso salón de peluquería de la Talstrasse.

—Deberías ir tú también algún día —le había propuesto varias veces a Frieda—, y dejar esa peluquería tan anticuada de al lado de casa.

Sin embargo, Frieda no le veía ningún sentido a hacer un recorrido más largo solo para arreglarse el pelo. Para colmo, aquello estaba en la Reeperbahn de St. Pauli, una zona en la que no se encontraba demasiado a gusto. Además, qué más daba una peluquería que otra. El hecho de que el salón de la Talstrasse fuera el más grande a mil leguas no significaba nada en favor de la calidad. De todas maneras, también era considerado como el más moderno de la ciudad y alrededores. Precisamente eso era lo que necesitaba ahora.

—Quiero que me corte el pelo como lo lleva la actriz Pola Negri —le indicó al peluquero—. Pero un poco más corto todavía.

Cuando Frieda salió del salón, no sabía si reír o llorar. Por una parte, sin sus trenzas de toda la vida se sentía más ligera; por otra, le daba pena porque siempre le había gustado su larga melena. Jason se sentiría decepcionado; eso era lo que más le preocupaba. Aunque, por otro lado…, también era precisamente uno de los motivos por los que se lo había cortado.

—¿Señorita Hannemann? —Frieda se dio la vuelta. Ante ella estaba Alfred Fellner—. Es usted realmente. —Meneó la cabeza sin poder apartar la vista de ella—. Al principio no me lo podía creer. —Hizo un gesto de aprobación—. Veo que ha madurado y le ha dicho adiós a la vieja fachada.

—Un poco de cambio no viene nunca mal, ¿no cree? —Le lanzó al pintor una mirada desafiante.

—Siempre es bueno cambiar. El que se acomoda ya está muerto. —Daba la impresión de que él no había cambiado, al menos en cuanto a su drástica manera de expresarse—. Pensé que vendría a visitarme a mi estudio del distrito de los almacenes.

—He estado con mucho trabajo, y además no me ha invitado. —Estiró la barbilla y notó cómo los rizos cortos le asomaban por la cara. Una bonita sensación.

—Pues entonces me dispongo a repararlo ahora mismo. —Le dio su dirección.

—Eso está justo al lado de Spreckel —dijo ella—. Quiero decir de Spreckelsen y consorciados.

—Exactamente. Tiene que subir arriba del todo. Mi estudio está justo debajo del tejado. Por la luz. —Frieda asintió con la cabeza—. Estupendo, me alegraría mucho que viniera. —Hizo una pausa, pero no se movió de allí—. Realmente ha conseguido sorprenderme, Frieda Hannemann —dijo luego, y la miró muy serio a los ojos—. No solo por el peinado. He oído hablar de la cena del cacao. Si sigue así, acabarán poniéndole en la ciudad una bonita placa conmemorativa, como la de su antepasado en la Admiralitätstrasse.

¿De qué estaría hablando? Frieda no tenía ni la más remota idea. Se propuso que no se le notara. Así pues, se limitó a sonreír y emprendió el camino a casa. ¿Eran figuraciones suyas o la gente la miraba de otra manera? Alfred Fellner había dado en el clavo: había madurado. No le importaba nada que se le notara. Qué curioso; hacía poco que la rabia y la decepción se habían adueñado de ella, y ahora tenía ganas de cantar y saltar de pura alegría. Todo iría bien si tomaba las riendas de su vida. Era lo que deseaba ya desde niña; ahora tenía dieciocho años y nadie se lo podía prohibir. Como primera medida averiguaría qué ponía en esa placa conmemorativa de la que hablaba Fellner. La Admiralitätstrasse le pillaba casi de paso, solo tendría que desviarse un poco y no le importaba perder unos minutos. Recorrió sin prisa las fachadas, mirando con detenimiento cada casa. Ya desde lejos vio un edificio rosa impresionante que tenía una placa de bronce junto a la puerta de la entrada. Según se acercaba notó cómo se le aceleraba el corazón. Efectivamente, enseguida le saltó a la vista el apellido Hannemann. Se acercó más y, mientras leía, el aliento se le heló formando una nube delante de los labios:

A la memoria de Theodor Carl Hannemann, comerciante e hijo predilecto de nuestra ciudad, que en el Gran Incendio del año 1842 salvó de las llamas al Orfanato del Consejo Hamburgués gracias a su rápida y valiente intervención: 237 niños y 42 empleadas le deben la vida. Tras la devastadora catástrofe, los huérfanos fueron alojados en otro lugar, y a este edificio se mudó provisionalmente el Ayuntamiento de la ciudad de Hamburgo. Eso también se lo debe la ciudad a T. C. Hannemann.

Theodor Carl Hannemann, sin duda su bisabuelo. De manera que ese era el acto heroico del que había oído hablar en unas cuantas ocasiones. ¿Por qué no se lo habían contado nunca su padre ni el abuelo Carl? Tenían que sentirse orgullosos de su famoso antepasado. ¿Y acaso no era la historia perfecta para contársela una y otra vez a los niños antes de dormir? Se lo preguntaría a su padre, pensó, mientras volvía al trabajo en la cocina del chocolate.

—Ha venido un hombre preguntando por usted. —Henriette se metió detrás de la oreja un mechón rubio que se le había resbalado de su fina cola de caballo.

—¿Puedes ser un poco más precisa? Un hombre… —Frieda meneó la cabeza mientras se ponía el delantal.

—Era pelirrojo, con perilla. —Se notaba que Henriette tenía que concentrarse mucho—. Williamson, se llamaba.

—¡Jason! ¿En su cocina del cacao? A Frieda le desapareció la sensación de ligereza. Una mano férrea parecía oprimirle el corazón—. Ha dicho que era importante y que tenía que marcharse a Berlín. Ahora mismo.

—¿Puedo dar con él en alguna parte?

Henriette negó con la cabeza.

—No, ya no. Pero dará señales de vida en caso de que vuelva.

Frieda se quedó sin aire.

—¿Eso ha dicho?

—Sí, más o menos. Creo.

—¿Ha dicho «en caso de que vuelva», Henni? —le gritó Frieda a la pinche.

A esta se le agolparon las lágrimas en los ojos.

—No sé. También puede ser que haya dicho «cuando vuelva».

—Gracias, Henni —dijo Frieda en un tono más suave, y dejó la cocina del cacao tras ella.

Lo que importaba era si había dicho «en caso de» o «cuando». Frieda se apoyó en la fría pared y cerró los ojos. ¿Por qué se habría ido a la peluquería en lugar de hacer su trabajo? Si se hubiera quedado, entonces Jason la habría encontrado.

—¡Vaya pinta que tienes! —Ella abrió los ojos y vio directamente la cara de Ernst. Este se la quedó mirando como si tuviera caca de gaviota en la cabeza.

—Es un *bob*, es lo que se lleva ahora —le aleccionó escuetamente.

—Sí, los hombres lo llevan, pero no tú. —Arrugó la nariz—. Qué pena por tu bonito pelo. —Suspiró profundamente. Frieda notó que de repente le entraban ganas de llorar—. ¿Qué pasa ahora? —Él ladeó la cabeza—. No estarás llorando, ¿no? —Ella no podía ni hablar—. ¿Tomamos un té? —Aquello era demasiado. Sin poder hacer nada por evitarlo, enseguida se le humedecieron los ojos y rompió a llorar—. Vaya por Dios. Perdona. —Ernst no sabía qué hacer—. No quería decir eso. Tampoco estás tan fea. Solo que tendré que acostumbrarme —opinó—. Además, ya te crecerá.

—No lloro por eso. —Sorbió los mocos.

—¿Qué te ha pasado entonces? —La agarró suavemente del brazo—. Ven, vamos dentro. Aquí en mitad del pasillo no se está a gusto.

Cuando se sentaron en la pequeña cocina de la vivienda de los Krüger, Frieda abrió su corazón a Ernst. Se desahogó con él y le contó todas las preocupaciones que le daba su hermano. A continuación le describió lo rematadamente mal que estaban las cosas con Clara.

—No estuvo nada bien lo que se permitió hacer aquel día tu hermano. De todas maneras, habría jurado que eso a Clara y a ti no os afectaría para nada. Clara y tú erais como dos cisnes de los de su tío. Fieles e inseparables. ¿Y de repente ya nada? ¿Solo porque el tontaina ese vaya por ahí haciendo el gamberro? —Ella le lanzó una mirada de advertencia—. ¡Pero si es verdad!

—Ay, Ernst, cuando algo se tuerce, ya sale mal todo —le explicó, tomó aire y se enjugó los ojos.

—¿Hay algo más? —La miró amorosamente, como el hermano pequeño que a ella le hubiera gustado tener. ¿Por qué no se lo habría contado hacía tiempo? Tendría que haber sabido lo bien que sienta.

—¿Qué sería de mí sin ti? —Frieda le acarició el brazo.

—Tonterías, somos amigos. O algo así. —Bajó un segundo la vista hacia la mesa, antes de mirar de nuevo a Frieda—. Venga, desembucha.

Entonces Frieda le habló de Jason, a quien siempre había llamado Jensen. No se dejó nada. Describió los primeros encuentros y cómo Jason la había salvado de la muchedumbre enfurecida en la plaza del Ayuntamiento, y cómo había aparecido de repente en la cena del cacao y la había vuelto a invitar. Ernst escuchaba muy callado. Se quedó pensativo, como un buen amigo, sin tomarse sus preocupaciones a la ligera.

—En fin, no le conozco —dijo despacio, una vez que Frieda hubo terminado de hablar—. Que sea inglés no tiene demasiada importancia, me parece a mí. En la Speicherstadt hay algunos británicos, y también chinos y yanquis. Hamburgo es un crisol. —Se concentró en mirar sus manos.

—¿Pero?

—¿Hum? —Ernst alzó la vista.

—Que Jason sea inglés no tiene demasiada importancia, ¿pero? ¿Qué es lo que sí tiene importancia?

—Ya digo que no le conozco. Es solo que… quizá vuestra… —dudó un momento—, vuestra relación… —dijo finalmente—. Quizá vuestra relación no tenga buena estrella.

Los siguientes días fueron terribles. Ninguna señal de vida de Jason. Frieda no podía quitarse de la cabeza las palabras de Ernst. «Quizá vuestra relación no tenga buena estrella». Pues sí, eso parecía. Solo que no sabía qué conclusión sacar de ahí. Hans seguía sin aparecer durante días ni por la oficina ni por casa. Cuando por fin volvió, lo hizo en un estado lamentable, con el pelo enmarañado, la mirada vidriosa y los ojos amoratados. Alguien le había pegado o se había caído de bruces, no había manera de sonsacárselo; en cualquier caso, parte de la cicatriz le había reventado y ahora estaba hinchada. El abuelo Carl no paraba de murmurar que el káiser pronto volvería a restaurar el orden.

—Ese Partido Real Prusiano lo pondrá todo otra vez en su sitio, mi querida Leopoldine. —Carl se agarró a los hombros de Frieda y continuó con la mirada perdida—: Cuando esos lleven el timón, entonces nuestro nieto entrará también en razón. Y el Ayuntamiento volverá a estar en su sitio. Y tú no tendrás que seguir trabajando. —Le rozó la mejilla—. ¡Día y noche haciendo chocolate! —Meneó la cabeza—. Mira lo pálida que estás ya. Más te valdría coser, hacer ganchillo y tener hijos.

Que su madre hubiera padecido un llanto convulsivo por su nuevo peinado no la animaba demasiado. Tampoco la situación política, pues parecía que nunca se restablecería la paz. Alemania no pudo ponerse de acuerdo con los aliados sobre los pagos exigidos por reparaciones, y precisamente el primer ministro británico amenazaba con ocupar la Cuenca del Ruhr.

—«Los franceses han ocupado Ruhrort, Duisburgo y también Düsseldorf» —le leyó el padre el periódico—. Eso podría dar impulso al Partido Nacionalsocialista Obrero Alemán —Suspiró—. Ese tal Hitler ya no es su presidente, pero no creo que dure mucho ocupando la segunda fila. Ese hombre quiere llegar a lo más alto. Esperemos que no lo consiga, estrellita. Me da mala espina.

—Por cierto, he estado en la Admiralitätstrasse —empezó Frieda por hablar de algo alegre.

—Hum —dijo el padre sin alzar la vista.

La madre entró, le lanzó una mirada como si Frieda se hubiera cortado el pelo al rape y meneó la cabeza a un lado y otro, un ritual al que se había acostumbrado y que probablemente no cesaría hasta que a Frieda le creciera el pelo lo suficiente como para hacerse una cola de caballo. Se sentó sin decir una palabra y se parapetó tras su revista de moda favorita, *Die Dame*.

—He descubierto la placa conmemorativa del bisabuelo Theodor. —Su padre bajó el periódico. Frieda se sentó a su lado—. ¿Qué fue lo que pasó? ¿Cómo consiguió salvar la casa y a casi trescientas personas? ¿Lo hizo todo él solo?

—No, una sola persona no puede hacer algo así. —El padre sonrió meditabundo.

—¿No irás a hablar otra vez de esos estúpidos vejestorios? —La madre le miró agotada por encima del borde de la revista.

—A mí me interesan esos estúpidos vejestorios, como tú los llamas —la increpó Frieda.

—Vaya un tono que utilizas últimamente —constató la madre meneando la cabeza.

—Perdón, pero me interesa mucho. No puedo entender por qué nunca se ha hablado de esa heroicidad.

—Heroicidad —dijo su madre con desprecio.

—No todo lo que parece un acto heroico, lo es —le explicó su padre amablemente.

Frieda ladeó la cabeza.

—Pero en este caso…

—Qué vergüenza —siseó Rosemarie, estampó *Die Dame* contra la mesita del tresillo y se fue. Al llegar a la puerta, se volvió de nuevo—. ¡Albert, no se te ocurra contarle nada a la niña!

—¿Qué? —Frieda la taladró con la mirada—. Ya no soy una niña, mamá. —Estiró la espalda—. Soy una adulta y tengo derecho a saber la historia de mi familia. —En voz más baja añadió—: Y papá tiene derecho a contarme lo que quiera.

¿Cómo se atrevía su madre a prohibirle algo a su padre? A Frieda le entraron ganas de sacudirlos a los dos para que espabilaran. Rosemarie cogió aire, pero se abstuvo de hacer más comentarios y al salir dio un portazo.

—Estrellita, estrellita, has cambiado mucho. —Aquello no sonaba a entusiasmo. Pero una mirada a los ojos de su padre le dijo algo completamente distinto—. Tu madre no acaba de comprenderlo. Tienes que ser considerada con ella. —No esperó a la respuesta—. Bueno, pues ahí va toda la historia —opinó suspirando—. Sabrás que el 5 de mayo de 1842 un guardia nocturno descubrió el incendio en un almacén de esta calle, de la Deichstrasse.

—Sí, lo sé. Debió de prender a toda velocidad.

—Ya lo creo. De eso me hablaba con frecuencia mi abuelo Theodor. A derecha e izquierda, junto al almacén de la casa número 44, había depósitos abarrotados de lana y sebo, de alcohol e hilo de lino. Todo eso arde con mucha facilidad. Los bomberos llegaron enseguida, pero se vieron impotentes y trabajaron en unas condiciones muy adversas. Después de un largo período de sequía, los canales tenían un bajo caudal de agua, y a eso se añadió el viento… Hoy a duras penas podemos imaginar lo que fue aquello, pero el tejado de cobre de la iglesia Nikolai se recalentó tanto, que se cayó. Las campanas, precisamente las de la iglesia Nikolai, el orgullo de la ciudad, fueron puestas en movimiento por el fuego y su tañido no dejó de oírse mientras el fuego bramaba, rugía, silbaba y crujía. —Tenía la mirada perdida en la lejanía, como si pudiera ver las imágenes de las que le había hablado su abuelo. Frieda casi no se atrevía a respirar, pues de repente se vio envuelta también ella en la historia—. Hoy quizá oigas decir alguna vez que los senadores no actuaron como es debido y tomaron unas decisiones equivocadas. —Resopló por lo bajo—. No es tarea fácil decidir que una casa o un puente han de ser sacrificados para detener las llamas. —Alzó los hombros y enseguida los bajó—. Pero llegó un momento en que no se podía hacer otra cosa, y el viejo Ayuntamiento del Trostbrücke fue dinamitado.

—Por eso después del incendio hubo que despejar el orfanato para dar cabida a los asuntos oficiales. —Ahora entendía Frieda las últimas palabras de la placa conmemorativa.

—El orfanato, sí. Era un edificio de piedra muy sólido. Pero cuando se está rodeado por todas partes de brasas ardientes, el calor se vuelve tan insoportable, que puede hacer que todo se derrita. Tu bisabuelo se dio cuenta de eso y despertó a las educadoras y las sacó de la casa junto con todos los enseres fácilmente inflamables. Tenía que evitar que el fuego, debido a las temperaturas tan extremas, saltara desde fuera hacia dentro. Bajo su dirección, algunas de las mujeres llenaron todos los recipientes que tenían a mano con el agua del canal del Alster. Otras corrieron incluso hasta el canal de Herrengraben, porque no había agua suficiente. Aun así, apenas llegaba para apagar las ascuas del interior de la casa tan pronto como se formaban.

Frieda tiritaba y, al mismo tiempo, sentía un calor abrasador en la piel.

—Pusieron su vida en peligro —constató en voz baja—. Si dentro de la casa brotaban pequeños incendios y ellas estaban allí para apagarlos, arriesgaron la vida.

Su padre asintió.

—Sí, eso es verdad. Mi abuelo decía siempre que las educadoras con sus batas blancas eran como ángeles, porque hicieron algo sobrehumano. Aunque se les quemó el vello de la piel, no se dieron por vencidas. —Sonrió orgullosamente—. De haber podido preguntárselo a mi abuelo, la placa estaría dedicada a esas mujeres, no a él. —Durante unos segundos, los dos permanecieron sumidos en sus pensamientos—. Pasaron casi veinticuatro horas antes de que ganaran la batalla y pusieran el orfanato a salvo; en total el incendio duró tres días. La ciudad tuvo que dar alojamiento a veinte mil personas que, de un día para otro, se quedaron sin un techo sobre su cabeza. Entre ellas no figuraban los niños huérfanos.

—¿Por qué salvó tu abuelo precisamente esa casa? Por supuesto había mujeres y niños que podrían haber sido sorprendidos por el fuego durante el sueño y podrían haber muerto. Pero si se quemó aproximadamente una cuarta parte de la ciudad, seguro que había más edificios que salvar con personas desamparadas que quedaron a merced de su suerte.

—¿Lo ves? Ahora viene la otra cara de la moneda, la infamia del héroe. —Ella le lanzó una mirada interrogativa—. Tu bisabuelo había dejado embarazada a una criada. La pobre mujer, en su desesperación, se quitó la vida después de haber depositado a la criatura a las puertas del orfanato.

—¿Y él lo sabía?

—Sí, ella le había dejado una carta. En realidad, el orfanato acogía a niños mayores de cuatro años. Con una generosa donación, Theodor consiguió que se hiciera una excepción. Y, de forma anónima, año tras año hacía llegar una cantidad de dinero al vástago ilegítimo, aunque, oficialmente, para todo el orfanato. —A Frieda los pensamientos le daban volteretas. ¡Entonces el abuelo Carl tenía un hermano o una hermana!

—¿Qué ha sido de esa criatura? ¿Sabes algo de ella?

—No. —Meció pensativo la cabeza—. De ese tema nunca se ha hablado. Era la vergüenza de la familia. Al menos mi padre nunca quiso saber nada. Mi abuelo Theodor me lo contó cuando era viejo y hacía tiempo que había dejado la empresa en manos de su hijo.

—¿Era una niña o un niño?

Él se encogió de hombros.

—Ni idea.

—Pero alguien ha tenido que ocuparse del asunto. En algún momento, la criatura se habrá convertido en un adulto.

—Igual que tú. —El padre sonrió y le acarició la mano.

—Esa persona pertenece a nuestra familia. Algún día habrá tenido que abandonar el orfanato y arreglárselas por sí sola. Si las donaciones del bisabuelo eran anónimas e iban destinadas a toda la institución, entonces cuando su hijo o hija creciera, dejaría de percibir toda clase de ayuda.

—Supongo que no recibió ninguna, no. La familia quiso impedir a todo trance que salieran a relucir las razones por las que Theodor había actuado tan heroicamente. De lo contrario, los hamburgueses no le habrían honrado tanto y el nombre de nuestra familia se habría visto mancillado.

—Pero él te contó la verdad —insistió Frieda—. Tiene que estar removiéndose en la tumba porque a nadie le interesa ya quién es carne de su carne y sangre de su sangre.

—Hablé de eso con mi abuelo poco antes de su muerte. Me contó que a esa criada realmente la había amado. Nunca superó que se quitara la vida. «Pero no está en juego nuestra suerte personal», me dijo entonces, «sino la de Hannemann & Tietz. Ese es el logro más significativo de todos los hombres de esta familia, es la obra de su vida y está por encima de todo lo demás. Luego, cuando hayamos muerto, nuestros descendientes extraerán de ahí su orgullo, su identidad y su sustento».

16

Una mañana de principios de abril, Gertrud le entregó a Frieda un sobre mientras la familia estaba desayunando.

—Toma, Frieda, ha llegado esto para ti.

—Gracias. —Cuando su mirada recayó en el remitente, no pudo contenerse y rasgó enseguida el sobre.

—¿Y bien? ¿Una carta del canalla que te ha hecho eso? —Rosemarie señaló al pelo de Frieda—. ¿Te pide perdón?

—No le hagas caso, estás bien así —murmuró Hans—. ¡Te queda genial! —Rosemarie cogió aire.

Antes de que pudiera decir algo, Albert se pronunció:

—A mí también me gusta. Te sienta bien, estrellita.

Frieda no prestaba atención. Sus ojos volaban por los renglones.

> *Querida Frieda:*
> *He regresado a Hamburgo. Pero hay problemas que debo resolver. Por favor, ven lo más aprisa que puedas. Tengo que hablar contigo.*
>
> *Tu Jason*

Frieda se levantó de un brinco.

—Me tengo que ir.

—¿Ha pasado algo? —Su padre la miró preocupado.

—Os lo explicaré más tarde. Perdonadme, por favor.

Había estado toda la noche lloviendo, y ahora salía el sol. La humedad de las calles y los callejones empezaba a evaporarse. Frieda pasó corriendo a través de la gente y los carruajes sin apenas reparar en ellos. Ni siquiera lanzó una mirada a las rosas del azafrán, que entre el Lombardsbrücke y el Alsterlust salpicaban el verde césped y que tanto le gustaban normalmente. Lo único que quería era ver a Jason. ¿Qué habría pasado? Ojalá no fuera nada malo. Había regresado a la ciudad, lo tenía cerca; no obstante, le añoraba más que nunca. No quería volver a separarse de él nunca más. Cuando por fin llamó a la puerta con los nudillos, le faltaba el aliento. Al cabo de un segundo, oyó sus pasos, esos pasos que le resultaban tan familiares. Luego abrió la puerta.

—¡Frieda!

Ella se le lanzó al cuello.

—Oh, Jason, cómo te he echado de menos.

Él la sostuvo con firmeza, le acarició el pelo.

—¿Dónde ha ido a parar el resto? —le preguntó sonriendo.

—Me lo he cortado. —Se encogió de hombros—. ¿He hecho mal?

Él la miró con detenimiento.

—De ninguna manera. Si me hubieras dicho que te lo ibas a cortar, te habría amenazado o encerrado. Sin embargo, te queda precioso.

Frieda se rio aliviada por seguir gustándole incluso con el pelo corto.

—Cómo me alegro de que ya estés aquí —susurró—. No vuelvas a marcharte, ¿me oyes? De lo contrario, tendrás que llevarme contigo.

Le acarició el cuello con la punta de los dedos, se estrechó contra él y alzó la vista para mirarle. Sus ojos grises se habían oscurecido. Jason la deseaba tanto como ella a él. Su mirada robó la respiración de Frieda, que se abalanzó sobre él y le besó. Las manos de Jason recorrieron su espalda hacia abajo. Frieda se quitó el abrigo y metió los dedos bajo su camisa. A él se le aceleró la respiración. Frieda sabía que no podían llegar hasta el final, pero quería más. ¿Qué le había dicho Hans? Que una mujer podía hacer feliz a un hombre sin necesidad de sacrificar su inocencia. Ella no tenía ni idea y eso la asustaba. Pero al mismo tiempo, estaba segura de que era con Jason con quien quería perder la inocencia. Con la punta de la lengua exploró sus labios con curiosidad.

—Frieda, no, no deberíamos hacerlo —dijo él con la voz ronca. Al momento siguiente, la cogió en brazos y la llevó al sofá.

—Pero queremos hacerlo —susurró ella, riéndose por lo bajo.

—Más de lo que te imaginas —respondió él atormentado. Ella se recostó en el sofá. Él no tardó en besarla. Le levantó un poco la falda y le acarició las piernas, envueltas en medias de seda. A Frieda le supo a gloria y suspiró—. Frieda, preciosa, mujer enloquecedora. —Después de cada palabra la fue besando en la punta de la nariz, en las mejillas, en los labios. Le desabrochó los botones de la blusa y besó la blanca piel de su cuello. Frieda estiró la espalda y echó la cabeza hacia atrás. Pasara lo que pasara, lo deseaba—. Cómo me gustaría poder quedarme —murmuró él, besando tiernamente el pequeño hoyo de la clavícula. El juego de sus suaves labios y la lengua exploradora estremecieron de tal modo a Frieda que por un momento se quedó sin habla.

—¿A qué te refieres? ¿Es que tienes que volver a marcharte? —logró decir al fin, enterrando los dedos en el pelo de Jason.

—Tengo que irme a la India. —Frieda se quedó paralizada, se puso rígida. Jason la miró—. En una plantación de té hay problemas. Problemas graves. Tengo que ir. —Ella sintió náuseas, se separó un poco de él y se abrochó la blusa con las manos temblorosas—. Pasaré por Londres, donde me quedaré uno o dos días —continuó Jason. Carraspeó y se alisó la ropa—. No hay vuelta de hoja. —De repente, la miró—. Has dicho que te lleve conmigo cuando me vuelva a marchar. ¡Acompáñame, Frieda! Ven conmigo.

—No puedo irme así por las buenas —respondió ella de manera automática.

Aquello no podía ser verdad. Por fin se habían aclarado los malentendidos entre ellos, por fin podía decirle a su familia que se había enamorado de un inglés, para que se fueran haciendo a la idea, y luego por fin podría estar siempre con él. ¿Y todo eso había terminado antes de que realmente hubiera empezado? Todavía oía la voz de Ernst. Tal vez esa relación no tenía buena estrella.

—Me gustaría presentarte en Londres a mis padres. En el fondo es una buena oportunidad. —Sonrió, pero Frieda notó que tenía miedo de lo que ella decidiera—. Desde allí continuaremos el viaje juntos. En barco, por el mar. ¿Cómo te suena eso?

—Emocionante. —Bajó la mirada—. Es todo tan repentino… Quiero decir que me encantaría…

—¡Entonces di que sí, Frieda! Estaré fuera mucho tiempo. Quién sabe cuándo podré volver a Hamburgo. No nos separemos.

—¡Pues no te vayas! —imploró ella desesperada.

—Tengo que marcharme, Frieda. Alguien de la familia tiene que arreglar las cosas de la plantación. Llevo mucho tiempo sin ir a nuestra sede en Londres y más aún a la India. Mi padre confía en mí.

A Frieda se le agolpaban los pensamientos. Ernst era un

buen aprendiz y, sobre todo, de él podía uno fiarse, pero no era el sucesor. Con Hans desde luego no se podía contar. Y aunque su padre no quisiera saber nada de eso, quizá era ella la que algún día se haría cargo de la dirección de Hannemann & Tietz. Cada vez era más frecuente que una mujer tomara las riendas de un negocio. ¿Y por qué no? Albert Hannemann era un hombre con una mentalidad moderna. Últimamente no parecía que pudiera descartar de forma categórica esa posibilidad, aunque sin duda seguiría confiando en encontrar otra solución.

—A mí me pasa lo mismo, Jason. No puedo dejar a mi padre en la estacada. Entiéndelo, por favor.

—Pero seguro que encuentra a alguien que se encargue de la producción de chocolate mientras tú estés fuera.

—No es tan sencillo. La factoría se ha convertido en un componente esencial de la empresa y está en mis manos y bajo mi responsabilidad. Soy la única que conoce las recetas, que sabe cómo se mezcla, se atempera…, en fin, todo. No puedo dejarlo todo de un día para otro.

—Pero yo tengo que marcharme de un día para otro —dijo él en voz baja, y tragó saliva.

—Entonces esto es una despedida —dijo ella con tristeza—. Si desde un principio hubieras sido sincero conmigo, Jason, las cosas podrían haber sido distintas. Pero de este modo… —Se encogió de hombros con un gesto de desvalimiento—. No puedo hacerle eso. No puedo marcharme de la noche a la mañana con un hombre completamente desconocido.

—Vayamos a verlos ahora mismo. —Le tomó las manos. Frieda lo miró. Al ver su sonrisa esperanzada, se le encogió el corazón—. Pediré tu mano oficialmente —dijo con solemnidad—. Si tú quieres.

Una lágrima resbaló por la mejilla de Frieda. No había nada que deseara más.

—No puedo, Jason. No puedo dejar mi factoría —susurró.

Guardaron un largo silencio. Solo en una ocasión sonó la bocina de un barquito en el cercano Alster, y el viento, que ahora soplaba con más fuerza, repicó en las ventanas.

—Frieda, yo te amo —dijo él después de una eternidad—. Es verdad que todo se ha presentado con demasiada rapidez. Pero piénsatelo: ¡la India! Verás elefantes y tigres. No detrás de unas rejas, como en Hagenbeck, sino en mitad de la jungla. —Hablaba con tanto entusiasmo que Frieda no podía sustraerse a él—. En la India no solo se cultiva té, sino también cacao. Podrías encontrar nuevos socios comerciales para tu padre. Quién sabe, a lo mejor hasta se podría ampliar nuestro asentamiento. Cacao y té. —La miró profundamente a los ojos—. Me sigue pareciendo la mejor combinación que uno pueda imaginar. Tú y yo prometidos. Conocerás nuestras plantaciones y te presentaré a cultivadores de cacao. ¡Por favor, Frieda, piénsatelo! —Ella cogió aire, pero él siguió hablando—: Vamos a hacerlo así: Me quedaré aquí otros dos días. Ve preparando a tus padres. Habla con tu padre sobre quién podría encargarse de la factoría en tu ausencia. Mientras tanto reservaré el pasaje para ti y avisaré a mis padres de que no llego solo. Antes de partir de viaje me presentas a tus padres y nos prometemos. ¿Qué me dices?

Ella le lanzó una mirada radiante.

—Estás completamente loco, Jason Williamson.

Frieda ya no podía pensar en ninguna otra cosa. Londres, la India… Con él… Recordó sus abrazos, sus besos. Un agradable cosquilleo recorrió su cuerpo. Jason le iba a sacar un pasaje: ya solo esa palabra encerraba la promesa de una vida completamente nueva. ¡Pero solo contaba con dos días! Frieda se encerró en su habitación. Se sentía como el tigre de Hagenbeck, al que alguien le había atado a una correa. Jason tenía razón; a nadie le gustaba que lo ataran. De repente, Hamburgo le pareció angosto y enmohecido, como si la hubieran encerrado en esa ciudad y el mundo comenzara al otro lado del Elba. Pensó en marcharse de allí. Inmediatamente. ¿Y qué sería entonces de Hannemann & Tietz? «El bien de la empresa está por encima de tu suerte personal, ¡confórmate con eso! Eres la hija de un comerciante hanseático cuyo único hijo varón no da muestras de seguir sus pasos. De modo que si la empresa ha de pasar de una generación a otra, tú eres la única que respalda el apellido de Hannemann». No podía irse con Jason. Frieda soltó un fuerte sollozo. Se arrojó a la cama y dio puñetazos en la almohada. A punto estuvo de no oír que alguien llamaba a la puerta con los nudillos.

—¿Sí? —Se limpió la cara y sorbió los mocos un par de veces.

—¿Puedo entrar? —Hans. Lo que le faltaba.

—Pasa. —Se incorporó.

Su hermano apareció en la puerta. Últimamente tenía la cara más afilada. Por eso y por la nueva lesión, la cicatriz se veía más abultada. Pero a él parecía no importarle; al menos, ya no se la tapaba con una capa de polvos.

—Te he oído. ¿Puedo? —dijo señalando con la cabeza hacia su cama. Ella tenía un nudo bien gordo en la garganta. Si Hans no se hubiera abandonado tanto, ella sería libre. De todos modos, parecía que al fin iba entrando en razón—. Te he oído —repitió, y le acarició las mejillas todavía húmedas. La cara tan demacrada y la abultada cicatriz rosa convertían su sonrisa en una grotesca mueca de payaso—. Durante las primeras noches, después de la guerra, estuve a solas con mis peores pesadillas. Tú fuiste la única de esta familia que venía a mi habitación para consolarme —dijo en voz baja—. Yo creía que tú nunca llorabas. —Con una risa insegura se metió detrás de la oreja el pelo, que ya le había crecido demasiado—. Estaba equivocado. No sé si se me da bien escuchar, pero, en fin, aquí estoy.

Al instante, Frieda se transformó en aquella niña que se había hecho una herida en la rodilla. Apoyó la cabeza en el huesudo regazo de su hermano.

—Gracias. —Durante un rato permaneció callada, notando el calor y las caricias de sus manos. Como antes—. He conocido a alguien —empezó a hablar en voz baja.

—Caramba, hermanita. —Su tono era de aprobación. Claro que todavía no sabía que se trataba de un inglés.

—Hace ya bastante tiempo. Es una historia larga y un poco complicada. —Suspiró—. Pero en realidad ahora podrían haberse arreglado las cosas.

—¿Era de él la carta que ha llegado esta mañana? —Ella asintió—. ¿Está con otra?

—No, no, la cuestión es que… —Vaciló. ¿Por dónde podía empezar?— Tiene que marcharse a la India por motivos profesionales.

—¡La India! —Resolló—. Entonces se ausentará mucho tiempo.

Frieda tuvo que tragar saliva. No quería ni pensar en eso.

—Me ha pedido que le acompañe. —Oyó la respiración de Hans.

—¿Y vas a ir? —preguntó tranquilamente.

—¿Cómo quieres que vaya? —Se incorporó y lo miró—. La factoría, Hannemann & Tietz… ¡Papá me necesita!

—Esa no es una razón para que eches a perder tu vida.

—Siempre he querido tener un trabajo, algo que me hiciera independiente. Para mí no es ninguna carga.

—¿Te importa tu trabajo más que ese hombre?

Ella negó enseguida con la cabeza.

—No, no, en absoluto. —Sollozó con fuerza—. ¡Ay, Hans, quisiera tener las dos cosas!

Él sonrió burlonamente.

—Típico de las mujeres. —Luego se puso serio—. ¿Quién es, por cierto? ¿Le conozco?

A Frieda se le encogió el estómago.

—Estuvo en la cena del cacao. Pero no creo que te llamara especialmente la atención. —Entrelazó los dedos. Sin mirarle, dijo—: Se llama Jason Williamson. Es inglés. —Frieda contuvo la respiración.

—Ya entiendo. Entonces tendrá algo que ver con el té, ¿no? Lo digo por lo de la India.

Ella le miró desconcertada. Ninguna señal de rechazo. Nada.

—¿No te parece... mal que sea inglés? Tuviste que ir a la guerra... Eran tus enemigos —balbuceó.

Hans hizo un gesto de rechazo con la mano.

—Nuestros gobiernos han peleado entre sí. Nosotros solo éramos borregos que luchamos por ellos. Borregos en los dos bandos.

—Yo creía que... Has tenido que ver cosas espantosas. Creía que los británicos...

Hans asintió con la cabeza.

—He visto cosas, hermanita, que ni puedes ni debes imaginar. —Su pálida piel se tensó en los huesos maxilares—. Sí, los ingleses han hecho cosas. Igual que los alemanes. —La miró a los ojos—. Los soldados hacen cosas horribles, Frieda, independientemente de su origen. —Se puso un cojín en la espalda y se recostó contra la pared. Frieda se acurrucó a su lado y apoyó la cabeza en su hombro—. Hubo un momento... Hacía un frío helador y había tanta niebla que no podías ver ni tu propia mano. Por culpa de esa niebla y por la confusión que reinaba tras una escaramuza, perdí a mis camaradas.

De pronto me quedé solo. Eché a andar sin rumbo fijo. Necesitaba un refugio donde pasar la noche. De repente, como si hubiera surgido de la nada, apareció un cobertizo ante mí.

—Cada vez le costaba más respirar—. Todavía hoy creo que me lo envió el buen Dios. Abrí la puerta y poco a poco fui distinguiendo a los hombres que estaban sentados allí dentro. Todos ingleses. No tuve la menor duda, pese a que llevaban unas palas de zapador con las que en cualquier momento podrían haberme partido la cabeza. Debían de habérselas quitado a los alemanes, pero de todas maneras, sus uniformes los delataban como ingleses. —Rio por lo bajo.

—¿Y qué pasó? ¿Saliste corriendo?

—¿Con esa niebla? Hubiera sido como quedarme quieto y esperar a que me mataran. No, bajé muy lentamente el arma. Naturalmente, cuando exploras un cobertizo o algo parecido, llevas siempre el fusil en posición de tiro —le explicó a Frieda—. No hice nada más. Solo bajé el arma. Y allí me quedé. Tenía tanto miedo que no habría podido hacer nada.

—¿Y ellos?

—Eso es lo más curioso. Podrían haberme acribillado a balazos, pero no lo hicieron. Se quedaron mirándome sin hacer nada, todo el tiempo. En algún momento volví a cerrar la puerta muy despacio. Y luego me marché lo más aprisa que pude, siempre esperando oír algo a mi espalda, oír que la puerta se abría de nuevo. —Negó con la cabeza—. Sencillamente me dejaron marchar. —Frieda se acordó de la historia que le había contado Jason. Una de tantas. Al parecer era verdad—. Habrían podido matarme con toda facilidad, Frieda. Pero me dejaron con vida. Eran hombres tan cagados de miedo y con tanta compasión como yo. Los ingleses no son unos monstruos.

—No, no lo son. —Ella le sonrió, pero enseguida se puso otra vez seria—. Solo que prolongaron la guerra, ¿o no? En su mano estaba que todo terminara al cabo de unos pocos meses. Entonces habrías vuelto a casa el mismo año y te habrías ahorrado mucho sufrimiento. ¿No es así?

—¿Quién te ha contado esa patraña? —Hans frunció el ceño.

—Había un plan...

—¡Planes! El plan era que el ejército alemán venciera primero a Francia y luego a Rusia. Uno detrás de otro, en ese orden. Pero una cosa así no se puede planificar. —Meneó la cabeza—. Para jugársela a los franceses, nuestras tropas atravesaron Bélgica. Sin el consentimiento del país.

—Seguro que no estuvo bien. Pero ¿por qué hay que intervenir y atacar de inmediato?

Él se rio con sorna.

—Frieda, los alemanes no se limitaron a pasear tranquilamente por Bélgica. Bélgica era neutral y nosotros la atacamos. Eso no lo aceptaron los británicos y por eso nos declararon la guerra. —Ella nunca había contemplado las cosas desde ese punto de vista. Cuando Hans le dio un beso en la mejilla y ya estaba de camino hacia la puerta, dijo—: ¡Si le quieres, vete con él! Te echaré muchísimo de menos porque eres la única persona auténtica que hay en esta casa, pero quiero que mi hermana sea feliz.

Frieda pasó una noche espantosa. Soñó con soldados en cabañas, con extraños seres que tenían signos falciformes en la cara, y con Jason, que se hundía en un barco entre el mar embravecido. Tenía el pelo mojado y pegado a la cabeza y el camisón empapado en sudor, y a la mañana siguiente, cuando ya empezaba a clarear, cayó en un sueño más apacible. Gracias a Dios era domingo y podía quedarse más tiempo en la cama. O eso creía ella. Pero oyó la voz de su madre.

—¿Qué se ha creído usted? Aquí no se le ha perdido nada y no creo que mi hija quiera recibirla.

—Estoy segura de que sí. Si hubiera estado en la cena del cacao, me conocería. —¿No era la voz de Ulrike? Frieda se restregó los ojos y se sentó en la cama.

—Yo estaba donde tenía que estar, al lado de mi marido —explicó Rosemarie con la dignidad que la caracterizaba—. Si hubiera sabido que mi hijo también formaba parte de ese extraño espectáculo, tal vez habría cambiado de opinión. Pero así... ¡Una criada y un chico de los recados en un palacio del baile!

La ira se apoderó de Frieda. Aquel día su madre solo le había dicho que no podía asistir a una larga noche de fiesta mientras su marido no se hubiera recuperado del todo. Pero aunque se había mostrado escéptica con la posibilidad de que Frieda lograra que la cena fuera un éxito, el tono no había sido tan despectivo como el que empleaba ahora. La rabia le disipó el último resto de somnolencia. Rápidamente se puso una falda y una blusa y salió al pasillo.

—Ulrike, ¿ha pasado algo? —Ulli tenía un aspecto horroroso. Sus ojos, por lo general tan alegres y vivarachos, reflejaban la pura desesperación. Además, los tenía enrojecidos. Ulli había llorado. Era la primera vez que Frieda la veía así.

—¿Acaso le has copiado a ella ese espantoso peinado? —dijo Rosemarie poniéndose en jarras.

—Pasa —le dijo Frieda a Ulli, señalando la puerta abierta de su habitación. En realidad tenía intención de ignorar a su madre, por otra parte...—. Hasta ahora no había caído en la cuenta, pero ahora que te veo ahí de pie... —Rosemarie le lanzó una mirada interrogativa—. No habrás engordado, ¿verdad, mamá? —Y la dejó plantada.

—Es por mi hermana pequeña —soltó Ulli de sopetón, en cuanto Frieda entró en su habitación—. Marianne fue a la feria del ganado para ver si pillaba unos cuantos huesos o restos de carne. —Para poder seguir hablando tuvo que inhalar y expulsar el aire dos veces. La expresión de su cara era de preocupación e ira—. Un mal bicho le preguntó algo y naturalmente no obtuvo respuesta alguna. —Agachó la cabeza—. Entonces fue a buscar a unos cuantos compañeros. Uno de los ganaderos ha dicho que al principio solo la insultaron porque no decía nada. Cuando intentó hablar con las manos, se rieron de ella, la tomaron por una zumbada y le dieron algo de beber. Alcohol. La pequeña no lo tolera, no está acostumbrada. —Se le iba debilitando la voz—. Marianne debió de estar a punto de morirse de miedo y como no quería cabrearlos más, se fue con ellos. —Hizo una larga pausa—. La he visto en la comisaría —dijo en tono glacial, con la mirada perdida y los labios temblorosos—. La han llevado allí por provocación de escándalo público. Los policías ni siquiera han preguntado por qué tenía las heridas abiertas. —Las lágrimas rodaron por sus mejillas.

—Oh, Dios mío, cuánto lo siento. —Frieda le puso titubeante una mano en el hombro—. ¿Dónde está ahora? ¿En casa?

Ulli asintió con la cabeza.

—Pero tiene que ir al médico para que la examinen a fondo. No sé todo lo que le habrán hecho, pero desde luego le han dado una buena paliza a la pobrecita. —Se llevó las manos a la cara y rompió a llorar.

—¿Cómo te puedo ayudar? —preguntó Frieda con un hilo de voz.

Ulli se restregó los ojos.

—Ha venido el médico de nuestro barrio y ha dicho que tiene que ir lo más aprisa posible al hospital. Pero eso no nos lo podemos permitir. Mi madre lleva enferma desde hace una eternidad. Ya nos cuesta bastante pagar sus medicinas.

Lo primero que le vino a Frieda a la cabeza fue el Hospital Israelita. Pero al pensar que allí podría encontrarse con Clara, cambió de idea.

—Vamos a llevarla al Jerusalén —dijo Frieda, y fue derecha a la puerta—. Ahora mismo.

Estaban sentadas en silencio, la una al lado de la otra, en un pasillo al que daban varias puertas. Un leve olor a éter impregnaba el aire. Frieda se avergonzaba de pensar solo en Jason en lugar de consolar a Ulli. Debería compartir con ella sus preocupaciones por la pequeña Marianne, pero en su cabeza solo cabía una frase: «Mañana se marcha». Ya iba siendo hora de ir a su casa. ¿Y luego? No podía abandonar Hamburgo de golpe y porrazo. Menos aún podía dejar que se marchara él solo. Frieda exhaló un profundo suspiro. «Haz un esfuerzo», se reprendió a sí misma.

—Has dicho que tu madre lleva mucho tiempo enferma —empezó para romper el pertinaz silencio. Ulli la miró asustada, como si se acabara de dar cuenta de que no estaba sola.

—Sí, todo empezó hace seis meses. Desde entonces no come bien, está débil y siempre tiene sueño. Tose un poco y a menudo está ronca. En fin, no sabemos bien lo que tiene. Pero cada vez que el médico le receta algo, lo compro. —Cruzó las manos apretándolas tanto que se le marcó lo blanco de los nudillos—. Como barrendero, a mi padre le llega para darnos de comer, pero no sobra nada para medicinas y esas cosas. Por eso aporto todo lo que puedo. Si tienes dinero, la vida es más sencilla. —Frieda asintió con la cabeza. Cuando su padre se desmayó y también después del accidente de Hans, habían estado preocupadísimos. No quería ni imaginar si encima hubieran tenido que plantearse de dónde sacar el dinero para los médicos y los medicamentos—. Eso no quita para que tú, pese a ser rica, tengas también tus preocupaciones —siguió hablando Ulli—. Tu hermano te da quebraderos de cabeza, ¿no es cierto? Le veo de vez en cuando. Si tengo suerte y me invita algún buen tipo, frecuento los mismos garitos que él. —Esbozó una tenue sonrisa—. ¿Por qué es así? ¿Por qué hace tantas tonterías? Es un hombre guapo y simpático.

—¡Simpático! —Frieda resopló.

—En cualquier caso, le ha regalado a Marianne su tren de madera. Fue todo un detalle por su parte. —Ulli sonrió con una inusual dulzura.

—¿Su bonito tren de…? Eso no me lo ha contado. —A Frieda se le quedaron las palabras atascadas en la garganta. Cuando Clara y ella querían jugar de niñas con el tren de Hans, montaba siempre un número o por lo menos exigía que le estuvieran eternamente agradecidas. Se acordó de la noche anterior—. Sí, bueno, puede ser muy cariñoso —admitió—. Si no fuera tan débil… No solo no deja de quejarse, sino que además se arruina la vida. Se debe de creer que los problemas desaparecen ahogándolos en alcohol, cuando lo cierto es que vuelven a aparecer con renovadas fuerzas —dijo furiosa. Como quería a su hermano, le resultaba difícil enfadarse con él. Pero estaba enfadada. A nada que Hans hiciera un mínimo esfuerzo, ella podría irse con Jason. «Quiero que mi hermana sea feliz». ¡Y una porra! Si lo hubiera dicho en serio, habría asumido su responsabilidad como un adulto.

—Es verdad lo que dices; se está arruinando la vida. Si solo fuera el alcohol… Además, bebe otra cosa, ¿lo sabías? —Frieda negó con la cabeza—. Una vez le vi con una mujer a la que yo no conocía de nada. Eso fue delante del Lübschen Baum. Ella no pegaba nada en ese tugurio.

—¿Y bien?

—Bueno, pues ella le dio una botella de color marrón, como sacada de un botiquín. Podría ser éter. Algunos se ponen ciegos de eso.

—¿Cómo dices? —Frieda la miró fijamente—. Eso se utiliza para anestesiar, creía yo. Es para eso, no para... —Su imaginación no llegaba hasta esos extremos.

—¿Ha perdido peso últimamente? —se interesó Ulli. Frieda hizo un gesto de asentimiento. Sin duda, había adelgazado—. Entonces puedes estar segura de que toma ese brebaje. He oído que afecta al estómago. —Hacía algún tiempo, había pasado a su lado un señor mayor; ahora vieron a una enfermera que se apresuraba por el pasillo. Por lo demás, en el hospital reinaba un silencio sepulcral, como si fuera un mundo completamente aislado. El ruido y el ajetreo de la gran ciudad se quedaban fuera de la puerta—. ¿Sabes qué es lo que no entiendo? —preguntó Ulli en medio del silencio—. Por qué se hace daño a sí mismo. Quiero decir que si te dan una paliza como a mi hermana pequeña, tú no tienes la culpa. O si estás enfermo. Pero ¿envenenarse uno mismo? —Alzó las cejas.

Ya estaba anocheciendo cuando Frieda al fin se quedó tranquila. Habían tardado mucho en terminar todos los exámenes y reconocimientos. Gracias a Dios, los tipos aquellos no habían abusado de la niña, pero ya le habían hecho bastante daño a la pobre Marianne. Tenía una muñeca rota, su pequeño cuerpo estaba lleno de hematomas, y el esófago y el estómago tardarían en curarse por culpa de lo que esos hombres le habían hecho beber a la niña. En cualquier caso, debía permanecer dos noches en el hospital; luego seguiría recuperándose en casa con un vendaje y una dieta especial. Frieda no quería ni imaginar cuánto tardaría en curársele el alma.

¿Lo superaría? Hacia las tres, salieron del Jerusalén y regresaron andando a la Deichstrasse. Frieda le dio a Ulli el dinero suelto que tenía para comprar los ingredientes del chocolate.

—Te devolveré cada *pfennig* —dijo Ulli una y otra vez.

Eso no tenía ninguna importancia. Lo principal era que la pequeña se curara del todo. Frieda insistió a Ulli en que se quedara a comer para recobrar fuerzas. Y Hans se alegró mucho de la inesperada invitada. Se le notaba que le caía muy bien. Hasta la acompañó a su casa para que no le pasara alguna otra cosa más. Frieda se retiró en cuanto los dos salieron de casa. El cansancio se apoderó de ella como un oscuro nubarrón que se abría paso a través del sol y, en cuestión de segundos, apagaba la luz. No obstante, de repente lo vio todo claro. El infarto del padre, el accidente de Hans y ahora el acoso de la pequeña Marianne. De un minuto para otro te podía cambiar la vida entera, podías perderlo todo. Aunque fueras joven. Por eso había que pasar el mayor tiempo posible con la persona amada. ¿Qué había dicho Hans? Que la factoría y Hannemann & Tietz no eran motivo suficiente como para que echara a perder su vida. Tenía razón. Y le estaba muy agradecida de que la hubiera animado. Su decisión era firme: ¡se marcharía con Jason a la India! Mañana iría a su casa para decírselo. Frieda notó al instante un cosquilleo en la tripa. Ante ella se abría una vida completamente nueva. Le daba pena por su padre, pero la entendería y tal vez sacara algún provecho de su viaje. Hasta el momento, el padre no trabajaba con ningún productor de cacao en la India. Ella podría hacer que eso cambiara. Por otro lado, conocería frutas y especias nuevas. A lo mejor podía llevarse unas cuantas cajas de masa de cacao o comprarlo todo allí mismo para poder seguir inventándose recetas. Frieda no pensaba renunciar a su factoría por nada en el mundo. Tenía que ocuparse de que alguien se encargara de la producción hasta que ella regresara. Y después sorprendería a Hamburgo con sabores exóticos que causarían más sensación aún que la cena del cacao. Frieda cerró feliz los ojos.

En el silencio oyó toser a su madre. Abandonar a su madre no le resultaba muy difícil, por decirlo de una manera educada. De todas formas, el mundo de su madre solo giraba en torno a Hans y a sí misma. A Frieda le vino otra vez a la memoria lo que había dicho su madre por la mañana. Que si hubiera sabido que Hans iba a asistir a la cena del cacao, ella también habría ido. Qué mezquindad. Más furiosa aún le ponía a Frieda que su madre no compartiera el agradecimiento del padre con respecto a Ernst. Le sentaba como una puñalada que hubiera hablado tan despectivamente de él. Así que por lo menos a su madre Frieda no le debía nada. ¿Y Hans? Tendría que arreglárselas por fin él solo. De todos modos, ella no podía impedir que se arruinara la vida si no entraba por sí mismo en razón. Como apenas se veían y rara vez estaba sobrio, ni se enteraría de que ella se había marchado, intentaba convencerse a sí misma. Aun así, no se le iban de la cabeza las palabras de su hermano: «Eres la única persona auténtica de esta casa».

A la mañana siguiente, Frieda se levantó temprano. Tenía que ir sin falta donde Jason para decirle que se marchaba con él a la India. Antes debía resolver algunos asuntos en Hamburgo. Tendría que iniciar sola ese viaje a la aventura. Si él se quedaba unos días en Londres, ella podría viajar más tarde a Londres y coger el barco juntos. Solo de pensarlo, Frieda ya notaba las mariposas revoloteando por su tripa, y el corazón se le salía por la garganta. Lo que la esperaba era lo más emocionante que le había pasado en la vida.

—Buenos días, Gertrud. —Frieda fue a la cocina después de no haberse encontrado con su padre en el desayuno.

—Buenos días, Frieda. Vaya, ¿tú también te levantas tan temprano? ¿Qué os ha pasado hoy? Tu padre también se ha ido ya.

—Qué mala suerte. ¿No habrá dicho por casualidad si iba al Brook o a la oficina?

—No, no ha dicho nada. ¿Va todo bien?

—Sí, sí, perfecto. Por ahora. —Frieda tuvo que tragar saliva. Echaría de menos a Gertrud. Se le hacía raro tener que despedirse de ella, dentro de pocos días, tal vez por un tiempo prolongado—. ¿Y tú, qué tal estás? —De repente tuvo miedo de que pudiera ser una despedida para siempre. Gertrud ya no era tan joven y siempre había trabajado duro.

—No me puedo quejar. Lo malo es que a Ernst no termina de quitársele la tos. —Expulsó aire por la nariz—. Lleva así una semana y tampoco le baja la fiebre.

—No tenía ni idea. —Frieda se avergonzó. Ni siquiera había caído en la cuenta de que llevaba bastante tiempo sin ver a Ernst. Miró con disimulo la hora—. De todos modos, tengo que ir a ver a mi padre a la Bergstrasse; podría llevarle a Ernst un poco de jengibre y tomillo.

—Oh, sería todo un detalle por tu parte. Seguro que se alegra de verte.

Si bien hacía más calor, caía una llovizna que le atravesó la tela del abrigo. Frieda prefería mil veces el sol, aunque hiciera mucho frío. Se dirigía con la cabeza agachada hacia la Bergstrasse. Desde allí no se tardaba demasiado en llegar a la casa de Jason. Así que después de hablar con su padre le daría tiempo de ocuparse de Ernst. Le pondría una compresa en la pantorrilla para que le bajara la fiebre. Pero antes tenía que contarle sus planes a su padre. Frieda se sentía como si le fueran a arrancar una muela sin anestesia. Si por ella fuera, habría salido corriendo. Solo una cosa le parecía peor que la conversación con su padre: no ver a Jason durante meses o incluso años. De manera que no le quedaba otra opción.

—¡Qué sorpresa, estrellita! —Qué gris se le había puesto el pelo últimamente—. Solo espero que no entretengas demasiado a tu anciano padre, que tiene que trabajar.

Frieda sonrió. Su mirada recayó por un momento en los tres relojes colocados encima del aparador de madera de nogal. Marcaban la hora de Hamburgo, el Camerún y Nueva York. Cuántas veces los había visto Frieda sin pensar qué se sentiría al vivir en un sitio en el que ni siquiera la hora coincidiera con la de Hamburgo.

—Papá, he conocido a un hombre —empezó muy seria—. Debería habéroslo presentado hace tiempo, pero hubo algunos... malentendidos, podríamos decir. —El principio ya estaba hecho. A cada palabra, le resultaba más fácil. Le habló a su padre del primer encuentro, de que Jason la había rescatado de una muchedumbre enfebrecida y le dijo que era inglés—. Su familia comercia con té. Té y cacao podría ser una buena combinación, ¿no crees? No sé si son muy acaudalados, pero me da igual. Le he cobrado mucho afecto a Jason. Y quiero ir con él a la India.

Después de haberla escuchado todo el rato en silencio, ahora se puso pálido.

—¡A la India! ¿Cuándo?

—Él se marcha hoy; por eso quiero ir enseguida a su casa. Le seguiré tan pronto como me sea posible. —Frieda le habló de la posibilidad de entrar en contacto con productores de cacao indios—. No quiero dejarte en la estacada, papi. No quiero dejar a Hannemann & Tietz en la estacada. Pero estoy segura de que Jason significa mi felicidad. Me resulta imposible dejarle marchar. Sencillamente no puedo... —Se le quebró la voz.

El padre se levantó y se acercó a ella.

—Tu madre se va a desmayar. —Sonrió de medio lado, pero solo un poco—. Te has merecido encontrar la felicidad. No pienso impedírtelo. Pero no estoy de acuerdo con que sigas a un país extranjero a un hombre al que no conozco. ¿No puede el tal Jason viajar más tarde, para que puedas presentárnoslo antes?

—Imposible. Ya te he explicado que le necesitan urgentemente en la plantación. —Los dos se quedaron pensativos.

—Entonces dame su dirección para que pueda ir a su casa. Ahora mismo. —Buena idea.

—Estoy segura de que cuando hayas conocido a Jason, me dejarás ir tranquilamente con él —dijo ella, mientras le anotaba la dirección en un trozo de papel—. Voy a echar un vistazo a Ernst. No sabía que estuviera enfermo. Nos vemos en casa de Jason, ¿te parece? —El padre asintió—. Gracias, papaíto. —Le besó y se marchó corriendo.

Desde la amplia oficina hasta el ala de la servidumbre solo había unos pocos pasos. Ernst estaba tumbado en su cuartito del sótano cubierto por un edredón y una manta de lana. Sus ojos, normalmente tan llenos de vida, tenían un brillo febril, y a duras penas podía decir una frase sin toser.

—Ya estoy mejor —le aseguró no obstante—. Dentro de uno o dos días, como nuevo.

—Más vale que te cures del todo —dijo Frieda con severidad—. Un leve resfriado se puede convertir rápidamente en una pulmonía, lo que no es ninguna broma. —Mientras hablaba, envolvió toda concentrada en una toalla el paño húmedo y frío que había aplicado a su pantorrilla izquierda. A continuación repitió todo el proceso en el lado derecho.

—Sí, señora doctora. —Ernst esbozó una sonrisa burlona.

Al menos, no había perdido el humor, o bien lo acababa de recuperar. Qué alivio.

—Cuando se calienten los paños húmedos, hay que cambiarlos por otros; de lo contrario, no baja la fiebre.

—Eso puede hacerlo mi madre más tarde.

—Me parece una idea estupenda, Ernst Krüger. Las compresas frías son para que te baje la temperatura del cuerpo. Si esperas a que tu madre termine de trabajar y pueda ocuparse de ti, echarán ya humo de lo calientes que se habrán puesto.

—Entonces lo haré yo mismo —opinó él en tono apocado, y estornudó.

—¡Jesús! Quédate bien tumbadito. —Frieda sacó el reloj de bolsillo. ¿Qué había dicho Jason? Que cogería el tren de la noche, creía recordar. Entonces iba bien de tiempo. Además, era conveniente que él y su padre cambiaran tranquilamente unas palabras. Tal y como se encontraba Ernst, le resultaba imposible dejarlo solo. Ya le parecía bastante mal que hasta ahora no se hubiera ocupado de él. En la diminuta cocina pitó el hervidor—. Bueno, pues ahora te vas a tomar un té, que es muy sano —anunció, y se dirigió a la cocina.

—¿No sería mejor que me trajeras un contundente grog? —De nuevo le dio la tos.

—Eso más adelante. —Regresó con la taza humeante—. Tienes que recuperarte. Mi padre te necesita, Ernst —añadió en voz baja.

—Sí, sí, claro. Enseguida volveré a la oficina. No te preocupes. —Se dispuso a coger la taza.

—Todavía debe reposar el té. —Frieda tenía que decirle que se marchaba fuera. Pero de repente le resultaba más difícil contárselo a él que a su padre. Bajó la mirada.

—Cuando se está aquí tumbado y medio dormido, se tiene mucho tiempo para pensar —empezó a decir Ernst.

—¿Ah, sí? —Gracias a Dios, le daba un respiro antes de

abordar el delicado asunto—. ¿Y en qué has pensado? —Sentada en el borde de la cama, le observó atentamente.

—Dentro de poco terminaré el primer año del aprendizaje. Creo que tu padre está muy contento conmigo.

—Más que contento —corroboró ella.

—El tiempo pasa volando. El segundo año cobraré algo más de dinero, y el tercero quizá hasta me pueda permitir tener un piso pequeño. —Suspiró profundamente y tosió.

—Toma, ahora está bien. —Frieda le pasó la taza. Ernst se incorporó y se recostó en dos almohadones—. Pero con cuidado, no te vayas a quemar la boca.

Él metió los labios para dentro, como para no quemárselos. A Frieda le dio la risa. Luego le retiró un poco el edredón.

—¡Eh, señorita!

Frieda puso la mano sobre una compresa.

—Ya está muy caliente, me lo temía. —Cogió los paños, fue a la cocina y volvió con otros recién enfriados.

—Como te decía —retomó Ernst el hilo—, sería genial tener un piso propio o al menos una habitación. Pero sin mi madre, solo para mí. Naturalmente, al principio no será ninguna maravilla, quiero decir en comparación con lo que tú conoces. —Ella quiso protestar, pero él no la dejó—. Y si después del aprendizaje puedo quedarme con tu padre o encuentro un buen puesto en alguna otra parte, entonces cobraré más pasta y podré mudarme a una casa más grande. De diez habitaciones no será —dijo riéndose por lo bajo—, pero lo bastante grande como para que una mujer se sienta a gusto. —Frieda se quedó sorprendida. Con eso no había contado. ¡Ernst Krüger estaba pensando en fundar una familia!—. En cualquier caso, podré mantenerla decentemente.

—De eso estoy convencida. —Lo decía con toda sinceridad.

Qué raro se le hacía pensar en su Ernst con una chica. No

estaba celosa, claro que no. Pero aun así, le resultaba extrañísimo.

—Veo que ya tienes grandes proyectos. Y aún te queda tiempo por delante. Seguro que lo consigues, Ernst Krüger. —Le volvió a tapar las piernas—. ¿Hay ya alguien? Quiero decir si le has echado ya el ojo a alguna chica.

—¡Pues claro que sí!

Aquello se ponía cada vez más interesante. Las sorpresas eran el punto fuerte de Ernst.

—Qué bien —dijo ella sonriéndole—. Me la tienes que presentar. Tal vez incluso antes de que me vaya de viaje.

Bajo las mejillas enrojecidas por la fiebre, Ernst empalideció.

—¿Por qué? ¿Adónde te vas?

Ella también se guardaba una sorpresa en la manga.

—A la India.

—¿Qué? —De su cara desapareció lo poco que le quedaba de color. La miró con el ceño fruncido—. Me estás tomando el pelo —graznó.

Frieda negó con la cabeza.

—Ni yo misma termino de creérmelo. El hombre del que te hablé, el inglés… Tiene que ocuparse de las plantaciones de té de su familia en la India. —Ernst dejó la taza a un lado, como si hubiera descubierto dentro un escarabajo bien gordo—. Me ha pedido que le acompañe.

—¿Y vas a hacerlo?

—Sí. Bueno, no me puedo ir ahora mismo con él. Antes tengo que dejar algunas cosas arregladas. —Suspiró—. Y él se marcha ya hoy. —Llevaban charlando un rato largo. Frieda miró la hora—. Madre mía, qué tarde se me ha hecho. Tengo que irme. —Se levantó de un salto. En ese momento, a Ernst le entró un tremendo ataque de tos. Con un aspecto lamentable, todo colorado por el esfuerzo, parecía que se iba a quedar sin aire. Frieda apenas entendía lo que intentaba decirle. Por fin, señaló hacia sus piernas y retiró el edredón. ¡Pero si le acababa de cambiar los paños! En fin, por unos minutos que perdiera, tampoco pasaba nada. Después de renovarle una vez más las compresas de las pantorrillas, se despidió de él—. Antes de irme de viaje, vendré a verte otra vez. Te lo prometo.

Frieda tomó el tranvía hacia la Güntherstrasse y desde allí corrió en dirección al Alster. Para cuando llegó al edificio blanco en el que estaba el piso de Jason, se había quedado sin aliento y notó que le sudaba la espalda. Entró en la casa, subió por las escaleras hasta el segundo piso y llamó a la puerta. Nada. Tan solo su respiración agitada. Llamó otra vez. Tuvo un horrible presentimiento. No, no podía ser verdad.

—¿Jason? —Llamó más fuerte—. ¡Jason! —Sus puños aporrearon la madera. Resonaron las baldosas de color azul claro que adornaban la mayor parte de la escalera. El pánico la dejó sin aire. ¡No, por favor!

—¿Qué pasa allí arriba? —Una voz de hombre procedente de la planta baja. Frieda bajó a todo correr los dos pisos, de dos en dos escalones.

—Perdone —jadeó. En la puerta del piso de la planta baja había un hombre de pelo plateado con unas gafas redondas en la nariz y una bata de terciopelo encima de unos pantalones negros, todo ello acompañado de unas zapatillas de piel—. Siento haber hecho tanto ruido, pero tengo que dar urgentemente con Jason Williamson. ¿Le conoce?

El hombre puso unos ojos como platos y luego se echó a reír.

—Claro que le conozco, vive ahí arriba. Y yo aquí abajo. Desde hace mucho tiempo.

—Por favor, tengo mucha prisa.

—No, no creo que tenga que darse prisa. El señor Williamson se ha marchado de viaje.

—¿Qué? —No era su intención hablar tan alto—. ¡Pero si tengo que hablar con él!

—Joven dama, ha llegado tarde.

—¿Cuándo se ha marchado? ¿Sabe en qué tren iba? —A lo mejor podía alcanzar a Jason en la estación.

—Qué locura. —El hombre rio por lo bajo, pero el cuerpo le temblaba de regocijo—. El señor Williamson quería ir en coche cama hasta Basilea y de allí a Calais. ¡Figúrese qué viaje! Desde Calais seguirá hasta Inglaterra, supongo —le oyó decir Frieda, cuando hacía tiempo que le había dado las gracias, se había despedido y había echado a correr.

¿Hacia dónde? ¿Volver a la Güntherstrasse para coger el tranvía? No, tardaría demasiado. Corrió a lo largo del Alster. La lluvia arreciaba, la acera estaba resbaladiza; tenía que andar con cuidado para no caerse. ¿Por qué no pasaba ningún taxi? Normalmente había muchos, pero en ese momento no vio ningún coche al que pudiera parar. El pecho se le inflaba y desinflaba demasiado aprisa, y notó un dolor punzante en un costado. De la Schmilinskystrasse salió un hombre vestido con una gabardina. Frieda lo vio demasiado tarde y aunque logró esquivarlo, le dio un pequeño empujón.

—¡Oiga usted, señorita! ¿Es que no tiene ojos en la cara? —se quejó. Por el acento, debía de ser un visitante de la capital.

Frieda no tenía tiempo de disculparse. Ya veía el hotel Atlantic. Tras él, dobló hacia la derecha y recorrió el Holzdamm a toda velocidad. Por fin se alzaba ante ella la techumbre abovedada de la estación central y las dos torres de los relojes. Iban a dar las cinco y media. ¿Cómo se le habría hecho tan tarde? Confió en que al menos su padre hubiera llegado a tiempo a casa de Jason. Frieda siguió corriendo. Podría haberse dado por vencida, pero aún albergaba un atisbo de esperanza. Ni siquiera sabía a qué hora partía el tren de la noche con destino a Basilea. Entró en el vestíbulo, oyó un pitido, aceleró la carrera ayudándose con los brazos, se detuvo en el último segundo. Un humo negro llenaba la estación. Unas vigas de hierro sostenían el techo acristalado formando una especie de esqueleto. ¿Qué vía, qué andén? Tosió, oyó el ruido que se alejaba, vio las luces traseras que en ese momento abandonaban el edificio de la estación. A las pocas personas que aún quedaban en pie a esa hora las veía borrosas, igual que los escaparates de las tiendas. Frieda bajó las escaleras, vio a un hombre con uniforme y se dirigió hacia él.

—¡A Basilea! —gritó, pero apenas se la entendía—. ¡El tren nocturno con destino a Basilea! —repitió.

—Acaba de salir —le contestó el uniformado, y siguió con la mirada el tren que se alejaba, cuyo apestoso humo negro se fue desvaneciendo paulatinamente en la lejanía.

17

Verano y otoño de 1921

Frieda se había quedado allí parada unos segundos siguiendo el rastro de un tren que hacía tiempo que había desaparecido de la vista. Los segundos se sucedieron hasta convertirse en minutos. Los minutos se transformaron en horas y las horas en días. Estos a su vez formaron semanas, meses y, en algún momento, años. Como gotas que manaban de una fuente hasta convertirse en arroyos y, finalmente, en un río impetuoso que arrastraba consigo a Frieda. El mañana le parecía insoportable y angustioso. Sin embargo, antes de lo que imaginaba, ese mañana pasó a ser un ahora y, a la misma velocidad, un ayer. El sombrío futuro se transformó en un presente hasta que Frieda, sorprendida, contempló el pasado como algo que la irritaba. El flujo del tiempo no se detenía.

De regreso a casa desde la estación central, Frieda se había encontrado con el pintor Alfred Fellner.

—Vaya, de nuevo nos encontramos, qué casualidad. Ahora sí que tiene que venir a visitarme al estudio —había dicho él.

Frieda sabía que le había contestado, tal y como debe hacerse, pese a que la cabeza le retumbaba y la propia voz le era ajena.

Tras la partida de Jason, iba y volvía a diario de la Deichstrasse a la factoría de chocolate de la Bergstrasse. Que su padre tampoco llegara a tiempo de ver a Jason y que, por lo tanto, aunque ella hubiera ido antes a su casa tampoco habría tenido la suerte de encontrarlo, no le suponía ningún consuelo. La pregunta que se hacía una y otra vez era ¿por qué Jason no había ido a verla antes de salir de viaje? Frieda seguía haciendo su vida, se levantaba por la mañana, se vestía, laminaba el chocolate y hacía tabletas en los moldes. Pero no ensayaba ni una sola receta nueva. Le faltaba la inspiración, carecía de ideas. Era como si su sensibilidad para los aromas y para las más exquisitas combinaciones se hubiera desvanecido por completo.

Un día de mayo se encontró con Clara en el Jungfernstieg. Pese a estar pálida, ojerosa y huesuda y ofrecer un aspecto realmente lamentable, Frieda no sintió nada. Desde que había perdido a Jason en la estación por unos segundos, vivía en una burbuja. Todo lo que sucedía fuera lo veía borroso y no hacía la menor mella en ella.

Tampoco le afectaban los sempiternos reproches que Hans le hacía a su padre, ni los sermones que Albert echaba a su hijo; era como si no tuvieran nada que ver con ella. Hasta que llegó ese día de principios de junio. Una vez más, el padre y Hans estaban peleándose, y una vez más, ella seguía abismada en sus pensamientos: «Jason se ha marchado. No puedo dar con él. Creerá que sencillamente no fui. Ni siquiera le dije adiós. Él no intentó dar conmigo».

—¡Ya va siendo hora de que hagas un esfuerzo! —gritó de repente Albert Hannemann, y dio tal puñetazo en la mesa que tintineó toda la vajilla—. ¡Estoy harto de tu autocompasión y tu ociosidad!

Frieda se asustó. Estaba a punto de defenderse, cuando se dio cuenta de que las palabras de su padre no iban dirigidas a ella, sino a su hermano. Fue como si hubiera recibido una bofetada. Podrían perfectamente haberse referido a ella, se le pasó por la cabeza. Y lo peor era que su padre habría tenido toda la razón. Qué fácil era contemplarse como una desvalida víctima de la situación, en lugar de intentar cambiarla. ¿Qué podía cambiar ella? Jason se había marchado y ella no tenía ni idea de dónde se encontraba en ese momento.

—¡Cómo se puede ser tan idiota! —estalló de pronto.

—Venga, seguid metiéndoos todos conmigo. —Hans se levantó tambaleándose—. Incluso tú —dijo en voz baja, mirándola con cara de asco.

—¿Qué? No, no me refería a ti. Me refería a mí misma. —A Frieda le dio la risa, pero al mismo tiempo le brotaron las lágrimas—. Si no me hubiera quedado tan pasmada, me habría dado tiempo de alcanzar a Jason en Londres.

A Hans se le suavizó el gesto. Se pasó la mano por el pelo, que una vez más necesitaba un buen lavado.

—Deberías haberte ido enseguida con él —dijo—. Y eso es lo que voy a hacer yo ahora. Si en esta casa no soy bien recibido, no quiero seguir siendo una carga para vosotros.

Rosemarie se llevó las manos a la cara y suspiró atormentada. Hans abandonó el comedor haciendo eses, y Frieda no entendía nada. Tuvo que concentrarse mucho para enterarse bien de la disputa entre su padre y su hermano. Habían hablado de un robo, de que Hans había cogido dinero. No le sorprendía demasiado. ¿Cómo iba a pagar si no la vida tan desenfrenada que llevaba? Si había comprendido bien, la pelea se había enconado hasta el punto de que el padre le había puesto la pistola al pecho. Si a partir de ese día no renunciaba a todo tipo de estupefacientes y se esforzaba seriamente en el trabajo, se le prohibiría la entrada en Hannemann & Tietz.

Frieda se escabulló. Ya se tranquilizarían, como lo hacían siempre. Ella en cambio tenía que ponerse en movimiento, procurar que le diera el aire. Salió a la calle y echó a andar sin rumbo fijo. Una suave brisa le acarició la nuca; traía consigo el olor a pescado y a algas del mar. El mar. La India. Sin pensárselo dos veces, fue en dirección a la Speicherstadt. ¿Cómo se podía ser tan idiota?, se volvió a preguntar. Jason Williamson, hijo de un comerciante del té. Habría sido facilísimo averiguar un número de teléfono en Londres. Solo habría tenido que ir a Hälssen & Lyon y preguntar por él. Ahora ya había pasado demasiado tiempo y Jason estaría en la India o de camino hacia allí. ¿Dispondría allí de un teléfono? ¡Seguro que no! Tendría que enviarle un telegrama. Esa era una idea realmente fantástica. Le pediría a su padre que fuera a la Bolsa —porque a ella seguramente no la dejaran entrar— y que mandara un telegrama a la India: «Queridísimo Jason, siento mucho haber llegado tarde. Te quiero. ¿Cómo puedo dar contigo? Frieda». La única razón de que ni ella ni su familia se convirtieran en el hazmerreír de todos era que su padre jamás enviaría ese telegrama.

Dejó atrás el Zollkanal y el Sandtorhafen, rodeó la central del gas y se detuvo donde atracaban los transbordadores. Desde aquí casi podía escupir a los muelles de África, América, Australia o Asia. Enfrente, la gran grúa, un poco más allá los diques flotantes de los astilleros. Y a unos pocos pasos de ella, las salas de los pasajeros. Podría reservar un pasaje y zarpar. Las gaviotas revoloteaban de acá para allá lanzando chillidos. «Esas no necesitan pasaje», pensó suspirando. De nuevo le vinieron a la memoria las palabras de su padre. ¡Haz un esfuerzo! Tenía que esforzarse por hacerle llegar a Jason noticias suyas. Era imprescindible que Jason supiera que no había sido su intención dejarlo marchar sin haberse despedido. Y, ante todo, tenía que comportarse como cabía esperar de la hija de un comerciante hamburgués.

De repente se acordó de la pequeña Marianne. Sabía por Ulli que cada día se encontraba un poco mejor, pero tenía que haber ido a verla hacía mucho. Lo compensaría. Otra cosa más le vino a la mente. Tras aquel día tan espantoso en la estación, se había encontrado con el pintor Alfred Fellner. Ahora no estaba lejos de su estudio. ¿No la había invitado a que le hiciera una visita? «Pues sí, querido señor Fellner», pensó, «exactamente eso voy a hacer». Ya iba siendo hora de que retomara las riendas de su vida.

—Señorita Hannemann, qué sorpresa. No creía que fuera a aparecer por aquí. —Tenía la camisa arremangada y con los tres botones de arriba desabrochados. Hacía calor allí arriba, bajo el tejado del almacén. Frieda miró a su alrededor. Cuadros nuevos apoyados en la pared y colocados en varios caballetes, olor a pintura y a esencia de trementina.

—Otra vez el barrio Gängeviertel —dijo ella—. Lo he conocido bien y no comparto su opinión de que sea una pena tirar las casas y sustituirlas por otras. Desde el punto de vista del artista puede que así sea, pero a quien no le queda más remedio que vivir allí tiene otra visión de las cosas.

—Los señores del Senado tienen grandes planes, quieren crear muchísimas viviendas nuevas. —Bajó las comisuras de los labios en un gesto de desprecio—. ¿Cree acaso que esos bonitos pisos nuevos con agua corriente y conexión a la canalización se los podrán permitir todos aquellos a los que arrebaten sus pequeñas viviendas antiguas?

Limpió un pincel tras otro y los colocó ordenadamente a secar sobre un paño. Encima de unas mesas grandes había cuchillos que recordaban a plumas estilográficas, pequeños rodillos con mangos de madera llenos de manchas de pintura y planchas de distintos materiales.

—Debería pintar a esa gente, no solo las casas con las farolas de gas y el adoquinado. —Lo miró desafiante—. Y no solo pintar a las personas, sino también hacer algo por ellas. Es muy fácil echar la culpa a la situación. De lo que se trata es de cambiar algo de ella. —Se había plantado delante de él con los brazos cruzados.

En el rostro de Fellner había cierto hermetismo, hasta que de repente los ojos le centellearon y una sonrisa fue iluminando poco a poco sus labios.

—¿Qué me sugiere?

A Frieda la cogió por sorpresa.

—En fin, podría entregar una pequeña cantidad de lo que gana por sus cuadros. Déselo a la gente cuya morada es el motivo favorito de sus cuadros, para que se puedan comprar lo más necesario. Medicinas, por ejemplo.

Fellner se la quedó mirando un rato largo.

—Cómo ha cambiado, Frieda Hannemann. Cuando la conocí en Lerchenfeld, era una niña pequeña. No sabía qué hacer con usted. Una criatura mimada que no sabía nada de la vida.

—Es suficiente, lo he entendido —contestó ella irritada.

Él se rio por lo bajo. Frieda notaba que le ardían las mejillas.

—Ha cambiado mucho —repitió—. Tal y como es ahora podría amarla.

Marianne se había recuperado, al menos, físicamente. Frieda observó cómo la niña se pegaba aún más a las piernas de Ulli y tenía aún más miedo de que la separaran de ella. Se movía en torno a su hermana mayor como si fuera una pequeña sombra. También ahora, cuando Ulli y Frieda se acomodaron en dos sillas plegables, lejos del retrete. Marianne jugaba a sus pies, pero alzaba continuamente la vista para cerciorarse de que Ulli seguía allí.

Frieda le pasó a Ulrike un tarro de conservas.

—En lugar de flores —dijo, guiñándole un ojo—, he traído pepinillos en salmuera de la marca Fritz.

—Antes costaban diez *pfennig*. —Ulli expulsó el humo y se recostó en la silla—. ¿Ahora? ¿Han subido a un marco?

—No preguntes. —Frieda sonrió—. ¿Qué tal estáis? —Echó un vistazo a Marianne, que lanzaba canicas contra la pared y se quedaba mirando cómo rebotaban y rodaban hasta muy lejos.

—¡Estupendamente! Mi madre está mejor. Solo un poco, pero algo es algo. Marianne también. Y el zapatero de al lado se ha muerto. Se cayó y se murió, sin más. Ahora reina un silencio celestial. —A Frieda le dio la risa, aunque no fuera lo correcto—. ¿Quieres beber algo? Solo puedo ofrecerte agua del grifo…

—Sí, gracias.

Ulli se levantó, tiró la colilla del cigarrillo y pisó las brasas con la punta del zapato. Al instante se levantó también Marianne.

—Puedes quedarte con Frieda. Ya la conoces —dijo Ulli, subrayando las palabras con gestos.

No obstante, Marianne corrió tras ella hacia la casa. Al poco rato volvieron y Marianne le dio a Frieda un vaso de agua del grifo.

—Muchas gracias.

Ulli corrió la silla hacia la sombra.

—Qué calor hace hoy. ¡Salud! —Se bebió medio vaso—. ¿Y vosotros?

A Frieda no le apetecía hablar de Jason. Le contó la riña entre Hans y su padre.

—No ha sido la primera vez, pero de todas formas… Hasta ahora mi hermano no había amenazado nunca con irse de casa. Para siempre, quiero decir. Además, ¿adónde va a ir? Probablemente falte un par de noches y luego aparecerá otra vez hecho un vagabundo, hambriento y andrajoso. Adivina quién le recibirá con los brazos abiertos.

—Bueno, menos mal, ¿no?

—Sí, claro. Me encantaría saber dónde se aloja cuando no duerme en casa.

A Ulli le entró la risa.

—Ya me lo imagino. —Hizo una mueca muy elocuente.

—¿Te imaginas también quién es la mujer que le proporciona estupefacientes? A esa me gustaría cantarle las cuarenta.

—¡Vaya! —Ulli sonrió burlona y se metió otro cigarrillo en la boca—. Procuraré enterarme por ahí.

El flujo del tiempo continuaba imparable su curso, arrastrando consigo a Frieda. A estas alturas, los pepinillos Fritz ya costaban dos marcos, y el sol estaba muy bajo incluso al mediodía. Frieda apenas tenía tiempo de verlo, pues trabajaba, leía libros sobre cómo hacer bombones o se encontraba con Fellner, que había adoptado su idea y, por cada cuadro vendido de los Gängeviertel, daba cinco marcos a la gente pobre de Radermachergang, Langergang o Kronträgergang. El poco tiempo que le quedaba para ella lo pasaba con Ernst, que en verano había podido navegar con regularidad. Le habían regalado unos bonitos pantalones de tela blancos, una camisa blanca de manga corta y una gorra a juego, algo de lo que se sentía muy orgulloso, y además tenía la piel inusualmente bronceada. Frieda había obtenido en Hälssen & Lyon una dirección de la familia Williamson y, de inmediato, había enviado una carta rogando que la hicieran llegar a la India.

Hans no había vuelto por casa. A cada día que pasaba,

más se afligía la madre y más reproches le hacía al padre. Hasta que por fin tuvieron noticias de él a través de Ulli.

—En el camino de Spreckel a casa he recogido a un vagabundo. Creo que es vuestro —dijo.

Lo alojó en el piso del zapatero fallecido. Su viuda tenía una habitación libre y se alegraba de cualquier marco extra que pudiera recibir. Frieda le dio el dinero a la señora y también una pequeña cantidad a Ulli, para que se ocupara un poco de él y se encargara de que comiera una vez al día y no se emborrachara más de una vez al día. Por otra parte, Ulli había vuelto a ver a la mujer que le suministraba a Hans el asqueroso éter.

—Por la pinta que tiene, ella también toma esa porquería —constató—. Es como la Pasión de Cristo en zuecos.

En otoño llegó una carta de Jason. ¡Por fin! A Frieda le temblaba todo el cuerpo. Se fue corriendo a su habitación, cerró la puerta y se tumbó en la cama con el sobre. Lo rasgó y dudó un momento. ¿Y si ponía algo malo? A lo mejor Jason había cambiado de idea o había conocido a otra. Luego ya no aguantó más y, con el corazón palpitante, desplegó la carta. Jason decía que en realidad no era su intención dar señales de vida.

«Tu padre me explicó con toda claridad que puedo regresar cuando quiera junto a ti o que, de lo contrario, me olvide de ti». Frieda leyó de nuevo el renglón. No era posible. Su padre le había dicho que no había encontrado a Jason. «Quise romper todo contacto contigo, olvidarte. Pero no puedo. En parte, también entiendo a tu padre, que se parece al mío. Y comprendo y admiro tu rectitud hanseática y tu irrefutable sentido del deber».

Bajó la carta y respiró hondo varias veces. Pensaba cantarle las cuarenta a su padre. Inmediatamente. Frieda cerró los ojos. No, primero quería leerlo todo. «Tus palabras me han dado fuerzas para soportar el tiempo que pase aquí sin ti. Si estás dispuesta a esperarme, entonces conseguiremos pasar estos meses de separación y nos casaremos en cuanto regrese». Hablaba de su viaje y de las dificultades que se habían presentado en la plantación. Cerraba la carta con la esperanza de recibir pronto señales de vida de ella. Al menos ahora tenía sus señas de Calcuta, el centro neurálgico de la antigua India británica, y podía ahorrarse el rodeo a través de Londres. Jason iba con regularidad desde Calcuta hasta las plantaciones, que se encontraban en el estado federal indio de Assam, situado al noreste, junto al Himalaya. Frieda no podía imaginar nada que fuera más exótico.

Se quedó con la mirada perdida. Su padre la había engañado. Precisamente él. ¿Cómo podía haberle hecho eso? Frieda estaba a punto de reventar de rabia. Al mismo tiempo, una sonrisa se dibujó en sus labios. «Nos casaremos en cuanto regrese. Sí, Jason. Eso es lo que haremos. Y luego ya no tendré en consideración a la familia». Con la carta en la mano se dirigió a la sala de estar. No había nadie. Su padre estaba en casa; hacía poco que había oído su voz. En el pasillo estuvo a punto de tropezar con el doctor Matthies.

—Buenas tardes, señorita Hannemann. Y adiós.

—¿Ha estado viendo al abuelo?

—No, a su padre. Está demasiado excitado, y eso no es bueno para su corazón.

18

Primavera de 1922

Entretanto, había llegado otra vez la primavera. Naturalmente, Frieda no había hablado con su padre. Al fin y al cabo, tampoco quería matarlo. Al contrario, le sustituyó en todo cuanto estaba en su mano y, junto con Ernst, se ocupó de los negocios mientras él se recuperaba en casa.

—Cuando yo era pequeña, una tableta de chocolate costaba cincuenta *pfennig* —murmuró Frieda, que estaba repasando las cuentas con Ernst y el contable Meynecke en la oficina de su padre. Sin esos dos estaría perdida—. Hoy cuesta trescientos cuarenta marcos. Los precios de la mantequilla, los huevos y el pan han subido un mil por ciento. ¿Adónde vamos a llegar? —Con un soplido se retiró un rizo de la cara.

Una vez despachado todo lo que no podía esperar hasta el regreso del padre, Ernst dijo:

—En el Heiligengeistfeld han puesto un mercado de primavera. Vamos para allá. Por hoy ya hemos trabajado bastante.

Fueron en tranvía desde el Rödingsmarkt hasta la Millerntor. Reinaba mucho ajetreo. Todo Hamburgo parecía haberse puesto en marcha. El mercado Dommarkt, sencillamente llamado el Dom de Hamburgo, era desde hacía años una institución. La novedad consistía en que ahora también se montaba en primavera. Aunque la gente no tuviera dinero en el bolsillo, por lo menos quería echar una ojeada. Eso no costaba nada. De manera que, con sus bocadillos o tartas hechas en casa, recorrían las atracciones feriales y los tenderetes y disfrutaban de la cálida noche primaveral.

—Te invito a una cerveza Holsten-Edel —anunció Ernst. Antes de que Frieda pudiera decir algo al respecto, él sugirió—: No, mejor a una «cerveza con música». —Se frotó las manos ilusionado.

—Antes creo haber visto una banda musical. ¿Crees que tocarán? Eso bien se merece una cerveza. —Buscó con la mirada a los cuatro hombres vestidos con trajes negros y bombines negros que hacía unos minutos habían pasado por allí con sus instrumentos de viento.

Ernst se rio apretando los párpados.

—No sabes lo que es una «cerveza con música», ¿eh? —Ella alzó las cejas con un gesto interrogativo—. ¡Está riquísima! Es una cerveza con azúcar moreno y una rodajita de limón —le explicó todo contento, y enseguida se acercó al chiringuito más próximo para pedir dos copas. Al instante volvió y le pasó una.

—A tu salud, señora comerciante Frieda Hannemann.

A ella le dio la risa.

—A la tuya, señor camarero y aprendiz de comerciante Ernst Krüger. —Entrechocaron las copas—. Está buenísima. ¿Por qué no la habré probado nunca hasta ahora?

—Porque eres una dama. Las damas toman bebidas decentes, como el vino y esas cosas. —Hizo una mueca—. Vaya, si le has cogido el gusto, puedo apoquinar otra copa de algo más fuerte.

Frieda soltó una carcajada.

—No te preocupes. Con este brebaje ya tengo bastante. —Alzó la copa—. Si no, acabaré cantando canciones indecentes.

—No me importaría nada.

—Pero a mí sí —dijo ella en tono severo—. Además, en los últimos cinco minutos seguro que ha subido de precio. No te puedes permitir otra ronda. —Él puso cara de pícaro—. ¿Qué estás tramando, Ernst Krüger?

—¡Nada! Pero eso de que los precios suban más aprisa de lo que se tarda en decir *Labskaus,* no creas que está tan mal, ¿sabes?

—¿Ah, no? —Frieda puso los ojos como platos.

—He estado pensando en un modelo de negocio. —Miró a su alrededor como si fuera un delincuente dispuesto a revelar a sus compinches el escondite del botín, y se acercó—. He pedido un préstamo. —Frieda se atragantó con la cerveza y le dio un ataque de tos—. Eh, eh. —Él le dio golpecitos en la espalda.

—¿Qué es lo que has hecho? —logró decir ella jadeando.

—Estate atenta: primero, con el dinero préstado, compré en la fábrica de margarina Mohr, en Bahrenfeld, una partida de grasa para untar. Al cabo de dos días, el precio se duplicó. Entonces empeñé la margarina y con lo que me dieron pagué el crédito, y todavía me sobró un poco. ¿Me sigues? —La miró con los ojos brillantes—. Y ahora me lo estoy montando a lo grande. A los Fabricantes Unidos de Productos de Goma, en Harburg, les he comprado cámaras de bicicleta y botas de goma —farfulló en tono conspirador—. De ahí me he sacado más pasta. —Su cara redonda esbozó una sonrisa de oreja a oreja—. Y ahora me pasaré a los coches.

Los negocios cada vez iban peor. En lugar de limitarse a padecer la inflación, también se podía sacar partido de ella, como hacía Ernst. ¿Acaso Frieda no le había sermoneado a Fellner diciéndole que no bastaba con quejarse de una situación, sino que había que cambiarla? Después de mucho estrujarse el cerebro, al final tuvo una idea brillante. Si compraba unas máquinas expendedoras, su valor aumentaría al cabo de unos días. Como las cámaras de las bicis y las botas de goma. Si entonces las ofrecía a un precio de oferta a un fabricante de chocolate que estuviera fuera de su ámbito de acción, las dos partes saldrían ganando. Además, los hamburgueses sabrían apreciar el poder sacar de una máquina expendedora el buen chocolate Hannemann todos los días al mismo precio. «Un producto que no se encarece a diario», sería una publicidad magnífica con la que podría convencer incluso a su padre.

Después de contárselo, pensó que quizá le había dado la razón solo porque estaba demasiado cansado como para llevarle la contraria. O porque, al igual que ella, no se había parado a pensarlo detenidamente.

—Pero bueno, ¿cómo se puede ser tan torpe? —la riñó Ernst. Pero ya era tarde. Todos los comerciantes a los que les había ofrecido las máquinas expendedoras, las habían rechazado después de darle las gracias.

—No, no quiero máquinas expendedoras. ¡Y menos ahora!

De manera que no obtuvo ningún ingreso y la ocurrencia de Frieda resultó una torpeza en todos los aspectos; en eso tenía razón Ernst.

—¿Cómo es que no me lo has consultado? —Tenía el ceño fruncido, mientras recorría la factoría arriba y abajo—. ¿Y dices que hoy una tableta cuesta más de trescientos marcos? ¡Nadie tiene tantas monedas!

—Pensaba que si solo tenían que echar cinco marcos en la máquina, entonces su dinero recuperaría algo de valor y se lo gastarían en nuestros productos.

—Sí, claro. —Ernst se detuvo y la miró fijamente—. Eso sí ha funcionado. Las tres máquinas expendedoras se han vaciado antes de que pudieras…

—… decir *Labskaus,* lo sé —terminó ella la frase—. Pensé que eso estaría bien. No caí en la cuenta de que con tan escasos ingresos no nos las íbamos a arreglar. Y tampoco se me ocurrió pensar que tendríamos que pagar mucho más por los ingredientes si queríamos volver a llenar las máquinas —reconoció con un hilillo de voz.

Ernst resopló. Luego le acarició cariñosamente el brazo.

—Ya nos apañaremos. No te voy a dejar tirada. Si funciona lo del coche que he comprado, te podré dar dinero. —Ella se dispuso a protestar—. No te preocupes, deseo recuperarlo. Se trata solo de un préstamo. —Le guiñó un ojo—. De momento tampoco es que lo mío sea demasiado; solo quiero comprar un par de coches más. —Ernst se la quedó mirando un rato largo. De nuevo esa mirada que le lanzaba con frecuencia desde hacía un año, cuando el viaje de Frieda a Londres y a la India se había quedado en nada. Ya no era la complicidad que ella conocía de Ernst, en esa mirada había determinación y valentía, intimidad y mucha cercanía—. A lo mejor al prestarte dinero, estoy invirtiendo en el futuro —dijo en voz baja—. ¿O no?

Las semanas pasaban volando. Frieda ya le había escrito dos cartas a Jason. ¿Las habría recibido? En cualquier caso, llevaba mucho tiempo sin saber nada de él. Como el recorrido era tan largo, el sobre se podía perder fácilmente, se decía a sí misma. Cada día le daba más miedo pensar que podría haberle pasado algo y que nunca más tendría noticias suyas.

En Hamburgo también había motivos suficientes para estar preocupado. En junio, la ciudad se había visto conmocionada por una serie de atentados. Unos radicales de derechas, decían, habían intentado hacer saltar por los aires el edificio de la redacción del periódico *Hamburger Volkszeitung*, en el Valentinskamp. Frieda era incapaz de entender por qué destruían deliberadamente edificios y ponían en riesgo vidas humanas. Como si de esa manera consiguieran convencer a alguien de sus opiniones. Aparte de eso, tenía problemas de muy distinta índole. Hacía tiempo que los negocios no marchaban como había esperado. En el nuevo periódico *Hamburger Anzeiger*, la Asociación del Cacao elogiaba el valor nutritivo de toda clase de productos del cacao. Decía que proporcionaban grasa, proteínas e hidratos de carbono en la mejor combinación posible, y que el haba del cacao era un fenómeno de la naturaleza, pues contenía en un espacio mínimo los ingredientes más ricos y valiosos. «¡Un alimento universal, capaz de sustituir incluso al bocadillo!». Solo que nadie acababa de creérselo o no tenía dinero ni para el cacao ni para un bocadillo.

Hans seguía dándole quebraderos de cabeza. Tenía ganas de cantarle las cuarenta a quienes le proporcionaban los estupefacientes. Preguntárselo a él no tenía ningún sentido. O bien no estaba sobrio ni despejado, o bien padecía del síndrome de abstinencia, cosa que cada vez ocurría con más frecuencia.

—¿Qué hay de la pequeña Mendel? ¿Ya no la ves? —le preguntó un día con los ojos febrilmente brillantes.

—Te contesto con otra pregunta: ¿qué hay en las botellas marrones que te traen a todas horas?

Por un momento parecía irritado. Luego masculló:

—Sigue siendo enfermera, ¿no? Eso tienes que saberlo. —Cada vez alzaba más la voz—. Antes erais uña y carne.

Luego sencillamente la dejó plantada.

La visita que un bochornoso día de agosto apareció en la puerta fue un verdadero rayo de luz. Henriette anunció a una tal Miss Williamson. No le habría hecho falta mencionar siquiera el apellido: Frieda reconoció enseguida a la hermana de Jason. Los mismos ojos afectuosos, las mismas arruguillas junto a las comisuras de los labios. Frieda se la quedó mirando. Por una parte, le habría gustado darle un abrazo; por otra, se preguntaba por qué habría venido.

—Perdone que me presente sin avisar. —Sonrió muy amablemente a Frieda—. Eliza Williamson. Mi hermano me ha hablado tanto de usted... Le está resultando difícil que no esté usted con él y no tener noticias suyas desde hace mucho tiempo. He pensado que deberíamos conocernos para que me cuente qué pasa. —Su sinceridad desarmaba a cualquiera.

Frieda le estrechó la mano.

—Me alegro mucho de que haya venido, Miss Williamson. De todos modos, no entiendo... Venga, vayamos a algún sitio en el que nos dé el aire fresco.

Se sentaron a una mesa en la terraza del Pabellón del Alster, a la sombra de una gran sombrilla de color azul oscuro. A lo lejos se deslizaba por el agua centelleante la lancha de Mendel con sus cisnes a remolque. Eliza tenía los mismos bonitos ojos grises que Jason y llevaba el pelo castaño cortado igual que Frieda: una melena que le llegaba hasta la barbilla.

—Llámeme Liz —sugirió—. Así me llama mi familia. —Tenía una sonrisa cálida que enseguida se ganó a Frieda.

—Entonces a mí llámeme Frieda. En realidad, me llamo Friederike, pero nadie me llama así. —Puso los ojos en blanco.

—Jason me ha contado muchas cosas de usted. —Su mirada delataba que le echaba de menos tanto como Frieda—.

Me ha hablado con locura de su chocolate. Pero sobre todo de usted, de su rectitud, de su sinceridad. Según él, tiene un corazón tan grande como el puerto de Hamburgo.

Frieda notó una profunda y agradable calidez, muy distinta del calor asfixiante que la rodeaba.

—Decía usted que Jason lleva mucho tiempo sin recibir noticias mías. Eso es imposible. Le ha escrito varias veces.

—Vaya, eso es típico de la India. La mitad del correo se pierde y la otra mitad no se encuentra. —Se echó a reír.

Pidieron té con hielo. Luego Eliza empezó a contar cosas. Su voz era como una bonita alameda sombreada por la que Frieda pudo pasear y conocer la vida de Jason. Lo vio de niño, cuando iba al colegio, y más tarde, cuando empezó la carrera. Lo vio peleándose con su hermano más pequeño y leyéndole cuentos a su hermana pequeña para que se durmiera. Cuando en Europa estalló la guerra, Jason se hizo soldado. Estuvo estacionado en un cañonero con el que llegó al puerto de Hamburgo.

—Yo trabajé de enfermera en un hospital militar, en el frente occidental. —Los labios de Eliza se contrajeron brevemente y sus ojos adquirieron un brillo delator—. Me enamoré de un soldado alemán; así fue como vine a parar a Hamburgo. —No parecía que ese amor hubiera sido colmado con la suerte—. A su lado explotó una granada de mano que hizo añicos unas vigas de madera. Las astillas le taladraron el pecho. Creían que se las habían sacado todas. Pero no debieron de ver una que se le había alojado en el corazón.

—Cuánto lo siento.

Liz contó que se había quedado en Alemania. Al principio, solo para oír hablar en la lengua alemana, que tanto le recordaba a su amado. Estaba sola en una ciudad ajena de un país extranjero y no tenía ni idea de cómo regresar a su patria. Se escondió y logró salir adelante. Más tarde, cuando terminó la guerra, encontró trabajo en el hospital y, en algún momento, también amigos.

—Entré a hurtadillas en el puerto y, gracias a un soldado británico, logré que Jason tuviera noticias mías. A partir de entonces, mi hermano me cuidó y se ocupó de mí lo mejor que pudo. Debería saber que tuvo que soportar bastantes críticas de mi padre.

—¿Y eso por qué?

—Tenemos otra hermana mayor. Nuestro hermano pequeño cayó en el frente.

—No sé qué decir —susurró Frieda—. Ha tenido que pasar por muchas penalidades.

—Como tantos otros —respondió Liz sin alterarse—. En cualquier caso, Jason es ahora el único hijo varón de la casa. Pero mi padre ya tenía claro desde siempre que algún día se encargaría del comercio del té; al fin y al cabo, es el primogénito. Jason además ha aprendido todo lo que debe saber un comerciante. Afortunadamente, le gusta mucho. Cuando terminó la guerra, mi padre esperaba que regresara enseguida a casa. —Siguió el vuelo de una gaviota que pasó por encima de sus cabezas—. Jason me ha pedido más de una vez que fuera con él a casa, pero yo no quería. —Sonrió—. Me gusta Hamburgo. Y me costó muchísimo aprender alemán. Para algo tenía que servirme. —De nuevo se rio.

—Habla usted muy bien. Se podría pensar que se ha criado aquí.

—Oh, gracias por el cumplido. Aunque haya sido forzado. —Sonrió satisfecha—. El que tiene verdadero talento para los idiomas en la familia es Jason. —Retomó el hilo de la conversación—. Sin mí no quiso volver a Inglaterra. Gracias a Dios, mi hermano mayor es listo y entabló una relación comercial con Hälssen & Lyon. Mi padre al principio puso el grito en el cielo. Odia a los alemanes. —Frieda se estremeció. ¡Menudo panorama!—. Perdone, pero fue la bala de una pistola alemana la que mató a mi hermano pequeño. Eso se lo reprocha mi padre a todos los ciudadanos de su país y nunca se lo perdonará. En fin, gracias a esa nueva relación comercial que tiene aquí Jason, mi padre ha aflojado un poco la correa a la que le lleva atado. —Frieda recordó comentarios que había hecho Jason el día que estuvieron en Hagenbeck, cuando vieron al tigre atado a la correa. Cuando Jason hablaba de libertad, seguramente se refería a su padre y a que, pasara lo que pasara, él tenía que tomar posesión de la herencia familiar—. Naturalmente, el odio de mi padre a los alemanes no tiene ningún sentido. Era la guerra. Seguro que los ingleses también han matado a tipos muy honrados y decentes. —Miró a Frieda con tristeza—. Pero a mi padre no se le convence con eso. Para él no cuentan los argumentos, solo los sentimientos. —Miró a Frieda a los ojos—. Por eso Jason tardó tanto en contarle que era inglés.

—¿Porque su padre no soporta a los alemanes? No lo entiendo.

—No, no. —Liz dio un traguito del té con hielo—. Porque en una ocasión usted comentó que no le gustaban los ingleses.

—Pero no lo decía en serio. —Frieda todavía tenía ganas de abofetearse por el estúpido comentario de aquella vez.

—¿Cómo iba a saberlo él? Jason temía que usted fuera tan tozuda en sus opiniones como mi padre, porque a lo mejor también había perdido a alguien por culpa de nuestros soldados.

Tras este primer encuentro, Frieda y Eliza se prometieron verse más a menudo. Y así lo hicieron. Aparte de eso, Frieda pidió por fin cuentas a su padre. Un día, cuando este ya se había recuperado, fue a verlo con la carta en la mano.

—¿Por qué me mentiste, papá?

—¿Cómo dices? ¿A qué te refieres, estrellita? —Apartó el periódico.

—Me dijiste que no habías encontrado a Jason antes de que este abandonara Hamburgo. Sin embargo, estuviste con él. Le dijiste que yo no iba a la India.

—Madre mía, de eso hace ya mucho tiempo, estrellita.

—¿Por qué, papá?

—Tienes diecinueve años. A esa edad uno olvida pronto al gran amor y encuentra uno nuevo. —La miró sin hacer ningún gesto—. No podía dejarte marchar porque te necesito aquí. Hace unos años todavía era impensable, pero hoy es posible que una empresa pase del padre a la hija. —¿Lo diría en serio? A Frieda se le aceleró el pulso—. No sé si habrá que llegar tan lejos. Pero de una cosa estoy seguro: Hannemann & Tietz está por encima de todo. Tengo que asegurar el futuro de la empresa. Sé que tú lo ves exactamente igual, Friederike. Antes es la obligación que la devoción. Si ese inglés es el hombre de tu vida, entonces le esperarás y él volverá a ti.

La añoranza se adueñaba de Frieda con todas sus fuerzas. La velocidad a la que el día se transformaba en noche, y luego surgía un nuevo día; la rapidez con la que se olvidaba el calor del verano y ya el viento barría las calles de Hamburgo para allanar el camino al otoño, consolaban a Frieda. De lo contrario, no habría soportado pensar en cuánto se tardaba en llegar de Calcuta a Hamburgo. El mundo era demasiado grande: No le parecía bien que personas que tanto significaban la una para la otra tuvieran que vivir tan alejadas entre sí. Se tardaba demasiado tiempo en poder reunirse. Gracias a que el tiempo pasaba tan aprisa, Frieda no perdía la esperanza ni siquiera los días más sombríos. Hasta los problemas capaces de conmocionar a todo el país se resolvían en el transcurso de las semanas y los meses. Por ejemplo, los relacionados con el tal Hitler.

—Vaya peroratas que echa sobre la Gran Alemania y las colonias que necesitamos para el asentamiento de nuestro excedente demográfico… —había dicho Ernst hacía poco—. Hitler y sus compinches nos van a causar problemas.

Menos mal que, en Hamburgo, se había prohibido al fin el Partido Nacionalsocialista. A los ojos de Frieda, lo peor de esa gente era su postura con respecto a los judíos. No contentos con querer prohibirles que colaboraran en las redacciones, esa banda se proponía además seriamente arrebatarles la ciudadanía alemana. ¡Menuda farsa! ¿Es que ese tal Hitler no tenía sesos en la cabeza? ¿Qué significaría para Hamburgo que los judíos abandonaran la ciudad, cosa que sin duda harían si se les privaba de sus derechos civiles? Personalidades como Gero Mendel, que había obsequiado a Hamburgo con unos grandes almacenes sin parangón, o como Salomo Birnbaum, que enseñaba en la universidad la lengua y la literatura yidis. O como Ida Dehmel, sin la cual no existiría un club de mujeres en Hamburgo. Y más difícil aún lo tendrían las artistas, sobre todo las que hablaban en bajo alemán. Menos mal que todo eso tendría un final. De todas maneras, Frieda nunca había podido imaginar que los hamburgueses obedecieran esas consignas.

Cuando no estaba en la cocina del chocolate, Frieda tenía otras muchas cosas de las que ocuparse. Entre ellas figuraban las indagaciones sobre la mujer que le proporcionaba a Hans éter o cualquier otra sustancia endiablada. Frieda no tenía ni idea de lo que haría cuando la tuviera delante. ¿Qué quería conseguir en realidad? No se imaginaba que pudiera disuadir a esa mujer de seguir abasteciendo a Hans, cuando era él mismo quien se lo pedía. Que Ulli cuidara un poco de Hans la tranquilizaba. Fue también ella la que le dio una pista a Frieda.

—Me dijiste que querías conocer a la dama que le suministra a tu hermano esas botellas tan especiales —empezó a decir un día, cuando Frieda fue a recogerla una vez más al almacén de Spreckel. Se habían acostumbrado a cruzar de vez en cuando juntas el Zollkanal y luego charlar un rato en la habitación de Frieda. A veces seguían hasta el canal de Nikolai y disfrutaban de un vino o una cerveza en el Neuer Wall. A Frieda ya no se le hacía raro tomar alcohol en público. Además, de todos modos, la cerveza no podía considerarse alcohol, sino un alimento básico, como le gustaba decir a Ernst—. La he vuelto a ver. —Ulli llenó el aire frío de humo—. Es una persona muy rara.

—¿Por qué? ¿Qué le pasa? —A veces a Frieda le costaba seguir a Ulli.

—Últimamente Hans se comportaba de un modo tan extraño que me olí algo y le seguí. Y no me falló el olfato. En Kornträgergang, o sea, cerca de casa, se encontró con ella. Yo disimulé e hice como si tuviera algo que hacer en una de las casas. —Esbozó una amplia sonrisa y dio una calada fuerte—. Pero en realidad me escondí en el portal de la casa y me quedé escuchando —explicó en tono triunfal.

—¿Y bien?

—Bueno, la verdad es que estaba un poco lejos —reconoció Ulli—. Pero creo que es enfermera o algo así. —«Igual que Eliza», pensó Frieda. Luego cayó en la cuenta como si le hubieran dado un puñetazo. «O igual que Clara»—. ¿Te encuentras bien? —Frieda reparó ahora en la mirada crítica de Ulli.

—¿Y qué dijo? ¿Qué aspecto tenía?

—Estaba un poco más rellenita que cuando la vi delante

del Lübschen Baum. Pero sigue pareciendo un fideo. Es como una musaraña con arrugas de preocupación. Ese aspecto tenía. —Tiró la colilla del cigarrillo y se bajó las comisuras de los labios con los índices. Frieda la miró fijamente—. No te hace gracia, ¿eh? —Ulli pescó del bolsillo del abrigo la cajetilla de cigarrillos.

—Fumas demasiado, Ulli —dijo Frieda.

—Pero, bueno, ¿qué mosca te ha picado?

—Perdona, pero es verdad. Te vas a matar con esa porquería.

Ulli se encogió de hombros.

—¡Y qué! De algo hay que morir. —Durante un rato siguieron andando en silencio. Frieda se dio cuenta de que Ulli había vuelto a guardar la cajetilla—. Hablaron sobre conejos y sobre cartas —soltó de repente Ulli—. Ni idea de qué iba la cosa. A lo mejor ella le ha escrito cartas de amor. —Sonrió maliciosa—. Y él las ha tirado. En cualquier caso, ella le dijo que las guardara. Luego la cosa se puso interesante y empezaron a hablar de las botellas marrones que ella siempre le trae. La chica decía que debía tener mucho cuidado porque la enfermera jefa ya le había echado el ojo. Por los analgésicos fuertes que faltaban en las provisiones de la clínica. Y que también la tenía en el punto de mira por alguna intervención. Con estas palabras lo expresó.

—¿Qué clase de intervención? —murmuró Frieda pensativa—. Ella no es médico.

—¡Ni idea! A lo mejor practica abortos clandestinos. Tu hermano es un viva la virgen. Puede que haya dejado a alguna embarazada y que la mujer a la que he visto con él le haya resuelto el problema del churumbel. —Desde luego, esa posibilidad no había que descartarla. Frieda notó que la rabia se apoderaba de ella. Hans podría figurar entre los hombres más respetados de la ciudad, podría ocupar un escaño en el Senado. Sin embargo, lo tiraba todo por la borda y solo causaba preocupaciones—. Esa mierda de artículo 218 deberían haberlo abolido hace tiempo —maldijo Ulli—. Así ninguna se jugaría la vida por haberse quedado preñada de una criatura que no desea. Y encima esas supuestas damas les sacan la pasta a las pobrecillas.

Frieda apenas la oía. Era muy probable que su distinguido señor hermano hubiera engendrado a más de un niño. No pudo remediar acordarse de su bisabuelo Theodor. ¿Era posible que el destino se repitiera? No, su caso era muy distinto. Sin embargo, no lograba quitarse de encima la sensación de verse obligada a hacer algo al respecto.

La sospecha de que Clara podía ser la mujer que proveía de estupefacientes a Hans perseguía y atormentaba a Frieda. Le preguntó a su padre si sabía por Gero Mendel qué tal le iba a Clara. Pero aquello era como hablar con la pared. Así que se lo preguntó a Ernst, que parecía saberlo todo sobre la ciudad a través del club de vela, donde conocía a abogados, médicos, senadores y, no en último lugar, comerciantes influyentes o, al menos, a sus hijos. A lo mejor alguno de ellos tenía contacto con la familia Mendel.

Y efectivamente, a los pocos días de haberle pedido información sobre Clara, Ernst le dijo que había oído que su formación como enfermera había peligrado.

—No se sabe nada con precisión —dijo alzando una ceja—. Pero dicen que durante una temporada desapareció del mapa. Debió de ser a comienzos del año pasado. Luego recuperó las prácticas y ahora parece ser que está terminando la formación.

Frieda hizo su ronda para abastecer las máquinas expendedoras de tabletas de chocolate Hannemann que ya no estaban muy frescas o cuyo empaquetado se había estropeado, para venderlas a un precio más bajo. Tenía que reparar lo máximo posible el daño ocasionado por la adquisición de las máquinas. Henriette la ayudó a recoger e incluso se ofreció para acompañarla. ¿Qué le pasaría? Ahora llevaba el pelo corto y siempre muy bien peinado. Antes el trabajo no era precisamente lo suyo; ahora, en cambio, se ofrecía siempre que Frieda necesitaba ayuda. Quizá había conocido a alguien, sospechó Frieda. En este caso rechazó el ofrecimiento de Henni porque quería estar sola. Así podía pensar mejor. Mientras iba sentada en el tranvía o recorría a pie las calles en medio del frío aire otoñal, los pensamientos daban vueltas en su cabeza. ¿Sería realmente Clara la mujer que Ulli había visto varias veces con Hans? Desde luego, antes Clara solía tener conejos. Frieda no imaginaba que a Hans le interesaran gran cosa; de todos modos, tal vez hablaran de eso. ¿Y en qué tipo de intervención podía haber estado implicada Clara, para que le causara problemas en la clínica? Problemas que además eran tan graves que ahora ya no podía permitirse cometer ningún error más. Eso encajaba con lo que le había contado Ernst. Su formación había peligrado, y ella desapareció del mapa. ¿Qué significaría eso? Frieda reflexionó. A principios del año pasado… Enseguida cayó en la cuenta de que se había encontrado con Clara a principios del año anterior. Aquel encuentro fatídico delante de la tienda de los productos coloniales, cuando Clara le había revelado que Jason era inglés. De pronto Frieda notó un sudor frío en la frente. Recordó que aquella vez Clara le dijo algo que ella no entendió. La sospecha de que Jason le hubiera mentido o al menos ocultado su origen lo había cubierto todo en ese gélido día de invierno como la costra de hielo en el canal. Pero ahora le vinieron a la memoria las palabras de Clara. Había dicho que con la ayuda apropiada Hans no habría cometido algún error o, al menos, habría podido responsabilizarse de ello. Sin darse cuenta, Frieda iba acelerando el paso cada vez más. De nuevo se encontró en el Grindelviertel y, como si le hubieran dado cuerda, tomó la dirección de la Schlüterstrasse. Clara no practicaba abortos clandestinos, de eso estaba segura. Pero tampoco eso la tranquilizaba; al contrario, la cosa podía ser aún peor. A principios del año, Clara había desaparecido del mapa, como lo llamaba Ernst; hubo una intervención, y la formación de Clara había peligrado. En el mes de octubre anterior, Hans estuvo ingresado en la clínica donde trabajaba Clara.

Los Mendel tenían una criada nueva. Al menos, Frieda no conocía a la joven que le abrió la puerta. No, Clara no estaba en casa, le explicó en voz tan baja que Frieda tuvo que aguzar el oído. Pero con mucho gusto avisaría a la señora. Frieda esperó en el salón. Allí seguía el armarito de costura de Mirjam, la madre de Clara. De niñas, a Frieda y a Clara les encantaba hurgar entre los hilos y los botones y, a continuación, volver a recogerlo todo pulcramente, porque luego siempre había una sabrosa recompensa. Mirjam Mendel era una mujer silenciosa que unas veces les llevaba a las niñas limonada, y otras, tarta. Les enseñaba a coser con aguja e hilo o les hacía trenzas. Cuando Frieda y Clara jugaban, ella solía estar presente y, sin embargo, siempre les daba la sensación de estar solas, sin la vigilancia de un adulto. Mirjam Mendel había sido siempre una especie de genio tutelar.

—¿Qué se te ha perdido por aquí? —Frieda no la había oído llegar, tan abismada estaba en sus recuerdos.

—Buenas tardes, señora Mendel. En realidad quería hablar con Clara.

—Clara ya no vive aquí —fue la gélida respuesta que obtuvo Frieda.

El tono alarmó y desconcertó a Frieda. Que Clara tuviera su propia vivienda no la sorprendía demasiado. Al fin y al cabo, ya era lo bastante mayor, tenía trabajo y una vida propia.

—¿Y dónde vive?

—Si mi hija quisiera que lo supieras, no te haría falta preguntármelo. —De los suaves rasgos faciales, tan del agrado de Frieda en otro tiempo, no quedaba mucho.

—Por favor, señora Mendel, quisiera hablar urgentemente con ella.

—¿Después de tantos años? ¿No habéis destrozado ya bastantes cosas, tú y el inútil de tu hermano?

—No soy responsable de la conducta tan irreflexiva como veleidosa de mi hermano —declaró Frieda con resolución.

La señora Mendel se quedó petrificada, pero no dio la menor muestra de transigencia. Ya no había mucho más que decir. Era obvio que Frieda no iba a sacarle nada más. De modo que abandonó la casa y se fue directamente al Hospital Israelita. Clara no estaba de servicio.

—Soy una vieja amiga suya. Por desgracia, nos hemos perdido de vista —le contó Frieda a una enfermera mayor, ateniéndose a la verdad—. He oído que ya no vive en la Schlüterstrasse con sus padres y esperaba encontrarla aquí.

La enfermera cruzó sus carnosos brazos.

—Pues ha tenido mala suerte.

Frieda creyó reconocer a la mujer.

—No, mala suerte no. Me alegro de encontrarla a usted. Hace ya mucho tiempo que mi hermano estuvo ingresado aquí después de haber tenido un accidente. Usted y Clara lo cuidaron tan bien… En realidad llevaba un tiempo pensando en pasarme por aquí para darles otra vez las gracias, pero he estado muy ocupada y mi padre no se encontraba bien.

—Lo siento —dijo la mujer, cuyo rostro seguía teniendo una expresión ausente.

—Casualmente traigo un poco de chocolate en el bolso. —Frieda sacó dos tabletas—. Frieda Hannemann —se presentó—. Seguro que conoce el rico chocolate Hannemann. —Le dio las tabletas—. En señal de agradecimiento, aunque muy tardío —dijo, y miró con una sonrisa radiante a la robusta enfermera.

—Muy amable por su parte. —El rostro de la mujer se iluminó al instante. Guardó el chocolate en el bolsillo de su bata blanca—. No era necesario. Solo hicimos nuestro trabajo. —Eso mismo había dicho Clara.

—En fin, qué tiempos estos —empezó Frieda—. Clara sacrificándose por sus pacientes y seguro que está estudiando aplicadamente día y noche para llegar a ser algún día tan buena como usted. Yo en cambio me dedico a crear nuevas recetas de chocolate en la factoría de mi padre. Por cierto, ahora estoy preparando una con nueces y uvas que tiene que probar sin falta cuando la tenga lista.

—Oh, se le hace a uno la boca agua —dijo la enfermera, y se llevó la mano al bolsillo de la bata, como para asegurarse de que el preciado regalo aún seguía allí.

—Pues sí, mis creaciones son irresistibles. —Frieda sonrió—. Se tarda bastante en encontrar la perfecta combinación de todos los ingredientes. Como seguro que también se tarda en aprender a poner bien los vendajes, sacar sangre y poner inyecciones. Me imagino la cantidad de tiempo que requerirá conocer todos los medicamentos y sus efectos.

La robusta mujer asintió con la cabeza.

—Ya lo creo. De eso la que más entiende es Clara, de los medicamentos. Cuando ve sangrar una herida le gustaría esfumarse, pero las cosas del botiquín se le dan de maravilla.

Eso era interesante y no sorprendía ni una pizca a Frieda.

—Bueno, ya me tengo que marchar. —Frieda hizo amago de despedirse—. Lástima no haber visto a Clara. Con tanto trabajo como tenemos, hace mucho que no nos vemos. En fin, qué se le va a hacer.

—Seguro que se alegra si se pasa otro día por aquí —opinó la enfermera con la voz amortiguada. Miró un instante al pasillo para ver si alguien podía oírla—. ¿Sabe una cosa, joven? Desde que pasó lo del aborto, Clara ha cambiado mucho. —Miró asustada a Frieda—. Porque supongo que ya estará enterada de que alguien dejó embarazada a Clara, ¿no?

19

—Dios mío, el señor está muerto. —Gertrud Krüger tenía una palidez cadavérica. Había encontrado al abuelo Carl en el canal de Nikolai.

A lo mejor había salido una vez más en busca del Ayuntamiento. O creía tener que encontrarse con un capitán para encargarle el transporte de mercancías de África a Hamburgo. O estaba buscando, como hacía con tanta frecuencia últimamente, a su mujer. No le entraba en la cabeza que llevaba ya muchos años muerta. A decir verdad, ni le entraba ni se le quedaba nada en la cabeza. El ayer, el hoy y el mañana se le mezclaban.

Por la mañana, Gertrud había ido de su pequeño piso en el sótano de la Bergstrasse a la Deichstrasse y lo había visto tendido en el canal en albornoz y zapatillas. Debió de haber salido muy temprano de casa o tal vez incluso de noche. Cuando no podía dormir, Frieda le oía con frecuencia dar vueltas por el vestíbulo y la sala de estar. Parecía como si se despejara después de medianoche, cuando todos dormían. Naturalmente, con los años, Frieda se había ido preparando para el día en que muriera. Sin embargo, no se hacía a la idea de no volver a oír su voz ni ver las sonrisas que le lanzaba. Echaría de menos sus discursos sobre el auténtico efecto prodigioso del cacao y sobre los medicastros con doctorado. También echaría en falta al abuelo que fue cuando ella todavía era una niña. En las excursiones al Vierlande, por ejemplo, solía hacerle pendientes con las bellotas que recogía. Cuando se las colgaba de los lóbulos de las orejas le apretaban muchísimo, pero Frieda las llevaba llena de orgullo. Fue él también quien le enseñó a nadar en el Elba. Siempre a escondidas de la madre, que lo habría considerado peligroso e indecoroso. Como ella misma no sabía nadar, ni con la mejor voluntad veía por qué habría de aprender su hija. Pero el abuelo tenía una buena razón e impuso su voluntad a espaldas de la madre.

—La niña vive en una ciudad que tiene agua por todas partes. Las clases de natación no son peligrosas. Lo único que debe dar miedo es que la niña no sepa nadar.

Después de las clases en el río, en las que Frieda llevaba un cinturón alrededor de la tripa que el abuelo sujetaba con una especie de caña, Carl la invitaba a un zumo o, a veces, también a una copa de helado en la Lotsenhaus o Casa de los Pilotos, con vistas a la playa del Elba, en Övelgönne. A Frieda le encantaba el restaurante, que en su imaginación veía como la casa de uno que había dado la vuelta al mundo navegando.

Poco después de que apareciera Gertrud, dos hombres llevaron a casa el cadáver manchado de barro del abuelo. Los recuerdos del abuelo de su infancia supusieron un duro golpe para Frieda. Pero al mismo tiempo se daba perfecta cuenta de cómo estaba los últimos años. No porque se hubiera vuelto olvidadizo; a eso se había acostumbrado más o menos, si bien a veces el desvalimiento que había en su mirada le daba muchísima pena. No, no era eso. Lo que le había dado quebraderos de cabeza era su actitud en general. Que las mujeres pudieran votar le parecía una tontería; los izquierdistas que reclamaban más derechos para los obreros eran a sus ojos una chusma insolente. Tal vez había sido siempre así, pensó mirando su enflaquecida cara del color de la cera. Quizá ella había tenido que cumplir cierta edad para entender lo que decía. De todas maneras, no dejaba de ser su abuelo, con él se iba una parte de su infancia. Lo peor, sin embargo, era el dolor de sus padres. Su padre no ocultaba la tristeza que sentía, sino que lloraba sin reparos. La madre le acariciaba suavemente el pelo, le susurraba palabras de consuelo. Su propia tristeza se la tragaba con valentía. El verlos provocó que Frieda también rompiera a llorar.

En los días que transcurrieron entre la muerte del abuelo y su entierro, el inmenso mundo que la separaba de Jason se redujo a las diez habitaciones de la Deichstrasse. Nada de lo que sucediera fuera de ellas tenía ya importancia. Antes de que ocurriera la desgracia, Frieda había querido hablar sin falta con Clara. Qué mal lo había tenido que pasar la pobre. Además, había estado completamente sola. Por otra parte, Clara había decidido no contar nada del niño, al menos, a ella o a otro miembro de la familia Hannemann. ¿O acaso Hans sí estaba enterado?

Nada de esto tenía ya ninguna importancia. Si Clara había tomado la decisión de no pedir ayuda a Frieda, ahora también tendría que arreglárselas ella sola. Ahora Frieda tenía cosas más importantes que hacer. Por ejemplo, decirle a Hans que se había muerto el abuelo. Estaría bien que viniera a casa; para su madre sería un gran consuelo. Y ella podría aprovechar la oportunidad para echarle la bronca a su hermano. En el Kornträgergang se enteró de que Hans no estaba allí.

—¿Dónde se habrá metido? —En la escalera, Frieda tiritaba de frío, y se subió el cuello de su abrigo de lana negro.

—Ni idea. —Ulli también parecía estar helada—. No soy su ama de cría y tengo otras cosas que hacer además de cuidar a tu hermano.

—Claro, ya lo sé. Pero esto es muy importante. Se ha muerto nuestro abuelo.

—Lo siento.

—Gracias. Convendría que Hans estuviera en casa, creo yo.

—Le diré lo que ha pasado cuando lo vea —le prometió Ulli.

Al irse, Frieda cayó en la cuenta de que Ulli no había fumado ni un solo cigarrillo. Salvo cuando estaba trabajando en el desván de la Speicherstadt, Frieda no la había visto nunca más de un minuto sin un pitillo entre los labios.

La mañana del entierro Hans apareció.

—Bueno, por lo menos vienes a rendir el último homenaje a tu abuelo —dijo Albert secamente—. Me sorprende.

—Lo siento, papá —susurró Hans. Tenía los ojos hinchados y enrojecidos. Se notaba que la noticia de la muerte de Carl le había afectado.

—Lo importante es que hayas venido —dijo Rosemarie, lo atrajo hacía sí y dio al fin rienda suelta a las lágrimas.

Todos los auxiliares mercantiles de la casa Hannemann & Tietz se habían congregado en el cementerio, entre el Parque Zoológico y el Jardín Botánico, así como numerosos comerciantes, capitanes y estibadores de almacén. Naturalmente también había acudido la servidumbre, Ernst y Gertrud Krüger y la pálida Henriette. Mientras iba detrás del féretro, Frieda se preguntó de dónde habría sacado Henni unos zapatos de charol tan caros, y le daba pena que se le estropearan con el tiempo que hacía. Al momento siguiente, se avergonzó de preocuparse por esas menudencias mientras su padre se dirigía hacia la tumba encorvado como un anciano. También estaba allí Gero Mendel, el único de la familia. A diferencia de su mujer, él no parecía guardarle ningún rencor a

Frieda. Una vez concluido el procedimiento y después de que cubrieran de arena el ataúd con los restos mortales del abuelo, se acercó a Frieda y le estrechó amistosamente la mano.

—Eres una gran ayuda para tu padre, Friederike —dijo con una amable sonrisa—. Se fía de ti. Supongo que no sabes hasta qué punto.

Al lado de Hans, en cambio, pasó sin dirigirle la palabra ni la mirada.

Tras la ceremonia en el lugar del sepelio, que había tenido lugar bajo una llovizna y un viento gélidos, entraron todos en calor tomando un café con tarta. Al principio hablaban con susurros, recordando con cariño a Carl Hannemann en sus mejores tiempos. Pero las conversaciones no tardaron en subir de volumen y en girar en torno a los negocios o la política.

—¿Qué tal estás? —Ernst se la había acercado sin hacer ruido.

—¡Míralos a todos! —Frieda arrugó la nariz—. Como si no hubiera pasado nada. ¿Cómo se puede ser tan insensible?

—Mira con más detenimiento, Frieda —le exhortó él, y señaló a su padre—. A él le sienta bien. Le distrae un poco.

En efecto, el padre de Frieda parecía algo menos tenso e incluso sonreía de vez en cuando. Y también su madre, con un vestido negro sorprendentemente discreto, parecía más relajada.

Hans había estado todo el rato esquivando a Frieda. Como si intuyera lo que ella había averiguado sobre Clara y él. Su aspecto era lamentable, estaba muy desmejorado. ¿Y bien? Frieda se había hartado de compadecerle eternamente. ¿A qué venía esa permanente preocupación por él? Cuando la madre le trataba como a un príncipe, Frieda se ponía furiosísima. Pero ¿servía para algo? Ni pizca. ¿Cómo iba a dejar de compadecerse, si eso era lo que hacían todos cuantos lo rodeaban?

—Me has mentido, Hans Hannemann.

—¿Qué? ¿Cómo…? ¿A qué te refieres?

—A Clara. O dicho más exactamente, a ti y a Clara. —Oh, no, no pensaba sucumbir una vez más a esa cara de perro apaleado—. Lo del hospital. Me dijiste que entre vosotros no… —Le costó encontrar las palabras—. Que no lo llegasteis a hacer, me dijiste. Eso era una mentira podrida. —Frieda se había plantado delante de él en el pasillo, junto a la escalera, con los puños cerrados.

—Vi tu mirada mientras te lo contaba. Me habrías matado. —La miró como un hermano pequeño que esperaba clemencia si reconocía que le había tenido miedo. De repente cambió de cara y se acercó un paso a ella—. No tienes por qué erigirte en su abogado, Frieda. Ya te dije en aquella ocasión que se metió en mi cama por su propia voluntad. —Frieda notó que le ardían las mejillas. De rabia y de vergüenza. Los labios de Hans dibujaron una sonrisa sarcástica—. «No lo llegasteis a hacer» —la imitó—. ¡Sexo, Frieda, coito, relaciones sexuales! Llámalo como quieras, pero ni siquiera eres capaz de pronunciarlo. ¿Es que tú no tienes necesidades? ¿Acaso no te asalta nunca el deseo?

Frieda jadeaba.

—Te estás desviando del tema, como haces siempre —bufó—. Uno no puede satisfacer sencillamente sus necesidades sin pensar en las consecuencias, o sin responder de ellas. ¿Cuándo vas a aprender eso? —gritó.

Él la miró un rato largo y luego respondió tan tranquilo:

—Ahora la que se está desviando del tema eres tú, hermanita. —Dicho lo cual, la dejó plantada.

Al oír el portazo de abajo, Frieda salió de su entumecimiento. Al cabo de unos segundos, también ella se marchó de casa. Anegada en lágrimas, se puso en camino hacia la Bergstrasse. Claro que a menudo se sentía sola, ¿qué se había creído su distinguido señor hermano? Nada le gustaría más que poder estar entre los brazos de Jason. Cuando llegó a su cocina del cacao, tiró el abrigo sin cuidado encima de una de las mesas de trabajo. Cogió del anaquel raíz de jengibre finamente molido, una guindilla y hojas de hierbabuena escarchadas. Todavía no era suficiente. Frieda echó mano de la botella de brandi, que en realidad era para el relleno de los bombones. La masa de chocolate que había dejado preparada hacía poco fue a parar otra vez a la mezcladora. Tenía una calidad muy especial, pues constaba de una gran parte de cacao Criollo, de la británica África Occidental, y solo un poco de leche. Frieda cerró los ojos y olisqueó. De repente recordó con tal viveza el momento que había pasado en casa de Jason como si hubiera ocurrido ayer. Clavó la mirada en la masa oscura, que daba vueltas como un ser vivo en la artesa. Había sentido un hormigueo por todo el cuerpo que la había embriagado por completo. Más que el champán. Desconectó la máquina. Y aquello solo había sido el comienzo, del mismo modo que esta tentadora masa solo era una promesa de un placer inimaginable. Hans tenía razón. Frieda deseaba ardientemente que esa promesa se cumpliera al fin. Pero por mucho que uno quisiera, no se podía tenerlo todo. Abrió la botella de brandi y vertió un chorrito generoso en el chocolate. Jason estaba lejísimos. Volvió a enroscar el tapón de la botella. Para su hermano era muy fácil decirlo; él se conformaba con la prostituta que le pillara más cerca; para ella en cambio solo contaba un hombre, el hombre al que amaba. Desenroscó otra vez el tapón, bufó de ira, se llevó la botella a los labios y cerró los ojos. Aquello quemaba en la garganta. Se atragantó, tosió. ¿Cómo podría Hans tragarse el éter si ya el brandi desencadenaba un infierno? Seguramente fuera solo una cuestión de acostumbrarse. Dio otro trago, más fuerte.

Una vez que la masa líquida quedó bien removida, Frieda le añadió jengibre en polvo. Por último, majó la guindilla en el mortero hasta que le dolía el brazo derecho. ¿Es que tú no tienes necesidades? ¡Vaya si las tenía! Si Hans hubiera tenido eso en cuenta una sola vez, en lugar de pensar siempre solo en él, en su voluptuosidad y en sus borracheras, ella podría estar ahora con Jason en la India. Podrían ser felices. Con el dorso de la mano se limpió las lágrimas. ¡Hombres! Ni siquiera podía estar segura de si realmente sería feliz con Jason. A lo mejor llevaba ya mucho tiempo harto de ella. Desde luego, muy enamorado no parecía, por la cantidad de tiempo que hacía que no daba señales de vida. ¿Cuándo había recibido la última carta suya? Frieda dio otro trago. ¡Una sola carta! Hacía tanto tiempo de eso, que ya ni siquiera se acordaba de la fecha. A estas alturas seguro que la había olvidado y se consolaba con alguna bella joven de las colonias… Furiosa, apartó las especias y el brandi y tuvo que sujetarse al borde de la mesa para no perder el equilibrio.

—¡Eh, cuidado! —Le dio una risita floja. Al momento siguiente, se puso a sollozar. De repente se le ocurrió ir a ver a Alfred Fellner. Se dejaría pintar desnuda por él. Ah, no, que no pintaba personas. Aunque…

En su exposición las prostitutas adoptaban unas posturas muy obscenas. Otra vez le dio la risa tonta al acordarse de la cara de terror de su madre. Si Jason se divertía con otra en la lejana India, ella se casaría con el pintor. Aunque solo fuera para hacer rabiar a su madre. «Tal y como es ahora, podría amarla», le había dicho él. ¿Podría amarla también achispada? Si Jason ya no quería saber nada de ella, ¡allá él! Otras madres también tenían hijos guapos, como se decía en Hamburgo.

Lo malo era que ella no deseaba a ningún otro. Frieda sumergió la cuchara en la masa, que desprendía un olor exótico. Echó una de las diminutas hojitas de hierbabuena escarchada y se metió en la boca la cremosa masa de chocolate todavía caliente. Inmediatamente le abrasó los labios y la lengua, era como un fuego que se propagaba con rapidez. Ese chocolate sabía exactamente igual que la rabia que sentía Frieda. Se lo ofrecería a los caballeros en forma de una tableta de sabor fuerte y picante.

Al día siguiente de la inhumación y de su cita con la botella de brandi, Frieda se sentía fatal. Le atronaba la cabeza y a duras penas podía soportar la voz de su madre elogiando una y otra vez el bonito féretro, el suntuoso adorno floral, la magnífica tarta que había encargado y, no en último lugar, la presencia de numerosas y relevantes personalidades. Su padre se había ido a la oficina.

—La vida ha de seguir —había murmurado antes de despedirse.

Frieda se valió del mismo argumento, solo que con mala conciencia, pues a su madre se la veía hecha una verdadera lástima. No estaba bien dejarla sola, pero a Frieda le faltaba la fuerza necesaria para ser amable con ella. Ese día también soplaba un viento helador, pero al menos no traía lluvia. En realidad, Frieda quería ir directamente a la cocina del cacao para probar si su picante creación de la víspera era siquiera comestible. Jugar una mala pasada a los hombres de este mundo, al menos a los que tomaban chocolate Hannemann, era una cosa. Un producto que solo llegara a conocerse porque no había quien se lo tragara, era otra muy distinta. Con ello solo perjudicaría al buen nombre de Hannemann & Tietz, y eso no lo haría nunca. Por el camino cambió de planes y se dirigió, con el viento de frente, al Fischertwiete. Hizo una visita a Eliza y le contó cuánto anhelaba tener noticias de Jason.

—Nada, ninguna señal de vida. Desde hace ya meses. Realmente estoy muy preocupada.

Eliza frunció el ceño.

—Qué raro. Yo he recibido hace poco una carta suya. Le va bien, no hay razón para preocuparse. —Sonrió brevemente. Luego le contó a Frieda que la plantación estaba infestada de mosquitos del té—. Si no le pone remedio, toda la cosecha correrá peligro.

—Pero Jason es un comerciante. ¿Qué tiene él que ver con los mosquitos?

—¿No te ha contado nunca que es un ferviente admirador de Alexander von Humboldt? ¡Lo era ya desde muy pequeño! Creo que le habría encantado ser investigador y recorrer el mundo confeccionando mapas o descubriendo nuevas especies de plantas y animales. —Sonrió ensimismada—. Ha devorado todas las obras del tal Humboldt que han llegado a sus manos. Y desde muy joven se ha ocupado de estudiar las plantas y los parásitos del té. De ese modo convenció a nuestro padre para que le consiguiera libros sobre botánica o insectos. —Frieda estaba absorta en sus pensamientos. Por un lado, se alegraba por Jason, pues al parecer se dedicaba a lo que más le interesaba de todo el imperio del té. Pero, por desgracia, esta medalla también tenía un reverso.

—Eso significa que puede tardar en emprender el regreso —dijo Frieda más bien para sí misma. Eliza asintió.

—Me imagino cómo te sientes. También yo le echo de menos, y hay cosas para las que me gustaría contar con su opinión, tener su apoyo.

Frieda sabía exactamente a qué se refería.

—¿Estás preocupada por algo? Quiero decir que a lo mejor puedo hacer algo por ti.

—Qué buena eres. —Liz le acarició tiernamente el brazo—. Como si no tuvieras ya bastantes preocupaciones. Y seguro que ni siquiera Jason me podría ayudar. —Suspiró—. No se trata de mí, sino del orfanato. —Suspiró de nuevo y se puso muy seria—. Otro de nuestros patrocinadores se ha suicidado. Sencillamente no les entra en la cabeza que por una cosa pidan un millón y que, al momento siguiente, tengan que gastarse por la producción de la misma mercancía un billón. Eso no hay quien lo entienda. El que no se quita la vida, nos comunica que sintiéndolo mucho no puede seguir respaldándonos. —Miró sus estrechas manos—. El hambre de nuestros protegidos, por desgracia, no se deja impresionar por la inflación, que desde luego tampoco la mitiga. Y todavía queda un largo invierno por delante. No sé si podremos pagar el próximo suministro de carbón. A los pequeños les castañetean tanto los dientes bajo los finos edredones, que se te parte el alma.

Después de salir de la pequeña vivienda de Liz, a Frieda le vino a la memoria Alfred Fellner. Justo al lado del Fischertwiete, donde ahora había un gigantesco solar en obras que se abría como una herida en el corazón de la ciudad, había estado emplazado, no hacía demasiado tiempo, uno de esos barrios del Gängeviertel que él tanto idealizaba. Seguro que el ruido que hacían los hombres y la suciedad que dejaban donde iba a levantarse un edificio de oficinas molestaban muchísimo a los vecinos. En cualquier caso, a Frieda la cabeza le retumbaba más que antes todavía. Por otra parte, este solar aún vacío irradiaba una maravillosa amplitud. Y corría la voz de que allí se iba a construir una joya arquitectónica. La suciedad y la estrechez daban paso a la modernidad y la generosidad: a Frieda le gustaba cómo iban evolucionando las cosas. De nuevo le vinieron a la memoria las palabras de Liz. Frieda no se había planteado nunca qué repercusión podía tener la inflación en un orfanato. No acababa de hacerse a la idea de las miserables condiciones que allí reinaban y que empeoraban día tras día. Había que hacer algo con urgencia, pero ¿qué? A su padre no podía pedirle ayuda, y ella no estaba en condiciones de mostrarse generosa. Eso podría reparar en cierto modo lo que habían hecho el bisabuelo Theodor y su querido hermano Hans. Ella podía prescindir de una pequeña cantidad todos los meses, aunque con eso poco podrían hacer las cuidadoras para llenar las bocas hambrientas. Más de mil niños había en la Averhoffstrasse, en el Uhlenhorst y en las filiales de Langenhorn y Garstedt, muchas de las cuales se iban ampliando. De modo que toda ayuda era poca. La Averhoffstrasse se hallaba muy cerca de la Escuela de Artes y Oficios de Lerchenfeld, donde había conocido a Alfred Fellner. De nuevo se acordó de él. Frieda se puso colorada solo de pensar que había querido dejarse pintar desnuda. «Gracias, Dios mío, por haberme librado de hacerlo», pensó. Fellner, desde luego, no lo habría dudado un segundo. Hizo una inspiración profunda para llenarse los pulmones del frío aire invernal. Inmediatamente supo lo que tenía que hacer. Primero vertería en moldes el picante chocolate destinado a los caballeros y lo adornaría con las hojas de hierbabuena. Después iría a hacerle una visita al señor Fellner a su estudio.

Frieda había tenido que añadir leche, azúcar y manteca de cacao al chocolate, que picaba como un demonio. La noche anterior debía de estar bastante furiosa o borracha, o las dos cosas, para aceptar ese mejunje. De todas formas, después de la corrección el resultado fue asombroso. El chocolate seguía siendo aromático, pero también dulce y sustancioso. Las hojas de hierbabuena escarchadas le daban un toque especial y le añadían un sabor picante de lo más original. Frieda le enseñó a Henni, que llevaba una blusa de encaje blanca almidonada, cómo quería que cubriera las tabletas todavía blandas con las frescas y aromáticas hojitas.

—Ponte un delantal. Sería una lástima que te mancharas la blusa. Es nueva. ¿No crees que da pena ponérsela para trabajar?

Henni bajó la mirada y se ruborizó.

—No, no, no es nueva. Me la ha hecho mi madre con una de sus blusas viejas. —Miró a Frieda, solo un poco, y luego volvió a clavar la vista en el suelo de piedra. Alguna mosca le había picado.

Una hora más tarde, Frieda salió de casa. En la Speicherstadt se vio envuelta por una multitud ajetreada. Se encontró con grupitos de mujeres que salían del trabajo charlando. Las chicas del café habían terminado su servicio y ahora prepararían la cena para sus familias. Entre ellas figuraba Ulli.

—¿Habíamos quedado? —preguntó cuando vio a Frieda.

—Adiós, hasta mañana —le dijo la mujer con la que iba.

—Sí, adiós. ¡Y a tu chico no le aguantes lo más mínimo! —Frieda levantó las cejas—. Es que su marido sale hoy de Fuhlsbüttel. Ha cumplido un par de meses de condena, y ahora ella tiene miedo de que vuelva a llevar la voz cantante o le levante otra vez la mano. —Ulli miró a Frieda—. Puedes estar contenta de que tu chico esté tan lejos. Es lo mejor. Siempre puedes soñar con él y no tienes que recogerle sus apestosos calcetines.

—Pues no estoy nada contenta. —Frieda resopló—. Sería bonito poder soñar. Pero Jason ya ni siquiera me escribe y, poco a poco, se me van quitando las ganas de soñar.

—Ya dará señales de vida. Y si no las da, siempre puedes mandarle a la porra.

Frieda se metió un mechón de pelo debajo del gorro.

—Tienes razón.

—¿Nos vamos? Hace un frío que pela para quedarnos aquí paradas.

—Ah, no, no habíamos quedado. Venía al estudio de un pintor.

—Ya pensaba que me había olvidado de la cita. —Ulli, sin embargo, no se puso en movimiento—. Mujer, alegra esa cara. Te diré algo: si te gusta una cosa, suéltala; si vuelve hacia ti, quédatela; si no… —Se encogió de hombros—. No sirve de nada aferrarse a algo. —Esbozó una amplia sonrisa—. Lo sé por mí misma. Después de la bronca que me echaste, he probado a dejar de fumar. Ni yo misma me lo creo, pero de momento no he vuelto a los cigarrillos.

Frieda entró en calor después de subir los muchos escalones que conducían al estudio de Fellner. Llamó con los nudillos, entró y no dio crédito a sus ojos. En el suelo había una mujer vestida solo con medias de seda, liguero y zapatos de tacón alto. En la mano sostenía un cigarrillo con boquilla al que daba caladas con unos labios pintados de un rojo encendido.

—Oh, Dios mío —susurró Frieda.

—Señorita Hannemann, qué sorpresa.

—Puedo venir en otro momento…

—No, quédese tranquilamente. No le importa hacer un descanso, ¿verdad, Edith?

—Claro que no. —La mujer se levantó y, con una sonrisa socarrona, pasó pavoneándose al lado de Frieda y se metió detrás de un biombo, donde había un albornoz preparado para ella.

Fellner le dio la mano a Frieda.

—¿Escandalizada?

—¡Qué va! Para ser sincera, también yo había pensado en dejarme pintar por usted. —Le dieron ganas de morderse la lengua. A él le brillaron los ojos.

—¿De verdad? Habría jurado que la visión de la mujer desnuda la ha incomodado bastante.

—Por el frío —mintió Frieda—. Tiene que estar helada.

—Es lo mejor para el cuadro —intervino Edith—. Así quedan los… perfectos, tiesos como una vela. —Meneó el pecho.

—Sí, claro, en eso no había caído. —Frieda sonrió a desgana.

—Venga por aquí. —Fellner la llevó a un rincón donde sentarse en el otro extremo del estudio—. Como ve, hoy ya tengo modelo, pero me encantaría fijar una fecha con usted.

—Hum, no sé. Bueno, no corre prisa. Igual ha sido una idea descabellada. —Se echó a reír. Fellner no era precisamente lo que ella consideraba un hombre atractivo, pero su madurez, su entrega incondicional al arte y su inteligencia tenían algo que la atraía, aunque al mismo tiempo esa combinación la ponía un poco nerviosa.

—¿Qué la ha traído por aquí?

—¿Sigue dándoles a los vecinos de los barrios del Gängeviertel algo de lo que gana por sus cuadros? —Él asintió y la miró concentradamente a los ojos—. ¿No cree que dentro de poco tendrá que ocurrírsele otra cosa distinta? Lo digo porque esos barrios están desapareciendo, eso lo sabemos los dos. —Él ladeó la cabeza, pero no la interrumpió. Así que ella siguió hablando y le contó la idea de crear una fundación en beneficio del orfanato—. En Lerchenfeld eran casi vecinos suyos. Pensé que por esa razón podría sentirse en cierto modo unido a esos pobres hijos. En todo caso, su dinero estaría ahí bien invertido.

Fellner le prometió pensárselo y le propuso visitar juntos el orfanato y luego ir a cenar para hablar de lo que se podría hacer.

20

Primavera de 1923

Ni en casa de los Hannemann, ni en toda la ciudad hanseática, ni en todo el país acababa de instalarse la paz. Frieda
leyó en el periódico que el Partido Comunista Alemán, li-
derado por Thälmann, había intentado convocar una huelga general y ocupar los astilleros. No era extraño que la
gente sintiera la necesidad de cambiar algo. Una hogaza de
pan costaba una millonada; al mismo tiempo, en el invierno
de 1922, personalidades adineradas, elegantemente vesti-
das, celebraban con champán el estreno en Berlín de la última opereta de Robert Stolz. Los huérfanos pasaban hambre, mientras que personas como su hermano se tomaban la
vida como una gran fiesta, tanto si podían permitírselo
como si no. Si no ocurría pronto algo, Alemania entera se
iría al garete. Solo de pensarlo se le ponían a uno los pelos
de punta.

Un día lluvioso de finales de marzo del año 1923, Frieda
vio por primera vez desde hacía meses que su padre estaba
trabajando con el *Imperator*. Aunque alguna vez se había retirado a su refugio, siempre le había faltado la concentración
necesaria para construir la maqueta.

Era bonito verlo de nuevo abismado en su trabajo. En ese
momento, a la escalera principal, que daba a la cubierta de

paseo, le estaba poniendo una barandilla, unas varillas diminutas de sección redonda con un pasamanos curvo.

—Podría ser el interior de una villa en la Elbchaussee, ¿no te parece? —Él la miró con unos ojos cansados y sin brillo. Frieda asintió con la cabeza—. Seguramente no pueda comprarla nunca.

—Ya vendrán tiempos mejores. Como decía el abuelo: «En las duras y en las maduras...».

—«... siempre hemos salido adelante» —dijeron a coro.

—¿Para qué queremos una villa, que encima está tan lejos? Aquí se está de maravilla.

Su padre aplicó pegamento con un alfiler.

—Es verdad. —Al cabo de un rato, añadió—: Tienes razón, esta vez también saldremos adelante. No tengo previsto poner pies en polvorosa, como hacen otros muchos solo porque los negocios no marchan bien.

—Maldita inflación —dijo Frieda pensativa—. Destruye todo lo que se reconstruyó con tanto esfuerzo después de la guerra.

—Y que lo digas. En la Bolsa se oye hablar casi todos los días de alguno que se ha quitado la vida porque se ha arruinado de la noche a la mañana. Pero no temas, yo no pienso poner pies en polvorosa —repitió. ¿Acaso había pensado en hacerlo? Insistía demasiado en ello—. El dinerito de reserva, que había vuelto a ahorrar poco a poco, ya no tiene ningún valor —murmuró, mientras se inclinaba hacia adelante para poder admirar su escalera—. Que lo de las máquinas expendedoras haya salido mal no tiene ninguna importancia. —Frieda tuvo que tragar saliva. Por su culpa. Poco la consolaba que no le hiciera ningún reproche. ¿Qué podría hacer? Aún recordaba las palabras de Gero Mendel. No, no era una gran ayuda para su padre. «No sabes hasta qué punto se fía de ti», había dicho también. De repente se sintió abatida: nada de su trabajo en la cocina del cacao, ninguna de las recetas que creaba suponían ninguna ayuda para Hannemann & Tietz. A no ser que el dinero recobrara pronto algo de valor y la economía se recuperara. Confiar en ella no había sido una sabia medida por parte de su padre—. Por otro lado, he conocido a un capitán danés —añadió sin mirarla a la cara—. Un hombre interesante. Y tiene un hijo. —Frieda lo miró fijamente—. Lo siento, estrellita. —Dejó las pinzas y el alfiler y se volvió hacia ella—. He renunciado a obligarte a que te casaras porque creía que no era necesario, que ya encontraría otra salida. Pero tal y como están las cosas... —Suspiró profundamente—. No puede ser que un aprendiz nos preste dinero. Aparte de que sea una vergüenza, ¿para cuánto tiempo nos iba a llegar? —Los dos conocían la respuesta—. ¿O quieres casarte con Ernst Krüger?

—Eso era absurdo. Venía a ser lo mismo que si se casara con Hans. Quizá no exactamente lo mismo, pero Ernst, por mucho que le quisiera, solo era un buen amigo, y además demasiado joven—. ¿Lo ves? Lo que necesitamos es un apoyo a largo plazo. Y además de alguien cuyo dinero tenga algún valor, de alguien que no padezca la inflación.

—De un inglés, por ejemplo.

—O de un danés. Nuestros vecinos se sienten muy unidos a Hamburgo, llevan mucho tiempo haciendo negocios aquí y, desde el punto de vista político, también somos amigos. Su país se encuentra en una situación más afortunada que la nuestra.

«Se fía de ti».

—No rechazo casarme con un hombre acaudalado que no proceda de Alemania. Solo que además he de quererlo. Tú mismo lo dijiste.

—Lo sé. Pero no hay ninguno a la vista. Por eso me parece oportuno que conozcas a Per Møller.

—Ya sabes que sí hay alguien a la vista, papaíto.

—¿Tu inglés?

—Tú mismo le dijiste que yo lo esperaría.

—Ay, estrellita, piénsatelo. Se fue de viaje deprisa y corriendo, no escribe…

—Sí me ha escrito.

—¿Cuántas veces? ¿Una vez? —Ella bajó la mirada. Le había puesto el dedo en la llaga. Era cierto que el correo tenía que ser transportado primero desde la plantación hasta Bombay y luego en barco hasta el África oriental. De allí salía cada dos semanas un barco de vapor hacia Alemania. Podían pasar con toda facilidad meses antes de que recibiera noticias suyas. Meses… Pero Jason llevaba fuera casi dos años… y su hermana sí había recibido cartas de él—. Tu madre opina que probablemente tenga otra en la India, una hotentote o algo parecido. Me temo que esta vez podría tener razón. Eso cuentan una y otra vez de los señores que se sienten solos en las colonias. —Le dio un golpecito en la mano y se volvió hacia su *Imperator*—. Solo te pido que quedes una vez con el señor Møller. Quién sabe, a lo mejor te gusta. Si al final aparece tu inglés, estupendo. Si no, te casas con el danés.

Per Møller envió a Frieda un coche que la recogió puntualmente en la Deichstrasse. De ese hombre solo sabía que le llevaba nueve años y que había manifestado el deseo de verse a solas en ese primer encuentro, pese al enorme interés de Rosemarie por estar presente junto con Albert. También sabía que había elegido el restaurante Lotsenhaus, en Övelgönne. Dos puntos que hablaban en su favor. A Frieda se le aceleró el corazón cuando pasó por los embarcaderos y por la nave de la subasta de pescado, para continuar por la Grosse Elbstrasse y llegar finalmente a la Elbchaussee. Ojalá le saliera bien el plan. Nada más terminar la conversación con su padre, había mandado a Jason una carta explicándole la delicada situación. Si tenía otra, quería saberlo ya. Aparte de eso, también le había informado a Liz acerca de la novedad.

—Si hay alguna manera de dar con tu hermano, aprovéchala, por favor. Si no me llegan pronto noticias de Jason, si no puedo presentarles a mis padres nada que demuestre su amor y sus intenciones serias, tengo que casarme con otro —le había dicho. Liz se había asustado y le había prometido mandar a Jason un telegrama.

Frieda tenía que jugárselo todo a una carta. Todo iría bien. Había escogido un vestido de color rojo vivo que le llegaba por encima de la rodilla. El pelo lo llevaba suelto, con un rizo fijado con laca que le adornaba la cara dándole un aire descarado. Quería que el tal señor Møller la conociera tal y como era. Así apartaría los dedos de ella, y cuando Jason, con motivo del telegrama o la llamada urgente de su hermana, viniera a Alemania, algo en lo que depositaba todas sus esperanzas, podría cumplir el deseo de su padre y casarse con un hombre económicamente solvente.

Con la espalda estirada y la cabeza bien alta recorrió los grises sillares del suelo, que llevaban allí más de cien años. Sonrió al recordar que en la terraza del restaurante había estado alguna vez con el abuelo. Hacía una eternidad. Recién pintada, la casa de paredes entramadas lucía radiante. Se acordaba de que la mitad inferior de las ventanas con travesaños se podía subir en verano para que entrara el aire fresco que soplaba desde el Elba.

—Señorita Hannemann, me alegro de conocerla. —Per Møller era un hombre alto y delgado, rubio y con una complexión llamativamente deportiva. Su sonrisa y el brillo de sus ojos le recordaron a Ernst.

—Buenas tardes, señor Møller, yo también me alegro —respondió ella educadamente. ¿Cómo iba a tratarle de entrada con brusquedad, si sus arruguillas de la risa y su mirada le resultaban tan simpáticas?

La ayudó a quitarse el abrigo y se lo entregó a un camarero; luego le retiró un poco la silla.

—Muchas gracias. —Él se sentó enfrente.

—Los daneses no nos andamos con rodeos. —Frieda no había contado con esa sonrisa tan agradable y tan franca—. Me han contado tantas cosas de usted que estaba ansioso por conocerla. Espero que todo sea verdad. De todos modos, es tan guapa que a duras penas puedo creer lo que me han dicho de usted.

—¿Qué es eso tan interesante que le han contado de mí? Y sobre todo: ¿qué tiene eso que ver con mi aspecto físico?

—Este año voy a cumplir treinta años, señorita Hannemann.

—Llámeme Frieda —sugirió atrevida.

—Con mucho gusto, Frieda. —Sonrió complacido—. Créame si le digo que ya he tenido ocasión de conocer a algunas damas. Y el resultado ha sido que o bien eran guapas o bien me resultaban interesantes.

—Ajá, y ahora por tanto espera conocer a alguna que reúna las dos cosas, porque no se quiere casar con una fea. —Cruzó las manos. ¿Encajaría ese golpe? Tanta franqueza sería excesiva incluso para un danés.

—¿Sabe una cosa? La fealdad solo está en el corazón. Reconozco que alegra más mirar un rostro tan inmaculado como el suyo que uno un poco defectuoso. Sin embargo, prefiero esto último, también para casarme, que una mujer codiciosa, vanidosa o embustera. —El camarero trajo una botella de vino y, poco después, una sopa de pescado—. He estado ya prometido una vez —le explicó Per con toda franqueza—. Por desgracia, mi prometida contrajo poco después una enfermedad tan grave que no pudo celebrarse la boda.

—Lo siento mucho —susurró Frieda—. Perdóneme, por favor, mi falta de tacto.

—No pasa nada. —Deseó a Frieda buen provecho y empezó a tomarse la sopa. Madre mía, apenas llevaban unos minutos sentados y ya le había desbaratado su brillante plan. Entre la sopa y el plato principal, le preguntó por la factoría—. Eso suena emocionante. ¡Guindilla, jengibre y hierbabuena escarchada! ¿De dónde saca esas ideas? —No lo dijo en tono despectivo ni irónico; simplemente se le veía impresionado.

Conforme avanzaba la noche, mejor se encontraba Frieda. Se rio mucho, tomó vino y disfrutó de la platija a la Finkenwerder, que iba acompañada de una ensalada de remolacha. Resultó que Per y ella cumplían años el mismo día de octubre. En algún momento, Frieda le habló incluso de sus clases de natación.

—Mire, allí, la playa del Elba. —Señaló desde la ventana. Todavía quedaban árboles y arbustos sin hojas, y la vista era preciosa—. Ahí esperaba a veces empapada como una rata a que mi abuelo guardara su divertida caña y mi cinturón, para que mi madre no los viera cuando llegábamos a casa.

—Qué bien lo hizo su abuelo. Entre otras cosas, por eso he elegido este restaurante.

—¿Lo sabía?

Cuando se irritaba, Per guiñaba el ojo izquierdo.

—¿Si sabía qué?

—Que mi abuelo me invitaba a veces aquí a un helado después de las clases de natación.

Él se echó a reír.

—Ah, no. Eso no lo sabía. Me refería al empeño y al esmero que puso su abuelo. He aprendido una regla de mi padre: «No dejes que ocurra una desgracia que se pueda evitar con esmero y amplitud de miras». Esa regla es especialmente aplicable a este restaurante Lotsenhaus o Casa de los Pilotos, ¿no cree?

—Tiene razón.

—¿Sabía usted que aquí, ya en el siglo XVIII, se fundó la Hermandad de los Pilotos? Se fijaron como meta ayudar a las familias de los pilotos del Elba que habían fallecido. —Se dio un toquecito en los labios con la servilleta—. He aquí la segunda regla más importante: «Prepara una lona salvavidas para cuando ocurra una desgracia que no se podía evitar».

—A mí me gustaría crear una fundación para ayudar al orfanato municipal. ¿Se refiere a algo así cuando habla de una «lona salvavidas»?

—Por supuesto. Las fundaciones me son muy simpáticas. —En su boca se dibujó una amplia sonrisa. Frieda vio el cielo abierto—. Me temo que no soy un soñador, aunque sé que a muchas mujeres les gustan mucho los soñadores. Me considero más bien realista y me temo que el abismo entre pobres y ricos no se reducirá en el futuro, sino que se ensanchará cada vez más. No es mérito suyo haber nacido en una familia de ricos, y eso también es aplicable a mí. Del mismo modo, tampoco es culpa de los huérfanos haberse tenido que criar en un hospicio. Nuestro deber es ayudarlos al menos un poco. —Cuando se despidieron, él le sostuvo la mano un rato largo y la miró a los ojos—. Los dos sabemos que estoy buscando una esposa, Frieda. Y también que su padre la ha enviado para tener un yerno que aporte una relación comercial lucrativa. Yo diría que, dadas las circunstancias, merece la pena que nos volvamos a ver. ¿O qué opina usted?

A los pocos días llegó la Semana Santa. Seguía sin recibir una carta ni el más mínimo saludo de Jason. Y eso que Liz aseguraba haberle enviado un telegrama. En su lugar, Gertrud le entregó a Frieda un sobre en el que ponía *Gakkebrev*. Una palabra danesa. Frieda sonrió. Dentro había una estrofa escri-

ta en papel violeta, acompañada de una blanca campanilla
seca.

No soy un soñador, pero tengo ojos en la cara, de veras.
Me gusta su modo de ser y también su trenza.
El invierno se aleja, las flores anuncian la primavera.
Permita por favor que nos veamos con frecuencia.

No era precisamente un gran poeta. Frieda le dio las gracias y lo invitó a su factoría. Decidió crear unos bombones en
su honor. Tenían que ser rojos y blancos, como la bandera de
su país. Una bonita ocurrencia, solo que en esos colores no
había mucho donde elegir. De modo que Frieda optó por
una variante de sus bombones de champán. Los bañó con una
blanca cobertura de azúcar, y cuando todavía estaba húmeda,
añadió el pétalo de una rosa. Lo dudó un momento. Rosas
rojas. Ojalá no se hiciera muchas ilusiones. Además, sus pequeñas obras de arte eran demasiado bonitas. El entusiasmo
que mostró Per le dio la razón.

—¿Los ha hecho especialmente para mí? ¡Qué bonitos!
¡Gracias! —Se dispuso a tomar su mano.

—¡Alto ahí! Primero tiene que probarlo. Ya sabe cómo es
eso de la belleza: si el interior no vale nada, de nada servirá
tampoco el adorno más logrado.

Per se metió el bombón en la boca y se demoró un segundo antes de masticarlo.

—¡Hum! —dijo con los ojos cerrados—. ¡Está buenísi-
mo! —La miró—. En este caso son valiosas las dos cosas: el
seductor interior y el bonito envoltorio. —Su mirada y el tono
grave de su voz dejaban claro a qué se refería. Y contra su
voluntad, Frieda notó que sus palabras le provocaban un hormigueo por todo el cuerpo.

21

El verano del año 1923 hizo que Frieda se olvidara de sus preocupaciones. Al menos, la mayor parte de los días. El padre estaba tranquilo y muy contento, y hasta la madre parecía tener pocos motivos de queja.

Per supuso un gran enriquecimiento en la vida de Frieda. Cuando lo veía, ni se excitaba ni le palpitaba el corazón como le pasaba con Jason. No obstante, Per era un hombre encantador. Lo que más apreciaba de él era que no la forzaba a que tomara una decisión. Desde el principio estaba claro que solo se habían conocido para tantear la posibilidad de una boda. Pese a su edad, no parecía tener demasiada prisa. Así que Frieda pasó un verano sintiéndose completamente libre. Algunos domingos iba con Ernst al campo. Otras veces intentaban montar a caballo, y una vez visitaron juntos Stade.

—¿Sabías que los daneses bombardearon esto hasta reducirlo a cenizas? —le preguntó Ernst.

—No, no lo sabía. ¿Cuándo fue eso?

—No lo sé exactamente. En mil setecientos y pico —dijo él, raspando el adoquinado con la punta del zapato.

—Hace unos doscientos años, entonces. —Frieda lo miró con gesto interrogativo—. ¿Me puedes explicar de qué me sirve esa información?

—Lo decía por decir algo. Los daneses tienen malas pulgas.

Otras veces salía con Alfred Fellner, que le enseñaba sus obras más recientes y la acompañaba al orfanato. Incluso la convenció para que se dejara retratar por él. Completamente vestida, por supuesto. Seguía echando de menos a Jason, pero muchísimo menos que hacía dos años. Solo de vez en cuando, en las noches veraniegas de agosto, cuando las estrellas fugaces cruzaban el cielo azul oscuro de Hamburgo, imaginaba que también Jason podría estar viéndolas y deseaba con toda su alma que regresara.

Cuando llegó el otoño, Frieda tuvo que admitir que, para su gusto, todo podría continuar tal y como estaba. Solo que el destino tenía otros planes. Frieda sencillamente no había sabido percibir los indicios. Porque ya en agosto se habían declarado huelgas por todo el país. Se reclamaba la dimisión del canciller del Reich. Luego en septiembre se declaró el estado de excepción y, menos de tres semanas después, la ley de autorización, con la que Gustav Stresemann tenía la intención de instaurar una dictadura. A Frieda todo esto le resultaba un tanto abstracto. Cuando una turba de gente sin trabajo quiso asaltar el Ayuntamiento, le vino a la memoria la sublevación por la carne en gelatina. Esos eran hechos contundentes que ella no aprobaba, pero comprendía. Por último, a finales de octubre tuvo lugar la rebelión del Partido Comunista de Alemania. Hombres y mujeres robaron al alba unos fusiles de los cuarteles de la policía y se parapetaron tras unas barricadas exigiendo, en nombre de Thälmann, miembro de la cámara de representantes de Hamburgo, la revolución universal del comunismo. Los disturbios afectaron sobre todo a Eimsbüttel y Barmbek. Más tarde se supo que también en Stormarn se habían producido altercados y que, en Bargteheide, incluso había sido proclamada la república soviética de Stormarn. Aunque los motines apenas duraron dos días, el balance final fue desastroso. Hubo que lamentar ochenta muertos, o quizá más, y más de trescientos heridos.

En cuanto las cosas se calmaron un poco, una novedad con la que Frieda nunca habría contado la sacó de la rutina cotidiana. Un día asombrosamente suave de finales de octubre, su padre llegó a casa desde la Bolsa de un humor excelente y convocó una conferencia familiar, como alegremente la definió. Que Hans no estuviera en casa no parecía molestarle demasiado, o al menos no se le notaba. En cierta medida, todos se habían acostumbrado a que Hans apenas se dejara ver en la Deichstrasse y a que poco a poco se hubiera distanciado por completo de la familia.

—Mi querida Rosemarie y estrellita querida, tengo una cosa que anunciar. —Albert alzó su copa de vino tinto y miró solemne primero a una y luego a otra. De repente sus ojos adquirieron un brillo como de pícaro o de granuja—. Vas a tener que despedirte de tu cocina del cacao, Friederike.

—¿Cómo dices? —Frieda dejó la copa tan bruscamente, que el líquido morado hizo olas y una gota se derramó sobre el mantel blanco, donde poco a poco se fue extendiendo.

—He vendido la casa de la Bergstrasse.

—¡Albert! —Su madre parecía que no sabía si reír o llorar. De todos modos, su incertidumbre no duró mucho—. Entonces tenemos dinero. —Pasó de estar radiante de alegría a ponerse pensativa—. A lo mejor mañana ese dinero ya no tiene ningún valor. ¿Puedes invertirlo en algo seguro?

—Ya lo he hecho —dijo el padre con una expresión triunfal—. He cambiado la vieja casa de la oficina por una villa en la Elbchaussee. El propietario se ha suicidado —explicó en voz más baja.

—¡Qué bien! —se alegró Rosemarie—. ¡Una villa! ¡Y encima, en la Elbchaussee! —Miró a su marido con los ojos iluminados—. Cuánto tiempo llevabas deseando comprarla. De verdad te la mereces. —Sacó un pañuelo de encaje y se enjugó los ojos—. Por fin podrá ver todo Hamburgo lo importante que eres.

—¿Qué va a ser de mi factoría? —quiso saber Frieda.

—Por de pronto, te quedarás con algunas habitaciones de esta casa. Las que sean de vivienda las alquilaremos. Y en cuanto las cosas se recuperen del todo, buscaremos un sitio en el que quepan holgadamente mi escritorio, los contables, los auxiliares mercantiles y tu cocina.

—¿Lo ves, tesoro? Realmente merecería la pena que te casaras con Per Møller.

—¿Y eso qué tiene que ver? —gruñó Frieda.

—En cuanto su fortuna se una a la nuestra, todo irá viento en popa. —Esa era la lógica aplastante de Rosemarie—. Cuanto menos te hagas de rogar, antes tendrás tu nueva cocina grande.

Rosemarie no era la única que abrigaba esas ideas. También pensaba así el propio Per, aunque con distintos matices.

—Su padre tiene olfato para los negocios —dijo, cuando Frieda le habló de la inminente mudanza—. Al menos da la sensación de que pronto volverá a estabilizarse la moneda con el marco-renta. Entonces la situación se recuperará y él podrá permitirse tener un domicilio tan magnífico. —La miró con gesto interrogativo—. ¿Qué opina usted?

—Considero que es un paso innecesario. En la Deich-strasse disponemos de cuatro plantas. No sé qué vamos a hacer con más superficie todavía. Ahora en realidad solo ocupamos diez habitaciones como vivienda; las otras son oficinas, o están vacías. ¡Ese edificio tiene treinta y tres habitaciones!

—También hay que tener en cuenta el sitio, supongo, un bonito jardín, la vista del Elba. Pero no me refiero a eso —explicó, antes de que ella pudiera poner alguna objeción—. Es cierto que usted no es tan terriblemente mayor como yo. —Acababa de cumplir los treinta, y ella tenía veintiún años—. Me parece que, pese a todo, usted es independiente desde hace mucho. ¿Quiere de verdad seguir viviendo bajo el mismo techo que sus padres? —En eso ella no había pensado, no le había dado tiempo; había surgido todo tan de repente…—. Tal vez sea un buen momento para mudarse a una villa junto al Alster. —Sonrió. Los Møller eran propietarios de una suntuosa casa en Klosterstieg. Desde el balcón había unas vistas incomparables al Alster y, por el otro lado, al embarcadero Fährhaus de Uhlenhorst.

—¿No me estará haciendo una propuesta de matrimonio? —Frieda se rio por lo bajo, aunque sabía que iba en serio.

—Piénselo, Frieda. A mí me parece una medida razonable.

Así era Per. Nada romántico, sino más bien práctico. Y no se andaba con rodeos, como él mismo había dicho el día que se conocieron. No necesitaba usar palabras floridas ni hincarse de rodillas para que Frieda supiera que le tenía un cariño sincero, si es que no la amaba incluso. También ella sentía algo por él. Pero en cuanto pensaba en Jason, se olvidaba de Per. Imaginar que pudiera estar vestida de novia ante el altar, con Per a su lado, y que de repente apareciera Jason le resultaba insoportable. Por eso le pidió a Per un tiempo para pensárselo y le dijo que de momento se iría a vivir a la Elbchaussee. Allí tendría un ala lateral entera para ella sola; no le había costado ningún trabajo que su padre le hiciera esa concesión.

También habló con Ernst acerca de los cambios. Al fin y al cabo, su madre y él, que hasta entonces habían vivido en la Bergstrasse, se verían directamente afectados.

—¿Qué va a ser de vosotros?

—Por nosotros no tienes que preocuparte. Lo de los coches me salió genial. Soy un tipo espabilado. —Sonrió de oreja a oreja—. Contraje deudas a su debido tiempo, cuando todavía se podía. Hoy esas cantidades no valen más que unos *pfennig* y, dentro de poco, ni eso. Pero los valores que adquirí a cambio, esos sí se mantienen. —Frieda no se enteró de qué valores estaría hablando, pero sí de que alcanzaban para pagar la fianza de alquiler de un bonito piso de dos habitaciones en el Valentinskamp, no lejos del Gänsemarkt. Allí viviría con su madre—. Tendrá que coger el tranvía para ir a vuestra casa o andar un poco, pero tampoco va a trabajar eternamente con vosotros. Y cuando se jubile, seguro que ya podré permitirme algo mejor para mí y luego también para mi mujer.

Para el gusto de Frieda, la mudanza fue un tanto precipitada. Numerosos ayudantes envolvían la porcelana, apilaban cajas, sacaban muebles de la casa. La escalera estaba permanentemente atascada porque siempre había alguien bajando una cómoda o la puerta de un armario entre la barandilla y la pared. Todos se daban órdenes unos a otros. Hans apareció una sola vez y explicó que él no pintaba nada en la Elbchaussee.

—La habitación que da al patio interior del Kornträgergang es más apropiada para uno como yo.

Frieda se abstuvo de hacer comentarios. Era como si encima estuviera orgulloso de ser el hijo inadaptado de una familia burguesa, uno al que le importaban un rábano los convencionalismos. Eso a lo mejor en Berlín estaba bien visto. ¿Sabrían sus amigos y compañeros de borracheras, las putas y los jugadores que Hans ni siquiera se pagaba el tugurio que frecuentaba en Hamburgo, sino que era su hermana quien ponía el dinero? Si lo supieran, ¿le seguirían considerando un tipo tan estupendo?

A los ojos de Frieda, la villa parecía un castillo lóbrego y espectral. Las ventanas ovaladas de las estrechas torrecillas puntiagudas recordaban a una catedral. Eran tan pequeñas, que entraba poco sol en el interior. En general, faltaba luz. A eso se añadía un sólido y macizo alero ante la puerta de entrada que restaba luminosidad; en el vestíbulo habría que tener siempre las luces encendidas. En realidad, al recibidor no se le podía llamar vestíbulo, sino que era más bien una sala con una escalera curva de piedra que daba al segundo piso. De todas maneras, eso era una ventaja: solo había una escalera en lugar de las cuatro que tenía la Deichstrasse. Aunque allí vivían principalmente solo en uno de los pisos. Las otras escaleras, por tanto, no se usaban apenas, de modo que la ventaja no era tan grande. El ala en la que Frieda tendría su propio reino era un anexo que se había construido con posterioridad. Disponía de una pequeña terraza y ofrecía una bonita vista del amplio jardín. En primavera pondría arriates de flores y hierbas aromáticas, pensó. La vista del Elba la tapaban unos árboles muy altos que, cuando echaran hojas, quitarían aún más luz, sobre todo los que crecían cerca de la casa. No obstante, a Frieda le gustaban y en verano se agradecería la sombra que daban. Los primeros días posteriores a la mudanza, Frieda recorría los suelos de madera oscura como un fantasma. Las tormentas del otoño bramaban en torno a los voladizos y las torres y repicaban en los cristales de las ventanas. Todo eran aullidos, gemidos, crujidos y silbidos. Faltaban, sin embargo, los ruidos de los auxiliares mercantiles, que desde muy temprano correteaban por la oficina. En la Deichstrasse, Frieda había tenido siempre la sensación de estar rodeada de vida porque siempre había alguien en los otros pisos. Aquí, en cambio, se sentía igual que en un panteón. Una noche, Frieda se despertó sobresaltada por una pesadilla. Un sudor frío le cubría la cara y tenía el camisón pegado al cuerpo. La villa había despertado a la vida y llamaba a gritos escalofriantes a su dueño. Mientras tanto, Frieda subía las escaleras y recorría un pasillo. Todo estaba oscuro salvo por un resplandor que salía de debajo de una puerta. Sintiéndose mágicamente atraída por la luz, Frieda se acercó a la puerta. Sabía que no debía abrirla. La habitación que había tras ella era el manzano cuya fruta no debía probar bajo ningún concepto. Sin poderlo remediar, puso la mano sobre la manilla. Algo en ella se erizó, pero no logró soltar la manilla, era como si se hubiera fundido con el metal. Con una lentitud pasmosa, bajó la manilla y abrió la puerta. En ese momento, un trueno rompió el silencio, un rayo iluminó la noche y, durante una fracción de segundo, alumbró al hombre que había sido el antiguo propietario de la villa. Frieda no conocía su nombre ni sabía qué aspecto tenía. No obstante, estaba segura de que era él. Había sido comerciante y senador. Colgado ahora del techo, se bamboleaba inerte en medio de la habitación. Bajo él reconoció vagamente la maqueta de un barco, así como tubos, tijeras y toda clase de herramientas. Otro relámpago la dejó entumecida. Del rostro muerto y blanco como la cera, dos ojos negros le escrutaron directamente el alma. A Frieda le costó mucho volver a conciliar el sueño. A la mañana siguiente le preguntó a su padre por el hombre que antes vivía allí.

—¿Cómo se suicidó?

—Por favor, Frieda, ese no es un tema muy apetitoso para el desayuno —objetó la madre.

—Si, total…, ya está muerto —replicó Frieda, confiando en calmarla.

—Se ahorcó. Arriba, en la habitación en la que ahora está mi *Imperator*, creo.

22

Verano de 1924

Al año 1923 le siguió el 1924, y al marco-renta el marco imperial. Frieda no acababa de aclimatarse al nuevo domicilio. En la Deichstrasse, cerca de los almacenes y del puerto, se sentía más a gusto que en el noble barrio de Blankenese. Después de que la villa recibiera una mano de pintura blanca, y de que se podaran los árboles y arbustos que estaban pegados al edificio, la casa presentaba un aspecto mucho más amable. Las ventanas pequeñas y el grueso muro de mampostería, que tanto horrorizaban a Frieda porque le recordaban a un calabozo, acabaron gustándole en el momento en que subieron las temperaturas. También terminó por cogerle mucho cariño a su anexo, al que se retiraba cuando quería estar en paz, sin que nadie la molestara. A la villa le reconocía sobre todo una ventaja que había convertido su vida en algo maravilloso: la libertad de la que ya gozaba el verano anterior alcanzó ahora una calidad superior. Unas veces la visitaba Per y otras Ernst, con el que se tomaba una cerveza mientras oían música. También Fellner le hacía alguna que otra visita.

—Como sigas así, no habrá boda con el rico danés —la reprendió un día su madre.

—¿Como siga cómo? —Los hostigamientos ya no le afectaban a Frieda. Su madre había sido educada de otra manera y no veía con buenos ojos las posibilidades de las mujeres modernas. No era culpa suya. A lo mejor hasta le tenía un poco de envidia a Frieda.

—Si tan pronto estás con uno como con otro, la gente no tardará en hablar.

—Mientras no hagan algo peor...

—No deberías tomártelo a la ligera, Frieda. Antes de que te des cuenta, serás una solterona y ya nadie querrá casarse contigo. Si el danés se entera de que te reúnes también con otros hombres, se acabó.

—Ya lo sabe —contestó Frieda tranquilamente.

Rosemarie se quedó sin respiración.

—Y yo que pensaba que era un hombre decente... —jadeó.

Frieda ignoró este último comentario.

—Sabe que me he criado con Ernst y que es una especie de hermano para mí. También sabe que Alfred Fellner, al que por cierto te empeñaste presentarme, me ayuda en la fundación del orfanato. Per sabe poner en su sitio mis citas con otros hombres. Con el tiempo tú también deberías aprenderlo.

Poco a poco, Frieda y la villa fueron haciéndose amigas. Sin embargo, cuando su padre le sugería que le hiciera compañía mientras trabajaba con la maqueta del barco, nunca aceptaba la invitación.

Con la estabilización de la moneda se produjo un cambio que le dejaba a uno sin aliento. Su símbolo plasmado en piedra era el edificio llamado Chilehaus, cuya inauguración a principios de abril dejó atónito a todo Hamburgo.

En tan solo dos años había surgido en sustitución de un típico Gängeviertel, donde hasta entonces vivían tantísimas personas hacinadas. Cada vez que visitaba a Liz, Frieda había tenido la oportunidad de admirar el avance de las obras. A la solemne inauguración del edificio acudió con Fellner.

—¿Lo encuentra bonito? —le preguntó Fellner, y levantó una ceja al alzar la vista hacia la imponente construcción de ladrillo.

—¿Usted no? Es impresionante, en mi opinión.

Y realmente lo era. Un edificio de oficinas de siete u ocho pisos que parecía un buque transatlántico surcando las calles de la ciudad. La construcción irradiaba una fuerza increíble y tenía unas líneas orgánicamente curvas como Frieda no había visto hasta entonces en ninguna otra fachada. Para ella el Chilehaus era el vivo retrato de un barco de pasajeros en medio de Hamburgo. Se podría pasar horas contemplándolo. A Fellner, sin embargo, ya no le sobraban horas para ella ni para el nuevo edificio. Había quedado con una nueva musa; parecía que la cosa iba en serio. A Frieda le daba pena porque ya no se verían con tanta frecuencia, si es que lo hacían alguna vez.

Al día siguiente en el desayuno, Frieda informó a su padre sobre la suntuosa inauguración.

—Asombroso —murmuró el padre—. Y eso que el país todavía no se ha recuperado. Solo los precios son normales. Pero la gente compra, come y bebe como si tuviera la cuenta y la cartera llenas. —Y así era. Todos creían que llegarían tiempos mejores y se anticipaban a disfrutarlos. De la política, en cambio, no se fiaba nadie—. Esto no puede acabar bien —profetizaba lúgubremente el padre, cuando tenía uno de esos días melancólicos, cada vez más frecuentes en él—. Te acordarás de mis palabras —dijo—. Yo soy un hombre mayor, a mí ya no me tocará vivirlo.

Los días alegres, que afortunadamente predominaban con claridad, el padre iba corriendo a la oficina, que seguía teniendo en la Deichstrasse, paseaba por el jardín, donde cogía rosas, o le hacía una visita a Frieda en su cocina del cacao para probar sus más recientes creaciones. El chocolate fuerte destinado a los caballeros era su mayor éxito de ventas. Por lo demás, tampoco daba abasto con la producción. Ya fueran los bombones de champán, el chocolate con café, el suave chocolate con leche o el chocolate amargo con caramelo, todo se lo quitaban de las manos. Tanto en la factoría en particular como en la importación de productos coloniales en general, la caja sonaba. Y los ingresos empezaban a recuperar al fin su valor. Solo que por desgracia no se quedaban automáticamente en la caja.

Frieda estaba escarchando unas flores cuando oyó un grito. Acto seguido, sonó un fuerte estruendo y, luego, un tintineo de cristales.

—Madre mía, ¿qué ha sido eso?

Frieda miró a su alrededor. Durante un rato no se oía nada; después, un ruido ensordecedor y una voz de hombre que decía algo así como: «No lo haga» y «Se arrepentirá». Frieda tragó saliva. Un atraco. No había ninguna otra explicación. Un atraco a la oficina. Santo cielo, ¿dónde estaba Ernst? Sabía que su padre había ido al Brook, pero Ernst debía de estar arriba. De nuevo se hizo el silencio. Alguien tenía que hacer algo. Los empleados que estaban con el conche y la mezcladora, que envolvían tabletas en papel de plata y colocaban los bombones en cajas se quedaron parados como si se hubieran convertido en maniquíes. Todas las miradas se dirigían a Frieda. Era ella la que tenía que hacer algo. Frieda se limpió lentamente las manos en el delantal y permaneció a la escucha. Otra vez golpes y ruidos como de madera reventada.

—Oh, Dios mío, yo no tengo nada que ver con eso —balbuceó Henni en voz baja.

Frieda no le hizo caso. No era el momento de pararse a pensar en las tonterías que desde hacía tiempo le rondaban a la pinche por la cabeza.

—Voy a echar un vistazo —dijo Frieda, pero no se puso en movimiento.

—Tenga cuidado —susurró Rudolf, un joven inválido de la guerra que ella había contratado hacía ya dos años a cambio de alojamiento—. Es preferible que alguien llame a la policía —propuso. Arriba se oyeron pasos apresurados y gemidos sofocados.

—Tardarían demasiado —contestó Frieda más bien para sí misma—. Quién sabe lo que puede pasar hasta que lleguen. —Miró a su alrededor y vio un cuchillo de cocina con el que acababa de cortar en rodajas un bloque grande de mazapán que había llegado recientemente de Lübeck. Frieda tragó saliva y agarró el cuchillo—. Vamos a hacer las dos cosas —le susurró a Rudolf—. Yo subo y tú vas corriendo a la policía. —Lo miró de arriba abajo. Desde la guerra, a Rudolf le faltaba la pantorrilla izquierda—. Mejor será que vaya otro —dijo.

—No, no —se empeñó él—. Aunque me falta un trozo, corro como una gacela.

Salieron juntos de la cocina del cacao, en el sótano, y subieron la escalera peldaño a peldaño. Rudolf corrió hacia la puerta de la casa y la cerró tras él sin hacer ruido. Frieda le envidió. Ella subió sigilosamente el siguiente tramo de la escalera. Nada más llegar al cuarto piso, oyó un golpe extrañamente sordo. Luego se hizo el silencio. Al cabo de un segundo, justo cuando se disponía a ponerse de nuevo en movimiento, se oyeron unos gritos cada vez más fuertes. No, no se los podía llamar gritos, eran más bien gemidos y jadeos. Como si alguien a quien le habían tapado la boca intentara pedir auxilio. ¡Ernst! Frieda se olvidó de tomar precauciones y subió los escalones de dos en dos. Cuando llegó al piso en el que habían vivido hasta hacía poco, vio el desastre. La puerta que antes daba a la sala de estar estaba abierta. Aquí se había instalado provisionalmente la oficina en la que el padre y el contable Meynecke tenían sus escritorios. A Frieda se le ofreció la imagen de la destrucción. Tanto los cajones como su contenido estaban desparramados por todo el suelo. El reloj que marcaba la hora de Nueva York yacía entre todos los papeles y las plumas estilográficas. Una vitrina había sido derribada. Por eso se había oído ruido de cristales rotos. Frieda empuñó el cuchillo con todas sus fuerzas. La puerta del salón de al lado estaba abierta. Allí podía estar todavía escondido un intruso. Fue mirando al suelo para no pisar añicos de cristal. Vio unos pies. Solo uno de ellos tenía un zapato, el otro estaba descalzo. A Frieda la tranquilizó mucho que los dos se movieran. Se atrevió a avanzar y rodeó el sólido escritorio de madera de nogal.

—Oh, Dios mío. —Era Meynecke. Le sangraba la frente y las sienes y tenía algo oscuro metido en la boca. Un calcetín. El suyo, sin duda. Movió los labios intentando deshacerse de la mordaza—. Espere, yo le ayudaré. —Unos pasos a su espalda. Frieda rodeó con las dos manos el mango del cuchillo y se dio la vuelta—. ¡Ernst!

—¿Qué ha pasado aquí? —Pasó a su lado, se agachó junto a Meynecke, le libró del calcetín y le desató las manos.

—Estaba fuera de sí, señorita Hannemann, nunca le había visto así —soltó el contable en cuanto pudo volver a hablar. Ernst le ayudó a ponerse de pie—. Se ha llevado todo el dinero en efectivo y los valores.

—¿Conocía usted al ladrón? —Frieda lo miró, y tampoco Ernst le quitaba ojo de encima.

—Sí, claro, era su hermano.

Los escombros empezaron a dar vueltas como los caballitos de un tiovivo. El suelo se balanceaba como si Frieda estuviera en un barco. Curiosamente, aunque todavía no eran las diez de la mañana, todo se puso oscuro.

—Al fin se despierta la dormilona. —Frieda guiñó los ojos y vio la cara de preocupación de Ernst, muy cerca de la suya. Aunque ya estaba otra vez con sus bromas, se notaba que no tenía ninguna gana de reír.

—¿Dónde está? ¿Dónde está mi hermano? —balbuceó Frieda, haciendo amago de incorporarse.

—Despacito, ¿eh? —Ernst, que la tenía en sus brazos, la empujó con suavidad hacia abajo.

—¿Despacio? Si se ha largado, no tenemos tiempo que perder. —De nuevo intentó levantarse, y esta vez la ayudó Ernst. Al momento oyó pasos en la escalera. Su padre irrumpió en la habitación con dos policías.

—¿Qué ha pasado? ¿Hay algún herido?

—No —respondió enseguida Meynecke. Debía de haberse lavado la sangre nada más ser liberado por Ernst. Gracias a Dios, solo tenía unos rasguños—. Lo siento mucho, señor Hannemann. —Meynecke respiró varias veces profundamente—. Ha estado aquí su hijo. —Albert se desplomó en una silla—. Me ha exhortado a que le diera dinero y… Por supuesto, antes quise someterlo a su aprobación y consultarle si usted no ponía ninguna objeción. De todas formas, como últimamente apenas aparecía por la oficina, supuse que ya no trabajaba para nosotros. Quiero decir para usted. En fin, en cualquier caso, se me hizo raro que usted no me hubiera avisado de que iba a enviarlo para… recoger las cosas de valor —concluyó la frase. Los dos policías se miraron—. Entonces me ha golpeado y se ha llevado todo lo que ha querido.

—Entonces el autor del delito, ¿es conocido? —preguntó uno de los uniformados.

Albert asintió con la cabeza.

—¿Estaba solo? —le preguntó a Meynecke.

—Él ya sabía dónde se guarda todo lo que tiene valor. —Señaló hacia una vitrina hecha añicos.

No hacía falta saber más, aunque a Frieda le habría gustado enterarse de todo lo que había mangado su hermano. Pero sus empleados de la cocina del cacao se habían asomado por la puerta intentando oír o ver algo.

—A trabajar —les ordenó, y volvió con ellos al sótano. No se quedó mucho tiempo allí, sino que enseguida salió corriendo hacia el Kornträgergang. Hans no estaba allí. La viuda del zapatero no puso ninguna pega para que Frieda echara un vistazo a su habitación. La había visto ya varias veces con Ulli y, por lo tanto, se fiaba de ella. Probablemente, a esa buena mujer le resultaba un poco inquietante ese inquilino que entraba y salía como un fantasma, con esas ojeras tan profundas y la cicatriz hinchada, y que a veces ni siquiera era capaz de articular una frase sensata. A Frieda no le sorprendió no encontrarlo. Tan tonto no era. Aunque pudiera partir de la base de que ni su padre ni su madre sabían dónde se alojaba y de que Frieda, en el fondo de su corazón, siempre saldría en su defensa, también debía de tener claro que esta vez había ido demasiado lejos. Como vio que se había dejado algunas cosas, dedujo que no había renunciado para siempre a esa habitación.

Por la noche, Frieda se hallaba sentada con Ernst en su terraza. El aire estaba impregnado por el canto de las cigarras y el aroma de las rosas de su padre, que parecía llegar a todos los rincones del jardín. A Ernst el vino que le ofreció Frieda no le hacía ninguna gracia, pero al licor de cereza de Nagel no se pudo resistir.

—Apostaría cualquier cosa a que se ha cogido el primer

tren que iba a Berlín —dijo Frieda en tono sombrío—. Seguro que ya no le queda nada del dinero que ha mangado.

—De los valores no es tan fácil desprenderse —la tranquilizó Ernst—. Tiene que conocer a alguien que los compre. Claro que, por otra parte —pensó en voz alta—, en una gran ciudad enseguida encuentras a alguien. No es la primera vez que tu hermano va a Berlín, de modo que seguro que conoce a quien se los pueda comprar. —Suspiró, miró a lo lejos y dio un trago de licor de cereza—. ¡Dios, qué rico está!

—Los licores de Nagel son algo especial —opinó ella, y sonrió levemente—. ¿Sabes qué clase de acciones eran y, sobre todo, qué valor tenían?

—Le he dicho no sé cuántas veces a tu padre que no las guarde en la oficina. Tendrían que estar en el banco o, si acaso, en una cajita que se pueda cerrar con llave —dijo acalorado, y tomó otro trago—. Pero en una vitrina… Ya han desaparecido. Tu padre tenía acciones de la fábrica alemana de calderas de vapor Babcock & Wilcox. Por esas te dan una pasta. Y luego las de la Compañía Alemana del Gas Continental. Esas las había comprado ya tu abuelo Carl, creo. Además había algunas de la Sociedad Anónima Alemana del Petróleo, y por último tu padre había invertido en la Compañía Operadora del Ferrocarril. El tren es el futuro; esas acciones seguro que suben. —Ernst estaba, pues, al tanto. A lo mejor eran esas las cosas de valor en las que había invertido dinero antes de que la moneda se saliera completamente de madre, y que le sirvieron para pagar la fianza del alquiler—. Solo un tontaina las vendería sin necesidad —gruñó.

—O alguien que vende rápidamente todo lo que cae en sus manos —añadió ella.

—O un tontaina que vende todo lo que pilla —opinó él. En alguna parte cantó un cuco. El crepúsculo vespertino tendió un manto de color rosa por la Elbchaussee. Dentro de poco Frieda tendría que encender una vela—. ¿Sabes lo que es muy raro? —Ernst se volvió hacia ella—. Tu padre estaba en el Brook y yo acababa de salir a hacer unos recados. Es como si tu hermano lo hubiera sabido.

—No me lo puedo creer —dijo Frieda despacio—. Apenas se entera ya de lo que pasa en la empresa. Ni siquiera sabe lo que hace su propia familia —dijo malhumorada.

—De todos modos… —Ernst miró otra vez hacia el jardín, donde iba oscureciendo cada vez más. Una arruga en la nariz revelaba los esfuerzos que hacía por pensar—. O ha estado todo el rato espiando la Deichstrasse sin perder de vista la entrada. O alguien se lo ha dicho.

—¿Quién habría podido hacer eso? —Ni en la oficina ni en la cocina había nadie que tuviera contacto con su hermano.

—Meynecke queda en todo caso descartado —constató Ernst, y esbozó una sonrisita—. No creo que se haya dejado zurrar la badana voluntariamente.

La noticia del atraco a la oficina de Hannemann & Tietz se había propagado como un reguero de pólvora. Justo al día siguiente, Per le hizo una visita a Frieda para interesarse por los detalles.

—¿De verdad que a usted no le ha pasado nada? —quiso saber—. No quiero ni pensar que haya ido sola a la oficina, pese a que el ladrón podría no haberse marchado todavía.

—Ojalá hubiera estado aún allí para poder atraparlo. ¡Nos ha robado mi propio hermano! Bueno, eso seguro que ya lo sabe. Debe de estar en boca de todo Hamburgo: «El Hannemann roba a los Hannemann». —Se metió impaciente un mechón de pelo detrás de la oreja—. Apuesto lo que sea a que se funde la fortuna de mi padre, lograda con tanto esfuerzo, en menos de lo que se tarda en decir *Labskaus…* —Suspiró. Per guiñó irritado el ojo izquierdo—. Si supiera cómo dar con él… Berlín es grande. Tardaríamos semanas en encontrarle allí. Si es que lo conseguíamos.

—¿Cree que estará en Berlín? —No la dejó responder—. Después de todo lo que me ha contado de él, es muy posible, sí. ¿Y no tiene ni idea de dónde se aloja, o algún punto de referencia? —Sus ojos azules la miraron con atención. Se veía que quería ayudarla. Frieda sonrió; le sentaba bien que se preocupara.

Se puso otra vez seria y negó con la cabeza.

—No, en los últimos meses apenas hemos hablado. —Entonces cayó en la cuenta de una cosa—. Hablaba del Wintergarten y sobre todo contaba maravillas del Palacio del Almirante —recordó—. Pero de eso hace ya mucho tiempo, por lo menos dos años. En ese palacio debe de haber unos baños romanos que están abiertos toda la noche. Un templo de la diversión seguro que es el mejor sitio para gastarse el dinero.

—Entonces deberíamos empezar por ahí —propuso él.

—¿A qué se refiere?

—Alguien tiene que frenar a su hermano mientras le quede algo del botín. No consentiré en modo alguno que viaje usted sola.

Frieda se le quedó mirando un rato largo. Tenía toda la razón; alguien debía retener a Hans, en caso de que no fuera ya demasiado tarde. Acompañada de Per, entraría mucho más tranquila en todos los garitos de Berlín. Todo era mejor que quedarse sin hacer nada en Hamburgo y estar condenado a esperar. Pero ¿por dónde podría empezar la búsqueda? ¡Clara! De golpe y porrazo se acordó de ella. Debido a la muerte del abuelo, Frieda no había sacado todavía tiempo para pedirle cuentas. En algún momento había decidido dejar las cosas como estaban. Pero ¿y si Clara aún seguía en contacto con Hans? Entonces posiblemente supiera dónde encontrarle.

—Solo que no me lo revelará.

—¿Cómo dice?

Frieda alzó sorprendida la vista; ni se había dado cuenta de que había hablado en voz alta.

—Clara es una antigua amiga mía. Estuvo muy enamorada de Hans. —Le contó lo de la dichosa noche en el hospital y que Clara se había quedado embarazada. También le habló a Per del éter—. Es posible que ella sepa dónde se encuentra, pero nunca me lo revelará —concluyó.

—¿Por qué está tan segura? —Per la miró con insistencia—. ¿Cree que ella le protegería? ¿No creerá que esa mujer tiene buenas intenciones con él?

—Al menos, arriesga su puesto de trabajo para proporcionarle a Hans esa sustancia endemoniada.

—Usted misma lo ha dicho. El éter es una sustancia endemoniada, sobre todo si se bebe. ¿Nunca se le ha ocurrido pensar que la tal Clara quiera vengarse de su hermano? Tal vez le esté dando esa porquería para matarlo poco a poco.

Frieda se quedó como si la hubiera fulminado un rayo. A ella nunca se le habría ocurrido pensar una cosa así. Sin embargo, esa teoría era atrozmente concluyente. Frieda se despidió a todo correr de Per y emprendió el camino. Ni siquiera le hizo falta echar un vistazo al papel en el que venía anotada la dirección que aquel día le había sonsacado a la enfermera.

—¡Vaya, esto sí que es una sorpresa! —Clara la miró con desconfianza. Al ver a Frieda, se le desfiguraron los rasgos de la cara, pero enseguida se recompuso. Estaba delante de Frieda con los brazos cruzados y casi le cerraba el paso a su piso.

—Tendría que habértela dado hace mucho —respondió fríamente Frieda—. En cuanto supe que robas éter para dárselo a mi hermano. —Esta vez Clara perdió por completo la compostura. En sus ojos se reflejaba el pánico, y aunque abrió la boca, de sus labios no salió ni una sola sílaba—. Al principio pensé que así querías ganarte el corazón de mi hermano —Frieda se tiró un farol—. Lo que quieres es vengarte. Le pones la pistola cargada en la mano a sabiendas de que apretará el gatillo.

—¿Qué estás diciendo? ¿Crees que…? Pasa.

Frieda se sintió insegura. Había contado con que Clara lo negaría y pasaría directamente al ataque. Angustiada, la siguió a un saloncito. Un sofá raído, una butaquita, una mesa camilla cuyos arañazos no tapaba del todo el mantelito de puntilla, y un candelabro de siete brazos encima de un sencillo aparador.

—Siéntate. —Por la voz, Clara parecía terriblemente cansada, y apesadumbrada. En la cara tenía tantas arrugas que le daban un aspecto de una mujer de cuarenta años. Aunque todavía tenía el pelo largo, lo llevaba recogido en un riguroso moño—. ¿Crees que quiero matar a tu hermano? —Se desplomó en la butaca; entonces se sentó también Frieda—. ¿Por qué iba a hacer eso? —Miró con tristeza a Frieda a los ojos—. Yo amaba a tu hermano. Me temo que aún sigo amándolo, aunque en realidad ya queda poco de él. —Se puso a contemplar sus manos un rato largo mientras respiraba con dificultad. Luego empezó—: Cuando Hans ingresó en nuestro hospital, pensé que aquello era un regalo del destino. Y cuando luego, por la noche, además me pidió que no me fuera, creí de verdad que podría tenerme un poco de cariño. —Hablaba en voz tan baja, que Frieda apenas la entendía nada. Le dolía ver a su amiga tan infinitamente desesperada y tan herida—. Sin embargo, lo único que quería eran analgésicos, cosas fuertes y, más tarde, opio. Cuando supe que estaba embarazada, le dije que eso tenía que acabar. ¿Cómo iba a ser un buen padre para su hijo si no paraba de tomar esas porquerías? —De nuevo tuvo que hacer una pausa—. Me suplicó que no tuviera al niño, Frieda. Dijo que eso le destruiría la vida. Así que me deshice de él. Pero lo echo de menos todos los días. —Las lágrimas rodaron por sus pálidas mejillas.

Frieda tuvo que tragar saliva. Apenas le salía la voz.

—¿Por qué no acudiste a mí, Clara? Te habría ayudado. ¡Era tu amiga!

—Menuda amiga. Tú sabías perfectamente lo que hubo entre tu hermano y yo en el hospital. No me vengas ahora con que no sabías nada de mi embarazo. Estaba en boca de todo Hamburgo. ¡La pequeña Mendel y una criatura ilegítima!

—No, Clara, te juro que no lo sabía.

Clara la miró.

—Pues él me dijo que tú también opinabas que debería poner fin al embarazo. Según él, dijiste que yo ya sabría cómo se hace eso, y que no se le ocurriera llevarme a mí con el niño a vuestra casa porque al final tendrías que ocuparte tú de todo y te tendrías que olvidar de tu querida factoría. —Sus ojos lanzaban destellos de odio—. Una vez más, todo ha girado en torno a ti y a tus planes. Si de verdad le hubieras ayudado, tal vez yo podría haber conservado el niño —gritó Clara.

Frieda se sintió mareada. Los oídos le zumbaban amenazadoramente.

—Eso no es verdad —susurró—. ¡Por Dios, Clara, eso no es verdad! —Tomó la mano de Clara y la apretó. Las lágrimas rodaban ahora también por sus mejillas. Apenas podía pensar con claridad—. Nunca me ha hablado de eso. ¡Palabra de honor! Incluso dijo que no te había quitado la inocencia. Hace poco me enteré de que eso era mentira. Siempre ha mentido, Clara, o me ha esquivado. De todos modos, últimamente apenas le he visto. Todo esto me da muchísima pena —logró decir antes de ponerse a sollozar.

Clara aún seguía sentada como petrificada. Frieda la soltó

y se llevó las dos manos a la cara. ¿Cómo podía haberles hecho eso Hans? No solo había destruido la vida de Clara, sino también la amistad entre ellas. Frieda quería calmarse, quería hacerle tantas preguntas a Clara, pero no paraba de temblar y llorar, incapaz de recuperar la serenidad. Entonces notó que Clara se sentaba a su lado. Frieda dejó caer las manos y la miró. Por fin se dieron un abrazo y lloraron juntas sin dejar de abrazarse. Tardaron mucho en volver a calmarse. Clara preparó un té para las dos y entonces hablaron de todo lo que había sucedido. Frieda le contó lo de su amor fallido, le habló de Jason y del tiempo que llevaba fuera.

—¿Por qué me hablaste así de él?

—Quería hacerte daño —confesó Clara—. Creía que tú tenías la culpa de mi desgracia. Pensaba que si nos hubieras dado una oportunidad, podríamos haber criado a nuestro hijo. —Antes de que Frieda pudiera contestarle, dijo—: De lo contrario, no me habría quedado más remedio que admitir que Hans no quería tener el niño y que nunca me había querido. He matado por él a mi hijo y he puesto en riesgo mi trabajo y, sin embargo, no puedo dejar de amarle. Yo no quiero matarle, Frieda, tienes que creerme. Ya he intentado rehuirle para que no pueda volver a pedirme estupefacientes, pero él me busca, me acecha. Y si no le consigo yo la sustancia, entonces se la dará alguien y será de peor calidad. Y eso no lo puedo consentir.

—Tienes que dejar de hacer eso, Clara. —Frieda la miró a los ojos—. Hans ha atracado la oficina de mi padre y ha derribado a un hombre. Si vende su botín y a cambio consigue drogas, entonces ninguna de las dos podremos protegerlo. Por favor, Clara, sospecho que está en Berlín. Si alguna vez te ha dicho algo, si tienes idea de dónde podría estar metido, entonces dímelo, te lo suplico.

Clara se tomó su tiempo.

—Sí —dijo pensativa—. Alguna vez me ha dicho algo. Blumenstein, en Charlottenburg. Enfrente de la iglesia conmemorativa del káiser Guillermo. Lo siento, no sé más.

Frieda se levantó.

—Algo es algo. ¡Gracias, Clara! Cuando lo encuentre, te lo haré saber.

—Sí, por favor.

Cuando estuvieron la una frente a la otra en la puerta del piso, parecían agotadas y con los ojos enrojecidos por el llanto. Al mismo tiempo, dieron un paso adelante y otra vez se abrazaron.

—Tendría que haberte conocido mejor —susurró Clara—. Por favor, perdóname; tendría que haber hablado contigo. Intentaste dar conmigo, qué tonta he sido.

—No, Clara, estabas herida. Tienes razón cuando dices que me he ocupado demasiado de mí. Cuando me enteré de lo mal que lo habías pasado, tendría que haber sacado tiempo para venir a verte. Perdóname, Clara.

Cogieron el primer tren que salía a la mañana siguiente de Hamburgo a Berlín. Desde que Jason había partido y ella solo había podido ver cómo se alejaba su tren de la noche, Frieda no había vuelto a la estación central. Cuando le volvieron los recuerdos con tanta claridad como si todo hubiera sucedido el día anterior, se le encogió el corazón. Una gaviota se había extraviado en el imponente techo de cristal. La característica resonancia de su chillido sonó aún más fuerte desde allí arriba. Sonaba a lejanía y extrañeza. En ese momento, una locomotora arrojó un humo negro por la chimenea mientras se ponía en marcha y tiraba de los pesados vagones hacia un destino que Frieda no conocía. Se quedó paralizada, mirando cómo se alejaba.

—No le dé más vueltas, lo encontraremos —dijo Per, poniéndole una mano sobre el brazo.

Le sentaba bien que él estuviera allí. Al mismo tiempo, a Frieda le entró mala conciencia por estar pensando en Jason y por seguir echándole de menos. Se veía como una mentirosa. Sin duda, Per interpretaba mal su estado de ánimo. Pero no podía decirle lo que realmente la apesadumbraba.

Habían comprado billetes de primera. Las horas que pasaron en el vagón, que avanzaba con estrépito, parecían no tener fin. A Frieda le sentaba bien. Mientras estuviera allí sentada y distraída con el bufido y el traqueteo del tren, que de vez en cuando emitía pitidos cortos y largos, era como si tuviera un plazo de gracia. ¿Cuántas veces habría hecho su hermano ese recorrido? ¿Cómo se habría sentido? No tenía ni idea, pues se habían distanciado demasiado el uno del otro. ¿Cuándo había dejado de querer salvarlo? Mientras se abismaba en sus propias reflexiones, Per no la molestaba nada. Al principio había intentado entablar una conversación, pero al ver que ella le contestaba, si acaso, con monosílabos, desapareció tras un periódico.

Al llegar a Berlín, Frieda se vio atrapada por un torbellino que solo la abandonó cuando de nuevo se vio sentada en el tren de regreso a Hamburgo. Nada más apearse, todo le pareció más ruidoso y más grande que en su ciudad natal. Un coche los llevó a un hotel en la Kurfürstendamm. Al cabo de unos minutos, ya se habían refrescado y enseguida se volvieron a encontrar en el vestíbulo del hotel. Comenzaron la búsqueda.

—¿De verdad te dijo que enfrente de la iglesia conmemorativa del káiser Guillermo? —indagó de nuevo Per.

—No está obligado a ponerse a buscar conmigo —respondió Frieda, repitiendo lo que ya le había dicho con antelación—. Sé que podría llevarme un tiempo.

—¿Cree que he venido hasta aquí para sentarme tranquilamente en un café? —Negó con la cabeza.

Luego se volvió hacia la iglesia, con sus torres y su impresionante rosetón, que habían alcanzado tras una breve caminata. Solo por un lado lindaba con el Parque Zoológico; en las calles que, en forma de estrella, iban a dar desde los otros lados a la Auguste-Viktoria-Platz, había viviendas. ¿Por dónde empezar? «Hay que proceder metódicamente», se dijo Frieda.

—Bien, ¡empecemos por allí! —Frieda se puso en marcha.

Hardenbergstrasse. Examinó los letreros de los timbres de las tres primeras casas a un lado de la calle y, a continuación, cruzó la calzada y buscó en el otro lado. Nada. Blumenstein no aparecía. Luego fueron a la Kurfürstendamm. Tampoco. De vuelta a la Auguste-Viktoria-Platz, Per se limitó a encogerse de hombros y de inmediato inspeccionó el siguiente tramo. Nada esta vez tampoco.

Después se dirigieron a la Tauentziehenstrasse. Frieda fue de portal en portal leyendo nombres desconocidos en letreritos de metal primorosamente adornados, con timbres que ya estaban muy opacos de tantos dedos como los habían pulsado. A duras penas se podían leer los nombres, que estaban descoloridos o cubiertos de excrementos de pájaro. Kaufmann, Kisch, Lang, Roth, Heinrich. ¡Blumenstein!

—¡Aquí está! —Se le aceleró el corazón. Per cruzó desde la otra acera.

—Lo ha conseguido. —Per la miró radiante de alegría, como si hubiera encontrado un tesoro. Al momento siguiente se puso otra vez serio—. Confiemos en que su hermano esté aquí o en que, por lo menos, recibamos información que nos ayude a seguir buscándolo. —Ella contuvo la respiración y tocó el timbre. Nada. Volvió a tocar. Notó cómo Per la cogía de la mano—. Tranquilícese. Hasta ahora no vamos mal encaminados. —Solo entonces se dio cuenta Frieda de que estaba temblando.

—¿Cómo que no vamos mal encaminados? Nos encontramos ante una puerta cerrada.

—Bueno, pero por lo menos es la puerta que buscábamos. Ya tenemos un punto de partida. Si no hay nadie en casa, volveremos más tarde. —Parecía muy tranquilo. Irradiaba tal seguridad en sí mismo, que Frieda también recuperó el ánimo. Per tenía razón.

—¿Y ahora qué hacemos?

—¿Le apetece dar un paseo?

No podían marcharse así como así… Sí, claro que podían.

—Buena idea. Después de las horas que hemos pasado con el traqueteo del tren, nos vendrá bien dar una vuelta.

—Estupendo. —Per la agarró del brazo de la manera más natural—. Podemos ir hasta la Puerta de Brandeburgo atravesando el Tiergarten, que seguro que le gusta.

Cruzaron un canal y dejaron atrás el deslumbrante y polvoriento calor para internarse en el húmedo y sombrío frescor que proporcionaban unos árboles muy altos. Desde que Frieda se había apeado del tren en la estación central, era la segunda vez que adquiría conciencia del ruido, la muchedumbre y la suciedad de esta ciudad. Precisamente porque en ese Tiergarten, como había llamado Per al parque, todo eso era sustituido por un silencio celestial en el que solo se oía el murmullo de las hojas, el gorjeo de los pájaros y alguna que otra voz aislada.

—Tiene razón, esto me gusta mucho. —Le apretó un poco el brazo y le sonrió—. ¿Cómo es que conoce tan bien Berlín?

Él se echó a reír.

—No me sobrevalore. Solo he estado aquí unas pocas veces con mi padre. Por asuntos de negocios. —Igual que Hans. Solo que este aprovechaba el tiempo en la ciudad de una manera muy distinta.

Llegaron a la Puerta de Brandeburgo, de la que tanto había oído hablar Frieda, y de la que incluso había visto alguna reproducción. Aunque lucía un aspecto bastante deteriorado, en ese momento la estaban adecentando un poco. La contemplación de la puerta la distrajo un instante de lo que, por tercera vez en ese día, percibía con una fuerza inusitada: el barullo y el trajín de una gran ciudad. Tras la antigua puerta de la ciudad se extendía el magnífico bulevar de Unter den Linden. Por esa avenida flanqueada de tilos circulaban, además de simones y automóviles, un número considerable de autobuses. Frieda vio mujeres con pantalones anchos, otras llevaban vestidos que les llegaban hasta la rodilla, y algunas ¡hasta fumaban en plena calle! Los hombres vestían bombachos y gorras anchas de visera, algunos iban con traje. Aquello era un gentío, los peatones cruzaban la calle a escasos centímetros de los coches.

Frieda se quedó mirando a un mendigo que en ese momento tendía la mano a un señor que iba con bastón. Enseguida apareció un policía que lo ahuyentó. Frieda se arrimó a Per. Había tanta gente yendo y viniendo por la acera, que temía que la separaran de él, pero Per se abría paso con seguridad entre los otros transeúntes. Poco antes de llegar a un gran cruce cuyo tráfico lo regulaba un policía, se desviaron.

—Hemos dado un pequeño rodeo, pero la Kaisergalerie no puede dejar de verla —opinó Per, y la llevó por un pasaje. Frieda se quedó sin respiración.

—Esto es… increíble —susurró.

De repente se encontró en una calle estrecha flanqueada por dos edificios impresionantes con esculturas y relieves de arenisca y terracota. Sobre una hilera de escaparates y magníficos portales se asentaban dos pisos cuyas ventanas estaban enmarcadas por arcos y columnas. Encima, una construcción apuntada como el techo de un pabellón de cristal le recordó a Frieda a los pisos superiores de los almacenes hamburgueses. Solo que aquí todo el techo, que unía los dos edificios, era de cristal y dejaba entrar la luz del sol. Per le contó que había más de cincuenta tiendas y cafés, a los que se podía ir sin mojarse los pies incluso con mal tiempo, y también un teatro y hasta un museo de cera. Impresionante, sin duda. Pero el ruido de los tacones en el suelo de piedra y las voces de los que callejeaban sin rumbo fijo era tan fuerte que retumbaba en las paredes, de modo que Frieda se alegró cuando de nuevo tuvo sobre ella el cielo despejado.

—*Voilà* la Friedrichstrasse —anunció Per—. Me decía que su hermano le había hablado del Wintergarten y del Palacio del Almirante. Probemos suerte ahí.

Se mantuvieron a la izquierda, cruzaron Unter den Linden y dos calles más estrechas a las que Frieda echó solo un vistazo. Qué diferencia. Aparte de los bulevares insignia, las fachadas de la zona elegante se desmoronaban. En el Hotel Central, justo enfrente de la estación Friedrichstrasse, las banderas colgaban lacias de los mástiles. El aire era como si estuviera bajo una cúpula de cristal no solo la Kaisergalerie, sino toda la ciudad. «Hotel de primera categoría», ponía en una placa, y debajo: «700 habitaciones y salones».

—«Exquisita cocina francesa» —leyó Per en voz alta—. No suena mal. ¿Qué le parece? —A su espalda, los coches tocaban la bocina, un grupo de peatones se abalanzó hacia ellos, a lo que se añadía el tableteo de los cascos de los caballos y el ruido de las ruedas en el adoquinado. Frieda no podía pensar—. Yo desde luego tengo mucha hambre.

Encima del portal del chaflán había un letrero grande en el que ponía Café Wintergarten.

—¿Por qué no?

Frieda no tenía apetito. Contempló ensimismada las letras C y H que tenían grabadas las cucharas de plata. Dentro de las barras verticales de la H se leían las palabras *Central* y *Hotel*. La sopa de cebolla estaba buena; el filete de ternera con salsa bearnesa y judías verdes, que Per devoró con gusto, estaba incluso riquísimo, según él. Poco a poco se le fue aplacando a Frieda la permanente tensión del día. Se sentía cansada y decepcionada. Después de comer echaron otra ojeada en el Wintergarten. Ni rastro de Hans. Así que cruzaron la Friedrichstrasse hacia el Palacio del Almirante, cuya fachada no era menos impresionante que la de la Kaisergalerie.

—Por la tarde podríamos ir a una exposición —propuso Per—. Pero no hoy. Me da la sensación de que está deseando meterse cuanto antes en la cama. —Ella lo miró con severidad. En ese momento estaba pensando en los baños y en las varietés del interior del así llamado «palacio». Hubiera allí dentro lo que hubiera, Frieda se sintió un tanto frívola—. ¿He dicho algo que le haya sentado mal? —Cerró el ojo izquierdo.

—No, no. —Frieda bajó la mirada—. Tiene razón, estoy agotada y me gustaría dormir.

—Pararé a un coche que nos lleve al hotel.

—Pero antes podríamos tocar otra vez el timbre donde Blumenstein.

El taxi los llevó a la Tauentzienstrasse. De nuevo se aceleró el pulso de Frieda cuando apretó el botoncito redondo de metal. Otra vez sin éxito. De camino al hotel de la Kurfürstendamm, pasaron por un edificio de cinco pisos en el que ponía *Marmorhaus*. Y, efectivamente, toda la fachada era de mármol. Entre el segundo y el tercer piso colgaba un cartel enorme en el que podía leerse: «El cine sonoro corrompe el oído y los ojos». Frieda huyó en toda regla hacia el vestíbulo de su alojamiento. Sentía una profunda repugnancia, pero ni siquiera habría sabido decir hacia qué. Berlín era, sin duda alguna, una ciudad moderna llena de obras arquitectónicas deslumbrantes. Seguro que los librepensadores podían desarrollar allí todas sus facultades y sentirse a gusto, y los artistas crear obras experimentales.

Pero todas las medallas tenían un reverso. Si se daba la vuelta a la de Berlín, lo que se veía era pobreza, suciedad, perdedores y obscenidad.

—¿Ha dormido bien? —Per se levantó para acercarle la silla. Luego se volvió a sentar, dobló el periódico que estaba leyendo cuando ella había entrado en el salón del desayuno, y lo dejó a un lado.

—¡Como un lirón! —Frieda se sentía despejada y cargada de energía.

En comparación con el día anterior, a Per debía de parecerle que estaba muy parlanchina. No tenía un plan demasiado bueno por si acaso no conseguían nada, tampoco hoy, llamando al timbre de Blumenstein. Cada cosa a su debido tiempo. Por de pronto, se dedicó a disfrutar del *Schrippe,* que era como llamaban allí al *Rundstück.* Ese día el cielo de Berlín presentaba un color amarillento, y el aire estaba tan húmedo que a Frieda se le rizó indomablemente el pelo.

—Hoy quizá haya tormenta —comentó Per.

Ojalá fuera así porque eso limpiaría el aire. Se dispusieron a bajar las escaleras que llevaban a la estación de metro de Uhlandstrasse. Desde allí venía un olor a inmundicias y a orines. Frieda torció el gesto y contuvo la respiración. Había que seguir andando. Por el rabillo del ojo vio a un hombre al que le costaba subir las escaleras. Frieda supo enseguida quién era. Se detuvo a mirar cómo Hans se esforzaba por poner un pie delante del otro. Los que pasaban por allí sencillamente le rodeaban. Llevaba puesto un traje de color claro que le estaba grande, le sobraba una talla. El pelo se lo había peinado con raya a un lado y lo llevaba echado hacia atrás con una buena porción de crema para afeitar. «Como un dandi que ha pasado la noche fuera», pensó ella. Cuando estaba a punto de llegar a la acera, Frieda le interceptó el paso. Hans no levantó la vista hasta el último momento. Cuando la reconoció, dio media vuelta y bajó a todo correr las escaleras. Al instante, Per le siguió pisándole los talones. También Frieda echó a correr. Allí abajo todo estaba oscuro, mugriento y lleno de recovecos. Riadas de gente bajaban desde la boca del metro o se dirigían hacia la salida.

—¿Adónde se ha ido? —gritó Frieda, y siguió corriendo.

Debía evitar a todo trance que se escapara. Giró hacia un lado. Las vías. Volvió atrás. ¿Por dónde había bajado? Se desvió de nuevo. Otro andén. Maldita sea, ¿dónde se habían metido los dos? Frieda llamó la atención de un policía, que vio cómo se chocaba con la gente y daba vueltas de acá para allá. Se dirigió hacia ella. Si no la creía y la arrestaba… De esos no contaban nada bueno. No se andaban con melindres. ¡Tenía que huir! La escalera. Frieda la subió a la carrera y miró a su alrededor. Nada. Era como si a Per y a Hans se los hubiera tragado la estación de metro. Sintió una presión en el pecho. Ojalá no le hubiera pasado nada a Per. ¿Y si Hans le había…?

—Frieda, hermanita —oyó a su espalda.

Se volvió. Per tenía a Hans agarrado por el pescuezo y tiraba de él escaleras arriba. Llegaron junto a ella. Le vino el olor a humo de tabaco y a aguardiente. Hans se tambaleaba tanto, que estuvo a punto de caerse para atrás por las escaleras. Bien empleado le habría estado. De Frieda se apoderó una ira que le era desconocida. Notaba como si se le hubiera encogido el estómago formando una bola muy dura. Si no se liberaba inmediatamente de esa tensión, se partiría en mil pedazos. Frieda tomó impulso y le arreó una bofetada tan fuerte, que a Hans le dio vueltas la cabeza. Este se puso a bracear para no perder el equilibrio. Si Per no lo hubiera sujetado de nuevo, se habría precipitado de verdad escaleras abajo. Tan de sorpresa le había pillado el golpe que en su lugar cayó hacia adelante y acabó de rodillas en la acera. Durante un segundo no pasó nada. Frieda temblaba. La bola de su estómago se había ablandado, pero aún seguía ahí. Debía tener cuidado con esa energía, desconocida para ella, y respirar profundamente hasta tranquilizarse. En ese momento odiaba a su hermano. Le odiaba por poder desencadenar semejante ira en ella. No quería ser así y, sin embargo, notó que tenía muchísimas ganas de darle patadas aunque ya estuviera en el suelo. Per le pasó un pañuelo. Ella miró sus ojos azules.

—¿Dónde está el dinero? —preguntó Frieda a su hermano en tono glacial, se secó las lágrimas que rodaban por sus mejillas y le devolvió a Per su pañuelo. No tenía la menor intención de volver a llorar—. ¿Quedan todavía algunos *pfennig*? ¿Sigues teniendo por lo menos las acciones?

Hans intentó ponerse de pie, pero le costaba mucho esfuerzo. Per le dio la mano. Por fin su hermano estaba delante de ella pálido y ojeroso y con el traje claro lleno de manchas de la calle, no solo por la caída.

—¿Querías matarme? —preguntó con la voz ronca.

—Eso ya lo estás consiguiendo tú solo. —Aunque mantenía las lágrimas bajo control, no podía evitar que le temblaran los labios.

—¿Y este quién es? —Lanzó una mirada hostil a Per—. ¿Es que nuestro señor padre tiene un contable nuevo porque he matado al antiguo sin darme cuenta?

—Por eso irás a la cárcel, lo tienes claro, ¿no? —Lo miró a la cara sin pestañear.

A Hans se le quitó el poco color que le quedaba en las mejillas.

—¿Está muerto de verdad?

—Quizá deberíamos continuar la conversación en un sitio más tranquilo —propuso Per. Ahora fue cuando Frieda se dio cuenta de la cantidad de gente que los rodeaba, del barullo, de las miradas curiosas—. ¡Vámonos! —Frieda agradeció que Per asumiera con toda naturalidad el mando.

Fueron sin decir una palabra hacia la Auguste-Viktoria-Platz. El día anterior ya le había llamado la atención a Frieda la Casa Románica, en cuya planta baja había un café. El edificio era digno de verse, recordaba a una mezcla de castillo pequeño y torres venecianas. Dentro estaba oscuro y la temperatura era fresca y agradable. En dos mesas había unos hombres jugando al ajedrez. El café tenía el encanto de un vestíbulo de estación. Daba igual; el caso era poder hablar sin que los molestaran.

—¿Está muerto el Meynecke? —preguntó Hans en cuanto tomaron asiento.

—¿De verdad te interesa? —Frieda le taladró con la mirada—. No, solo le has hecho unos cuantos arañazos.

—Gracias a Dios —masculló él llevándose las manos a la cara. Frieda y Per se miraron.

—¿Cómo has podido hacer eso? —Por fin le había desaparecido la bola dura del estómago. Un calor agradable se propagó por su interior dejándola muy tranquila.

Hans se pasó nervioso las manos por su pringoso pelo.

—Me pertenecía —dijo en voz demasiado alta. Uno de los jugadores de ajedrez se volvió a mirar—. Soy el primogénito, me corresponde toda la empresa. Sin embargo, nuestro padre prefiere ponerla en manos de un aprendiz advenedizo antes que encomendármela a mí. —Tenía la cara desfigurada por la ira, era una caricatura de sí mismo.

—Ernst no es un advenedizo, trabaja para papá desde que era un niño. Es aplicado y digno de confianza. Es despierto y piensa ante todo en el bien de la empresa. ¿Qué te convierte a ti en un digno sucesor aparte de tu apellido?

Hans se desmoronó.

—Tienes razón, sí, tienes razón. Tú eres mejor persona que yo. Eres una santa. —Empezó a sollozar. Frieda respiró hondo. Su hermano se recompuso enseguida—. Es una lástima que seas chica; en ti tendría papá a la perfecta heredera. —Frieda quiso poner punto final lo más aprisa posible a esa especie de melodrama.

—Si es que queda algo por heredar. Desembucha.

—Las acciones están en la caja de caudales de un amigo. —El camarero trajo café. Hans se tomó la primera taza casi de un trago. Frieda se preguntó cómo podía tragar eso tan caliente sin quemarse.

—¿En casa del tal Blumenstein? —preguntó.

Él la miró fijamente. Parecía que los ojos se le iban a salir de las cuencas.

—¿De qué conoces ese nombre?

—¿Están en su casa los valores?

Una leve sonrisa cruzó por el rostro de Hans.

—No, los tiene Nelson. —Se reclinó en el asiento—. Lo mejor es que vengáis esta noche a la representación. No podéis volver a la apestosa Hamburgo sin haber visto antes la revista. —Se volvió a inclinar hacia adelante y puso las manos cruzadas encima del tablero de la mesa—. No te vas a ir a casa con las manos vacías, hermanita. Tu papaíto estará orgulloso de ti, como siempre. —Se levantó—. De todas maneras, la pasta que me hubieran dado por los papeles no me habría ayudado demasiado. —Se marchó.

Per y Frieda ni siquiera se terminaron el café. Se había enfriado, y ni caliente estaba bueno. Demasiado amargo. Fuera, les vino la oleada del calor húmedo. Sin ponerse de acuerdo y sin cambiar una sola palabra, fueron otra vez al Tiergarten. Pasearon en silencio por los serpenteantes senderos en dirección al este. En las superficies de césped, cuajadas de flores de colores, algunas familias aprovechaban para hacer pícnic, mientras otros jugaban al bádminton. Atravesaron la rosaleda, pasaron por un estanque de peces dorados y finalmente llegaron a la Siegesallee. Si se volvía uno hacia el norte, la mirada recaía forzosamente, a través de las estatuas de mármol, en la Columna de la Victoria, sobre la que se hallaba entronizada una figura dorada de una mujer con una corona de laurel en la mano y un casco alado en la cabeza. A su espalda se alzaba el imponente edificio del Reichstag. El conjunto componía una imagen que de entrada costaba trabajo digerir.

—¡Cuánta ostentación! —refunfuñó Frieda—. Si esa es la tan cacareada vanguardia, prefiero la apestosa Hamburgo.

—¿No le gusta?

—Estará de broma, ¿no? —se acaloró Frieda.

—Así es. —Frieda vio que a Per le brillaban los ojos y se le marcaban las arruguillas en torno a los labios. Le entró la risa.

—Ahora en serio, ¿qué tiene eso de progresista o avanzado? ¡Es pura época imperial!

—Una vez más, tiene razón. ¿Sabía usted que el concepto de vanguardia proviene del lenguaje militar? —Ella negó con la cabeza—. Vanguardia es la avanzadilla que ha de enfrentarse al enemigo antes que el resto del regimiento. Visto así, apropiarse de ese término resulta un tanto arrogante, ¿no cree? —Atravesaron la Königsplatz, dejaron atrás la Columna de la Victoria sobre su pedestal y doblaron hacia la izquierda.

Allí había una hilera de merenderos alineados uno tras otro.

—Entremos, hagamos una pausa.

In den Zelten —«En las tiendas de campaña»—, ponía en un letrero encima de la entrada.

—Aquí hasta las tiendas de campaña son de piedra —comentó Frieda, alzando burlonamente una ceja. En la terraza del restaurante había mesas y sillas colocadas a la sombra de vetustos árboles. Frieda se sintió como si hubieran dejado atrás la ciudad—. Se está bien aquí.

Per pidió cerveza blanca berlinesa.

—Creo que ahora le sentará bien. Además, entra estupendamente con este tiempo. —Antes de que ella pudiera protestar, dijo—: Por lo que sé, la receta original es de Hamburgo, de manera que no le puede poner ninguna pega.

Frieda sonrió.

El camarero trajo las jarras de cerveza balanceándolas en una mano.

—Aquí tienen —dijo, y las colocó sobre la mesa con tanto brío que se desbordó gran parte de la cerveza, y se marchó sin disculparse. Los dos platos que llevaba en la otra mano los estampó sobre la mesa de al lado. Tampoco a esos señores les dedicó ni una sola mirada, sino que continuó su apresurado recorrido—. ¿Le ha gustado? —dijo luego recogiendo el plato medio lleno de un señor que estaba solo. Sin esperar la respuesta, gruñó—: Si no protesta, será que le ha gustado—. Y a continuación desapareció en el interior del local.

Delante del espejo, Frieda se pasaba nerviosa la mano por el pelo. Tenía aspecto de cansada y debilitada, como si en los últimos días hubiera envejecido unos años. No obstante, renunció a ponerse una doble capa de maquillaje. En el vestíbulo había visto a algunas mujeres. Su seguridad en sí mismas le había impresionado, pero sus pinturas de guerra más bien le habían espantado. Un poco de colorete, sombra de ojos y carmín de color violeta: con eso bastaba. Pocas horas antes, le habían entrado ganas de salir corriendo. No le apetecía lo más mínimo pasar la noche en un sitio de mala reputación en el que se pudieran depositar acciones robadas en una caja de caudales. Sin embargo, luego, Per y ella se habían tomado otra cerveza blanca y a Frieda por fin se le había soltado la lengua. Habían pasado horas sentados a la sombra y charlando. Como aquella vez, en su primera cita. Esta vez Frieda le había confiado incluso sentimientos sobre los que nunca había hablado con nadie. Por ejemplo, que se sentía culpable por lo que se fiaba su padre de ella. O su preocupación por Hans, al que en el fondo de su corazón todavía quería. Poder desahogarse así le había supuesto un gran alivio. Per le había contado que también a él le asaltaban con frecuencia las dudas, y se debatía entre el sentido del deber y el deseo de probar algo completamente nuevo en cualquier otra parte.

—Sé dónde está mi sitio. Al mismo tiempo, es lamentable que solo dispongamos de una vida. Hay tantas posibilidades que no podemos aprovechar… —dijo con los ojos brillantes—. Quizá sea eso lo que enloquece a su hermano. Era joven cuando se fue a la guerra. Ha tenido que ver mucha muerte y destrucción. Yo creo que es su insaciable sed de vida lo que le mata. Es absurdo, lo sé. Tal vez usted pueda explicarle que, comportándose de otra manera, tendrá ocasión de probar y aprovechar muchas más oportunidades. No se dé por vencida con él, Frieda, sálvele la vida —dijo con insistencia.

De vuelta al hotel, se había sentido tan agotada como si hubiera recorrido toda la ciudad a pie. Había dormido profundamente más de una hora, y había conseguido desconectar por completo del mundo. Ahora se sentía preparada para afrontar la noche.

El teatro Nelson se hallaba detrás de la estación de metro Uhlandstrasse en dirección a la iglesia conmemorativa del káiser Guillermo. Pese a los temores de Frieda, le causó una buena impresión. Butacas cómodas, un poco de estuco y oro y otro poco de peluche. El público era de lo más variopinto. Mujeres con largas boquillas de cigarrillos entre labios de un rojo encendido, con boas alrededor del cuello y vestidos que parecían constar de no mucho más que flecos. Otras llevaban ropa de noche clásica. Hans no parecía tan desolado como por la mañana, sino que se le veía más bien de buen humor.

—Me alegro de que hayáis venido. Os gustará. —De eso Frieda no estaba tan segura—. No te preocupes, hermanita, hoy no actúa la bereber, ni ninguna otra bailarina desnuda —añadió con una sonrisa. Frieda se ahorró cualquier comentario.

La iluminación se apagó y la sala se quedó a oscuras. Un foco de luz circular alumbró a un hombre con la cara pintada de blanco y una boca de payaso que había aparecido delante del telón.

—¡Vivamos la vida, adiós a las lágrimas! ¡Bienvenida la risa! ¡A menear las piernas!

Otra vez se apagaron las luces por un breve espacio de tiempo. Cuando los focos se encendieron de nuevo, el telón estaba abierto. Daba comienzo la revista. Era entretenida, una mezcla de escenas divertidas, bailes y cánticos. Algunas de las actrices no es que estuvieran desnudas, pero tampoco llevaban mucho encima. A Frieda le resultó bochornoso.

¿Qué iba a pensar Per? Lo miraba con disimulo, de hito en hito, pero en su rostro no era capaz de reconocer si le gustaban aquellas damas tan ligeras de ropa. Unas veces bailaban de forma impetuosa y otras con sensualidad. Algún número que otro sin duda era escandaloso, pero sin resultar repelente. Frieda tuvo que admitir que la representación le gustaba de un modo desconocido para ella. ¿Cómo lo había llamado Per? Una sed insaciable de vida. En ese momento, Frieda pudo comprender a qué se refería. Después de la función se quedaron un largo rato sentados. Cuando la sala se vació, se les acercó un hombre que se presentó como Nelson, el director del teatro. Cambiaron unas palabras. Frieda y Per elogiaron la revista.

—Por favor, caballeros, tómense una copa por cuenta mía —dijo Nelson de repente, y castañeteó con los dedos a una camarera, que enseguida les sirvió champán a Per y a Hans—. Mientras tanto, despacharemos los asuntos de negocios —anunció guiñando un ojo, y condujo a Frieda con amabilidad, pero con determinación fuera de la sala. ¿Podría uno fiarse de ese hombre? ¿Y si su hermano había tramado algo con el director del teatro? Aunque no las tenía todas consigo, no quería que se le notara—. Quería hablar a solas con usted —le explicó Nelson cuando entraron en su despacho, que para su sorpresa no habría desentonado lo más mínimo en unas oficinas de Hamburgo—. Su hermano necesita ayuda, necesita dinero, mucho dinero —dijo sin rodeos—. ¿Sabía usted que esnifa cocaína?

—No, yo creía… —Frieda notó un nudo en la garganta.

—Para poder permitirse ese lujo, juega en las habitaciones del fondo de varios garitos de pésima reputación, como por ejemplo en el Ratón Blanco. —Frieda no había oído nunca ese nombre, pero se hizo una idea de qué tipo de local podía tratarse—. Se juega un dinero que no tiene y acepta préstamos de gente..., en fin, digamos, moralmente dudosa. —Se encogió de hombros y su cuello, ya de por sí corto, desapareció por un segundo—. El Ratón Blanco lo frecuenta el mundo del hampa de Berlín, algunos de cuyos miembros no titubean si alguien no puede devolver un préstamo, no sé si me entiende.

—¿Qué tengo que hacer? —El tal Nelson era mucho mayor que ella y tenía algo de paternal—. No puedo dejarle los papeles para que los despilfarre también en la mesa de juego.

—No, por Dios, me ha malinterpretado por completo. —Se cruzó de manos y la miró a los ojos—. Hans no me ha contado cómo han llegado exactamente las acciones a sus manos. Lo que oí me sonó demasiado novelesco. Y yo leo los periódicos. Le aconsejaría encarecidamente no librarle a su hermano de la cárcel.

—¿Cómo dice? —Frieda no entendía una palabra.

—Hay que apartarlo de la cocaína y de todas las demás drogas; de lo contrario, no durará mucho. —Nelson se agachó con un gemido y sacó de un aparador una caja de caudales—. El ascenso es lento, pero la caída es rápida, como suele decirse. —De repente se oyó ruido que parecía venir de la sala del teatro. Un tumulto en toda regla. Nelson no parecía alterado, al contrario—. Vaya, ya están aquí los señores —se limitó a decir. Ella seguía sin entender—. Ayude a su hermano a subir cuando haya salido de la cárcel. De lo contrario, caerá en lo más hondo.

—¡Frieda! —La voz de Hans. No auguraba nada bueno.

—Ahora las cosas se pueden poner un poco feas —la advirtió Nelson, y le pasó un sobre. Ella miró dentro. Las acciones.

—Gracias por haberlas conservado. —Él se limitó a asentir con la cabeza. Entonces Hans la llamó otra vez a gritos; parecía presa del pánico.

—¡Al ataque! —dijo Nelson.

De vuelta a la sala, a Frieda se le ofreció una escena un tanto irreal. Dos hombres con pantalones oscuros, botas negras, chaquetas azules de uniforme y unas gorras cilíndricas cuyas viseras les tapaban las cejas, sujetaban a su hermano, cada uno de un brazo. Per estaba sentado a una mesa como si esperara a que le trajeran un café.

—Esta es Friederike Hannemann, mi hermana —les explicó Hans exaltado a los policías—. Ella podrá confirmar que no soy un delincuente, sino un legítimo heredero, nada más. —La miró. Que su mirada era implorante no se le habría escapado ni a un ciego—. Es así, ¿verdad? ¡Por favor, tienes que decírselo a estos hombres! —«Ahora las cosas se pueden poner un poco feas», la había advertido Nelson. Se habían puesto muy feas.

—Disculpe, señora, pero nos han llamado diciendo que el señor ha robado unas acciones. Quizá usted pueda explicárnoslo. —Frieda tragó saliva. Notaba la mirada de Per y la de Nelson. Vio el brillo en los ojos de Hans—. ¿Y bien?

Volvió a tragar saliva y respiró temblando.

—Es cierto lo que dice —empezó. Nelson bajó la mirada y meneó casi de modo imperceptible la cabeza—. Es mi hermano.

Hans resopló con fuerza y soltó una risotada.

—¿Qué les había dicho yo? —Intentó zafarse, pero los uniformados siguieron sujetándolo—. ¡Suéltenme inmediatamente y vayan haciéndose a la idea de que reclamaré una buena indemnización por este trato tan humillante!

—Por desgracia, también es cierto lo que han oído acerca de las acciones. Se las ha robado a nuestro padre.

—¿Estás loca? —Hans soltó un gallo. Una mueca le desfiguró la cara. El resto se resolvió con rapidez, aunque a Frieda le pareció que había durado una eternidad. La denuncia de Nelson se había basado en lo que los colegas hamburgueses habían dado a conocer en toda la República. Llevarían a Hans a la ciudad hanseática, donde sería procesado. Cuando por fin lo llevaron detenido, se puso a gritar cosas inconexas—. ¿Cómo has podido hacerme eso? ¡Ya no tengo hermana! Ya ni siquiera me queda una hermana. Tienes que ir a casa de Selma. Blumenstein. Ella guarda las cartas. ¡No me dejes solo!

23

Frieda había esperado que al llegar a casa se sentiría aliviada. Había imaginado que se tranquilizaría en cuanto volviera a sentir la brisa fresca del Elba, y que se olvidaría de todo el caos y las horribles escenas con su hermano en cuanto llegara a su nariz el olor a salitre. Frieda había confiado en que podría tolerar mejor la detención de su hermano cuando por fin estuviera de nuevo en un sitio que le resultara familiar. Pero no fue así. Berlín no le gustaba, pero por otra parte le fascinaban las múltiples posibilidades que tenía la ciudad. Per lo había expresado diciendo que a veces deseaba probar algo completamente nuevo.

De niña soñaba con Inglaterra. Eso podría hacerlo tranquilamente. Podría ir a Inglaterra. Seguro que allí también hacían chocolate. De repente apareció otra vez Jason en sus pensamientos. O la India. ¿Y si se atrevía a ir en su busca a la India y a pedirle cuentas cara a cara? El mundo entero olía a aventuras sin fin. No había que exagerar, pero tampoco había por qué perderse todas las oportunidades que se presentaran. En breve cumpliría veintidós años. Si su madre no se adaptaba a la sociedad moderna, había que perdonárselo, pero ¿a ella? Una cosa tenía clara: debía replantearse su vida a fondo.

Al destino no le interesaba lo más mínimo que ya tuviera más que suficiente con ocuparse de sí misma. Nada más regresar de Berlín, su padre le contó que su madre estaba en el hospital.

—Se ha desmoronado, se ha venido abajo. El atraco, que tú… Todo eso ha sido demasiado para ella.

—¿Qué tal se encuentra?

El padre esbozó una débil sonrisa.

—Está recuperándose. El doctor Matthies la mandó ingresar en el hospital solo por precaución. Seguro que mañana ya nos dejan traerla para casa. —Entonces, ¿por qué ponía esa cara?—. Frieda, tengo que decirte una cosa. Tienes que saberlo ahora mismo para que mañana ya te hayas tranquilizado.

—Santo cielo, ¿qué pasa?

—Está bien que hayas dado con tu hermano en Berlín. Pero, por desgracia, desde el punto de vista económico, apenas nos sirve de ayuda.

—¿Cómo dices? ¿Y por qué no?

—Tu madre ha estado pidiendo dinero prestado durante meses. Sumas elevadas a distintas personas.

—¿Para qué?

—¿Y tú me lo preguntas?

—¿No será para Hans, o sí? —Frieda conocía la respuesta—. No me lo puedo creer.

—No quiso darse cuenta de que es un pozo sin fondo, como se suele decir. Creía que podía ayudar a Hans, que este saldaría las deudas y al fin empezaría a llevar una vida decente. —Ni con la mejor voluntad sabía qué decir al respecto, así que permaneció muda—. Que vaya a la cárcel es lo correcto. A ver si así aprende algo. Por las buenas nunca hemos conseguido nada con tu hermano. —Los dos se quedaron tristes y absortos en sus pensamientos. De pronto, él alzó la mirada—. Pero hay una buena noticia: Ernst no quiere recuperar su dinero. Estaría incluso dispuesto a meter más dinero en la empresa. A cambio, quiere convertirse en socio.

Frieda sonrió.

—No es la peor solución. Ya va siendo hora, ¿no crees?

—Me lo pensaré.

Efectivamente, a Rosemarie le dieron el alta al día siguiente. Desde luego a ella no le parecía que fuera lo correcto no librar a Hans de la cárcel. No dijo ni una palabra sobre las acciones que había rescatado Frieda, ni dio señal alguna de alegrarse por el regreso de su hija sana y salva. Aunque no lo dijo, estaba claro que Rosemarie le echaba solo a Frieda la culpa de que la vida de Hans fuera un montón de escombros. Frieda se lanzó al trabajo para mitigar su mala conciencia. La razón le aseguraba que había obrado bien; por desgracia, el corazón casi nunca hacía caso de ese razonamiento. Se quedó pensando si hacer una visita a Liz. No, se había propuesto poner orden en su vida. En caso de que hubiera noticias de Jason, Liz habría dado señales de vida hacía tiempo. No lo había hecho. Ni una palabra ni un renglón. Ya iba siendo hora de que Frieda se conformara con la realidad y borrara a Jason de su vida.

Frieda llevó al orfanato chocolate para tomar a la taza y, poco después, una caja de ese mismo chocolate a la farmacia del puerto.

—Es un donativo. Repártalo, por favor, entre la gente pobre que necesite urgentemente un refuerzo —le indicó al farmacéutico, que la miró asombrado tras sus gafas redondas.

Desde su regreso a Hamburgo, Per había tenido que resolver algunos asuntos. No obstante, la acompañaba a todas partes y la ayudaba en todo lo que hacía. No se inmiscuía en nada, pero le daba encantado algún consejo cuando ella se lo pedía. A veces incluso le recordaba un poco a Jason. Sin embargo, entre los dos había una diferencia muy grande: Per estaba allí, y Jason, a miles de kilómetros.

Tres días después de que Frieda hubiera vuelto de Berlín, apareció Ernst.

—Siento no haber podido venir hasta ahora. Madre mía, la de cosas que han pasado aquí mientras estabas fuera. —La miró—. Bueno, también tú has estado bastante ocupada, ¿no?

—Llamémoslo así. —Estaban sentados en la terraza. Agosto tocaba a su fin, todavía era pleno verano, la hierba tenía un color verde oscuro y los árboles rebosaban de savia. Muchas flores pertenecían ya a la historia y, en su lugar, brotaban por doquier frutos que muy pronto llenarían cestos y cajas, platos y bodegas. Durante los últimos días, Frieda había reflexionado tanto que le daba la sensación de tener plomo en la cabeza. Tanto le pesaba que en ella no tenían cabida ni la ligereza ni la alegría despreocupada. En ese momento no le apetecía hablar de todo lo que le preocupaba—. Venga, desembucha. ¿Qué ha pasado aquí?

—Mucho trabajo, como siempre. Y luego la policía, que a cada momento quería saber algo. Te lo puedes imaginar. Preguntaban lo mismo una y otra vez. Yo repetía la misma historia como un loro. —Durante todo el rato no paraba de manosear un hilo invisible que parecía haber descubierto en su pantalón. Le brillaban los ojos y daba respingos con los labios.

—¿Qué pasa, Ernst Krüger? Estás deseando contarme algo muy distinto, ¿no?

—Sí, figúrate, me han preguntado si quiero navegar.

—¿La policía? —Frieda amagó una sonrisa irónica.

—No, esos no. Los del club de vela. Fíjate, podría hacer un viaje a lo grande. Quieren subir por el Elba y luego ir hacia el norte.

—¿Ah, sí? ¿Y adónde concretamente? ¿A Glückstadt?

—No, a Norden. Desde allí volveríamos pasando por las islas Frisias. Si logro acompañarlos, ya me puedes llamar Kuddel Daddeldu.*

—Mi más cordial enhorabuena, Kuddel. Entonces has conseguido al fin lo que tanto tiempo llevabas deseando hacer. —La mirada de Ernst se ensombreció—. ¿En qué estriba el inconveniente?

—Es que no me puedo ir de aquí. Ahora no. Tu padre necesita al mejor de sus hombres. —Guiñó el ojo—. En serio, van a zarpar enseguida. Por otra parte, le he propuesto a tu padre ayudarle a salir de su complicada situación dándole otro poco de dinero. A cambio…

—… quieres hacerte socio. Para ti no hay nada imposible, Ernst Krüger; eso lo he sabido siempre. Ya desde que eras un renacuajo decías que algún día tendrías tu propia oficina de comerciante. Quién sabe, quizá no tardes tanto en cumplir tu sueño. —Le sonrió—. Te dejan navegar, te vas a convertir en un auténtico comerciante hamburgués… En fin, consigues todo lo que te propones.

Ernst se ruborizó.

—No, qué va, todo no. Todavía no. Además, que seas precisamente tú la que lo digas… Vas a Berlín y no solo consigues echarle el guante a tu hermano, sino que además logras recuperar las acciones. ¡Eso ha sido una obra maestra!

—Ha sido sobre todo muy feo. —Por fin le contó Frieda cómo había tropezado con Hans—. Esa ciudad es…, es demasiado grande, demasiado ruidosa y demasiado mugrienta. Pero al mismo tiempo, está llena de posibilidades. Puedo entender un poco a Hans. Él aquí nunca ha encontrado su sitio;

---

* Personaje creado por el poeta Joachim Rinselnatz que de vez en cuando era marinero. [N. de la T.]

en Berlín nadie le pregunta a qué se dedica ni de dónde viene. Allí se siente en su casa. Aunque esa casa sea como Sodoma y Gomorra. —Torció el gesto.

—¿Tan mal lo pasaste?

—No tanto… Lo peor es que mi padre sigue sin haber superado las dificultades. Me refiero a las económicas.

—Pues sí, Frieda, así están las cosas. Si tu padre hace eso, si me acepta como socio y superamos la crisis, entonces yo me quedaría al frente de Hannemann & Tietz. Quiero decir cuando tu padre se jubile. Quizá yo no sea de tu nivel social, pero en lugar de casarte con ese danés desconocido, más te valdría casarte conmigo. Es lo lógico, ¿no te parece? —Con una mano no paraba de toquetear el bolsillo de la chaqueta.

—Ay, Ernst, es muy amable por tu parte. Pero eso no puedo aceptarlo. Nos estás ayudando mucho con el dinero y me parece lógico que mi padre por fin te haga socio suyo. Pero una cosa son los negocios y otra muy distinta la vida privada. Te mereces encontrar tu gran amor, Ernst, y fundar con él una familia.

—Hace tiempo que lo he encontrado —dijo él en voz baja, y la miró. Se había sacado la mano del bolsillo y ahora tenía el puño cerrado y muy quieto.

Frieda tragó saliva. Estaba desconcertada.

—Verás —dijo, y se rio insegura—, lo nuestro no puede ser. Se trata de mi familia y de mi legado. De manera que soy yo la que se tiene que sacrificar. —De nuevo soltó una risita—. Ya que yo no puedo casarme con mi gran amor, hazlo tú al menos. Per, ese danés desconocido, es muy buena persona. Ya le he dado el sí —mintió.

A la mañana siguiente, Henriette le trajo a Frieda un ramo de rosas rojas con un sobre.

—Son cincuenta, las he contado —dijo sin aliento y con unos ojos como platos—. ¡Cincuenta rosas, lo que tiene que costar eso!

—Gracias, Henriette. —Frieda le cogió el enorme ramo. La pinche no se movió del sitio, sino que estiró el cuello para no perderse nada, por si acaso Frieda abría el sobre de color crema—. Gracias, Henriette —repitió Frieda con resolución. La chica hizo una mezcla de reverencia y genuflexión y se marchó.

Queridísima Frieda:
Por favor, deme la alegría de cenar esta noche conmigo a las siete en la Lotsenhaus.
Creo que va siendo hora de...
Su Per

Va siendo hora. A Frieda le entró un escalofrío desde el cuero cabelludo y el cuello hasta los dedos de los pies. Estaba claro lo que significaba. Con veintidós años todavía era joven. Podría tomarse su tiempo y esperar a casarse más tarde, podría lanzarse a la aventura. Pero ¿le apetecía realmente? Frieda quería hacer chocolate, crear bombones para tener una vida independiente. Per era un buen hombre, honrado e inteligente. Le permitiría tomarse todas las libertades que quisiera. Juntos podrían ocuparse del orfanato. Tal vez con el tiempo acababa incluso descubriendo que le amaba. Podría ser. No faltaban ni doce horas para aceptar esa oportunidad o renunciar a ella para siempre. Notaba un cosquilleo en la tripa y le ardían las mejillas. Frieda escudriñó cómo se sentía por dentro. No había ningún rechazo, ninguna bola dura en el estómago que amenazara con hacerla pedazos. Aquello no solo era razonable, sino también bueno. Solo un pensamiento la dejaba sin respiración: ¿Qué haría si Jason regresaba a ella y se encontraba con una mujer casada? Solo de imaginarlo, se volvía medio loca.

—¿Cincuenta rosas rojas? —Su madre irrumpió en su habitación. Sin llamar a la puerta. Como siempre. Frieda respiró hondo, pero luego se calmó. Estaba claro que Rosemarie Hannemann se creía dueña de poder hacer una excepción. Discutir otra vez con ella y decirle que el reino de Frieda era su refugio, al que nadie podía entrar sin pedirle permiso, no tenía sentido—. Entonces seguro que ahora pide tu mano. ¿Venía alguna carta en la que revelara algo?

—Sí, mamá, venía una carta. No, no revelaba nada. Solo es una invitación a cenar —dijo Frieda en un tono sosegado. La última frase de Per solo iba destinada a ella. No era de la incumbencia de su madre.

—Pero te hará una propuesta de matrimonio; eso es tan seguro como que mañana amanecerá. —Rosemarie se acercó a Frieda y, con cara de asco, empezó a tirarle del pelo—. ¿Cómo se te puede hacer un peinado de novia con esta birria de pelo? —murmuró.

Frieda le apartó la mano.

—Para un peinado de novia hace falta sobre todo una novia. Todavía no hay ni siquiera una propuesta de matrimonio —le explicó enfadada.

—La habrá, tesoro, la habrá. ¡Gracias a Dios! Antes de que te des cuenta, serás una solterona.

—Voy a cumplir veintidós años…

—Lo sé, pero si sigues siendo tan difícil de contentar, saliendo con distintos hombres e incluso viajando por ahí, entonces con treinta y dos años seguirás soltera y te quedarás para vestir santos.

—Deja que sea yo la que me ocupe de eso —bufó Frieda. Su madre profirió una mezcla de grito y sollozo, se llevó la mano a la frente y buscó el asiento más cercano para poder desplomarse de forma teatral en él.

—¡Albert! —gritó, una vez sentada cómodamente en una butaca—. Albert, nuestra hija me va a llevar a la tumba.

—¡Mamá, por favor!

—¿Rosemarie? —Su padre no parecía demasiado nervioso, se había acostumbrado a que su esposa estuviera al borde del colapso al menos una vez al día. Asomó la cabeza por la puerta.

—Ah, estás aquí.

—Ay, Albert, ¿qué habremos hecho tan rematadamente mal con nuestros hijos?

—¿Qué ha pasado, estrellita? —Frieda no sabía por dónde empezar.

Su madre se le adelantó:

—Figúrate, querido, Per Møller quiere casarse de verdad con Frieda. Es perfecto, es un buen partido, justo lo que necesitamos después del desastre de las máquinas expendedoras esas tan caras y por desgracia tan inútiles. —¿Qué estaba diciendo? La compra de las máquinas expendedoras no había sido una idea brillante, pero tampoco una catástrofe. Lo que en realidad les había dado la puntilla eran las elevadas sumas de dinero que su madre había pedido prestadas para su príncipe. Frieda respiró hondo. De nuevo notó esa tensión, esa fuerza que la asaltaba y le hacía temblar. Solo la mirada de su padre la calmó e hizo que guardara silencio.

—Pero si ya me ha pedido ayer tu mano.

—¿Qué? —preguntó Frieda al mismo tiempo que su madre.

Albert sonrió.

—Bueno, tampoco es que sea una gran sorpresa. No obstante, ha querido asegurarse de mi conformidad. Tu madre tiene razón: es muy buen partido. Sin embargo, lo de las máquinas expendedoras no viene a cuento. —Lanzó una mirada severa a su mujer—. El comerciante que no arriesga nada, tampoco gana nada. —Frieda le miró a los ojos y sintió un gran alivio—. En cuanto esté todo bajo control y volvamos a ser solventes, abandonaremos la oficina de la Deichstrasse y nos instalaremos en una sede nueva —anunció—. Tengo previsto algo en la Ballinhaus.

—¿El edificio nuevo de enfrente de la Chilehaus? —A Frieda se le cortó la respiración.

—Exactamente ese. Pronto estará disponible. Entonces tendrás por fin tu bonita cocina grande del cacao. Con varios conches y laminadoras, con mesas para el empaquetado y alacenas para tus especias, y con mucho sitio para los empleados. —A Frieda se le saltaron las lágrimas. Una auténtica factoría de chocolate con todo lo necesario, y ella decidiría lo que se iba a producir. ¡La Ballinhaus! Se hallaba situada en pleno centro de la ciudad y desde allí tendría vistas a la Chilehaus. No se lo podía creer—. Otra cosa. Poco a poco me voy haciendo viejo. —Sonrió y se sentó en el reposabrazos, junto a su mujer—. No, ya lo soy. Nadie sabe cuántas primaveras me quedarán todavía. —Miró a Rosemarie—. Y quisiera pasarlas con mi más linda rosa aquí, en nuestra villa de la Elbchaussee.

—Me temo que lo de la belleza no durará mucho —dijo Rosemarie como una niña pequeña. Albert le acarició el brazo.

—Tú serás mi sucesora —le dijo a Frieda.

—¡Pero si es una chica! —exclamó Rosemarie.

—¿De veras? —ironizó el padre—. No tengo ninguna duda de que sabrá dirigir el negocio. —Se volvió hacia Frieda, que seguía siendo incapaz de proferir una sola palabra, y añadió—: Con la ayuda de tu marido. Me imagino que Per tendrá que ocuparse ante todo de la compañía naviera, pero al fin y al cabo también cuentas con Ernst. Es el mejor socio que uno pueda desear y además os lleváis de maravilla. No me puedo imaginar una solución mejor. No obstante, como es natural, le he dicho a Per que, aunque cuenta con mi bendición, te lo tiene que preguntar antes a ti. Vas a pasar toda una vida con él, de modo que has de decidirlo con el corazón y con la razón.

—Esto es… Resulta todo tan sorprendente… —A Frieda se le agolpaban tanto los pensamientos que se mareaba.

—En cuanto regrese Ernst, hablaré con él. Y tan pronto como te cases con Per, cambiaremos el nombre de la empresa y la llamaremos Hannemann & Krüger.

Hasta hacía poco, todo parecía tan sombrío y aciago, y ahora era como si el sol hubiera atravesado unos grandes nubarrones negros y el mundo se mostrara resplandeciente. Lo que siempre había deseado lo tenía ya al alcance de la mano. No, Frieda no quería ir a Inglaterra ni viajar a la India. Tampoco quería probar nada nuevo, y menos si para ello tenía que renunciar a su pequeña y maravillosa factoría y dejar en la estacada a Hannemann & Tietz. Mientras pensaba que también estaban a punto de cumplirse los sueños de Ernst, adquirió conciencia de lo que había dicho el padre.

—¿En cuanto regrese Ernst? ¿Y adónde se ha ido?

—Ha dicho algo del norte y el oeste. No me he enterado bien del todo. En cualquier caso, ha zarpado en un velero. El muchacho realmente se ha merecido unas pequeñas vacaciones antes de que se convierta en nuestro socio.

—No quiero ni pensar en lo que podría haber pasado si usted no hubiera sujetado a mi hermano cuando yo le…

—Frieda había querido decirle eso a Per mucho tiempo atrás, desde que habían vuelto de Berlín. Una y otra vez había imaginado qué habría pasado si él no hubiera intervenido y cómo podría haber vivido ella con eso—. ¿Sabe qué es lo peor? Creo que en ese momento verdaderamente quería tirarlo por las escaleras. Estaba tan furiosa… ¿Cómo ha podido hacernos todo eso, a nuestra familia y a Clara?

—Llevarlo a la cárcel ha sido la mejor solución. Allí estará seguro ante sí mismo y quizá entre en razón. Piense que lo ha pasado muy mal, eso deja huellas…

Ella asintió con tristeza.

—Tiene razón. Sin embargo, cuesta trabajo perdonarle.

—La celda es su única oportunidad, creo yo.

Por un momento, los dos guardaron silencio. Luego, Per tomó su mano.

—Frieda, ya sabe lo que significan las rosas y a qué me refiero cuando digo que va siendo hora. —Algo en ella empezó a aletear—. Pero no sabe por qué de repente me ha entrado la prisa. —Sus ojos lanzaron un destello—. Hasta ahora creía que Ernst Krüger era un amigo de la infancia y un empleado de su padre. Pero tal y como hablaba usted hace poco de él…

—¿A qué se refiere?

—A su hermano, en aquel horrible Café Románico —le refrescó la memoria—. Dijo que era aplicado y digno de confianza, que era despierto y pensaba ante todo en el bien de la empresa. Suena a un buen marido para la hija lista y trabajadora de un comerciante.

—No lo decía en ese sentido. Ernst es… Siempre ha sido un buen amigo mío. Pero ama a otra.

—¿Y lo lamenta?

—¡Qué va!

—Bien. Por un momento realmente dudé de si su corazón

pertenecía ya a otro. —Como si la hubieran pillado, clavó la mirada en el mantel blanco—. Se lo advierto, Frieda, soy celoso.

—De Ernst no tiene por qué tener celos —dijo ella en voz baja.

—Me alegra oírlo. —Frieda alzó la cabeza y vio sus brillantes ojos azules, que nunca la habían mirado con tanta ternura—. Ya le he pedido alguna vez que se venga a vivir conmigo y con mi familia. Entonces a lo mejor era todavía demasiado pronto y quizá tampoco se lo dije con la suficiente claridad. Desde entonces nos hemos ido conociendo mejor. —Se la quedó mirando un rato largo, y sus ojos expresaban un profundo afecto—. Aprecio que seas tan cabezota y tu espíritu de lucha, me gusta tu conciencia del deber y tu actitud hanseática. Estoy embrujado por tu belleza y por tu encanto. Me he enamorado de ti, Frieda. Por eso te pido que seas mi mujer.

—Te agradezco que…

—Por favor, no digas que sabes valorarlo y que es un gran honor. Me darías la puntilla. —Hizo una mueca.

A Frieda le dio la risa.

—Pero es que es un gran honor, de verdad. —Ella le apretó la mano—. Te lo agradezco, Per. Lo que has dicho significa mucho para mí. —¿Cómo podía explicarle que necesitaba tiempo? Ni ella misma lo entendía. Pero había algo que la retenía—. En aquel local del Tiergarten berlinés dijiste algo que no se me ha olvidado —empezó vacilante—. Decías que hay muchas posibilidades que se le escapan a uno por haberse decidido por una.

—¿Y ahora piensas en todos los hombres que se te escaparán si te decides por mí?

—En serio, he pensado mucho en eso. Adoro mi trabajo y amo Hamburgo. Pero dentro de un mes solo cumpliré veintidós años. ¿No debería hacer alguna otra cosa antes de quedarme para siempre en la factoría y fundar una familia?

—Como ya sabes, dentro de un mes yo cumpliré treinta y uno. Para mí ya es hora de fundar una familia —contestó él sereno—. He encontrado a la mujer con la que quiero hacer eso. No sé a qué tengo que esperar. —Frieda buscó unas palabras acertadas que no le irritaran ni le ofendieran, pero que a ella le garantizaran un aplazamiento; entonces él se le adelantó—: Puedo entender tus reflexiones, Frieda. Además, últimamente lo has pasado muy mal. Te pido que te decidas de aquí al final de la semana, ¿de acuerdo?

Por la noche, Frieda soñó que estaba con Per ante el altar. En cuanto ella daba el sí, se abría con gran estrépito la puerta de la iglesia. Jason irrumpió en la iglesia, sacó una pistola y apuntó hacia ella. Se despertó jadeando y con una presión ardiente en el pecho, como si de verdad alguien la hubiera disparado. Cuando por fin se durmió, soñó otra vez con su boda. Esta vez la ceremonia ya había terminado, los invitados se habían marchado, y Per y ella ya estaban en el dormitorio conyugal. Elementos de una revista nudista se mezclaban con la imagen de Per, que la desnudaba con impaciencia. De repente era Jason el que la atraía hacia sí. Ella notaba la excitación y estaba más que dispuesta a entregarse a él. Jason la llevaba a la cama y, al momento, se ponía encima de ella y con los labios recorría su cuerpo desnudo. Le ardía la piel, gemía y se meneaba como las bailarinas del teatro de Nelson. Cuando Jason se quitó los pantalones, ella quiso atraerlo de inmediato hacia sí. Entonces él miró hacia un lado y sonrió muy satisfecho. Frieda siguió su mirada y vio a Per sentado en una silla. Su cara era una mezcla de repugnancia e infinita decepción. Cuando se despertó por la mañana, Frieda aún seguía avergonzada por lo que había soñado. Sobre todo porque el recuerdo de las manos y los labios de Jason instantáneamente la volvió a conmocionar. Ese hombre ejercía una atracción enorme sobre ella, pese a que ya llevaban tres años sin verse. Le daba miedo pensar en eso. Si Jason apareciera ahora ante ella y le pidiera irse con él, ¿qué decisión tomaría entonces? Si ahora la tocara como la había tocado en el sueño, ¿podría resistirse a él? No lo sabía. Frieda se vistió y salió de casa. Cuando llegó al Fischertwiete, llamó al timbre de la puerta de Eliza Williamson. No contestaban. Frieda iba a tocar otra vez el timbre, cuando oyó algo.

—¿Quién está ahí, por Dios? A estas horas no se saca de la cama ni siquiera a un perro. —Alguien arrastraba los pies; luego, el ruido de la llave en la cerradura—. Buenas. ¿Qué es lo que quiere? —La mujer tendría la edad de Liz, solo que a diferencia de ella era bajita, regordeta y rubia.

—Perdone, quería ver a Eliza Williamson.

—Ay, Dios mío, ¿no sabe que hace mucho tiempo que ya no vive aquí?

—No, yo… ¿Podría darme tal vez su nueva dirección? Por favor, es muy importante.

—No, no la tengo. Quería irse a su casa. Por Dios, estará en algún lugar de Inglaterra.

El camino de vuelta le llevó a Frieda casi todo el día porque hizo a pie todo el recorrido desde el Fischertwiete hasta la Elbchaussee. Jason se había marchado de Hamburgo hacía tres años, y ahora también se había ido su hermana. Frieda llevaba una eternidad sin saber nada de él, y Liz ni siquiera se había despedido. Si tomaba a Per por esposo y algún día llegaba a dirigir Hannemann & Tietz o, mejor dicho, Hannemann & Krüger, gozaría de todas las libertades que siempre había deseado tener. Al pensar en Ernst, no pudo evitar una sonrisa. Él por sí solo jamás habría exigido que su nombre figurara también en la empresa, pero con ello se hacían realidad igualmente sus sueños. Sin haber cumplido todavía veinte años. Nada era imposible para Ernst Krüger.

Luego imaginó de nuevo la cara de Jason. ¿Qué pasaría si regresaba? Lo vio corriendo hacia ella, cogiéndola en brazos, besándola... Luego meneó la cabeza. ¿A quién intentaba engañar? Llevaba muchísimo tiempo sin dar señales de vida. Frieda sencillamente tuvo que admitir que aquello se había acabado. «Utiliza la inteligencia, en lugar de dejarte llevar como una idiota por los sentimientos». Hacía tiempo que el destino había decidido por ella y, además, le había proporcionado más de un indicio. ¿Cómo era el lema de Per? No dejes que ocurra una desgracia que se pueda evitar con esmero y amplitud de miras. De ahí se deducía que tampoco debía uno evitar la felicidad que pudiera obtenerse con esmero y amplitud de miras. Y Frieda estaba segura de que junto a Per podía alcanzar la felicidad.

24

Para el gusto de Rosemarie, la fiesta del compromiso se celebró dentro de un marco demasiado pequeño. Frieda y Per se habían puesto de acuerdo en que solo iban a invitar a los padres y hermanos de él. Su hermano no podía venir por motivos de salud, y su hermana tuvo que declinar la invitación porque acababa de traer al mundo a su quinto hijo. Que Hans estuviera arrestado en Fuhlsbüttel le daba pena a Frieda, pero por otra parte, de lo contrario, habría estado toda la tarde temerosa de que montara algún numerito de los suyos. En cambio, estaba encantada de que Clara hubiera aceptado la invitación. Había tenido que convencerla, pero al final ¡había venido!

Afortunadamente, el padre de Per no tenía nada en común con el naviero Rickmers, sino que era un hombre con mucho humor y que se interesaba por las ambiciones comerciales de su futura nuera. Su mujer poseía mucho tacto y delicadeza con las personas. Enseguida se dirigió a Rosemarie, elogió el gusto que tenía esta para el mobiliario, le pidió las recetas de los distintos platos y quiso que le presentara sin falta a su modista. Henriette acababa de recoger los platos del postre y se había despedido, cuando llamaron el timbre.

—Vaya, ¿vendrá algún otro invitado sorpresa? —exclamó Rosemarie un poco nerviosa.

—Perdónenme. —Albert fue a echar un vistazo. Per guiñó el ojo izquierdo. Albert tardaba y tardaba en volver.

El padre se esforzaba por hablar en voz baja con una mujer. Al principio, todos intentaron mantener una conversación, pero luego la atención se centró por completo en el huésped tardío.

—¿Quién puede ser? —Frieda se levantó—. Voy a echar un...

Entonces una mujer entró en el comedor seguida de cerca por Albert. La desconocida llevaba una desgastada maleta de piel marrón y vestía un abrigo demasiado fino para las primeras tormentas del otoño, bajo el que se abombaba una enorme barriga.

—Soy Selma. Quisiera hablar con Hans Hannemann, por favor —dijo en voz baja pero firme. —Selma: ese nombre ya lo había oído Frieda, pero no sabía dónde.

—Como ya le he dicho, ahora no está. —Albert parecía completamente desvalido.

—Pero vive aquí, ¿no?

—Sí, bueno, de vez en cuando —mintió Rosemarie—. ¿Qué quiere usted de él? Albert, ¿te importaría acompañar a la dama otra vez a la salida? Su visita es muy inoportuna. Hoy deben ocupar el centro de la atención los niños, ¿verdad, tesoro? —Miró a su alrededor buscando la aprobación de todos.

Frieda cambió una mirada con Clara, que se había quedado petrificada. Probablemente se temiera lo mismo que ella. Frieda acercó una silla a la desconocida. La mujer parecía agotada.

—Siéntese, haga el favor —dijo Frieda con delicadeza—. ¿Podemos hacer algo por usted?

—Gracias. —Dejó la maleta al lado de la puerta y se sentó a la mesa. Todos los ojos se dirigieron a ella—. Me llamo Selma Blumenstein. Estoy embarazada de un hijo de Hans.

—¡Santo cielo, un niño judío! —Rosemarie se levantó de un salto y se tambaleó—. Vayamos a tomar el café al salón —balbuceó, y salió casi a la carrera.

Blumenstein, el nombre que buscaban en aquella casa de Berlín. Selma Blumenstein. Ese nombre lo había mencionado Hans cuando lo llevaban detenido. «Tienes que ir a casa de Selma. Ella guarda las cartas». ¿Qué significaría eso?

—¿Podría hablar tal vez con Frieda Hannemann? —preguntó Selma.

—Soy yo.

—Le he traído una cosa. ¿Podemos…? ¿Puedo hablar a solas con usted?

—Un café para rematar es una idea excelente —opinó la madre de Per como si no hubiera pasado nada—. Vayamos al salón. Las dos damas vendrán después, cuando lo hayan hablado todo, creo yo. —Lanzó a Frieda y Selma una mirada bondadosa y llevó a su marido y a su hijo hacia la puerta; Albert los siguió.

—Yo también me tengo que ir —dijo Clara esforzándose por mantener el control, y se despidió apresuradamente.

—¿Me necesitas? —preguntó Per antes de abandonar el comedor.

Frieda sonrió.

—No, gracias. Enseguida voy. —Él asintió con la cabeza y se fue.

Selma se levantó y sacó de la maleta un paquetito envuelto en papel marrón.

—Hans las guardaba en mi casa. Tan pronto decía que debería quemarlas, como se echaba a llorar diciendo que tenía que dárselas a usted. —Hablaba en voz baja y con sigilo. Dio un golpecito al paquete—. Según él, esto era su garantía de suministro. Luego empezaba otra vez a hacerse reproches y decía que se odiaba a sí mismo por habérselas retenido. Y por haberle partido el corazón. —Frieda intuyó algo que le obturó la garganta. Mientras Selma seguía hablando, desenvolvió el fajo—. Nelson me ha dicho que han detenido a Hans. —Se llevó una mano a su gorda barriga—. No puedo alimentar a mi hijo yo sola. No sabía a qué otro sitio ir. Además, pensé que usted debía quedarse con esto. —El papel del envoltorio cayó al suelo, y Selma le entregó a Frieda un fajo de cartas. Frieda reconoció al instante la letra de Jason.

Frieda había dado por terminada la fiesta del compromiso, diciendo que debía ocuparse de Selma, que al fin y al cabo llevaba en sus entrañas a un vástago de los Hannemann. Luego le había preparado a la mujer una cama en su saloncito.

Por la noche no logró conciliar el sueño. Leyó una y otra vez las cartas intentando encontrar en ellas algo que le indicara qué debía hacer. Pasada la medianoche, se levantó, se echó por encima una chaqueta y salió al jardín. La luna estaba en todo lo alto del cielo, y a lo lejos oyó el misterioso murmullo del Elba. Pensó en las palabras que le había dicho Per antes de desearle las buenas noches. De repente se quedó muy tranquila. Ya sabía lo que tenía que hacer.

A la mañana siguiente, Frieda fue a la cárcel de Fuhlsbüttel, donde Hans cumplía condena en el sector destinado a los presos varones. Tuvo que ir a hablar con la dirección porque su visita no había sido previamente anunciada. Después de resolver algunas dificultades, al final le dijeron que esperara en una sala. Los minutos transcurrían con una lentitud pasmosa. Un hombre uniformado trajo por fin a su hermano.

—¡Frieda, hermanita! —Su aspecto era penoso, se le veía aún más flaco que antes y tenía la piel pálida y amarillenta. En sus ojos apagados asomó un rayo de esperanza—. ¿Vas a sacarme de aquí? Por favor, te lo ruego, ¡tienes que sacarme de aquí! Ya no lo soporto más. —Soltó un sollozo y fue a cogerle la mano, pero el uniformado se acercó y se lo impidió.

—Quedarse sentado y hablar. Eso es todo lo que le está permitido.

Se sentaron el uno frente al otro junto a una mesa pequeña y sencilla. Al instante, Hans empezó otra vez a implorarle. Tenía los nervios destrozados y, una vez más, solo pensaba en él.

—Has interceptado las cartas de Jason —dijo ella teniendo que tragar saliva, pues todavía estaba tremendamente dolida. Frieda hizo un esfuerzo por no pensar en los renglones que de repente le vinieron a la cabeza con gran dolor de corazón. «¿Por qué ya no me contestas? Te quiero, Frieda. Te echo de menos más de lo que puedas imaginar. ¡Ven conmigo a la India, te lo ruego!». En una de las cartas venía incluso un pasaje para el barco. Y en el fajo estaba también incluida una carta de Liz, en la que le explicaba que su madre había fallecido y que por eso tenía que regresar a Inglaterra. «Me gustaría verte antes de salir de viaje»—. ¿Cómo has podido…?

Él se tomó la pregunta al pie de la letra.

—Le di dinero a Henriette. Ella interceptaba toda la correspondencia que te llegaba, y tampoco enviaba tus cartas por correo. —Así que Henriette… Por eso tenía dinero para comprarse tanta ropa nueva. Frieda notó de nuevo que la invadía una ira tan grande y poderosa, que a ella misma le daba miedo ser capaz de hacer cualquier cosa—. Tuve que hacerlo —le oyó decir como a través de la niebla—. Es lo que quería Clara. —De repente se disipó la niebla.

—¿Qué tiene ella que ver con esto?

—Era mi contraprestación a cambio de los estupefacientes. Si no lo hubiera hecho, no me habría proporcionado más droga. Lo único que me exigió fue que tú no recibieras las cartas.

—He hablado con Clara, Hans —dijo ella con dureza—. Entre nosotras está todo aclarado.

Él la miró fijamente. Había tejido una bonita rèd de mentiras, siempre tenía un culpable en la manga al que poder achacarle todo y, sin embargo, al final la verdad había salido a relucir. Se quedó pálido.

—¿Cómo puedes ser tan...? —se enfureció ella—. Primero la dejas embarazada, luego haces que se deshaga del niño y pones en peligro su futuro profesional, lo único que le quedaba. Y has destruido nuestra amistad, nos enfrentaste a la una con la otra y ahora sigues haciéndolo. —A Frieda se le agolparon las lágrimas en los ojos, la ira se convirtió en un nudo duro que se le quedó atascado en la garganta—. Se acabó, Hans, ¿no lo entiendes?

—Por favor, hermanita, tienes que comprenderlo. ¿Qué podía hacer yo? Si hubieras recibido las cartas, te habrías marchado. Me habrías dejado solo. ¿Qué habría sido de mí entonces? ¡Tenía que evitarlo a toda costa!

—Dejarlo. —Frieda no reconocía su propia voz—. Tendrías que haber dejado las drogas y convertirte de una vez en una persona adulta. Eso es lo que deberías haber hecho. Lo has destrozado todo.

—También lo hice por ti —gimoteó él—. Ese tío se largó hace una eternidad y te dejó aquí apolillándote. Necesitas un hombre, ya va siendo hora de que vivas el amor.

Frieda se levantó. Tuvo que agarrarse a la mesa. Hans reculó.

—No creo que tengas ni la más mínima idea de lo que significa el amor —dijo de un modo apenas audible.

—Por favor, mi pequeña Frieda, sácame de aquí, ¿eh? Le pediré perdón a Clara y no volveré a tomar ninguna droga, ni siquiera alcohol. —Rio con desgana—. Ahora que ya tienes las cartas, todo se puede volver a arreglar.

—Las cartas han llegado demasiado tarde —dijo ella en voz baja—. Con tan solo un día de retraso. Si ocurre una desgracia que no se ha podido evitar, entonces prepara una lona salvavidas. —Respiró hondo y se dirigió hacia la puerta. Sin volverse, dijo—: Por cierto, Selma está en Hamburgo. Espera un hijo tuyo. Pero eso seguro que ya lo sabes. Esta vez es demasiado tarde para deshacerse de él.

De regreso a casa, Frieda pasó por una oficina de correos. La última carta de Jason era una despedida. «Tengo que partir de la base de que ya no te acuerdas de mí. Posiblemente hayas encontrado a otro. Lo comprendo, no te lo puedo reprochar». ¿Debería escribirle? Dudó un momento. Él tenía derecho a saber la verdad. No. Su última carta era de hacía mucho tiempo. ¿Por qué volver a abrir heridas que ya estaban curadas? Jason le había cogido mucho cariño, de eso no cabía la menor duda. No obstante, se había marchado deprisa y corriendo, sin darle tiempo para reflexionar. La voluntad de su padre había sido para él más importante que la posibilidad de Frieda de tomar una decisión con tranquilidad y de llevarla a la práctica también con sosiego.

Per era muy distinto, era sencillamente maravilloso. Esa noche, cuando ya se habían calmado los ánimos, había ido otra vez a verla.

—Me habría gustado hacerte el regalo de compromiso en unas condiciones más agradables —le dijo sonriendo con dulzura—. Hay una casa cerca del Jenischpark. Podemos ir a verla y si te gusta, la compro. No es ningún palacio, pero sí lo bastante amplia y espaciosa. ¿Qué te parece si acondicionamos allí un par de habitaciones para Selma y el hijo de Hans?

Todo iba encajando. Frieda tenía por delante el futuro que siempre había deseado. Al cosquilleo y hormigueo que había conocido con Jason podía renunciar. Eso se pasaba antes de poder decir *Labskaus*. El calor y la profunda satisfacción que la embargaban cuando pensaba en Per durarían toda una vida. Frieda sonrió. «Hasta que la muerte nos separe».

Nota y epílogo

Algunos nombres de calles que aparecen en el libro ahora han cambiado. Para poder seguir la acción con un plano de la ciudad actual, he aquí los nombres antiguos y los nuevos:

Antes	Hoy
Alsterdamm	Ballindamm
Elbstrasse	Neanderstrasse
Pferdemarkt	cerca de la Gerhart-Hauptmann-Platz
Ballinhaus	Messberghof
Berlín:	
Auguste-Viktoria-Platz	Breitscheidplatz

Como siempre, he procurado que la narración sea verídica. Esto significa que tanto la historia de Hamburgo como la de la importación del cacao han sido investigadas a fondo y están basadas en la historia de la oficina mercantil hamburguesa Albrecht & Dill. Cuando se mencionan con el nombre navieros, arquitectos, senadores y otras personalidades, es porque en su día desempeñaron un papel concreto y tuvieron importancia para la ciudad. Para no atribuir a nadie injusta e injustificadamente un mal carácter, he utilizado solo los apellidos reales; los nombres de pila, en cambio, los he elegido al azar, creando así un vástago que solo existe en mi novela.

El pintor Alfred Fellner viene apadrinado por Arnold Fiedler, que vivió desde 1900 hasta 1985.

Los grandes almacenes Mendel están basados en los antiguos almacenes Hermann Tietz, que más tarde serían conocidos como Alsterhaus.

Cada cuatro años, la asociación de las empresas que participan en el comercio del cacao en crudo celebra en Hamburgo una cena del cacao. Como no constan las fechas de las primeras celebraciones, me he inventado una que encaja perfectamente en la acción.

La historia de la denominada tregua de Navidad de 1914 existió de verdad. Tuvo lugar sobre todo entre soldados británicos y alemanes en el frente occidental. En realidad duró, en parte, hasta enero y tuvo que darse por concluida debido a los estrictos apercibimientos de sanciones penales por parte de los altos mandos.

Hälssen & Lyon es una empresa mercantil hamburguesa del té que existe desde 1879. Hoy en día está en manos de la familia Ellerbrock. El papel que la empresa desempeña en la novela es pura invención.

El teatro Nelson existió desde 1920 hasta 1933 en el lugar que hoy ocupa el cine Astor de Berlín. El fundador Rudolf Nelson en realidad se llamaba Lewysohn y era judío.

Agradecimientos

En primer lugar, quiero dar las gracias a Christoph Kröger, que me dejó leer sin la menor vacilación la crónica de su empresa Albrecht & Dill y me contó muchas cosas sobre sus padres. Fueron estos los que apadrinaron a los dos protagonistas Frieda y Ernst Krüger. Aunque mi historia solo se basa levemente en su vida, espero haber sabido erigirles un monumento digno.

Asimismo quiero expresar mi gratitud a Ingo Vierk, de Pepper Tours, por la interesante visita guiada por los antiguos almacenes de Hamburgo.

Quedo también muy agradecida a mis dos lectores de pruebas, Sandra y Mark, que me motivaron con sus elogios y me estimularon con su crítica a revisar con lupa algunos puntos o pasajes. Habéis contribuido a que el resultado sea el presente volumen.

Además, doy las gracias a la editorial Aufbau y, en especial, a mi editora Anne Sudmann y a Reinhard Rohn, a quienes agradezco de corazón la gran confianza depositada en mí y su meticulosa y creativa colaboración.